suhrkamp taschenbuch 3228

Auf ihrem Posten in den peruanischen Anden sitzen Korporal Lituma und sein Helfer Tomás wie in einer Falle. Unter ständiger Bedrohung durch Terrorkommandos und eine gewalttätige Natur sollen sie das mysteriöse Verschwinden dreier Menschen aufklären. Überall schlägt ihnen Mißtrauen entgegen, unheimliche Geschichten dringen an ihr Ohr. Hätte Tomás nicht die brennende Erinnerung an seine abenteuerliche Liebesgeschichte mit Mercedes, von der er Lituma Nacht für Nacht erzählt, die beiden müßten eingehen in dieser feindseligen, abergläubischen Bergwelt.
So abweisend das Klima und so verstörend die Bruchstücke der Wahrheit, die sie nach und nach ans Licht bringen, sie lassen nicht locker. Was in den Bergen geschah, hat die Ausmaße eines unfaßbaren Dramas.
»Der *Tod in den Anden* ist ein strenges und lehrhaftes Buch, seine Sprache und Erzählweise sind so klar, hart und rätselhaft wie die Landschaft, in der er spielt.« *Gustav Seibt, FAZ*
Mario Vargas Llosa, geboren 1936 in Arequipa/Peru, lebt in London und Lima. 1996 erhielt er den Friedenspreis des Deutschen Buchhandels. Sein Werk in deutscher Sprache erscheint im Suhrkamp Verlag.

Mario Vargas Llosa
Tod in den Anden

Roman

Aus dem Spanischen
von Elke Wehr

Suhrkamp

Die Originalausgabe erschien 1993 unter dem Titel
Lituma en los Andes
bei Editoral Planeta, Barcelona

Umschlagfoto: Sebastião Salgado/Magnum/Focus

suhrkamp taschenbuch 3228
Erste Auflage 2001

Druck: Ebner Ulm
Printed in Germany
Umschlag nach Entwürfen von
Willy Fleckhaus und Rolf Staudt

1 2 3 4 5 6 – 06 05 04 03 02 01

Tod in den Anden

Für Beatriz de Moura,
die hochgeschätzte Freundin
und vorbildliche Verlegerin

Cain's City built with Human Blood,
not Blood of Bulls and Goats.

William Blake,
The Ghost of Abel

Erster Teil

I

Als er die Indiofrau in der Tür der Hütte auftauchen sah, ahnte Lituma, was die Frau sagen würde. Und sie sagte es, aber in Quechua, vor sich hin mümmelnd, während ein dünner Speichelfaden aus dem Winkel ihres zahnlosen Mundes rann.

»Was sagt sie, Tomasito?«

»Ich versteh sie nicht richtig, Herr Korporal.«

Sein Amtshelfer wandte sich, ebenfalls in Quechua, an die Frau, wobei er ihr mit den Händen zu verstehen gab, sie solle langsam sprechen. Die Indiofrau wiederholte diese ununterscheidbaren Töne, die Lituma wie eine barbarische Musik vorkamen. Plötzlich fühlte er sich sehr nervös.

»Was sagt sie da?«

»Ihr ist der Ehemann abhanden gekommen. Vor vier Tagen, scheint's.«

»Damit sind es drei«, brachte Lituma mühsam hervor und spürte, wie sein Gesicht sich mit Schweiß bedeckte. »Verdammte Scheiße.«

»Also, was machen wir, Herr Korporal.«

»Setz das Protokoll auf.« Ein Schauer lief Litumas Wirbelsäule hinauf und hinunter. »Sie soll dir erzählen, was sie weiß.«

»Was geht hier eigentlich vor«, rief der Gendarm. »Erst der kleine Stumme, dann der Albino. Jetzt einer der Vorarbeiter vom Straßenbau. Das kann doch nicht sein, Herr Korporal.«

Es konnte nicht sein, aber es passierte, und das zum dritten Mal. Lituma stellte sich die ausdruckslosen Gesichter vor, die kleinen eisigen Augen, mit denen die Leute von Naccos, die Hilfsarbeiter des Lagers, die Indios der Bauerngemeinschaft ihn betrachten würden, wenn er sie fragen würde, ob sie wußten, wo der Mann dieser Frau abgeblieben war, und er spürte die gleiche Trostlosigkeit und Ohnmacht wie zuvor, als er versucht hatte, sie über die beiden anderen Verschwundenen auszufragen: Köpfe, die verneinten, einsilbige Antworten, scheue Blicke, gekräuselte Lippen und gerunzelte Brauen, ein Vorgefühl von Bedrohung. Es würde dieses Mal genauso sein.

Sein Amtshelfer Tomás hatte mit der Befragung der Frau begonnen; er machte Notizen in ein Heft, mit einem schlecht gespitzten Bleistift, den er ab und zu mit der Zunge anfeuchtete. ›Wir haben sie schon auf dem Hals, die Terroristen‹, dachte Lituma. ›In irgendeiner Nacht werden sie kommen.‹ Es war ebenfalls eine Frau gewesen, die das Verschwinden des Albinos angezeigt hatte: Mutter oder Ehefrau, sie hatten es nie erfahren. Der Mann war zur Arbeit gegangen oder von der Arbeit gekommen und nicht an sein Ziel gelangt. Und Pedrito war ins Dorf hinuntergegangen, um eine Flasche Bier für die Polizisten zu kaufen, und nie zurückgekehrt. Niemand hatte sie gesehen, niemand hatte bei ihnen Angst, Besorgnis oder Krankheit bemerkt vor ihrem spurlosen Verschwinden. Hatten vielleicht die Berge sie verschluckt? Nach drei Wochen lebten der Korporal Lituma und der Gendarm Tomás Carreño genauso auf dem Mond wie am ersten Tag. Und jetzt, der dritte. Eine Riesenscheiße. Lituma wischte sich die Hände an der Hose ab.

Es hatte zu regnen begonnen. Die dicken Tropfen prasselten mit unregelmäßigen, lauten Tönen auf das Wellblech des Daches und ließen es erzittern. Es war noch nicht drei Uhr nachmittags, aber das Unwetter hatte den Himmel verdunkelt, und die Nacht schien hereingebrochen. In der Ferne war Donner zu hören, der in den Bergen widerhallte, ein stoßweises Grollen, das aus dem Innern der Erde aufstieg, von dem diese Hochlandtrottel glaubten, es sei von Stieren, Schlangen, Kondoren und Geistern bevölkert. Glauben die Indios das wirklich? Aber ja, Herr Korporal, sie beten doch sogar zu ihnen und bringen ihnen Opfergaben. Haben Sie nicht die kleinen Teller mit Essen gesehen, die sie ihnen in den Engpässen der Kordillere hinstellen? Wenn man ihm solche Dinge in Dionisios Kantine oder bei einem Fußballspiel erzählte, wußte Lituma nie, ob man im Ernst sprach oder sich über ihn, den Küstenbewohner, lustig machte. Von Zeit zu Zeit zuckte eine kleine gelbliche Schlange durch die Wolken, in der Öffnung, die sich in einer der Hüttenwände befand. Glaubten die Indios wirklich, daß der Blitz die Eidechse des Himmels war? Der dicht herabströmende Regen hatte die Baracken, die Mischmaschinen, die Planierraupen, die Jeeps und die Häuschen der Bauern verschwimmen lassen, die zwischen den Eukalyptusbäumen auf dem gegenüberliegenden Berg hervorschauten. ›Als wären alle verschwunden‹, dachte er. Es gab fast zweihundert Hilfsarbeiter, sie kamen aus Ayacucho oder Apurímac, aber vor allem aus Huancayo und Concepción, in Junín, und aus Pampas, in Huancavelica. Von der Küste hingegen stammte niemand, soviel er wußte. Nicht einmal sein Amtshelfer kam von der Küste. Aber Tomás wirkte wie ein Kreole, obwohl er in Sicuani geboren war und Quechua sprach. Er hatte den kleinen Stummen Pedro Tinoco mit nach Naccos gebracht, der als erster verschwunden war.

Er war ein gradliniger Mensch, der Gendarm Carreño, wenn auch etwas trübsinnig. In den Nächten öffnete er Lituma sein Herz und zeigte sich zugänglich für freundschaftliche Gefühle. Der Korporal hatte ihm kurz nach seiner Ankunft gesagt: »So, wie du bist, hättest du verdient, an der Küste geboren zu sein. Sogar in Piura, Tomasito.« »Ich weiß, wenn Sie das sagen, dann heißt das viel, Herr Korporal.« Ohne seine Gesellschaft wäre das Leben in dieser Einsamkeit düster gewesen. Lituma seufzte. Was hatte er hier auf der Hochebene zwischen wortkargen, mißtrauischen Indios verloren, die die Politik dazu brachte, sich gegenseitig umzubringen, und die obendrein auch noch verschwanden? Warum war er nicht in seiner Heimat? Er stellte sich vor, wie er, von Bierflaschen umgeben, in der Río-Bar saß, zwischen den Unbezwingbaren, seinen alten Kumpanen, in einer warmen piuranischen Nacht mit Sternen, *valses* und dem Geruch nach Ziegen und Johannisbrotbäumen. Ein plötzlicher Anfall von Traurigkeit verursachte ihm ein dumpfes Ziehen in den Zähnen.

»Fertig, Herr Korporal«, sagte der Gendarm. »Die Señora weiß nicht viel, in Wahrheit. Und sie ist halbtot vor Angst, sehen Sie das nicht?«

»Sag ihr, wir werden unser möglichstes tun, um ihren Mann wiederzufinden.«

Lituma versuchte ein Lächeln und gab der Indiofrau

mit der Hand zu verstehen, daß sie gehen konnte. Sie schaute ihn an, ohne eine Regung im Gesicht. Sie war klein und alterslos, ihre Knochen wirkten zerbrechlich wie die eines Vogels, und sie verschwand fast unter den zahlreichen dicken Röcken und dem zerfransten Hut, der halb heruntergerutscht war. Aber in ihrem Gesicht und in ihren runzligen kleinen Augen lag etwas Unzerstörbares.

»Es scheint, als hätte sie das mit ihrem Mann erwartet, Herr Korporal. ›Es würde passieren, es mußte passieren‹, sagt sie. Aber von den Terroristen oder von der Miliz von Sendero hat sie natürlich nie was gehört.«

Ohne den Kopf zum Abschied zu neigen, drehte die Frau sich um und trat in den strömenden Regen hinaus. Nach wenigen Minuten hatte sie sich, Richtung Lager, in der bleiernen Feuchtigkeit aufgelöst. Der Korporal und der Gendarm verharrten eine ganze Weile, ohne etwas zu sagen. Schließlich klang Lituma die Leichenbitterstimme seines Amtshelfers in den Ohren:

»Ich werde Ihnen was sagen. Sie und ich kommen hier nicht lebend raus. Sie haben uns umzingelt, machen wir uns doch nichts vor.«

Lituma zuckte die Schultern. Im allgemeinen war er es, der den Mut verlor, und sein Amtshelfer hob die Stimmung. Heute tauschten sie die Rollen.

»Mach dir nicht unnötig das Leben schwer, Tomasito. Sonst sind wir halb wahnsinnig, wenn sie kommen, und können uns nicht mal mehr wehren.«

Der Wind brachte das Wellblech des Daches zum Klirren, und der heftig herabstürzende Regen betröpfelte hier und da das Innere der Unterkunft. Sie bestand aus einem einzigen Raum, der durch einen hölzernen Wandschirm unterteilt und durch eine Palisade aus mit Steinen und Erde gefüllten Säcken geschützt war. Auf der einen Seite befand sich der Posten der Gendarmerie mit einem dicken Brett auf zwei Böcken – dem Schreibtisch – und einer Truhe, in der das Registerbuch und die Dienstmeldungen aufbewahrt wurden. Auf der anderen Seite, dicht nebeneinander, weil es so eng war, die beiden Pritschen. Licht erhielten sie durch Kerosinlampen, und sie besaßen ein batteriebetriebenes Radio, mit dem sie, wenn es keine atmosphärischen Störungen gab, *Radio Nacional* und *Radio Junín* hereinbekamen. Der Korporal und der Gendarm hockten die Nachmittage und Abende vor dem Apparat und versuchten, die Nachrichten aus Lima oder Huancayo zu hören. Auf dem Boden aus gestampfter Erde lagen Lama- und Schaffelle; außerdem gab es einen kleinen Kochherd, einen Spirituskocher, Gefäße aus Porongokürbissen, Töpfe, die Koffer von Lituma und Tomás und einen Schrank ohne Boden – die Waffenkammer –, in dem sie die Gewehre, die Patronentaschen und die Maschinenpistole aufbewahrten. Die Revolver trugen sie immer bei sich und legten sie nachts unter das Kopfkissen. Sie saßen unter dem vergilbten Herz-Jesu-Bild – eine Werbeanzeige von Inca-Cola – und hörten einige Minuten lang dem Regen zu.

»Ich glaube nicht, daß sie sie umgebracht haben, Tomasito«, sagte Lituma schließlich. »Sie werden sie eher mitgenommen haben, für ihre Miliz. Vielleicht waren die drei sogar Terroristen. Läßt Sendero etwa die Leute verschwinden? Sie bringen sie einfach um und lassen ihre Pappschilder zurück, damit man es weiß.«

»Pedrito Tinoco, ein Terrorist? Nein, Herr Korporal, das kann ich Ihnen garantieren«, sagte der Gendarm. »Es bedeutet einfach, daß Sendero schon vor der Tür steht. Uns werden die Terroristen nicht für ihre Miliz rekrutieren. Uns werden sie eher zu Hackfleisch machen. Manchmal frage ich mich, ob man Sie und mich nicht als Opferlämmer hierher geschickt hat.«

»Hören wir auf, uns trübe Gedanken zu machen.« Lituma stand auf. »Mach lieber einen Kaffee bei diesem Scheißwetter. Dann befassen wir uns mit diesem Typen. Wie heißt der letzte?«

»Demetrio Chanca, Herr Korporal. Vorarbeiter der Sprengbohrer.«

»Sagt man nicht, aller guten Dinge sind drei? Vielleicht kriegen wir durch diesen letzten das Rätsel der drei gelöst.«

Der Gendarm nahm die Blechtassen vom Haken und zündete den Spirituskocher an.

»Als Oberleutnant Pancorvo mir in Andahuaylas sagte, man würde mich hierher ans Ende der Welt versetzen, dachte ich: ›Wie schön, in Naccos werden die Terroristen dir den Garaus machen, Carreñito, und je eher, desto besser‹«, sagte Tomás. »Ich war lebensmüde. Zumindest habe ich das geglaubt, Herr Korporal. Aber bei der Angst, die ich jetzt ausstehe, ist klar, daß ich nicht gerne sterben würde.«

»Nur ein Schwachkopf will sich verabschieden, bevor er an der Reihe ist«, erklärte Lituma. »Es gibt die tollsten Dinge im Leben, auch wenn man sie nicht gerade in dieser Gegend findet. Wolltest du wirklich sterben? Darf man wissen, warum, bei deinen jungen Jahren?«

»Warum wohl«, sagte der Gendarm lachend, während er den Kessel auf die blaurote Flamme des Spirituskochers stellte.

Er war ein magerer, knochiger Junge, aber kräftig, mit tiefliegenden, lebhaften Augen, olivgrüner Haut und weißen, vorstehenden Zähnen, die Lituma in seinen schlaflosen Nächten im Dunkeln der Hütte schimmern sah.

»Bestimmt hast du Liebeskummer wegen irgendeines Mädchens gehabt«, mutmaßte Lituma und fuhr sich mit der Zunge über die Lippen.

»Wegen wem soll man denn sonst Liebeskummer haben«, sagte Tomasito mit einem Anflug von Rührung. »Außerdem können Sie stolz sein, sie war auch aus Piura.«

»Eine Landsmännin.« Lituma schmunzelte beifällig. »Was will man mehr.«

La petite Michèle vertrug die Höhe schlecht – sie hatte über Druck in den Schläfen geklagt, ähnlich wie bei den Horrorfilmen, die sie so gerne sah, und über ein allgemeines, vages Unwohlsein –, aber sie war trotz allem beeindruckt von der Trostlosigkeit und Schroffheit der Landschaft. Albert hingegen fühlte sich prächtig. Als hätte er sein Leben in drei- oder viertausend Meter Höhe verbracht, zwischen diesen spitzen, schneegesprenkelten Gipfeln und den Herden von Lamas, die von Zeit zu Zeit die Piste überquerten. Das Schlingern des alten Busses war so stark, daß es manchmal schien, als wollte er sich ein letztes Mal aufbäumen und den Geist aufgeben in den tiefen Radspuren, den Schlaglöchern, zwischen den Gesteinsbrocken, die seiner mitgenommenen Karosserie alle Augenblicke die größten Anstrengungen abforderten. Sie waren die einzigen Ausländer, aber ihren Reisegefährten schien das französische Paar keiner besonderen Aufmerksamkeit wert. Nicht einmal dann, wenn sie die beiden in einer fremden Sprache sprechen hörten, wandten sie sich zu ihnen um. Sie waren in große Schals, Ponchos und einige auch in Ohrenmützen gehüllt, warm bekleidet für die nahe Nacht und vollgepackt mit Bündeln, Paketen und blechernen Koffern. Sogar gackernde Hühner hatte eine Frau bei sich. Aber weder die unbequemen Sitze noch das Gerüttel, noch die Enge empfanden Albert und *la petite* Michèle auch nur im geringsten als unangenehm.

»Geht's dir besser?« fragte er.

»Ja, ein bißchen.«

Und einen Augenblick später sagte *la petite* Michèle mit lauter Stimme, was auch Albert dachte: Er hatte recht gehabt, als sie sich in der Pension El Milagro in Lima stritten, ob sie die Reise nach Cusco über Land oder im Flugzeug machen sollten. Sie hatte auf dem Flugzeug bestanden, aufgrund der Ratschläge des Herrn von der Botschaft, aber er beharrte so sehr auf dem Bus, daß *la petite* Michèle am Ende nachgab. Sie bedauerte es nicht, im Gegenteil. Es wäre zu schade gewesen, wenn man das versäumt hätte.

»Und ob es das gewesen wäre«, sagte Albert, während

er zu der von feinen Rissen durchzogenen Glasscheibe des Fensters hinauswies. »Ist das nicht grandios?«

Die Sonne ging gerade unter, und am Horizont erschien der prachtvolle Schweif eines Pfaus. Eine weite dunkelgrüne Hochebene ohne Bäume, ohne Häuser, ohne Mensch noch Tier breitete sich zu ihrer Linken aus, belebt von schimmernden Reflexen, als befänden sich zwischen den Büscheln gelblichen Strohs Bäche oder kleine Seen. Zu ihrer Rechten dagegen ragte senkrecht eine abweisende Landschaft aus steilen Felsen, Abgründen und Schluchten auf.

»So muß Tibet sein«, murmelte *la petite* Michèle.

»Ich versichere dir, daß das hier interessanter ist als Tibet«, antwortete Albert. »Ich hab's dir ja gesagt: Peru ist viel Peru auf einmal!«

Vor dem alten Bus herrschte schon Dunkelheit, und es war allmählich kalt geworden. Ein paar Sterne schimmerten am indigoblauen Himmel.

»Brrr ...« Michèle zog die Schultern hoch. »Jetzt verstehe ich, warum alle so dick angezogen sind. Wie sich das Klima in den Anden ändert. Morgens erstickende Hitze und abends eisige Kälte.«

»Diese Reise wird unser Leben verändern, du wirst schon sehen«, sagte Albert.

Jemand hatte ein Radio angedreht, und nach einer Reihe metallischer Stotterlaute erklang plötzlich eine traurige, monotone Musik.

»Charangos und Quena-Flöten«, sagte Albert mit Kennermiene. »In Cusco kaufen wir eine *quena*. Und wir werden lernen, *huaynos* zu tanzen.«

»Wir geben dann eine Galavorstellung in der Schule.«

La petite Michèle ließ ihrer Phantasie freien Lauf. »Die peruanische Nacht! Ganz Cognac wird erscheinen.«

»Wenn du ein bißchen schlafen willst, dann nimm mich als Kopfkissen.«

»Noch nie hab ich dich so froh gesehen«, sagte sie und schaute ihn lächelnd an.

»Zwei Jahre habe ich davon geträumt«, nickte er. »So lange habe ich gespart und über die Inkas und Peru gelesen. Und mir das hier vorgestellt.«

»Und du bist nicht enttäuscht«, sagte seine Gefährtin schmunzelnd. »Na ja, ich auch nicht. Gut, daß du mich ermuntert hast, mitzukommen. Ich glaube, das Glukosemittel hat seine Wirkung getan. Die Höhe macht mir nicht mehr so viel aus, ich kann besser atmen.«

Einen Augenblick später hörte Albert sie gähnen. Er legte ihr den Arm um die Schultern, damit sie ihren Kopf darauf stützen konnte. Nach einer Weile schlief *la petite* Michèle, trotz der schlingernden und hüpfenden Bewegungen des Fahrzeugs. Er wußte, daß er kein Auge zutun würde. Er war zu aufgeregt, zu sehr darauf bedacht, alles im Gedächtnis zu bewahren, um sich später daran erinnern zu können, um es in das Tagebuch zu schreiben, das er jeden Abend vollkritzelte, seit sie am Bahnhof von Cognac in den Zug gestiegen waren, um später alles, in allen Einzelheiten und mit der einen oder anderen Übertreibung, den *copains* zu erzählen. Seinen Schülern in der Schule würde er eine Stunde mit Dias geben, den Projektor könnte er von Michèles Vater leihen. Peru! Da war es: riesig, geheimnisvoll, graugrün, bettelarm, unendlich reich, uralt, verschlossen. Es bestand aus dieser Mondlandschaft und aus den kupferfarbenen, gleichmütigen Gesichtern der Frauen und Männer ringsum. Undurchdringlich, wahrhaftig. Ganz anders als die Gesichter, die sie in Lima gesehen hatten, Gesichter von Weißen, Schwarzen, Mestizen, mit denen sie sich recht und schlecht verständigen konnten. Aber von den Menschen des Hochlands trennte sie etwas Unüberwindliches. Mehrere Male hatte er versucht, in seinem schlechten Spanisch mit seinen Nachbarn zu sprechen, ohne den geringsten Erfolg. ›Uns trennt nicht die Rasse, sondern die Kultur‹, erinnerte ihn *la petite* Michèle. Sie waren die wahren Nachkommen der Inkas, nicht die Leute in Lima; ihre Vorfahren hatten die gigantischen Steine des Festungs-Heiligtums zu den Adlerhorsten des Machu Picchu hinaufgeschleppt, den er und seine Freundin in drei Tagen besichtigen würden.

Es war dunkel, und er spürte, trotz seines Willens, wach zu bleiben, wie ein sanfter Schwindel ihn erfaßte. ›Wenn ich einschlafe, kriege ich einen steifen Hals‹, dachte er. Sie saßen in der dritten Sitzreihe rechts, und während Albert in den Schlaf hinüberglitt, hörte er, wie der Fahrer zu pfeifen begann. Dann schien ihm, als schwämme er in kaltem Wasser. Sternschnuppen fielen in der riesigen Weite der Hochebene herab. Er war glücklich, obwohl er bedauerte, daß dieser Schmerz im Nacken und die Qual, den Kopf nicht auf etwas Weiches stützen zu können, ihm das Schauspiel verdarben, wie ein behaarter Leberfleck, der ein hübsches Gesicht entstellt. Plötzlich schüttelte jemand ihn heftig.

»Sind wir schon in Andahuaylas?« fragte er benommen.

»Ich weiß nicht, was los ist«, flüsterte ihm *la petite* Michèle ins Ohr.
Er rieb sich die Augen und sah Lichtkegel, die sich innerhalb und außerhalb des Busses bewegten. Er hörte gedämpfte Stimmen, Geflüster, einen Schrei, der sich wie eine Beschimpfung anhörte, und nahm überall konfuse Bewegungen wahr. Es war tiefe Nacht, und durch das gesprungene Glas funkelten Myriaden von Sternen.
»Ich werde den Fahrer fragen, was los ist.«
La petite Michèle ließ nicht zu, daß er aufstand.
»Was sind das für Leute?« hörte er sie fragen. »Ich dachte, es sind Soldaten, aber nein, sieh mal, da weinen welche.«
Die Gesichter erschienen und verschwanden, flüchtig, im Hin und Her der Taschenlampen. Es schienen viele zu sein. Sie umzingelten den Bus, und jetzt bemerkte Albert, endlich wach geworden und nachdem seine Augen sich an das Dunkel gewöhnt hatten, daß etliche der Gesichter von Wollkapuzen bedeckt waren, die nur die Augen frei ließen. Und was da aufblitzte, waren Waffen, was sollte es sonst sein.
»Der von der Botschaft hatte recht«, flüsterte das Mädchen, am ganzen Körper zitternd. »Wir hätten das Flugzeug nehmen sollen, ich weiß nicht, warum ich auf dich gehört habe. Du ahnst, wer das ist, oder?«
Jemand öffnete die Tür des Busses, und ein kalter Luftzug fuhr ihnen durch das Haar. Zwei gesichtslose Gestalten kamen herein, und Albert wurde einige Sekunden lang von den Taschenlampen geblendet. Sie gaben einen Befehl, den er nicht verstand. Sie wiederholten ihn, in energischerem Ton.

»Hab keine Angst«, murmelte er am Ohr von *la petite* Michèle. »Wir haben nichts damit zu tun, wir sind Touristen.«

Alle Fahrgäste waren aufgestanden und verließen, mit den Händen auf dem Kopf, einer nach dem anderen den Bus.

»Es wird schon nichts passieren«, wiederholte Albert. »Wir sind Ausländer, ich werde es ihnen erklären. Komm, steigen wir aus.«

Sie stiegen aus, vermischt mit der Menge, und als sie ins Freie kamen, schnitt ihnen der eisige Wind ins Gesicht. Sie blieben in der Gruppe stehen, eng beieinander, Arm in Arm. Sie hörten einzelne Wörter, Gemurmel, Albert konnte nicht verstehen, was sie sagten. Aber es war Spanisch, nicht Quechua, was sie sprachen.

»Señor, bitte«, sagte er überdeutlich, an den Mann im Poncho gewandt, der neben ihm stand, aber im gleichen Augenblick brüllte eine Donnerstimme: »Ruhe!«

Besser, man machte den Mund nicht auf. Sie würden schon Gelegenheit bekommen, zu erklären, wer sie waren und warum sie sich hier befanden. *La petite* Michèle hielt mit beiden Händen seinen Arm umklammert, Albert spürte ihre Fingernägel durch die dicke Jacke hindurch. Jemandem – ihm? – klapperten die Zähne.

Die Leute, die den Bus gestoppt hatten, sprachen kaum ein Wort miteinander. Sie hatten sie umzingelt, und sie waren viele; zwanzig, dreißig, vielleicht mehr. Worauf warteten sie? Im zuckenden Licht der Taschenlampen entdeckten Albert und *la petite* Michèle Frauen unter den Angreifern. Einige mit Kapuzen, andere mit unbedecktem Gesicht. Einige mit Feuerwaffen, andere mit Knüppeln und Macheten. Alle jung.

In der Dunkelheit explodierte ein weiterer Befehl, den Albert ebenfalls nicht verstand. Die Mitreisenden begannen, in ihren Taschen und Brieftaschen zu suchen und Papiere oder Ausweise zu übergeben. Er und sie holten ihre Pässe aus der Gürteltasche. *La petite* Michèle zitterte immer stärker, aber er wollte die Leute nicht provozieren und wagte daher nicht, sie zu beruhigen, ihr zu versichern, daß jetzt, wenn sie ihre Pässe öffnen und sehen würden, daß sie französische Touristen waren, das Schlimmste vorbei wäre. Sie würden vielleicht die Dollars behalten. Es waren nicht viele, zum Glück. Die Travellerschecks reisten verborgen in Alberts Gürtel mit doppeltem Boden, und mit ein wenig Glück würden sie sie nicht finden.

Drei von ihnen begannen, die Papiere einzusammeln, wobei sie in die Reihen der Fahrgäste traten. Als sie zu ihm kamen, buchstabierte Albert, während er der weiblichen Gestalt mit umgehängtem Gewehr die beiden Pässe reichte:

»Wir sind französische Touristen. Nicht Spanisch können, Señorita.«

»Ruhe!« brüllte sie und riß ihm die Pässe aus der Hand. Es war eine Kleinmädchenstimme, schneidend und wütend. »Still.«

Albert dachte, wie ruhig und rein dort oben alles war, an diesem hohen, sternenbesäten Himmel, und wie sehr die bedrohliche Spannung hier unten im Gegensatz dazu stand. Seine Angst war verflogen. Wenn all dies Erinnerung sein würde, wenn er es schon Dutzende

Male den Freunden im Bistro und den Schülern in der Schule in Cognac erzählt hätte, dann würde er *la petite* Michèle fragen: »Hatte ich recht oder nicht, als ich lieber den Bus nehmen wollte? Wir hätten uns um das tollste Reiseerlebnis gebracht.«

Ein halbes Dutzend Männer mit automatischen Gewehren, die ihnen mit dem Strahl der Taschenlampen ständig in die Augen leuchteten, waren zu ihrer Bewachung dageblieben. Die anderen hatten sich einige Meter entfernt und schienen sich miteinander zu beraten. Albert folgerte, daß sie die Papiere einer sorgfältigen Prüfung unterzogen. Ob sie wohl alle lesen konnten? Wenn sie sehen würden, daß sie nicht von hier waren, sondern arme Franzosen, Rucksacktouristen, die im Bus reisten, würden sie sie um Entschuldigung bitten. Die Kälte drang ihm in die Knochen. Er legte seine Arme um *la petite* Michèle und dachte: ›Der von der Botschaft hatte recht. Wir hätten das Flugzeug nehmen sollen. Wenn wir reden können, werde ich mich bei dir entschuldigen.‹

Die Minuten dehnten sich zu Stunden. Mehrere Male war er sicher, daß er vor Kälte und Erschöpfung ohnmächtig werden würde. Als die Fahrgäste begannen, sich auf den Boden zu setzen, taten er und *la petite* Michèle es ihnen nach und setzten sich ganz dicht nebeneinander. Sie verharrten stumm, eng aneinandergedrängt, sich gegenseitig wärmend. Die Kaperer kamen nach einer langen Weile zurück, zogen die Reisenden einen nach dem anderen hoch, schauten ihnen ins Gesicht, richteten ihnen den Strahl der Taschenlampe in die Augen, stießen sie vorwärts und trieben sie in den

Bus zurück. Ein bläulicher Streifen erschien hinter dem zackigen Profil der Berge. *La petite* Michèle schien zu schlafen, so still hockte sie da. Aber ihre Augen waren weit aufgerissen. Albert stand mühsam auf, wobei er spürte, wie seine Knochen knirschten, und mußte *la petite* Michèle mit beiden Armen hochziehen. Er fühlte sich ganz benommen, seine Muskeln krampften sich zusammen, sein Kopf war schwer, und er dachte, daß sie bestimmt wieder unter der Höhenkrankheit litt, die ihr in den ersten Stunden, als sie die Kordillere hinaufgefahren waren, so sehr zu schaffen gemacht hatte. Der böse Spuk fand offenbar ein Ende. Die Fahrgäste hatten eine Schlange gebildet und stiegen nacheinander in den Bus. Als sie beide an der Reihe waren, setzten ihnen die beiden kapuzentragenden Burschen, die an der Tür des Fahrzeugs standen, die Gewehre auf die Brust, ohne ein Wort zu sagen, und wiesen sie an, beiseite zu treten.

»Warum?« fragte Albert. »Wir sind französische Touristen.«

Einer der beiden näherte ihm drohend sein Gesicht und brüllte ihn an:

»Ruhe! Scht!«

»Nicht spanisch sprechen«, rief *la petite* Michèle. »Tourist! Tourist!«

Sie wurden umringt, an den Armen gepackt, vorwärts gestoßen, von den anderen Fahrgästen entfernt. Und bevor sie noch begreifen konnten, was geschah, begann der Motor des Busses zu gurgeln, Leben kam in den Koloß, und er fing zu vibrieren an. Sie sahen ihn schlingernd davonfahren, auf der verlorenen Piste der Andenhochebene.

»Was haben wir getan?« flüsterte Michèle auf französisch. »Was werden sie mit uns machen?«

»Sie werden Lösegeld von der Botschaft verlangen«, brachte er mühsam hervor.

»Den da haben sie nicht wegen irgendeines Lösegeldes dabehalten.« *La petite* Michèle schien nicht mehr ängstlich zu sein; eher hitzig, empört.

Der Reisende, den sie zusammen mit ihnen zurückgehalten hatten, war klein und untersetzt. Albert erkannte seinen Hut und seinen winzigschmalen Schnurrbart wieder. Er hatte in der ersten Reihe gesessen, pausenlos geraucht und sich hin und wieder zum Fahrer gebeugt, um mit ihm zu plaudern. Er gestikulierte und flehte, bewegte den Kopf, die Hände. Sie umringten ihn. Sie hatten ihn und *la petite* Michèle vergessen.

»Siehst du die Steine?« wimmerte sie. »Siehst du sie? Siehst du sie?«

Es tagte rasch auf der Hochebene, und die Körper, die Umrisse ließen sich jetzt deutlich erkennen. Sie waren jung, sie waren kaum erwachsen, sie waren arm, und einige waren Kinder. Außer den Gewehren, den Revolvern, den Macheten und den Knüppeln hielten viele Steinbrocken in den Händen. Der kleine Mann mit Hut war auf die Knie gefallen und schwor, die Finger gekreuzt, den Kopf zum Himmel erhoben. Bis der Kreis sich über ihm schloß und ihnen den Blick auf ihn versperrte. Sie hörten ihn schreien, flehen. Drängelnd, sich gegenseitig anfeuernd, einander nachahmend, fuhren Hände und Steine hinab und hinauf, hinab und hinauf.

»Wir sind Franzosen«, sagte *la petite* Michèle.

»Tun Sie das nicht, Señor«, rief Albert. »Wir sind französische Touristen, Señor.«

Sie waren fast Kinder, ja. Aber mit rauhen, von der Kälte schwärzlich verfärbten Gesichtern, wie die derben Füße in den aus Autoreifen gefertigten Sandalen, die einige trugen, wie diese Steine in ihren schuppigen Händen, mit denen sie auf sie einzuschlagen begannen.

»Erschießen Sie uns«, schrie Albert auf französisch, blind, während er *la petite* Michèle in die Arme nahm und sich zwischen sie und diese grausamen Arme stellte. »Wir sind auch jung, Señor. Señor!«

»Als ich hörte, daß der Typ sie zu schlagen begann und sie anfing zu wimmern, bekam ich Gänsehaut«, sagte der Gendarm. »Wie beim letzten Mal, dachte ich, genau wie in Pucallpa. Du hast vielleicht ein Glück, du Idiot.«

Lituma bemerkte, daß Tomás Carreño wütend und unruhig war, während er die Geschichte noch einmal durchlebte. Hatte er vergessen, daß er da war und ihm zuhörte?

»Als mein Pate mir zum ersten Mal den Auftrag gab, den Chancho zu bewachen, war ich sehr stolz«, erklärte der Junge und schien sich etwas zu beruhigen. »Denken Sie nur. So nah bei einem großen Boß zu sein, mit ihm in die Selva zu reisen. Aber es war mir verdammt schlecht ergangen in der Nacht in Pucallpa. Und jetzt die gleiche Scheiße in Tingo María.«

»Du hast keinen blassen Schimmer davon gehabt, daß

das Leben voller schmutziger Dinge ist«, sagte Lituma. »Wo hast du bloß gelebt, Tomasito.«

»Ich wußte alles vom Leben, aber die Sache mit dem Sadismus hat mir nicht gefallen. Verdammt noch mal, das nicht. Ich habe es auch nicht kapiert. Ich bekam Wut und sogar Angst. Wie konnte er sich nur schlimmer als ein Tier aufführen? Da habe ich verstanden, warum sie ihn Chancho nannten, das Schwein.«

Ein pfeifender Knall, und die Frau schrie. Verdammt, er schlug auf sie ein. Lituma schloß die Augen und erfand sie. Sie war füllig, ihr Fleisch wogte, ihre Brüste waren rund. Der Boß zwang sie, vor ihm zu knien, nackt, und die Peitschenhiebe hinterließen dunkelviolette Streifen auf ihrem Rücken.

»Ich weiß nicht, wer mich mehr anwiderte, er oder sie. Was diese Weiber nicht alles machen für Geld, dachte ich.«

»Na, du warst doch auch wegen Geld da, oder? Hast den Chancho bewacht, während er sich einen Spaß daraus machte, der Nutte die Seele aus dem Leib zu prügeln.«

»Nennen Sie sie nicht so«, protestierte Tomás. »Auch nicht, wenn sie es wäre, Herr Korporal.«

»Es ist nur ein Wort, Tomasito«, sagte Lituma entschuldigend.

Der Junge spuckte wütend nach den Insekten der Dunkelheit. Es war tiefe, heiße Nacht, rings um ihn rauschten die Bäume. Kein Mond stand am Himmel, und die öligen Lichter von Tingo María waren kaum erkennbar zwischen dem Wald und den Bergen. Das Haus lag außerhalb der Stadt, etwa hundert Meter von der

Straße entfernt, die nach Aguatía und Pucallpa führte, und durch seine dünnen Holzwände drangen die Geräusche und Stimmen mit aller Deutlichkeit. Er hörte einen weiteren Knall, und die Frau schrie.

»Nicht mehr, *papacito*«, flehte ihre tonlose Stimme. »Schlag mich nicht mehr.«

Carreño kam es vor, als würde der Mann lachen, mit dem gleichen selbstgefälligen kleinen Lachen, das er schon beim vorherigen Mal, in Pucallpa, von ihm gehört hatte.

»So lacht ein Boß, einer, der das Sagen hat, einer von der Sorte Wer-will-der-kann, ein Weiberheld, der zu viele Soles und Dollars in der Tasche hat«, erklärte er dem Korporal voll altem Groll.

Lituma stellte sich die schmalen Augen des Sadisten vor: Sie traten aus den Fettpolstern hervor, sie funkelten vor Geilheit bei jedem Wimmern der Frau. Ihn erregten diese Dinge nicht, aber andere anscheinend wohl. Natürlich empörten sie ihn auch nicht so wie seinen Amtshelfer. Was soll man machen, wenn das Scheißleben eben das Scheißleben ist. Brachten die Terroristen nicht aufs Geratewohl Leute um, bloß wegen diesem Märchen von der Revolution? Die fanden auch Gefallen am Blut.

»Mach endlich Schluß, Chancho, du Dreckskerl, dachte ich«, fuhr Tomás fort. »Verlustier dich, leer dich aus, schlaf ein. Aber er machte weiter.«

»Es reicht, *papacito*. Nicht mehr«, bat ihn die Frau von Zeit zu Zeit.

Der Junge schwitzte und fühlte Beklemmungen. Ein Lastwagen donnerte auf der Landstraße vorbei, seine gelblichen Lichter erleuchteten einen Augenblick das

Blattwerk, die Baumstämme, die Felsen und den Schlamm des Wassergrabens. Mit der Dunkelheit kehrten die phosphoreszierenden Punkte zurück. Tomás hatte nie einen Leuchtkäfer gesehen und stellte sie sich wie kleine fliegende Lampen vor. Wenn doch wenigstens der dicke Iscariote bei ihm wäre und er mit ihm plaudern, witzeln und ihm zuhören könnte, wie er von seinen Freßgelagen erzählte, dann würde die Zeit rasch vergehen. Er müßte nicht hören, was er hörte, oder sich vorstellen, was er sich vorstellte.

»Und jetzt werde ich dir diese Eisenlatte bis zum Hals reinrammen«, stieß der Mann hervor, verrückt vor Glück. »Damit du schreist wie deine Mutter, als sie dich geboren hat.«

Lituma kam es vor, als hörte er das geile Gekichere des Chancho, das Lachen eines Mannes, mit dem das Leben es gut meint und der immer bekommt, was er haben will. Ihn konnte er sich leicht vorstellen, sie nicht; die Frau war eine gesichtslose Gestalt, eine Form, die keine konkreten Umrisse annahm.

»Wenn Iscariote bei mir gewesen wäre und mit mir geredet hätte, hätte ich vergessen, was in dem Haus passierte«, sagte Tomás. »Aber der Dicke bewachte den Weg, und ich wußte, daß nichts ihn dazu bringen könnte, seinen Posten zu verlassen, daß er die ganze Nacht dort stehen und von Leckerbissen träumen würde.«

Die Frau schrie erneut, und dieses Mal ging ihr Schrei in Weinen über. Ob diese halbdumpfen Schläge Fußtritte waren?

»Bei allem, was dir lieb ist«, flehte sie ihn an.

»In diesem Augenblick wurde mir klar, daß ich schon den Revolver in der Hand hielt«, sagte der Junge, die Stimme senkend, als könnte ihn jemand hören. »Ich hatte ihn aus dem Halfter geholt und spielte mit ihm herum, bewegte den Abzug, drehte die Trommel. Ohne daß ich es gemerkt hätte, ich schwör es Ihnen.«

Lituma drehte sich zur Seite, um ihn anzusehen. Auf der benachbarten Pritsche war das Profil Tomasitos kaum zu erkennen, es verschwamm in der schwachen Helligkeit der Sterne und des Mondes, die durch das Fenster drang.

»Was hattest du vor, du Trottel?«

Er war die kleine hölzerne Außentreppe auf Zehenspitzen hinaufgestiegen und hatte ganz langsam die Haustür aufgestoßen, bis er den Widerstand der Querstange fühlte. Es war, als hätten Hände und Beine sich unabhängig von seinem Kopf gemacht. »Nicht mehr, *papacito*«, bat die Frau monoton. Die Schläge fielen in größeren Abständen, gedämpft, und jetzt hörte der Junge das Keuchen des Chancho. Die Tür hatte kein Schloß. Kaum drückte er den Körper dagegen, gab sie auch schon nach: das Knarren vermischte sich mit den Schlägen und den flehenden Worten. Als sie mit einem quietschenden Geräusch weit aufsprang, hörten das Wimmern und die Schläge auf, und es explodierte ein Fluch. Tomás sah den nackten Mann, der sich fluchend im Dunkeln herumwälzte. Eine Petroleumlampe hing an einem Nagel an der Wand. Verrückt gewordene Schatten tanzten. Der Typ hatte sich im Moskitonetz verheddert und versuchte sich mit den Händen fuchtelnd zu befreien; Tomás sah die entsetzten Augen der Frau.

»Schlagen Sie sie nicht mehr, Señor«, flehte er. »Ich erlaube es nicht.«
»So einen Schwachsinn hast du gesagt?« spottete Lituma. »Und ihn obendrein auch noch mit Señor angeredet?«
»Ich glaube nicht, daß er mich gehört hat«, sagte der Junge. »Vielleicht hatte ich gar keine Stimme, vielleicht habe ich es nur in Gedanken gesagt.«
Der Mann fand, was er suchte, und als er sich halb aufgerichtet hatte, verheddert im Moskitonetz, behindert von der Frau, zielte er auf ihn, noch immer mit lauter Stimme fluchend, als wollte er sich Mut machen. Tomás kam es vor, als würden die Schüsse knallen, bevor er auf den Abzug gedrückt hatte, aber nein, es war seine Hand, die zuerst schoß. Er hörte den Mann aufheulen und sah, wie er nach hinten fiel, wobei er die Pistole losließ und sich zusammenkrümmte. Der Junge machte zwei Schritte auf das Bett zu. Chanchos Körper war zur Hälfte auf der anderen Seite heruntergeglitten. Seine Beine lagen verrenkt auf dem Laken. Er war still. Nicht er, die Frau schrie los.
»Bring mich nicht um! Bring mich nicht um!« kreischte sie entsetzt, während sie das Gesicht verbarg, sich wand, sich mit Händen und Füßen zu bedecken suchte.
»Was erzählst du da, Tomasito!« Lituma erstarrte. »Willst du sagen, daß du ihn kaltgemacht hast?«
»Halt den Mund!« befahl der Junge. Jetzt konnte er atmen. Der Aufruhr in seiner Brust hatte sich gelegt. Die Beine des Mannes glitten zu Boden und zogen dabei einen Teil des Moskitonetzes herunter. Er hörte ihn leise stöhnen.

»Du hast ihn also umgelegt?« beharrte Lituma. Auf einen Ellbogen gestützt, suchte er im Dunkel noch immer das Gesicht seines Amtshelfers.

»Bist du denn nicht einer seiner Wächter?« Die Frau sah ihn an, ohne zu begreifen, blinzelnd. In ihren Augen lag eine tierische Angst, in die sich jetzt Bestürzung mischte. »Warum hast du das getan?«

Sie versuchte sich zu bedecken, sie krümmte sich zusammen, hob eine Decke mit Blutflecken hoch. Sie zeigte sie ihm anklagend.

»Ich habe es nicht mehr ausgehalten«, sagte Tomasito. »Daß er Sie so geschlagen hat, um auf seine Kosten zu kommen. Daß er dabei war, Sie umzubringen.«

»Du liebe Güte!« rief Lituma und brach in Lachen aus.

»Was sagst du? Was?« Die Frau erholte sich allmählich von dem Schrecken, ihre Stimme war fester. Tomás sah, wie sie vom Bett sprang, stolperte, wie eine Sekunde lang ihre nackte Gestalt sich rötete, als sie unter der Petroleumlampe vorbeiging, und wie sie, wieder Herrin ihrer selbst und voll Energie, sich die Kleider anzuziehen begann, die sie vom Boden aufhob, ohne mit dem Reden aufzuhören: »Warum hast du auf ihn geschossen? Weil er mich geschlagen hat? Und wer hat dich gerufen, darf man das wissen? Und wer bist du überhaupt, darf man das wissen? Wer hat dich gebeten, dich um mich zu kümmern, darf man das wissen?«

Bevor Tomás ihr antworten konnte, hörte er Iscariotes eilige Schritte und seine sich überstürzende Stimme: »Carreño? Carreñito?« Die Treppenstufen erzitterten unter seinen Tritten, die Tür sprang weit auf. Da war seine Tonnengestalt, sie füllte den Eingang aus. Er sah ihn an, sah die Frau an, das zerwühlte Bett, die Decke, das heruntergefallene Moskitonetz. Er hielt den Revolver in der Hand und tänzelte hin und her.

»Ich weiß nicht«, murmelte der Junge, mit der mineralischen Materie kämpfend, in die sich seine Zunge verwandelt hatte. Auf dem Dielenboden, halb verschwommen, bewegte sich der Körper. Aber er stöhnte nicht mehr.

»Verdammt, was ist los«, keuchte der dicke Iscariote mit weit hervorspringenden Augen. »Was ist passiert, Carreñito?«

Die Frau hatte sich fertig angekleidet und zog sich die Schuhe an, bewegte erst das eine, dann das andere Bein. Wie im Schlaf erkannte Tomás das weiße, geblümte Kleid wieder, mit dem er sie an diesem Mittag auf dem Flugplatz von Tingo María aus dem Flugzeug aus Lima hatte steigen sehen, als Iscariote und er sie abholen kamen, um sie zum Chancho zu bringen.

»Frag den da, was passiert ist.« Ihre Augen blitzten, und sie bewegte eine Hand, mit der sie auf den am Boden Liegenden, auf ihn und wieder auf den am Boden Liegenden wies.

»Sie war so wütend, daß ich dachte, sie wird sich auf mich stürzen und mir das Gesicht zerkratzen«, sagte der Junge. Seine Stimme war sanft geworden.

»Du hast den Boß umgelegt, Carreño?« Der Dicke war fassungslos. »Du hast ihn umgelegt?«

»Ja, ja«, kreischte die Frau, außer sich. »Und wir, was wird jetzt mit uns.«

»Verdammte Scheiße« wiederholte der dicke Iscariote, »verdammte Scheiße.« Er blinzelte pausenlos.

»Ich glaube, er ist nicht tot«, stammelte der Junge. »Ich habe gesehen, wie er sich bewegt hat.«

»Aber warum denn nur, Carreñito.« Der Dicke beugte sich herab, um den Körper zu betrachten. Er richtete sich gleich wieder auf und trat, verschreckt, einen Schritt zurück. »Was hat er dir getan? Warum?«

»Er hat sie geschlagen. Er wollte sie umbringen. Nur, um auf seine Kosten zu kommen. Ich kriegte keine Luft, Dicker, ich bin durchgedreht. Ich konnte diese Schweinerei nicht ertragen.«

Iscariote wandte ihm sein Vollmondgesicht zu, blickte ihn forschend an, mit vorgerecktem Kopf, als wollte er an ihm schnuppern oder ihm sogar mit der Zunge über die Haut fahren. Er öffnete den Mund, ohne etwas zu sagen. Er schaute die Frau an, er schaute Tomás an und schwitzte und keuchte.

»Und deswegen hast du ihn umgebracht?« sagte er schließlich, während er seinen krausen Kopf hin und her bewegte, tumb wie ein Pappfigur im Karneval.

»Deswegen! Deswegen!« kreischte die Frau hysterisch. »Und was wird jetzt mit uns, verdammt noch mal.«

»Weil er sich mit seiner Nutte verlustiert hat, hast du ihn umgebracht?« Die Augen des dicken Iscariote rollten in ihren Höhlen, als wären sie aus Quecksilber. »Weißt du überhaupt, was du da getan hast, du Unglücksvogel?«

»Ich weiß nicht, was in mich gefahren ist. Mach dir keine Sorgen, es ist nicht deine Schuld. Ich werde es meinem Paten erklären, Dicker.«

»Idiot, Anfänger.« Iscariote hob die Hände an den Kopf. »Rindvieh. Was glaubst du denn, was die Männer mit den Nutten machen, du Schwachkopf.«

»Die Polizei wird kommen, sie werden Nachforschungen anstellen«, sagte die Frau. »Ich habe nichts damit zu tun, ich muß gehen.«

»Aber sie konnte nicht fort«, erinnerte sich der Junge, und seine schmalzige Stimme wurde noch sanfter. Lituma dachte: ›Dich hatte es also schon erwischt, Tomasito.‹ Sie tat einige Schritte zur Tür hin, aber sie blieb stehen und kehrte um, als wüßte sie nicht, was sie tun sollte. Sie war völlig verängstigt, die Arme.

Der Junge fühlte die Hand des dicken Iscariote auf seinem Arm. Er schaute ihn betrübt, mitfühlend an, ohne Zorn jetzt. Er redete sehr entschlossen auf ihn ein:

»Verschwinde und komm deinem Paten besser nicht mehr unter die Augen, Bruderherz. Der würde dir ein paar Schüsse verpassen, wer weiß, was er mit dir machen würde. Hau ab, verdünnisier dich, und hoffentlich kriegen sie dich nicht. Ich habe immer gewußt, daß du nicht taugst zu solchen Sachen. Hab ich dir das nicht gesagt, als man uns vorgestellt hat?«

»Ein sehr anständiger Freund«, erklärte der Junge Lituma. »Ich konnte ihn ja auch reinreißen mit dem, was ich getan hatte. Und trotzdem hat er mir zur Flucht verholfen. Ein Dicker wie ein Schrank, ein Gesicht rund wie ein Käse, ein Bauch wie ein Autoreifen. Was mag aus ihm geworden sein.«

Er streckte ihm seine runde, freundschaftliche Hand entgegen. Tomás drückte sie kräftig. »Danke, Dicker.«

Die Frau, ein Knie auf den Boden gestützt, wühlte in den Kleidern des Mannes, der reglos dalag.
»Du erzählst mir nicht alles, Tomasito«, unterbrach ihn Lituma.
»Ich hab keinen Centavo, ich weiß nicht, wohin ich gehen soll«, hörte der Junge die Frau zu Iscariote sagen, als er schon hinausging, um in die laue Brise einzutauchen, die die Sträucher und das Laubwerk rascheln ließ. »Ich hab keinen Centavo, ich weiß nicht, was ich tun soll. Ich bestehle ihn nicht.«
Er rannte los, in Richtung Landstraße, aber nach wenigen Metern begann er im Schritt zu gehen. Wohin sollte er? Er hielt noch immer den Revolver in der Hand. Er steckte ihn ins Halfter am Gürtel seiner Hose, verborgen unter dem Hemd. Es gab keine Fahrzeuge in der Umgebung, und die Lichter von Tingo María wirkten weit entfernt.
»Ich fühlte mich ruhig, erleichtert, auch wenn Sie es nicht glauben, Herr Korporal«, sagte der Junge. »Wie wenn man aufwacht und begreift, daß der Alptraum nur ein Alptraum war.«
»Aber warum behältst du das Beste für dich, Tomasito«, wiederholte Lituma lachend.
Halb überdeckt vom Summen der Insekten und dem Rauschen des Waldes, vernahm der Junge die kleinen eiligen Schritte der Frau, die ihn einzuholen suchten. Dann spürte er sie an seiner Seite.
»Aber ich verberge Ihnen doch nichts, Herr Korporal. Das ist die ganze Wahrheit. So ist es passiert, genauso.«
»Der Dicke hat mir nicht erlaubt, auch nur einen einzi-

gen Centavo mitzunehmen«, klagte sie. »Dieser Scheißdickwanst. Ich habe ihn nicht bestohlen, ich habe mir nur was geliehen, um nach Lima zu kommen. Ich hab keinen Centavo. Ich weiß nicht, was ich tun soll.«

»Ich weiß auch nicht, was ich tun soll«, sagte Tomás. Sie stolperten den schmalen kurvenreichen Weg entlang, der mit Laub übersät war, glitten aus in den vom Regen ausgewaschenen Erdlöchern, spürten im Gesicht und an den Händen, wie Blätter und Spinnweben sie streiften.

»Wer hat dir gesagt, daß du dich einmischen sollst!« Die Frau senkte sofort die Stimme, von Reue erfaßt. Aber einen Augenblick später schimpfte sie erneut, wenn auch verhaltener: »Wer hat dich zu meinem Aufpasser ernannt, wer hat dich gebeten, mich zu beschützen. Ich vielleicht? Jetzt steckst du in der Scheiße und ich auch, ohne jede Schuld.«

»Nach dem, was du mir erzählst, warst du schon in dieser Nacht in sie verknallt«, erklärte Lituma. »Du hast deinen Revolver nicht deshalb herausgeholt und auf ihn geschossen, weil dich seine Schweinereien mit ihr angewidert haben. Gib zu, daß du eifersüchtig auf ihn warst. Das Wichtigste hast du mir nicht erzählt, Tomasito.«

II

›All diese Todesfälle gleiten an den Indios ab‹, dachte Lituma. Am Abend zuvor hatte er in Dionisios Kantine die Nachricht von dem Überfall auf den Bus nach Andahuaylas gehört, und nicht einer der Hilfsarbeiter, die dort tranken und aßen, hatte die geringste Bemerkung gemacht. ›Nie werde ich auch nur die kleinste Scheiße von dem verstehen, was hier passiert‹, dachte er. Die drei Verschwundenen waren nicht vor ihren Familien geflohen, noch hatten sie irgendein Werkzeug aus dem Lager gestohlen. Sie hatten sich von der Miliz der Terroristen anwerben lassen. Oder die hatten sie ermordet und irgendwo in diesen Bergen in einem Loch verscharrt. Aber wenn die Sendero-Leute schon hier waren und Komplizen unter den Hilfsarbeitern hatten, warum hatten sie dann den Posten nicht angegriffen? Warum hatten sie ihn und Tomasito noch nicht hingerichtet? Vielleicht, weil sie Sadisten waren. Sie wollten ihnen die Nerven ruinieren, bevor sie sie mit Dynamit in Stücke sprengten. Sie würden ihnen keine Zeit lassen, die Revolver unter dem Kopfkissen hervorzuholen, und schon gar nicht, zum Kleiderschrank mit den Gewehren zu laufen. Sie würden sich langsam von vier Seiten der Hütte nähern, während sie beide den unruhigen Schlaf jeder Nacht schliefen oder während Tomás sich an seine Liebeleien erinnerte und er ihm als Tränentuch diente. Ein Krachen, ein Feuerblitz, Tag mitten in der Nacht: sie würden ihm Hände, Beine und den Kopf gleichzeitig abreißen. Gevierteilt wie Túpac Amaru,

Bruderherz. Es konnte jeden Augenblick passieren, vielleicht heute nacht. Und in der Kantine von Dionisio und der Hexe würden die Indios die gleichen unwissenden Gesichter machen wie gestern abend, als sie die Geschichte mit dem Bus nach Andahuaylas hörten.
Er seufzte und lockerte sein Käppi. Zu dieser Zeit wusch der kleine Stumme gewöhnlich die Wäsche Litumas und seines Amtshelfers. Er tat es hier, wenige Meter entfernt, wie die Indiofrauen: indem er jedes Kleidungsstück gegen einen Stein schlug und dann ausgiebig im Trog spülte. Er arbeitete sehr gewissenhaft, seifte Hemden und Unterhosen immer wieder ein. Dann breitete er die Stücke auf den Steinen aus, mit der gleichen peinlichen Sorgfalt, mit der er alles tat, Körper und Seele auf die Aufgabe konzentriert. Wenn sein Blick sich mit dem des Korporals traf, erstarrte er, wachsam, in Erwartung des Befehls. Und er verbrachte den ganzen Tag mit Verbeugungen. Was mochten die Terroristen mit dieser Seele von Mensch gemacht haben.
Der Korporal hatte zwei Stunden mit dem obligaten Rundgang verbracht – Ingenieur, Vorarbeiter, Zahlmeister, Bautruppführer und Schichtkollegen des Betreffenden –, den er auch nach dem Verschwinden der anderen absolviert hatte. Mit dem gleichen Ergebnis. Natürlich wußte niemand irgend etwas Wesentliches über das Leben von Demetrio Chanca zu sagen. Natürlich schon gar nicht über seinen gegenwärtigen Aufenthaltsort. Jetzt hatte sich auch seine Frau verflüchtigt. Genau wie die Frau, die das Verschwinden des Albinos Casimiro Huarcaya angezeigt hatte. Niemand wußte,

wo sie waren, wann oder warum sie Naccos verlassen hatten.
»Kommt Ihnen dieses Verschwinden nicht seltsam vor?«
»Ja, sehr seltsam.«
»Das gibt doch zu denken, oder?«
»Ja, das gibt zu denken.«
»Wurden sie vielleicht von Gespenstern entführt?«
»Natürlich nicht, Korporal, wer glaubt denn sowas.«
»Und warum sind auch die beiden Frauen verschwunden?«
»Tja, warum wohl.«
Machten sie sich über ihn lustig? Bisweilen schien ihm, als lauere Spott hinter diesen ausdruckslosen Gesichtern, diesen einsilbigen, wie ihm zu Gefallen lustlos hingeworfenen Worten, diesen kleinen undurchsichtigen, mißtrauischen Augen, der Spott der Hochlandbewohner über ihn, der von der Küste stammte und sich in diese Hochebenen verirrt hatte, über die Nervosität, die die Höhe ihm noch immer verursachte, über seine Unfähigkeit, diese Fälle zu lösen. Oder waren sie halbtot vor Angst? Vor panischer Angst, Todesangst vor den Terroristen. Das konnte die Erklärung sein. Wie war es angesichts der tagtäglichen Ereignisse in ihrer Umgebung möglich, daß er bisher noch nie ein einziges Wort über Sendero Luminoso von ihnen gehört hatte? Als existierte die Guerrillabewegung nicht, als gäbe es diese Bomben und diese Massaker nicht. ›Merkwürdige Menschen‹, dachte er. Er hatte keinen einzigen Freund unter den Hilfsarbeitern gewinnen können, ob-

wohl er schon so viele Monate mit ihnen zusammen war, obwohl er schon zweimal den Posten verlegt hatte, um dem Barackenlager zu folgen. Im Gegenteil. Sie behandelten ihn, als käme er vom Mars. In der Ferne erblickte er Tomás, der näher kam. Der Gendarm hatte Nachforschungen unter den Indios der Gemeinschaft und bei dem Bautrupp angestellt, der einen Kilometer von Naccos entfernt, in Richtung Huancayo, einen Tunnel in den Berg trieb.

»Und?« fragte er ihn, sicher, daß er ihm mit einer Geste bedeuten würde, er habe nichts erfahren.

»Ich hab was rausbekommen«, sagte der Gendarm, während er sich neben ihn setzte, auf einen der Felssteine, die Abwechslung in die Monotonie des Berghangs brachten. Sie befanden sich auf einem Felsvorsprung, auf halbem Wege zwischen dem Posten und dem Lager, das sich die Schlucht entlangzog, durch die die Straße führen würde, wenn sie jemals fertig werden sollte. Es hieß, Naccos sei einmal ein blühendes Bergarbeiterdorf gewesen. Jetzt würde es nicht existieren ohne die Straßenbauarbeiten. Die Luft des Mittags war lau, und am Himmel, zwischen wattigen, bauschigen Wolken, strahlte eine blendende Sonne. »Der Vorarbeiter hat neulich abend Streit mit der Hexe gehabt.«

Die Hexe war Señora Adriana, die Frau von Dionisio. In den Vierzigern oder Fünfzigern, alterslos, stand sie abends in der Kantine, wo sie ihrem Mann half, die Leute zum Trinken zu bringen, und wenn es stimmte, was sie erzählte, dann kam sie vom anderen Ufer des Mantaro, aus der Gegend von Parcasbamba, einer Region, die halb zum Hochland, halb zum Urwald gehörte. Am Tage bereitete sie einigen Hilfsarbeitern das Essen zu, und an den Nachmittagen und Abenden sagte sie ihnen aus Karten die Zukunft voraus, machte Horoskope, las ihnen aus der Hand oder warf Kokablätter in die Luft und deutete die Figuren, die sie beim Herunterfallen bildeten. Sie war eine Frau mit großen hervorspringenden, brennenden Augen und weit ausladenden Hüften, in denen sie sich beim Gehen wiegte. Allem Anschein nach war sie ein Prachtweib gewesen, und über ihre Vergangenheit wurde viel gemunkelt. Daß sie die Frau eines großnasigen Bergarbeiters gewesen sei und sogar, daß sie einen *pishtaco* umgebracht habe. Lituma vermutete, daß sie außer Köchin und Wahrsagerin in den Nächten auch noch etwas anderes war.

»Erzähl mir nicht, daß die Hexe sich als Terroristin entpuppt hat, Tomasito.«

»Demetrio Chanca hat sich von ihr die Kokablätter werfen lassen. Es hat ihm wohl nicht gefallen, was sie ihm geweissagt hat, denn er wollte sie nicht bezahlen. Sie haben sich angeschrien. Doña Adriana war wütend und hat versucht, ihn zu kratzen. Das hat mir ein Augenzeuge erzählt.«

»Und als Rache für die Prellerei hat die Hexe ein bißchen gezaubert und ihn in Luft aufgelöst«, seufzte Lituma. »Hast du sie befragt?«

»Ich habe sie hierher bestellt, Herr Korporal.«

Lituma glaubte nicht, daß er Demetrio Chanca gekannt hatte. Den Albino ja, entfernt, denn das Gesicht auf der Fotografie, die die Frau ihnen bei der Anzeige überlassen hatte, erinnerte ihn an jemanden, mit dem er irgendwann einmal bei Dionisio ein paar Worte gewechselt hatte. Der erste hingegen, Pedrito Tinoco, hatte mit ihnen in dieser Hütte gelebt, und der Korporal bekam ihn nicht aus dem Kopf. Carreño hatte ihn in der Region der Hochebenen betteln gesehen und ihn zum Posten mitgebracht, wo er für Essen und ein wenig Taschengeld arbeitete. Er erwies sich als außerordentlich nützlich. Er half ihnen, den Dachbalken der Hütte zu verstärken, das Wellblech zu befestigen, die Trennwand festzunageln, die fast in sich zusammengefallen wäre, und den Schutzwall aus Säcken anzulegen, für den Fall eines Angriffs. Bis sie ihn eines schönen Tages Bier kaufen schickten und er verschwand, ohne eine Spur zu hinterlassen. So hatte dieser Irrsinn angefangen, dachte Lituma. Wie würde er wohl enden.

»Da kommt Doña Adriana«, teilte ihm sein Amtshelfer mit.

Ihre Gestalt löste sich beinahe auf im weißen Licht, in der Ferne. Unten im Tal spiegelte sich die Sonne im Wellblech der Baracken, und das Lager sah aus wie eine Reihe kleiner Seen, ein zerbrochener Spiegel. Ja, es war die Hexe. Als sie bei ihnen ankam, keuchte sie leicht und erwiderte den Gruß des Korporals und des Gendarmen mit einem spröden Kopfnicken, ohne die Lippen zu bewegen. Ihre üppigen mütterlichen Brüste hoben und senkten sich harmonisch, und ihre großen Augen betrachteten den einen und den anderen, ohne zu blinzeln. Es lag keine Spur von Unruhe in diesem festen Blick, der in seiner Intensität unangenehm wirkte. Aus irgendeinem Grund verursachten sie und ihr versoffener Mann bei Lituma immer ein Gefühl von Unbehagen.

»Danke, daß Sie gekommen sind, Señora«, sagte er. »Sie wissen es bestimmt schon, es verschwinden noch immer Leute hier in Naccos. Jetzt sind es drei. Ziemlich viele, finden Sie nicht?«

Sie antwortete nicht. Dick, ruhig, in einen schlotternden, geflickten Pullover gehüllt, mit einem grünlichen Rock, der von einer großen Schnalle zusammengehalten wurde, wirkte sie sehr selbstsicher oder ihrer Macht bewußt. Sie stand fest in ihren derben Männerschuhen und wartete gelassen. Konnte sie einmal die besagte Schönheit gewesen sein? Es war schwer, sich das angesichts ihrer heutigen Erscheinung vorzustellen.

»Wir haben Sie bestellt, damit Sie uns über den Streit berichten, den Sie neulich abend mit Demetrio Chanca hatten. Mit diesem Vorarbeiter, der ebenfalls verschwunden ist.«

Die Frau nickte. Sie hatte ein rundes, sauertöpfisches Gesicht und einen Mund wie eine Narbe. Ihre Gesichtszüge waren leicht indianisch, aber sie hatte weiße Haut und sehr helle Augen, wie die Frauen aus den Pampas de los Morochucos, die Lituma einmal in der Provinz Ayacucho wie der Wind auf kleinen, langhaarigen Pferden hatte galoppieren sehen. Ob sie sich wohl nachts als Hure betätigte?

»Ich hatte keinen Streit mit dem«, erklärte sie schneidend.

»Es gibt Zeugen, Señora«, schaltete sich der Gendarm Carreño ein. »Sie wollten ihn kratzen, leugnen Sie nicht.«

»Ich habe versucht, ihm den Hut wegzunehmen, als Bezahlung für das, was er mir schuldete«, räumte sie ein,

ohne die Fassung zu verlieren. »Er hat mich für nichts arbeiten lassen, und das erlaube ich keinem.«
Sie hatte eine schleppende Stimme, es war, als müßte ihre Zunge beim Sprechen kleine Steinchen aus der Tiefe ihres Körpers holen. Im Norden, in Piura und Talara, hatte Lituma nie an Hexen oder Hexereien geglaubt, aber hier, im Hochland, war er sich nicht mehr so sicher. Warum fühlte er sich kleinmütig vor dieser Frau? Was für Schweinereien trieben sie und Dionisio im Morgengrauen in der Kantine mit den betrunkenen Hilfsarbeitern, wenn Lituma und sein Amtshelfer schlafen gingen?
»Es hat ihm wohl nicht gefallen, was Sie in den Kokablättern gelesen haben«, sagte Tomás.
»In der Hand«, korrigierte ihn die Frau. »Ich bin auch Handleserin und Astrologin. Nur trauen diese Indios weder den Karten noch den Sternen, nicht einmal ihren Händen. Den Kokablättern, sonst nichts.« Sie schluckte und fügte hinzu: »Und die Blätter sprechen nicht immer klar.«
Die Sonne traf sie in die Augen, aber sie blinzelten nicht: sie wirkten wie wahnsinnig, sie traten ihr fast aus den Höhlen. Lituma stellte sich vor, daß sie vielleicht sogar sprechen konnten. Wenn sie in den Nächten tat, was er und Tomás vermuteten, dann mußten die, die sie bestiegen, im Dunkeln diese Riesenaugen ertragen. Er könnte das nicht.
»Und was haben Sie in seiner Hand gesehen, Señora?«
»Was ihm zugestoßen ist«, antwortete sie unbefangen.

»Haben Sie in seiner Hand gelesen, daß man ihn verschwinden lassen würde?« Lituma nahm sie in die Mangel, ganz sachte. Carreño, zu seiner Rechten, reckte den Hals.

Die Frau nickte, seelenruhig.

»Der Weg hierher hat mich ein wenig müde gemacht«, sagte sie. »Ich werde mich hinsetzen.«

»Erzählen Sie uns, was Sie Demetrio Chanca gesagt haben«, beharrte Lituma.

Señora Adriana schnaufte. Sie hatte sich auf einem Stein niedergelassen und fächelte sich mit dem großen Strohhut, den sie abgenommen hatte. Sie trug ihr glattes, nicht ergrautes Haar straff nach hinten und im Nacken mit einem bunten Band zusammengebunden, wie es die Indios den Lamas an die Ohren banden.

»Ich habe ihm gesagt, was ich gesehen habe. Daß man ihn opfern würde, um die bösen Geister zu beschwichtigen, die so viel Unheil in der Gegend anrichten. Und daß man ihn ausgewählt hatte, weil er unrein war.«

»Und darf man erfahren, warum er unrein war, Doña Adriana?«

»Weil er seinen Namen geändert hat«, erklärte die Frau. »Den Namen zu ändern, den man bei der Geburt erhalten hat, ist ein Zeichen von Feigheit.«

»Es wundert mich nicht, daß Demetrio Chanca Sie nicht bezahlen wollte«, sagte Tomásito lächelnd.

»Wer würde ihn opfern?« fragte Lituma.

Die Frau machte eine Geste, die Überdruß oder Verachtung ausdrücken konnte. Sie fächelte sich langsam, schnaufend Luft zu.

»Sie wollen, daß ich Ihnen antworte: die Terroristen,

die von Sendero, nicht wahr?« Sie schnaufte erneut und änderte den Ton. »Das stand nicht in seinen Händen.«

»Und Sie erwarten, daß ich mich mit einer solchen Erklärung zufriedengebe?«

»Sie fragen, und ich antworte Ihnen«, sagte die Frau mit großer Gelassenheit. »Das habe ich in seiner Hand gesehen. Und es hat sich erfüllt. Ist er denn nicht verschwunden? Sie haben ihn also geopfert.«

Die muß doch verrückt sein, dachte Lituma. Señora Adriana schnaufte wie ein Blasebalg. Mit ihrer rundlichen Hand hob sie den Rand des Rockes zum Gesicht hoch und schneuzte sich, wobei sie zwei dicke, weißliche Waden entblößte. Sie schneuzte sich noch einmal, mit großem Getöse. Trotz seines Unbehagens lachte der Korporal kurz auf: auch eine Art, sich die Nase zu putzen.

»Hat man Pedrito Tinoco und den Albino Huarcaya ebenfalls dem Teufel geopfert?«

»Denen habe ich weder die Karten gelegt noch aus der Hand gelesen, und ich habe auch nicht ihr Horoskop gemacht. Kann ich gehen?«

»Einen Augenblick.« Lituma hielt sie zurück.

Er nahm sein Käppi ab und wischte sich den Schweiß von der Stirn. Die Sonne stand mitten am Himmel, eine flimmernde Scheibe. Es herrschte eine Hitze wie im Norden. Aber in vier oder fünf Stunden würde es kalt werden, und gegen zehn Uhr abends würden seine Knochen vor Kälte knirschen. Wer sollte dieses Klima verstehen, es war genauso undurchschaubar wie die Hochlandbewohner. Er mußte wieder an Pedrito

Tinoco denken. Wenn er mit dem Waschen und Spülen der Wäsche fertig war, blieb er auf einem Stein sitzen, reglos, ins Leere schauend. So verharrte er, still, in sich gekehrt, mit den Gedanken weiß Gott wo, bis die Kleidungsstücke trocken waren. Dann faltete er sie sorgsam und überreichte sie dem Korporal, mit einer Verbeugung. Verdammte Scheiße. Unten im Lager, zwischen dem aufblitzenden und schimmernden Wellblech, bewegten sich die Hilfsarbeiter. Kleine Ameisen. Diejenigen, die nicht den Tunnel sprengten oder mit der Schaufel arbeiteten, hatten jetzt ihre Pause; wahrscheinlich aßen sie ihr mitgebrachtes Essen.

»Ich versuche, meine Arbeit zu tun, Doña Adriana«, sagte er plötzlich, selbst überrascht über seinen vertraulichen Ton. »Es sind drei Leute verschwunden. Die Familien haben es gemeldet. Die Terroristen können sie umgebracht haben. Sie mit Gewalt für ihre Miliz rekrutiert haben. Sie entführt haben. Man muß es herausfinden. Deshalb sind wir hier in Naccos. Deshalb gibt es diesen Gendarmerieposten. Oder warum glauben Sie?«

Tomás hatte ein paar Steinchen vom Boden aufgelesen und zielte auf die Säcke der Palisade. Wenn er traf, gab es ein schwaches, dumpfes Geräusch.

»Werfen Sie mir etwas vor? Ist es meine Schuld, daß es Terroristen in den Anden gibt?«

»Sie sind eine der Personen, die Demetrio Chanca zuletzt gesehen haben. Sie hatten Streit mit ihm. Was ist das für eine Geschichte, daß er seinen Namen geändert hat? Geben Sie uns einen Hinweis. Ist das zuviel verlangt?«

Die Frau schnaufte erneut, mit einem rasselnden Geräusch.

»Ich habe Ihnen erzählt, was ich weiß. Aber Sie glauben nichts von dem, was Sie hören, Ihnen kommt alles wie Hexenmärchen vor.« Sie suchte Litumas Augen, und dieser fühlte, daß ihr Blick ihn anklagte. »Glauben Sie vielleicht etwas von dem, was ich Ihnen sage?«

»Ich versuche es, Señora. Die einen glauben und die anderen glauben nicht an die Sache mit dem Jenseits. Darauf kommt es jetzt nicht an. Ich will nur die Geschichte dieser drei aufklären. Ist Sendero Luminoso schon in Naccos? Besser, man weiß es. Was den dreien passiert ist, könnte jedem passieren. Ihnen selbst und Ihrem Mann, Doña Adriana. Haben Sie nicht gehört, daß die Terroristen die Laster bestrafen? Daß sie die Säufer auspeitschen? Stellen Sie sich vor, was die mit Typen wie Dionisio und Ihnen tun würden, die davon leben, daß sie die Leute betrunken machen. Wir sind hier, um auch Sie beide zu beschützen.«

Señora Adriana verzog ihren Mund zu einem kleinen, spöttischen Lächeln.

»Wenn die uns umbringen wollen, wird sie niemand daran hindern. Und wenn sie Lust haben, Sie beide hinzurichten, natürlich genausowenig. Das wissen Sie sehr gut, Korporal. Sie beide und wir sind uns darin gleich, es ist ein wahres Wunder, daß wir noch am Leben sind.«

Tomasito hatte eine Hand erhoben, um einen weiteren Stein zu werfen, aber er tat es nicht. Er ließ den Arm sinken und wandte sich an die Frau:

»Wir sind auf ihren Empfang vorbereitet, Señora. Wir

haben den halben Berg vermint. Bevor ein einziger den Posten betritt, gibt es erst mal ein Feuerwerk aus Sendero-Leuten über Naccos.« Er zwinkerte Lituma zu und wandte sich abermals an Doña Adriana. »Der Korporal spricht mit Ihnen nicht wie mit einer verdächtigen Person. Eher wie mit einer Freundin. Belohnen Sie also sein Vertrauen.«

Die Frau schnaufte und fächelte sich wieder, bevor sie zustimmend nickte. Sie hob langsam eine Hand und wies auf die Gipfel mit ihren Schneehauben, die spitz oder stumpf in die Höhe ragten, bleifarben, grünlich, massig und einsam unter der blauen Kuppel.

»All diese Berge stecken voller Feinde«, sagte sie ruhig. »Sie leben im Innern. Sie verbringen Tag und Nacht damit, böse Taten auszuhecken. Sie richten Unheil und noch mehr Unheil an. Das ist der Grund für so viele Unfälle. Die Einstürze in den Stollen. Die Lastwagen, denen die Bremsen versagen oder die aus der Kurve fliegen. Die Dynamitkästen, die explodieren und Beine und Köpfe mitnehmen.«

Sie sprach, ohne die Stimme zu heben, monoton, wie bei den Litaneien der Prozessionen oder den Klagen der Klageweiber bei den Totenwachen.

»Wenn alles Übel vom Teufel kommt, dann gibt es keine bösen Zufälle in der Welt«, bemerkte Lituma ironisch. »Die beiden jungen Franzosen, die nach Andahuaylas fuhren, wurden die von Satan zu Tode gesteinigt, Señora? Denn mit diesen Feinden sind doch die Teufel gemeint, oder?«

»Sie treten auch die *huaycos* los.«

Die *huaycos*! Lituma hatte von diesen gewaltigen Erd-

rutschen gehört. Hier war keiner heruntergekommen, Gott sei Dank. Er versuchte sich diese Massen aus Schnee, Felsbrocken und Schlamm vorzustellen, die als tödliche Lawine aus der Höhe der Kordillere hinunterstürzten und alles mitrissen, sich ganze Bergflanken einverleibten, sich mit Steinen aufluden, Saatfelder, Tiere, Häuser, ganze Dörfer und Familien unter sich begruben. Launen des Teufels, die *huaycos*?
Señora Adriana zeigte erneut auf die Gipfel:
»Wer könnte denn sonst diese Felsbrocken lösen? Wer ist es denn, der den *huayco* genau dorthin lenkt, wo er den größten Schaden anrichten kann?«
Sie verstummte und schnaufte erneut. Sie sprach mit so großer Überzeugung, daß Lituma kurz erschrak.
»Und die Verschwundenen, Señora?« beharrte er.
Eines der Steinchen von Tomás traf, und es ertönte ein metallisches Geräusch, das sich bergabwärts in einem Echo fortsetzte. Lituma sah, wie sein Amtshelfer sich bückte, um eine weitere Handvoll Wurfgeschosse aufzusammeln.
»Man kann wenig gegen sie ausrichten«, fuhr Doña Adriana fort. »Aber etwas doch. Sie besänftigen, sie ablenken. Nicht mit diesen Opfergaben der Indios an den Bergpässen. Diese Häufchen aus Steinen, diese Blümchen, diese kleinen Tiere nützen nichts. Auch nicht die viele Chicha, die sie für sie ausgießen. In der Gemeinschaft hier in der Nähe schlachten sie manchmal einen Schafbock, ein Vikunja für sie. Dummes Zeug. Das wäre was für normale Zeiten, nicht für diese. Was die wollen, sind Menschen.«
Lituma kam es vor, als würde sein Amtshelfer sich das

Lachen verkneifen. Er selbst hatte keinerlei Lust, über die Worte der Hexe zu lachen. Ihn machte es mißtrauisch, solche Reden zu hören, egal, ob es der Unsinn einer Schwindlerin oder das irre Gefasel einer Verrückten war.

»Und in der Hand von Demetrio Chanca haben Sie gelesen, daß ...?«

»Ich habe ihn umsonst gewarnt.« Sie zuckte die Schultern. »Was geschrieben steht, geht in jedem Fall in Erfüllung.«

Was würden die Vorgesetzten in Huancayo sagen, wenn er über das Funkgerät des Lagers diesen Bericht über das Geschehen schicken würde: ›In noch nicht geklärter Weise geopfert, um böse Geister der Anden zu beschwichtigen, Punkt. Steht in den Linien seiner Hand, sagt Zeugin, Punkt. Fall abgeschlossen, Punkt. Hochachtungsvoll, Kommandant des Postens, Punkt. Korporal Lituma, Punkt.‹

»Ich erzähle Ihnen etwas, und Sie lachen«, sagte die Frau bitter, mit leiser Stimme.

»Ich lache über das, was meine Vorgesetzten in Huancayo sagen würden, wenn ich ihnen die Erklärung wiederhole, die Sie mir gegeben haben«, sagte der Korporal. »Vielen Dank, jedenfalls.«

»Kann ich jetzt gehen?«

Lituma nickte. Doña Adriana wuchtete mit Mühe ihren kräftigen Leib hoch und entfernte sich langsam auf dem Berghang, in Richtung Lager, ohne sich von den Gendarmen zu verabschieden. Von hinten, mit ihren unförmigen derben Schuhen, mit den breiten Hüften, die so stark wackelten, daß ihr grüner Rock hin und her schwang, mit ihrem großen schaukelnden Strohhut, wirkte sie wie eine Vogelscheuche. Eine Teufelin, auch sie?

»Hast du schon mal einen *huayco* erlebt, Tomasito?«

»Nein, Herr Korporal, und ich habe auch nicht die geringste Lust darauf. Aber als kleiner Junge habe ich in der Umgebung von Sicuani einen gesehen, der ein paar Tage vorher runtergekommen war und eine große Bresche geschlagen hatte. Er war deutlich zu sehen, er kam den ganzen Berg runter, wie ein Schlitten. Er hat Häuser, Bäume und natürlich Leute unter sich begraben. Riesige Felsbrocken hat er mit sich gerissen. Tagelang war alles ganz weiß durch den staubigen Wind.«

»Glaubst du, daß Doña Adriana Komplizin der Terroristen sein könnte? Daß sie uns mit der Geschichte von den Teufeln in den Bergen schlicht und einfach verarscht?«

»Ich glaube alles, Herr Korporal. Mich hat das Leben zum leichtgläubigsten Menschen der Welt gemacht.«

Von Kindesbeinen an hatte man Pedrito Tinoco Mondkalb, Depp, Spinner, Dummkopf und, da er immer mit offenem Mund herumlief, Fliegenfresser genannt. Er ärgerte sich nicht über diese Spitznamen, weil er sich nie wegen etwas oder jemandem ärgerte. Und die Leute in Abancay ärgerten sich auch nie über ihn, denn am Ende nahmen sein friedliches Lächeln, seine Gefälligkeit und seine Offenherzigkeit alle für ihn ein. Es hieß, er stamme nicht aus Abancay, seine Mutter habe ihn wenige Tage nach seiner Geburt hergebracht, sie sei nur die Zeit in der Stadt geblieben, die nötig war, um dieses ungewünschte Kind in einem kleinen Bündel vor der Tür der Pfarrkirche Virgen del Rosario abzulegen. Klatsch oder Wahrheit, in Abancay wußte man nie etwas anderes über Pedrito Tinoco. Die Bewohner erinnerten sich daran, daß er von Kind an bei den Hunden und Hühnern des Pfarrers geschlafen hatte (böse Zungen behaupteten auch, dieser sei sein Vater), dem er die Kirche ausfegte und als Glöckner und Meßknabe diente, bis der Geistliche starb. Dann zog Pedrito Tinoco, mittlerweile ein junger Bursche, in die Straßen von Abancay, wo er sich als Lastenträger, Schuhputzer, Straßenfeger, Helfer und Stellvertreter von Nachtwächtern, Briefträgern und Müllwerkern, Aufpasser von Marktständen und Platzanweiser im Kino und in den Zirkusunternehmen durchschlug, die zum Nationalfeiertag ihre Zelte aufbauten. Er schlief zusammengerollt in den Ställen, Sakristeien oder unter den Bänken der Plaza de Armas und aß dank der milden Gaben der Anwohner. Er ging barfuß, trug ausgebeulte, speckige Hosen, die mit einem Strick zusammengebunden waren, einen fadenscheinigen Poncho und setzte nie seine spitz zulaufende Ohrenmütze ab, aus der seitlich ein paar schlaffe Haarsträhnen herausragten, die nie eine Schere oder einen Kamm gesehen hatten.

Als sie Pedrito Tinoco rekrutierten, versuchten einige Einwohner den Soldaten klar zu machen, daß dies ungerecht sei. Wie konnte jemand den Militärdienst leisten, dem man auf den ersten Blick ansah, daß er ein Depp war, jemand, der nicht einmal gelernt hatte zu sprechen, der nur lächeln konnte mit diesem Gesicht ei-

nes großen Kindes, das weder versteht, was man ihm sagt, noch weiß, wer noch wo er ist? Aber die Soldaten gaben nicht nach und nahmen ihn mit, gemeinsam mit den jungen Burschen, die sie mit dem Lasso in den Trinkhallen, den Chicha-Schenken, den Kinos und im Sportstadion der Stadt eingefangen hatten. In der Kaserne wurde er kahlgeschoren, ausgezogen, erhielt zum ersten Mal in seinem Leben mit Wasserschläuchen eine Art Vollbad und wurde in eine Khakiuniform und in Halbstiefel gesteckt, an die er sich nicht gewöhnen konnte, denn in den drei Wochen, die er dort war, sahen seine Kameraden ihn laufen, als würde er hinken oder hätte einen lahmen Fuß. Zu Beginn seiner vierten Woche als Rekrut lief er davon.
Er trieb sich in den ungastlichen Bergen von Apurímac und Lucanas, in Ayacucho, herum, wo er Wege und Dörfer mied, Gräser aß und sich nachts Höhlen von Viscachas suchte, um sich vor den eisigen Wirbelwinden zu schützen. Als die Hirten ihn aufgriffen, war er so abgemagert, daß er nur noch aus Haut, Knochen und einem vor Hunger und Angst wahnsinnigen Blick bestand. Ein paar Handvoll Maisbrei, ein Bissen Dörrfleisch und ein Schluck Chicha brachten wieder Leben in ihn. Die Hirten nahmen ihn nach Auquipata mit, einer alten hochgelegenen Indiogemeinschaft mit Vieh und kleinen Parzellen ärmlicher Saatfelder, auf denen kaum mehr als ein paar schwärzliche Kartoffeln und mickrige Olluco-Knollen wuchsen.
Pedrito gewöhnte sich an Auquipata, und die Bauern erlaubten ihm dazubleiben. Wie in der Stadt bewirkten auch hier sein gefälliges Wesen und sein karges Leben,

daß die Leute ihn akzeptierten. Sein Schweigen, sein ewiges Lächeln, seine ständige Bereitschaft, zu tun, was man von ihm verlangte, seine ganze Art, die den Eindruck erweckte, als befinde er sich bereits in der Welt der Körperlosen, verliehen ihm bald die Aureole eines Heiligen. Die Indios der Gemeinschaft behandelten ihn respektvoll und distanziert, im Bewußtsein, daß er nicht einer von ihnen war, so sehr er auch ihre Arbeiten und ihre Feste mit ihnen teilte.

Einige Zeit später – Pedrito hätte nicht sagen können, wieviel, denn in seinem Leben floß die Zeit nicht in der gleichen Weise wie in dem der anderen – kam es zu einer wahren Invasion von Ortsfremden. Sie kamen und gingen, und sie kehrten wieder, und es fanden stundenlange Ratssitzungen statt, um die Vorschläge zu erörtern. Die Neuankömmlinge waren gekleidet, wie sich in Pedritos ungewisser Erinnerung andere an dem anderen Ort, früher, gekleidet hatten. Die Dorfoberen erklärten, daß das Vikunja-Reservat, das die Regierung schaffen wollte, sich nicht auf das rechtmäßig eingetragene Land ausdehnen und Auquipata zum Nutzen gereichen würde, da die Bauern der Gemeinschaft ihre Produkte an die Touristen verkaufen könnten, die von den Vikunjas angezogen werden würden.

Eine Familie wurde mit der Bewachung betraut, als man anfing, die Vikunjas zu einer halb zwischen den Bergen verlorenen Hochebene, zwischen den Flüssen Tambo Quemado und San Juan, zu bringen, einen Tagesmarsch vom Zentrum der Gemeinschaft entfernt. Es gab Ichu-Gräser, kleine Seen, Bäche, Höhlen in den Bergen, und die Vikunjas gewöhnten sich schnell ein.

Sie wurden aus entfernten Regionen der Kordillere in Lastwagen bis zur Abzweigung der Piste nach San Juan, Lucanas und Puquio transportiert, und von dort aus trieben sie die Hirten von Auquipata weiter. Pedrito Tinoco zog zu der Wächterfamilie. Er half, eine Hütte zu bauen und einen Kartoffelacker und ein Gehege für Meerschweinchen anzulegen. Man hatte ihnen gesagt, daß in gewissen Zeitabständen Amtspersonen kommen würden, um ihnen Lebensmittel und Mobiliar für ihre Unterkunft zu bringen, und daß man ihnen einen Lohn zahlen würde. Und in der Tat erschien ab und zu ein Amtsvertreter in einem roten Lieferwagen. Er stellte Fragen und übergab ihnen etwas Geld oder Vorräte. Dann kam niemand mehr. Und es verging so viel Zeit, ohne daß jemand im Reservat auftauchte, daß die Wächterfamilie eines Tages ein Bündel mit ihren Habseligkeiten schnürte und nach Auquipata zurückkehrte. Pedrito Tinoco blieb bei den Vikunjas zurück.

Er hatte zu diesen zarten Tieren eine innigere Beziehung geknüpft als jemals zu seinesgleichen. Den ganzen Tag verbrachte er damit, sie zu beobachten, ihre Gewohnheiten, ihre Bewegungen, ihre Spiele, ihre Ticks zu erforschen, mit einer einfältigen, fast mystischen Aufmerksamkeit; er hielt sich den Bauch vor Lachen, wenn er sah, wie sie einander zwischen dem Punagras verfolgten, sich gegenseitig beknabberten, herumtollten, oder wurde traurig, wenn eines die Schlucht hinunterstürzte und sich die Füße brach oder ein Weibchen bei einer Fehlgeburt verblutete. Wie zuvor die Leute in Abancay und die Bauern von Auquipata, adoptierten ihn auch die Vikunjas. Wahrscheinlich sahen sie in ihm einen Wohltäter, ein Mitglied der Familie. Sie ließen ihn an sich herankommen, ohne zu erschrecken, und manchmal streckten ihm die zärtlichen Weibchen den Hals entgegen und baten ihn mit ihren klugen Augen, er möge sie an den Ohren ziehen, den Rücken und den Bauch kraulen oder die Nase reiben (was ihnen am meisten gefiel). Selbst wenn die Männchen in der Brunftzeit aggressiv wurden und niemanden in die Nähe ihres Trupps aus vier oder fünf Konkubinen ließen, erlaubten sie, daß Pedrito mit den Weibchen spielte, allerdings nicht ohne ihre Riesenaugen von ihm zu lassen, bereit, bei Gefahr sofort einzugreifen.

Manchmal kamen Fremde in das Reservat. Sie kamen von weither, sie sprachen weder Quechua noch Spanisch, sondern Laute, die Pedrito so seltsam vorkamen wie ihre Stiefel, Schals, großen Jacken und Hüte. Sie machten Fotos und unternahmen lange Fußmärsche, um die Vikunjas zu studieren. Aber trotz Pedritos Bemühungen ließen diese niemanden an sich heran. Er brachte sie in seiner Hütte unter und bediente sie. Beim Fortgehen schenkten sie ihm Konservendosen und ein bißchen Geld.

Diese Besuche waren die einzige Abwechslung im Leben Pedrito Tinocos, dessen Tageslauf den Rhythmen und Phänomenen der Natur gehorchte: dem Regen und Hagel an den Nachmittagen und Abenden und der erbarmungslosen Sonne der Vormittagsstunden. Er stellte Fallen für die Viscachas auf, aber er aß vor allem die Kartoffeln seines kleinen Ackers, und von Zeit zu Zeit tötete und kochte er ein Meerschweinchen. Und er salzte Fleischstücke verendeter Vikunjas ein und hängte sie draußen zum Trocknen auf. Dann und wann ging er zu einem Markt in den Tälern hinunter, um Kartoffeln und Olluco-Knollen gegen ein wenig Salz und ein Säckchen Kokablätter einzutauschen. Zuweilen kamen Hirten der Gemeinschaft an die Grenzen des Reservats. Sie machten halt in der Hütte Pedrito Tinocos und erzählten ihm Neuigkeiten aus Auquipata. Er hörte ihnen sehr aufmerksam zu und bemühte sich zu behalten, von was und von wem sie sprachen. Der Ort, aus dem sie kamen, war ein undeutlicher Traum. Die Hirten rührten an verborgene Tiefen seiner Erinnerung, flüchtige Bilder, Spuren einer anderen Welt und einer Person, die nicht mehr er war. Er verstand auch nicht das mit der Erde, die sich in Aufruhr befand, mit dem Fluch, der über sie gekommen war, mit den Leuten, die umgebracht wurden.

In der Nacht vor jenem Morgengrauen hatte es ein Unwetter mit Hagel gegeben. Bei diesen Unwettern kamen immer einige junge Vikunjas ums Leben. An die Tiere, die unterkühlt oder vom Blitz erschlagen sterben würden, dachte er, zusammengerollt unter seinem Poncho in der Hütte, fast die ganze Nacht, während durch die Spalten im Dach stoßweise der Regen eindrang. Er schlief ein, als es Tag zu werden begann. Als er aufwachte, hörte er Stimmen. Er stand auf, ging hinaus, und da waren sie. Es waren etwa zwanzig, mehr Leute, als Pedrito je auf einmal zum Reservat hatte kommen sehen. Männer, Frauen, Jugendliche und Kinder. Sein Kopf brachte sie mit dem verschwommenen Bild der Kaserne zusammen, denn die hier trugen ebenfalls Flinten, Maschinenpistolen und Messer. Aber sie waren nicht wie Soldaten gekleidet. Sie hatten Feuer gemacht und kochten. Er hieß sie willkommen, lächelte sie an mit seinem einfältigen Gesicht, verbeugte sich vor ihnen, neigte den Kopf zum Zeichen des Respekts.

Zuerst sprachen sie in Quechua und dann in Spanisch mit ihm.

»Du darfst dich nicht so bücken. Du darfst nicht unterwürfig sein. Grüß uns nicht, als wären wir ›Herren‹. Wir sind deinesgleichen. Wir sind wie du.«

Es war ein junger Bursche mit hartem Blick, mit dem Ausdruck von jemandem, der viel gelitten hat und großen Haß empfindet. Wie konnte er, wo er doch fast noch ein Kind war? Hatte er etwas gesagt oder getan, was ihn beleidigt hatte? Um seinen Fehler wiedergutzumachen, lief Pedrito Tinoco in seine Hütte und brachte ihm ein Säckchen mit getrockneten Kartoffeln und ein paar Streifen Dörrfleisch. Er reichte sie ihm mit einer tiefen Verbeugung.

»Kannst du nicht sprechen?« fragte ihn eines der Mädchen in Quechua.

»Er wird's vergessen haben«, sagte ein anderer, während er ihn von oben bis unten musterte. »In diese einsame Gegend kommt bestimmt nie jemand. Verstehst du wenigstens, was wir sagen?«

Er gab sich alle Mühe, kein Wort zu verlieren und vor allem zu erraten, wie er ihnen gefällig sein konnte. Sie fragten ihn nach den Vikunjas. Wie viele es waren, bis wohin das Reservat in dieser und in dieser und in dieser Richtung reichte, wo sie zu trinken pflegten, wo sie schliefen. Mit vielen Gesten und jedes Wort zwei-, drei-, zehnmal wiederholend, gaben sie ihm zu verstehen, er solle sie zu ihnen führen, ihnen helfen, sie zusammenzutreiben. Hüpfend, die Bewegungen nachahmend, die die Tiere vollführten, wenn ein Regenguß kam, erklärte Pedrito ihnen, daß sie sich in den Höhlen befanden. Sie hatten die Nacht dort verbracht, dicht zusammengedrängt, aufeinander, sich gegenseitig wärmend, vor den Blitzen und Donnerschlägen zitternd. Er wußte es, er hatte viele Stunden dort mit ihnen geteilt, seine Arme um sie gelegt, ihre Angst gespürt, ebenfalls vor Kälte zitternd, und mit seiner Kehle die gleichen Laute wiederholt, mit denen sie sich untereinander verständigten.

»In diesen Bergen«, verstand schließlich einer von ihnen. »Dort werden die Schlafplätze sein.«

»Führ uns hin«, befahl der Junge mit dem harten Blick. »Komm mit, trag auch du dein Scherflein bei, kleiner Stummer.«

An der Spitze der Gruppe führte er sie, querfeldein. Es regnete nicht mehr. Der Himmel war rein und blau, und die Sonne vergoldete die Spitzen der umliegenden Berge. Durch die feuchte Luft stieg aus dem strohgelben Gras und dem schlammigen, mit Pfützen bedeckten Boden ein scharfer Geruch empor, der Pedrito mit Freude erfüllte. Er weitete die Nasenlöcher und atmete diesen Geruch nach Feuchtigkeit, Erde und Wurzeln ein, der nach dem Unwetter die Welt entschädigen zu wollen schien, all die beruhigte, die unter den Regengüssen und Donnerschlägen gefürchtet hatten, das Leben würde in einer Katastrophe enden. Sie kamen nur langsam voran, denn der Boden war glitschig, und die

Füße sanken bis zu den Knöcheln ein. Sie mußten sich die Schuhe, die Turnschuhe, die Gummisandalen ausziehen. Hatte er Soldaten, Polizisten gesehen?

»Er versteht nicht«, sagten sie. »Er ist ein Depp.«

»Er versteht, aber er kann sich nicht ausdrücken«, sagten sie. »Soviel Einsamkeit, so ein Leben unter Vikunjas. Er ist verwildert.«

»Das wohl eher«, sagten sie.

Als sie an den Saum der Berge gelangten, gab Pedrito Tinoco ihnen durch Zeichen, Hüpfer, Gesten und Grimassen zu verstehen, daß sie, um sie nicht zu verschrekken, still im Gebüsch verharren sollten. Ohne zu reden, ohne sich zu rühren. Die Tiere besaßen ein feines Gehör und einen guten Blick, sie waren mißtrauisch und ängstlich, sie begannen zu zittern, kaum daß sie Fremde witterten.

»Wir sollen hier warten, wir sollen still sein«, sagte das Kind mit den harten Augen. »Schwärmt aus, ohne Lärm.«

Pedrito Tinoco sah, wie sie stehenblieben, auseinandergingen, einen fächerartigen Bogen bildeten und sich in großer Entfernung voneinander zwischen die Wedel des Ichu-Grases duckten.

Er wartete, bis sie sich aufgestellt, sich versteckt hatten, bis die Geräusche aufhörten, die sie machten. Auf Zehenspitzen näherte er sich den Höhlen. Nach kurzer Zeit gewahrte er den Schimmer ihrer Riesenaugen. Die Tiere am Eingang, die wachten, beobachteten ihn beim Näherkommen. Sie prüften ihn, die Ohren schon steif, schärften ihre kalten Nüstern, um den vertrauten Geruch zu bestätigen, einen Geruch ohne Bedrohung für

Männchen oder Weibchen, erwachsene oder junge Tiere. Mit äußerster Vorsicht, so ruhig wie möglich in seinen Bewegungen, um sie in ihrer übergroßen Empfindlichkeit nicht aufzuschrecken, begann Pedrito Tinoco mit der Zunge zu schnalzen, sie leise gegen den Gaumen vibrieren zu lassen wie sie, und in der Sprache zu ihnen zu sprechen, die er zu sprechen gelernt hatte, diese wohl. Er beruhigte sie, kündigte ihnen sein Kommen an, rief sie. In diesem Augenblick sah er einen grauen Blitz zwischen seinen Füßen hindurchhuschen: eine Viscacha. Er trug seine Schleuder bei sich und hätte sie erlegen können, aber er tat es nicht, um die Vikunjas nicht zu erschrecken. Er spürte im Rücken das Gewicht der Blicke der Fremden.

Sie begannen herauszukommen. Nicht eine nach der anderen, sondern, wie immer, familienweise. Das Männchen und seine vier oder fünf Weibchen, die ihn umsorgten, und das Muttertier mit den frisch geworfenen Jungen, die um seine Beine wuselten. Sie witterten die Feuchtigkeit in der Luft, erforschten die aufgewühlte Erde, das niedergedrückte Stroh, schnupperten an den Gräsern, die in der Sonne trockneten und die sie nun fressen würden. Sie bewegten die Köpfe von rechts nach links, von oben nach unten, die Ohren langgestreckt, den Körper zitternd vor jenem Mißtrauen, das ihr beherrschender Wesenszug war. Pedro Tinoco sah sie vorbeiziehen, ihn streifen, sich wohlig strecken, wenn er sie am warmen Nest der Ohren zog oder ihnen mit seinen Fingern durch die Wolle fuhr und sie zwickte.

Als die Schüsse knallten, dachte er, es seien Donnerschläge, ein weiteres Unwetter, das heraufzog. Aber er sah das blanke Entsetzen in den Augen der Tiere, die ihm am nächsten waren, und sah, wie sie die Fassung verloren, zusammenstießen, sich um sich selbst drehten, stürzten, sich gegenseitig in die Quere kamen, blind und rücksichtslos durch die Panik, im Zweifel, ob sie ins freie Gelände fliehen oder in die Höhlen zurückkehren sollten; und er sah die ersten, die klagend, blutüberströmt zusammenbrachen, mit offenem Rücken, gespaltenen Knochen, die Mäuler, Augen, Ohren von den Kugeln abgerissen. Einige stürzten und kamen wieder hoch und stürzten abermals, und andere standen wie versteinert, den Hals gereckt, als wollten sie abheben und durch die Luft fliehen. Einige Weibchen hatten sich heruntergebeugt und leckten die verletzten Jungtiere. Er war ebenfalls gelähmt, schaute, versuchte zu begreifen, sein Kopf von einer Seite zur anderen, mit weit aufgerissenen Augen, herabhängendem Mund, die Ohren gequält von den Schüssen und den Klagelauten, die schlimmer waren als die der Weibchen, wenn sie niederkamen.

»Daß ihr ihn ja nicht trefft!« brüllte von Zeit zu Zeit der Kind-Mann. »Vorsicht, Vorsicht!«

Sie schossen nicht nur auf sie, einige liefen den Tieren, die zu entkommen suchten, auch entgegen, umzingelten sie, trieben sie in die Enge und machten ihnen mit Kolbenhieben und Messerstichen den Garaus. Pedro Tinoco reagierte schließlich. Er hüpfte auf der Stelle, brüllte aus Brust und Bauch, ließ die Arme wie Propeller kreisen. Er lief vor, lief zurück, stellte sich zwischen ihre Waffen und die Vikunjas, flehte sie an mit seinen

Händen und seinen Schreien und der Empörung seiner Augen. Sie schienen ihn nicht zu sehen. Sie schossen weiter und verfolgten die Tiere, die entkommen konnten und sich durch das Punagras entfernten, in Richtung auf die Schlucht. Als er zu dem Kind-Mann gelangte, kniete er nieder und versuchte, ihm die Hand zu küssen, aber der stieß ihn wütend beiseite:
»Tu das nicht!« schimpfte er. »Weg, geh zur Seite!«
»Es ist ein Befehl der Führung«, sagte ein anderer, der nicht wütend war. »Das hier ist ein Krieg. Du kannst das nicht verstehen, kleiner Stummer, du kannst das nicht begreifen.«
»Weine um deine Brüder, weine um die Leidenden«, riet ihm ein Mädchen, um ihn zu trösten. »Weine lieber um die Ermordeten und Gefolterten. Um die, die im Gefängnis sitzen, um die Märtyrer, um die, die sich geopfert haben.«
Er ging von einem zum anderen und versuchte immer wieder, ihnen die Hände zu küssen, flehend, auf den Knien. Einige schoben ihn freundlich beiseite, andere voll Ekel.
»Hab ein bißchen Stolz, hab etwas mehr Würde«, sagten sie zu ihm. »Denk zuerst an dich statt an die paar Vikunjas.«
Sie schossen auf sie, liefen ihnen nach, töteten die Tiere, die im Todeskampf lagen. Pedro Tinoco schien, als würde es niemals Abend werden. Einer von ihnen ließ zwei Jungtiere, die still neben der toten Mutter verharrt hatten, mit einer Sprengpatrone hochgehen. Die Luft füllte sich mit Geruch nach Pulver. Pedro Tinoco verließen die Käfte, um weiter zu weinen. Zu Boden gesun-

ken, mit offenstehendem Mund schaute er den einen, schaute er den anderen an und versuchte die ganze Zeit, zu begreifen. Nach einer Weile trat der Junge mit dem grausamen Ausdruck zu ihm.

»Wir machen das nicht gern«, sagte er mit veränderter Stimme, während er ihm eine Hand auf die Schulter legte. »Es ist ein Befehl der Führung. Das hier ist ein Reservat des Feindes. Unseres und deines Feindes. Ein Reservat, das der Imperialismus erfunden hat. Im Rahmen seiner weltweiten Strategie ist dies die Rolle, die man uns Peruanern zugewiesen hat: Vikunjas züchten. Damit ihre Wissenschaftler sie studieren und ihre Touristen sie fotografieren können. Für sie bist du weniger wert als diese Tiere.«

»Geh weg von hier, Kumpel«, riet ihm eines der Mädchen in Quechua, während sie den Arm um ihn legte. »Bestimmt kommen Polizisten, Soldaten werden kommen. Sie werden dich mit Füßen treten und dir deine Männlichkeit abschneiden, bevor sie dir eine Kugel in den Kopf jagen. Geh weit weg, geh ganz weit weg.«

»Vielleicht verstehst du dann, was du jetzt nicht verstehst«, erklärte ihm erneut der Kind-Mann, rauchend, den Blick auf die toten Vikunjas gerichtet. »Das hier ist ein Krieg, niemand kann sagen, das gehe ihn nichts an. Es geht alle an, auch die Stummen und Tauben und die Deppen. Ein Krieg, um mit den ›Herren‹ aufzuräumen. Damit sich keiner mehr niederkniet und anderen die Hände oder die Füße küßt.«

Sie blieben den Rest des Tags und der Nacht da. Pedrito Tinoco sah, wie sie ihr Essen zubereiteten, Wachposten an den Berghängen aufstellten, von denen man den

Weg sehen konnte. Und er spürte, wie sie, eingehüllt in ihre Ponchos und Decken, aneinandergedrängt in den Höhlen des Berges schliefen, wie die Vikunjas. Am nächsten Morgen, als sie aufbrachen, nicht ohne zu wiederholen, er solle fortgehen, wenn er nicht von den Soldaten umgebracht werden wolle, saß er noch immer an der gleichen Stelle, mit offenem Mund, naß vom Morgentau, ohne dieses neue unermeßliche Geheimnis zu begreifen, umgeben von toten Vikunjas, an denen sich die Raubvögel und die Kriechtiere gütlich taten.

»Wie alt bist du eigentlich?« fragte ihn plötzlich die Frau.

»Das würde ich auch gern wissen«, rief Lituma. »Du hast es mir nie gesagt. Wie alt bist du, Tomasito?«

Carreño, der fast eingenickt war, wachte mit einem Schlag auf. Sie schlingerten jetzt nicht mehr so stark, aber der Motor dröhnte die ganze Zeit, als wollte er in jeder Kurve der Steigung explodieren. Sie erklommen noch immer die Kordillere: Zur Rechten zogen sich Berge mit Höhenvegetation hin und zur Linken halbkahle Berghänge, an deren Fuß der Huallaga brauste. Sie saßen zwischen Säcken und Kisten mit Mangos, Lúcumas, Chirimoyas und Maracujas, die mit Plastikfetzen bedeckt waren, auf der Ladefläche eines uralten Lastwagens, der kein Zeltdach gegen den Regen besaß. Aber in den zwei oder drei Stunden, in denen sie sich vom Urwald entfernt hatten und die Anden in Richtung Huánuco hinauffuhren, hatte kein Regenguß sie überrascht. Die Nacht kühlte ab mit der Höhe. Der Himmel wimmelte von Sternen.

»Lieber Gott, erlaube mir, noch ein kleines letztes Mal eine Frau aufs Kreuz zu legen, bevor sie kommen und uns umbringen«, sagte Lituma mit einem tiefen Seufzer. »Seit ich in Naccos bin, lebe ich wie ein Eunuch, verdammte Scheiße. Und deine Geschichten mit der Piuranerin machen mich ganz heiß, Tomasito.«

»Noch ein Rotzjunge, denke ich«, fügte die Frau nach einer Pause hinzu, als spräche sie zu sich selbst. »Und deshalb, auch wenn du den Pistolero spielst und dich mit Gesindel herumtreibst, hast du nicht die geringste Ahnung, Carreño. So heißt du doch, oder? Der Dicke hat dich Carreñito genannt.«

»Die Frauen, die ich gekannt habe, waren schüchtern, gehemmt, aber die, was für eine Unverfrorenheit«, sagte sein Amtshelfer voll Begeisterung. »Nach dem Schrecken in Tingo María hat sie sich bald wieder unter Kontrolle gehabt. Rascher als ich, sag ich Ihnen. Sie war es, die den Lastwagenfahrer überredet hat, daß er uns nach Huánuco mitnimmt, und das für die Hälfte von dem, was er von uns verlangte. Sie hat von gleich zu gleich mit ihm verhandelt.«

»Tut mir leid, daß ich dich vom Thema abbringe, aber ich habe das Gefühl, daß sie heute nacht hier aufkreuzen, Tomasito«, sagte Lituma. »Mir ist, als würde ich sie in diesem Augenblick den Berg runterkommen hören. Hörst du was, da draußen? Sollen wir aufstehen und mal nachsehen?«

»Dreiundzwanzig«, sagte er. »Ich weiß alles, was man wissen muß.«

»Du weißt nicht, daß die Männer manchmal gewisse Tricks brauchen, um auf ihre Kosten zu kommen«, erwiderte sie in leicht herausforderndem Ton. »Soll ich dir was sagen, was dir den Magen umdrehen wird, Carreñito?«

»Machen Sie sich keine Sorgen, Herr Korporal. Ich habe sehr gute Ohren, und ich schwöre Ihnen, daß niemand vom Berg her kommt.«

Der Junge und die Frau saßen dicht beieinander, eingekeilt zwischen den Obstsäcken. Der Duft der Mangos wurde stärker mit der Nacht. Der Motor hatte mit seinem Rasseln und Tuckern das Summen der Insekten überdeckt; auch das Rascheln des Laubwerks oder das Rauschen des Flusses war nicht zu hören.

»Das Gerüttel des Lastwagens warf uns gegeneinander«, erinnerte sich sein Amtshelfer. »Jedesmal, wenn ich ihren Körper fühlte, begann ich zu zittern.«

»Zittern nennt man das jetzt?« spottete Lituma. »Früher hieß das geil werden. Du hast recht, man hört nichts, reine Einbildung von mir. Denk nur, er stand mir schon fast bei deinen Geschichten, und das Geräusch draußen hat ihn wieder eingeschläfert.«

»Er hat mich nicht mal richtig geschlagen«, sagte die Frau, und Carreño erschrak. Ihm schien, als lächelte sie, denn er sah ihre Zähne schimmern. »Wegen seiner schmutzigen Ausdrücke und wegen meiner Bitten und Klagen hast du geglaubt, daß er mich verprügelt. Hast du nicht gemerkt, daß er sich damit erregen wollte? Daß es ihn erregen sollte? Was bist du doch für ein Unschuldslamm, Carreñito.«

»Halt den Mund oder ich werf dich vom Lastwagen«, unterbrach er sie empört.

»Ein Glück, daß du nicht gesagt hast ›Halt den Mund

oder ich trete dir in die Eingeweide‹, ›Halt den Mund oder ich schlag dir den Schädel ein‹«, fiel Lituma ihm ins Wort. »Das wäre witzig gewesen, Tomasito.«

»Genau das hat sie zu mir gesagt, Herr Korporal. Und wir bekamen beide einen Lachanfall. Wir haben gelacht und uns immer wieder gegenseitig angesteckt. Wir wurden ernst und mußten gleich wieder lachen.«

»Ja, das wäre witzig gewesen, wenn ich dich geschlagen hätte«, gab der Junge zu. »Manchmal ist mir danach, ich geb's zu, wenn du mich ausschimpfst, weil ich dir was Gutes tun wollte. Ich werde dir was sagen. Ich weiß nicht, was jetzt aus meinem Leben wird.«

»Und aus meinem?« erwiderte sie. »Du hast wenigstens diesen Blödsinn gemacht, weil dir danach war. Mich hast du in den Schlamassel reingezogen, ohne mich nach meiner Meinung zu fragen. Sie werden uns suchen, vielleicht bringen sie uns um. Und niemand wird glauben, was wirklich passiert ist. Sie werden sagen, daß du für die Polizei arbeitest, daß ich deine Komplizin bin.«

»Wußte sie denn nicht, daß du Gendarm bist?« fragte Lituma erstaunt.

»Und ich weiß noch nicht mal, wie du heißt«, bemerkte der Junge.

Stille trat ein, als sei der Motor ausgegangen, aber er begann sogleich wieder zu dröhnen, zu sieden. Tomás schien, als gehörten die kleinen Lichter dort oben zu einem Flugzeug.

»Mercedes.«

»Ist das dein richtiger Name?«

»Ich hab nur einen«, sagte sie verärgert. »Und damit

das klar ist, ich bin keine Nutte. Ich war seine Freundin. Er hat mich aus einer Show herausgeholt.«

»Aus dem *Vacilón*, einem Nachtklub im Zentrum von Lima«, erklärte der Gendarm. »Sie war eine von vielen. Der Chancho hatte einen Haufen Geliebte. Iscariote wußte von etwa fünf.«

»Der Glückspilz«, seufzte Lituma. »Fünf auf einmal! Jeden Tag, jede Nacht die Frau wechseln wie die Hose oder das Hemd. Und du und ich, wir darben hier vor uns hin, Tomasito.«

»Mir taten die Rückenknochen weh«, fuhr sein Amtshelfer in seinen Erinnerungen fort. »Es war unmöglich, den Fahrer zu überreden, uns ins Führerhaus zu lassen. Er hatte Angst, wir würden ihn überfallen. Wir waren völlig kaputt. Und ich war von Zweifeln zerfressen bei dem Gedanken an das, was Mercedes gesagt hatte. War dieses ganze Gejammere wirklich nur Theater, um ihn zu erregen? Was glauben Sie, Herr Korporal?«

»Ich weiß nicht, was ich dir sagen soll, Tomasito. Vielleicht war es ja Theater. Er spielte den Schläger, sie die Jammernde, und dann wurde er geil, und es kam ihm. Es gibt so Typen, sagt man.«

»Was für ein dreckiges Schwein«, knurrte sein Amtshelfer. »Mausetot ist er, verdammt.«

»Und trotz allem hast du dich in Mercedes verliebt. Wie kompliziert ist doch das mit der Liebe, Tomasito.«

»Wem sagen Sie das«, murmelte der Gendarm. »Ohne die Liebe wäre ich nicht hier in dieser gottverlassenen Hochebene und würde darauf warten, daß ein paar fanatisierte Arschlöcher die Güte haben, uns umzulegen.«

»Hörst du was? Ich werde mal nachschauen, für alle Fälle.« Lituma spitzte die Ohren. Er erhob sich mit dem Revolver in der Hand und ging zur Tür der Hütte. Er spähte in alle Richtungen. Dann kehrte er lachend zu seiner Pritsche zurück. »Nein, sie sind es nicht. Mir war, als würde ich den kleinen Stummen sehen, wie er im Mondlicht scheißt.«

Was würde jetzt aus ihm werden? Lieber nicht daran denken. In Lima ankommen, dort weitersehen. Könnte er nach dem Vorgefallenen seinem Paten gegenübertreten? Das wäre natürlich der bitterste Tropfen. Der hatte sich immer höchst anständig verhalten, und wie hast du ihm das vergolten. So was nennt man eine Riesendummheit, Carreño. Ja, aber es machte ihm nichts aus. Er fühlte sich besser, jetzt, hin und her geworfen von den schlingernden Bewegungen, während er ab und zu ihren Körper streifte; sehr viel besser als in Tingo María, wo er zitternd, schwitzend, nach Luft ringend, dicht an der dünnen Holzwand dieses Hauses ihre Schweinereien gehört hatte. All dieses Wimmern, Flehen, diese Schläge und Drohungen reines Theater, reine Lüge? Vorgetäuscht. Oder plötzlich war es so.

»Ich empfand nicht die geringste Reue, Herr Korporal, das ist die Wahrheit«, erklärte Tomás. »Egal, was nun aus mir werden mochte. Denn ich war schon in sie verliebt, wie Sie erraten haben.«

Beide wurden sie schläfrig durch das Gerüttel und den süßlichen Duft der Mangos. Mercedes versuchte, den Kopf auf einen Sack zu stützen, aber das Geholper des

Lastwagens ließ es nicht zu. Carreño hörte sie schimpfen, sah, wie sie ihr Gesicht in den Händen vergrub, sich hin und her drehte auf der Suche nach einer Position.

»Laß uns einen Handel machen«, hörte er sie schließlich sagen, wobei sie versuchte, unbefangen zu klingen. »Du stützt dich eine Weile auf meine Schulter. Dann ich auf deine. Wenn wir nicht ein bißchen schlafen, kommen wir halbtot in Huánuco an.«

»Sieh mal an, die Sache wurde interessant«, kommentierte Lituma. »Erzähl mir endlich die erste Nummer, die du mit ihr geschoben hast, Tomasito.«

»Ich habe gleich den Arm ausgestreckt und ein hübsches Plätzchen für sie gemacht«, sagte Tomás vergnügt. »Ich fühlte, wie ihr Körper dicht an meinen herankam, ich fühlte, wie ihr Kopf sich an meine Schulter lehnte.«

»Und natürlich stand er dir«, sagte Lituma.

Der Junge ging auch dieses Mal nicht darauf ein.

»Ich legte den Arm um sie, stützte meine Hand auf sie«, fuhr er fort. »Mercedes schwitzte. Ich auch. Ihr Haar streifte mein Gesicht, kitzelte mich in der Nase. Ich spürte die Rundung ihrer Hüfte ganz dicht an meiner. Wenn sie sprach, berührten ihre Lippen meine Brust, und durch das Hemd hindurch spürte ich die Wärme ihres Atems.«

»Ich bin es, dem er steht, Scheiße nochmal«, sagte Lituma. »Und was mach ich jetzt, Tomasito? Mir einen runterholen?«

»Gehen Sie raus zum Pinkeln, Herr Korporal. Bei der Kälte draußen schlafft er gleich ab.«

»Bist du sehr religiös? Sehr katholisch? Kannst du nicht akzeptieren, daß ein Mann und eine Frau gewisse Dinge tun? Ist es wegen der Geschichte mit der Sünde, daß du ihn umgebracht hast, Carreñito?«

»Ich war glücklich, sie so nahe bei mir zu haben«, fuhr sein Amtshelfer selig fort. »Mit zusammengepreßtem Mund, ganz still, habe ich zugehört, wie sich der Lastwagen bei der Fahrt hinauf in die Kordillere abmühen mußte, und mein Verlangen beherrscht, sie zu küssen.«

»Sei nicht böse, weil ich dich das frage«, beharrte Mercedes. »Ich versuche nur zu begreifen, warum du ihn umgebracht hast, und ich komm nicht darauf.«

»Schlaf und denk nicht daran«, sagte der Junge bittend. »Mach es wie ich. Ich erinnere mich schon nicht mehr, ich habe den Chancho und Tingo María schon vergessen. Vermisch die Religion nicht mit diesen Dingen.«

Es herrschte tiefe Nacht im Massiv der Anden, die nach jeder Kurve, die der Lastwagen nahm, nur noch höher wirkten. Aber unten, in der Urwaldregion, die sie hinter sich ließen, erschien ein schmaler bläulich-weißer Streifen am Horizont.

»Hörst du? Hörst du?« Lituma fuhr plötzlich auf seiner Pritsche hoch. »Nimm den Revolver, Tomasito. Es sind Schritte auf dem Berg, ich schwör's dir.«

III

»Casimiro Huarcaya haben sie vielleicht verschwinden lassen, weil er den *pishtaco* gespielt hat«, sagte der Kantinenwirt Dionisio. »Er selbst hatte das Gerücht in Umlauf gesetzt. Dort, wo Sie stehen, habe ich ihn tausendmal fuchsteufelswild schreien hören: ›Ich bin ein *pishtaco*, na und. Ich werde euch allen noch das Fett rausschneiden und das Blut aussaugen.‹ Er hatte zwar einen sitzen, aber man weiß ja, daß Betrunkene die Wahrheit sagen. Die ganze Kantine hat ihn gehört. Übrigens, mein Herr Korporal, gibt es in Piura *pishtacos*?«

Lituma hob das Gläschen mit Anis, das der Kantinenwirt ihm soeben gefüllt hatte, sagte ›Prost‹ zu seinem Amtshelfer und trank es in einem Zug aus. Die süßliche Wärme, die bis in seine Eingeweide drang, hob seine Laune, die den ganzen Tag am Boden gelegen hatte.

»Zumindest hab ich nie gehört, daß es in Piura welche geben soll. Seelenbeschwörer, das ja. Ich kannte einen, in Catacaos. Man rief ihn in die Häuser, in denen Seelen umherirrten, damit er sie besprach und sie fortgingen. Aber verglichen mit einem *pishtaco* ist ein Seelenbeschwörer natürlich kalter Kaffee.«

Die Kantine lag im Zentrum des Lagers, umgeben von den Baracken, in denen die Hilfsarbeiter schliefen. Es war ein niedriger Bau mit Bänken und Kisten anstelle von Stühlen und Tischen, mit einem Boden aus Erde und Bildern von nackten Frauen, die an die Bretterwand gepinnt waren. An den Abenden herrschte immer großes Gedränge, aber es war noch früh – die Sonne war gerade untergegangen –, und außer Lituma und Tomás waren nur vier Männer da, mit Schals und zwei von ihnen mit Helm; sie saßen an einem der Behelfstische und tranken Bier. Der Korporal und der Gendarm, mit einem zweiten Gläschen Anis in den Händen, setzten sich an den Nebentisch.

»Ich seh schon, meine Erklärung mit dem *pishtaco* überzeugt Sie nicht«, sagte Dionisio lachend.

Er war ein Mann mit schwärzlichem Gesicht, das aussah, als würde er es sich mit Kohle einreiben, gedrungen und aufgedunsen, mit fettigem, krausem Haar. Eingezwängt in einen blauen Pullover, den er nie auszog, hatte er stets vom Alkohol gerötete, glänzende Augen, denn er trank genauso viel wie seine Kunden. Allerdings ohne jemals völlig betrunken zu werden. Zumindest hatte Lituma ihn niemals in dem Zustand alkoholischer Zersetzung gesehen, den so viele Hilfsarbeiter am Samstagabend erreichten. Er hatte gewöhnlich in voller Lautstärke Radio Junín aufgedreht, aber heute abend hatte er den Apparat noch nicht angestellt.

»Glaubt ihr an *pishtacos*?« fragte Lituma die Leute am Nebentisch. Die vier Gesichter, die sich zu ihm umwandten, halb von den langen Schals verdeckt, waren die nämlichen nach einem Einheitsmuster geformten Gesichter, die zu unterscheiden ihm so schwerfiel: von der starken Sonne und der schneidenden Kälte geschwärzt, die kleinen Augen ausdruckslos, scheu, Nasen und Lippen rotblau verfärbt durch die Unbilden der Witterung, widerborstiges Haar.

»Wer weiß«, antwortete schließlich einer von ihnen. »Vielleicht.«

»Ich glaube daran«, sagte nach einer Weile einer von denen mit Helm. »Wenn man so viel über sie redet, wird es sie wohl geben.«

Lituma schloß halb die Augen. Da war er. Ein Fremder. Ein halber Gringo. Auf den ersten Blick sah man es ihm nicht an, denn er glich jedem anderen Bewohner dieser Welt. Er lebte in Höhlen und verübte seine Missetaten bei Einbruch der Dunkelheit. Er bezog Stellung am Wegrand, hinter Felsen, niedergeduckt im Punagras oder unter den Brücken, und wartete auf einsame Reisende. Er näherte sich ihnen hinterlistig, indem er freundlich tat. Er hielt sein Pulver aus Totenknochen bereit, und warf es ihnen, ehe sie sich's versahen, ins Gesicht. Dann konnte er ihnen das Fett aussaugen. Danach ließ er sie ziehen, leer, nur Haut und Knochen, dazu verurteilt, in Stunden oder Tagen zu verenden. Das waren die guten. Sie suchten Menschenfett, damit die Kirchenglocken besser klangen, die Traktoren wie geschmiert fuhren und, in der letzten Zeit, sogar damit die Regierung mit ihm die Auslandsschulden bezahlen konnte. Die bösen waren schlimmer. Sie schnitten dem Opfer nicht nur die Kehle durch, sondern zerteilten es wie ein Rind, einen Schafsbock oder ein Schwein und aßen es auf. Sie ließen es Tropfen für Tropfen ausbluten, sie betranken sich an seinem Blut. Die Indios glaubten diese Sachen, nicht zu fassen. Ob es stimmte, daß die Hexe Doña Adriana einen *pishtaco* umgebracht hatte?

»Casimiro Huarcaya war ein Albino«, sagte leise der Hilfsarbeiter, der als erster gesprochen hatte. »Es könnte stimmen, was Dionisio gesagt hat. Sie haben ihn vielleicht für einen *pishtaco* gehalten, und bevor er ihnen das Fett rausschneiden konnte, haben sie ihn abgemurkst.«

Seine Tischgefährten gaben murmelnd und lachend ihre Zustimmung zu erkennen. Lituma spürte, wie sein Puls sich beschleunigte. Huarcaya hatte genau wie sie Steine geklopft, geschuftet und geschwitzt auf der halbfertigen Straße; jetzt war er tot oder entführt. Und diese Mistkerle erlaubten sich den Luxus, Scherze zu machen.

»Euch ist die Sache scheißegal«, sagte er tadelnd. »Was dem Albino passiert ist, kann euch auch passieren. Und wenn die Terroristen heute nacht in Naccos einfallen und Volksgericht abhalten wie in Andamarca? Würdet ihr gerne als Vaterlandsverräter oder warme Brüder zu Tode gesteinigt werden? Würdet ihr gerne als Säufer ausgepeitscht werden?«

»Da ich weder Säufer noch Vaterlandsverräter, noch ein warmer Bruder bin, würde mir das nicht gefallen«, sagte der, der zuvor gesprochen hatte.

Seine Tischgenossen quittierten seine Worte prustend und indem sie sich gegenseitig mit den Ellbogen anstießen.

»Das in Andamarca ist eine traurige Sache«, sagte, nunmehr ernst, einer, der bislang nicht gesprochen hatte. »Aber wenigstens waren dort alle Peruaner. Schlimmer finde ich die Sache in Andahuaylas. Diese beiden jungen Franzosen, das soll mir mal einer erklären. Warum sie in die Sache reinziehen? Nicht mal die Ausländer werden verschont.«

»Als Kind habe ich an *pishtacos* geglaubt«, unterbrach

ihn der Gendarm Carreño, an den Korporal gewandt. »Meine Großmutter hat mir damit Angst eingejagt, wenn ich ihr Ärger machte. Ich hab in meiner Kindheit jeden in Sicuani scheel angeschaut, der seltsam aussah.«

»Und du glaubst, daß der kleine Stumme, Casimiro Huarcaya und der Vorarbeiter von den *pishtacos* ausgedörrt und zerteilt wurden?«

Der Gendarm nippte an dem Gläschen mit Anis.

»Ich habe Ihnen doch schon gesagt, so, wie die Dinge liegen, bin ich bereit zu glauben, was man mir vorsetzt. Allerdings bekomm ich es lieber mit *pishtacos* zu tun als mit Terroristen.«

»Du tust recht daran, leichtgläubig zu sein«, sagte der Korporal. »Wenn man verstehen will, was hier passiert, dann glaubt man besser an böse Geister.«

Diese jungen Franzosen in Andahuaylas, zum Beispiel. Sie hatten sie aus dem Bus geholt und ihnen die Gesichter zu Brei geschlagen, Radio Junín zufolge. Warum diese grausame Wut? Warum erschießen sie sie nicht einfach?

»Wir haben uns an die Brutalität gewöhnt«, sagte Tomasito, und Lituma bemerkte, daß sein Amtshelfer blaß war. Der Anis hatte Glanz in seine Augen gebracht und ihm die Zunge schwer gemacht. »Ich sage es wegen mir selbst, in aller Öffentlichkeit. Haben Sie von Oberleutnant Pancorvo gehört?«

»Nie im Leben.«

»Ich war in seiner Patrouille, als die Sache mit den Vikunjas passierte, in Pampa Galeras. Wir hatten einen zu fassen gekriegt, und der wollte das Maul nicht aufmachen. ›Hör auf, das Unschuldslamm zu spielen und mich anzuschauen, als würdest du nichts kapieren‹, sagte der Oberleutnant zu ihm. ›Ich warne dich, wenn ich anfange, dich zu behandeln, plapperst du wie ein Papagei.‹ Und wir haben ihn behandelt.«

»Was war das für eine Behandlung?« fragte Lituma.

»Ihn mit Streichhölzern und Feuerzeugen verbrennen«, erklärte Carreño. »Angefangen bei den Füßen und dann immer weiter hinauf. Mit Streichhölzern und Feuerzeugen, wie ich es Ihnen sage. Es ging ganz langsam. Sein Fleisch schmorte, es fing an, nach geröstetem Fett zu riechen. Ich war noch nicht dran gewöhnt, Herr Korporal. Ich mußte würgen, und fast wäre ich umgekippt.«

»Stell dir vor, was die Terroristen mit dir und mir machen werden, wenn sie uns lebend kriegen«, sagte Lituma. »Und du hast ihn auch behandelt? Und dann kommst du und veranstaltest ein solches Gezeter, weil der Chancho dieser Piuranerin in Tingo María ein paar Peitschenhiebe verpaßt hat?«

»Das Schlimmste haben Sie noch nicht gehört.« Tomasito, bleich geworden, sprach jetzt mit lallender Zunge. »Es stellte sich raus, daß er nicht mal Terrorist war, sondern geistig zurückgeblieben. Er redete nicht, weil er nicht konnte. Er konnte nicht sprechen. Einer aus Abancay erkannte ihn wieder. ›Aber Herr Oberleutnant, das ist doch der Depp aus meinem Dorf, wie soll er reden, wenn Pedrito Tinoco in seinem Leben keinen Muckser getan hat.‹«

»Pedrito Tinoco? Du willst sagen, unser Pedrito Tinoco? Der kleine Stumme?« Der Korporal stürzte mit einem Zug das neue Gläschen Anis hinunter. »Nimmst du mich auf den Arm, Tomasito? Verdammte Scheiße, verdammte Scheiße.«

»Er war der Wächter des Reservats, scheint es«, sagte Tomás, während er ebenfalls trank; er hielt das Glas mit zitternden Händen. »Wir haben ihn geheilt, so gut es ging. Wir haben für ihn in der Patrouille gesammelt. Alle haben wir uns schlecht gefühlt, sogar Oberleutnant Pancorvo. Und ich mehr als alle anderen zusammen. Deshalb hab ich ihn mit hergebracht. Haben Sie nie die Narben an seinen Füßen, an seinen Knöcheln gesehen? Das war meine Entjungferung, Herr Korporal. Seitdem erschreckt mich nichts mehr, tut mir nichts mehr weh. Ich bin abgehärtet, wie alle. Ich hab es Ihnen bislang nicht erzählt, weil ich mich geschämt habe. Und ohne den Anis hätte ich es Ihnen auch heute abend nicht erzählt.«

Um nicht an den kleinen Stummen denken zu müssen, versuchte Lituma, sich die Gesichter der drei Verschwundenen vorzustellen, verwandelt in eine blutige Masse, mit aufgeplatzten Augen, zermalmten Knochen, wie diese jungen Franzosen, oder auf kleinem Feuer geschmort, wie Pedrito Tinoco. Wie sollte er an etwas anderes denken können, verdammte Scheiße.

»Besser, wir gehen.« Er trank den Rest Anis und stand auf. »Bevor die Kälte schlimmer wird.«

Als sie hinausgingen, warf Dionisio ihnen eine Kußhand zu. Der Kantinenwirt lief zwischen den Tischen umher, die schon mit Hilfsarbeitern besetzt waren, und veranstaltete die gleichen Mätzchen wie jeden Abend: Er machte Tanzschritte, hob den Kunden eigenhändig den Schnaps oder das Bier an den Mund und ermunterte sie, da es keine Frauen gab, miteinander zu tanzen. Seine Faxen und sein weibisches Getue irritierten Lituma, und wenn der Wirt mit seiner Vorstellung begann, pflegte er zu gehen. Sie verabschiedeten sich von Doña Adriana, die an der Theke bediente. Sie machte eine übertriebene, leicht sarkastische Verbeugung in ihre Richtung. Sie hatte gerade Radio Junín eingestellt, und man hörte einen Bolero, den Lituma erkannte: *Kleiner Mondstrahl*. Er hatte einen Film mit diesem Titel gesehen, in dem eine langbeinige Blondine tanzte: Ninón Sevilla. Draußen hatte man soeben den Generator angeschaltet, der den Baracken das Licht lieferte. Ein paar Gestalten in Jacken oder Ponchos gingen in der Umgebung hin und her und erwiderten mit einem Brummen oder einer Neigung des Kopfes den Gruß der Polizisten. Lituma und Carreño bedeckten Mund und Nase mit den Schals und drückten sich die Käppis tief in die Stirn, damit der Wind sie ihnen nicht vom Kopf riß. Er wehte mit düsterem Pfeifen, das in den Bergen widerhallte, und sie liefen halb nach vorne geneigt, mit gesenkten Köpfen. Plötzlich blieb Lituma stehen:

»Mir drehn sich die Eingeweide um, verdammte Scheiße!« brach es aus ihm heraus.

»Weshalb denn, Herr Korporal?«

»Weil sie den armen Stummen gefoltert haben, in Pampa Galeras.« Er suchte mit dem Licht der Taschenlampe das Gesicht seines Amtshelfers. »Macht dir diese Brutalität keine Gewissensbisse?«

»In den ersten Tagen hatte ich große Gewissensbisse«, sagte Carreño kleinlaut. »Warum, glauben Sie, habe ich ihn mit nach Naccos gebracht? Hier ist mein schlechtes Gewissen allmählich wieder rein geworden. Hatte ich vielleicht schuld an dem, was passiert ist? Und wir haben ihn hier gut behandelt, wir haben ihm Essen und ein Dach überm Kopf gegeben, nicht wahr, Herr Korporal? Vielleicht hat er mir verziehen. Vielleicht hat er begriffen, daß sie ihn längst umgelegt hätten, wenn er oben in der Puna geblieben wäre.«

»Um die Wahrheit zu sagen, mir ist es lieber, wenn du mir deine Abenteuer mit Mercedes erzählst, Tomasito. Die Geschichte mit dem kleinen Stummen hat mich völlig fertig gemacht.«

»Ich wär sie ja auch gern los, können Sie mir glauben.«

»Was habe ich in Naccos nicht alles zu hören bekommen«, murrte Lituma vor sich hin. »Gendarm in Piura und in Talara sein war ein Kinderspiel. Das Hochland ist die Hölle, Tomasito. Das wundert mich nicht, bei den vielen Indios.«

»Warum hassen Sie die Indios so, darf man das wissen?«

Sie hatten begonnen, die Steigung zum Gendarmerieposten zu erklimmen, und da sie nach vorne geneigt laufen mußten, nahmen sie die Gewehre von der Schulter und trugen sie in der Hand. Je mehr sie sich vom Lager entfernten, um so weiter versanken sie in der Dunkelheit.

»Na ja, du bist ein Indio und dich hasse ich nicht. Du bist mir sogar höchst sympathisch.«

»Danke, was mich betrifft«, sagte der Gendarm lachend. Und einen Augenblick später: »Glauben Sie nicht, daß die Leute vom Lager kühl zu Ihnen sind, weil

Sie von der Küste stammen. Es ist, weil Sie Polizist sind. Auch zu mir halten sie Distanz, obwohl ich aus Cusco komme. Sie haben nichts übrig für Uniformierte. Sie haben Angst, daß die Terroristen sie als Spitzel hinrichten, wenn sie sich mit uns zusammentun.«

»In Wahrheit muß man nicht ganz bei Verstand sein, um Gendarm zu werden«, grummelte Lituma. »Du verdienst einen Hungerlohn, keiner kann dich ausstehen, und du hältst den Kopf hin, damit man dich in die Luft sprengen kann.«

»Das kommt daher, daß einige die Uniform mißbrauchen, und das fällt auf uns alle zurück.«

»In Naccos gibt es nicht mal Gelegenheit, die Uniform zu mißbrauchen«, sagte Lituma. »Armer Pedrito Tinoco, verdammt. Und in der Woche, in der er verschwunden ist, hatten wir ihm noch nicht sein Taschengeld gegeben.«

Er blieb stehen, um nach einer Zigarette zu fingern. Er bot seinem Amtshelfer eine an. Um sie anzuzünden, mußten sie mit ihren Körpern und ihren Käppis einen Hohlraum bilden, denn der starke Wind löschte die Streichhölzer. Er wehte und heulte wie eine Herde hungriger Wölfe. Die Polizisten nahmen ihren Weg langsam wieder auf, wobei sie die rutschigen Steine mit der Stiefelspitze prüften, bevor sie den Fuß aufsetzten.

»Ich bin sicher, daß in der Kantine alle möglichen Schweinereien passieren, wenn wir beide nicht da sind«, sagte Lituma. »Glaubst du nicht?«

»Es widert mich so an, daß ich deswegen nicht gern hingehe. Aber man würde ja vor Trübsinn sterben, wenn man sich im Posten einsperrt, ohne ab und zu einen zu trinken. Natürlich passieren schreckliche Dinge. Dionisio wird sie nach Lust und Laune betrunken machen, und dann werden sie sich alle in den Arsch ficken. Soll ich Ihnen was sagen, Herr Korporal? Mir tut es nicht leid, wenn Sendero einen Schwulen hinrichtet.«

»Das Seltsame ist, daß mir eher all diese Indios ein bißchen leid tun, Tomasito. Obwohl sie so verquer sind. Ihr Leben ist traurig, oder? Sie schuften wie die Maultiere und verdienen kaum genug zum Essen. Sie sollen sich ruhig ein bißchen amüsieren, wenn sie können, bevor die Terroristen ihnen die Eier abschneiden oder ein Oberleutnant Pancorvo kommt und sie seiner Behandlung unterzieht.«

»Und unser Leben, ist das etwa nicht traurig, Herr Korporal? Aber wir betrinken uns nicht wie Tiere und lassen uns auch nicht von diesem Abartigen befummeln.«

»Wart ein paar Monate, wer weiß, Tomasito.«

Der Boden war voller Pfützen nach dem Regen am Nachmittag. Sie kamen sehr langsam voran. Eine ganze Weile liefen sie schweigend.

»Du wirst sagen, daß ich mich nicht in Dinge einmischen soll, die mich nichts angehen, Tomasito«, sagte Lituma plötzlich. »Aber da du mir sympathisch bist und der Anis mir die Zunge löst, werd ich es dir sagen. Gestern nacht hab ich gehört, wie du geweint hast.«

Er merkte, daß der Junge aus dem Tritt kam, als sei er gestolpert. Sie hatten ihre Taschenlampen angeknipst.

»Wenn es nötig ist, weinen auch Männer«, fuhr Lituma fort. »Du brauchst dich also nicht zu schämen. Tränen machen niemanden zur Tunte.«

Sie stiegen weiter den Berg hinauf, ohne daß der junge Gendarm den Mund aufmachte. Ab und zu ergriff der Korporal wieder das Wort.

»Manchmal, wenn ich denke: ›Du wirst nie lebend aus Naccos rauskommen, Lituma‹, kommt die Verzweiflung über mich. Ich würde am liebsten laut weinen, genau wie du. Schäm dich nicht. Ich hab es dir nicht gesagt, damit du dich blöd fühlst. Nur weil es nicht das erste Mal ist, daß ich dich höre. Auch neulich nacht habe ich dich gehört, obwohl du dich beim Weinen gegen die Matratze gedrückt hat. Es macht mir was aus, daß du so leidest. Ist es, weil du nicht in diesem Kaff sterben willst? Wenn es das ist, dann versteh ich dich. Aber kann es nicht sein, daß es dir schlecht bekommt, so viel an Mercedes zu denken? Du erzählst mir von deiner Liebe, ich diene dir eine Weile als Vertrauter, aber danach bist du ein Häufchen Elend. Vielleicht wäre es besser, wenn du mir nichts mehr von ihr erzählst, wenn du sie vergißt, Tomasito.«

»Ich bin doch froh, wenn ich Ihnen von Mercedes erzählen kann«, ließ sich schließlich die verwirrte Stimme seines Amtshelfers vernehmen. »Ich weine also im Schlaf? So was, dann bin ich anscheinend doch nicht so abgehärtet.«

»Machen wir die Taschenlampen aus«, flüsterte Lituma. »Ich habe immer gedacht, wenn sie uns einen Hinterhalt legen, dann in dieser Kurve.«

Sie kamen auf den beiden Wegen nach Andamarca, auf denen man die Ortschaft erreichen konnte – die einen vom Negromayo herauf, die anderen, nachdem sie den Pumarangra durchwatet und Chipao umgangen hatten –, und auf einem dritten, den sich diejenigen suchten, die von dem mit Andamarca verfeindeten Nachbarort Cabana herkamen, und der die Schlucht des singenden Baches erklomm (so heißt er im archaischen Quechua, das in der Gegend gesprochen wird). Sie trafen beim ersten Tageslicht ein, bevor die Bauern hinaus zu ihren Saatfeldern und die Hirten zu ihren Herden gingen und die durchreisenden Händler ihren Weg nach Puquio oder San Juan de Lucanas im Süden oder nach Huancasancos und Querobamba fortsetzten. Sie waren die ganze Nacht unterwegs gewesen oder hatten in der Umgebung übernachtet und auf ein wenig Helligkeit gewartet, um das Dorf zu besetzen. Sie wollten verhindern, daß einer der auf der Liste Stehenden im Schutz der Dunkelheit entkam.

Aber einer entkam, einer von denen, die sie besonders gern abgeurteilt hätten: der stellvertretende Gouverneur von Andamarca. Und auf so absurde Weise, daß die Leute es später kaum glauben konnten. Nämlich dank eines unkontrollierbaren Durchfalls, der Don Medardo Llantac die ganze Nacht zwang, immer wieder im Laufschritt das Gemeinschaftsschlafzimmer seines in der Verlängerung des Jirón Jorge Chávez gelegenen Quartiers zu verlassen, das er mit seiner Frau, seiner Mutter und sechs seiner Kinder teilte, und sich draußen vor seinem Haus an der kleinen Mauer niederzuhocken, die an den Friedhof grenzte. Dort war er gerade dabei zu drücken, eine wäßrige Pestilenz aus sich herauslaufen zu lassen und seinen Magen zu verfluchen, als er sie hörte. Sie traten die Tür mit einem einzigen Fußtritt ein und riefen laut schreiend nach ihm. Er wußte, wer sie waren und was sie wollten. Er erwartete sie, seit der Unterpräfekt der Provinz ihn beinahe mit Gewalt zum stellvertretenden Gouverneur von Andamarca gemacht hatte. Ohne auch nur seine Hose hochzuziehen, warf Don Medardo sich auf den Boden, kroch wie eine Raupe bis zum Friedhof und glitt in ein am Vorabend ausgehobenes Grab, dessen provisorische Grabplatte er zur Seite schob und wieder über sich zog. Zusammengeduckt auf den vereisten Überresten von Don Florisel Aucatoma, seinem Vetter, verharrte er den Vormittag und den Nachmittag, ohne etwas zu sehen, aber nicht ohne etliches von dem zu hören, was in dem Dorf geschah, dessen höchster politischer Repräsentant er theoretisch war.

Die von der Miliz kannten die Ortschaft oder waren von ihren Komplizen aus der Nachbarschaft gut beraten worden. Sie stellten Wachposten an allen Ortsausgängen auf, während die Kolonnen in perfekter zeitlicher Übereinstimmung die fünf parallelen Straßenzüge mit ihren Hütten und kleinen Häusern durchkämmten, die sich in Karrees um die Kirche und um den Dorfplatz ausbreiteten. Einige trugen Turnschuhe und andere Gummisandalen, ein paar gingen barfuß, und man hörte ihre Schritte nicht in den Straßen von Andamarca, die asphaltiert waren oder aus Erde bestanden, mit Ausnahme der Hauptstraße, dem Jirón Lima, der mit unbehauenen Steinen gepflastert war. In Gruppen

von drei und vier holten sie gezielt die Leute der Liste aus ihrem Schlaf. Sie nahmen den Bürgermeister, den Friedensrichter, den Leiter des Postamtes, die Besitzer der drei Lebensmittelläden und deren Frauen, zwei aus der Armee Entlassene, den Apotheker und Geldverleiher Don Sebastián Yupanqui und die beiden Experten gefangen, die von der Agrarbank hergeschickt worden waren, um die Bauern über Bewässerung und Düngung zu instruieren. Mit Stößen und Fußtritten trieben sie sie zum Platz vor der Kirche, wo der Rest der Miliz die Dorfbewohner versammelt hatte.
Zu diesem Zeitpunkt war es bereits hell geworden, und man konnte ihre Gesichter sehen. Sie waren unverhüllt, mit Ausnahme von zweien oder dreien, die ihre Wollkapuzen trugen. In ihren Reihen überwogen die jungen Burschen und die Männer, aber es gab auch Frauen und Kinder, von denen einige keine zwölf Jahre alt sein mochten. Diejenigen, die nicht mit Maschinenpistolen, Gewehren oder Revolvern bewaffnet waren, trugen alte Jagdflinten, Knüppel, Macheten, Messer, Steinschleudern und, quer über die Brust wie die Bergarbeiter, Sprengpatronen. Sie hatten auch rote Fahnen mit Hammer und Sichel bei sich, die sie am Glockenturm der Kirche, an der Fahnenstange des Gemeindehauses und an der Krone eines Pisonay-Baumes mit roten Blüten hißten, der das Dorf überragte. Während die Prozesse stattfanden – sie gingen mit System vor, als hätten sie das alles schon mehrmals getan –, malten einige auf die Häuserwände von Andamarca Hochrufe auf den bewaffneten Kampf, den Volkskrieg, den Marxismus-Leninismus-Leitgedanken des Vorsitzenden Gonzalo

und Nieder-mit-Parolen gegen den Imperialismus, den Revisionismus und die Verräter und Spitzel des völkermordenden und arbeiterfeindlichen Regimes.

Bevor sie anfingen, sangen sie Hymnen an die proletarische Revolution, in Spanisch und Quechua, worin sie verkündeten, daß das Volk dabei war, die Ketten zu sprengen. Da die Einwohner den Text nicht kannten, mischten sie sich unter sie, ließen sie die Strophen wiederholen und summten ihnen die Melodien vor.

Danach begannen die Prozesse. Außer denen, die auf der Liste standen, mußten sich vor dem Gericht – das aus dem ganzen Dorf bestand – auch andere verantworten, die des Diebstahls, der Mißhandlung von Schwachen und Armen, des Ehebruchs und individualistischer Laster angeklagt waren.

Sie sprachen abwechselnd Spanisch und Quechua. Die Revolution habe eine Million Augen und eine Million Ohren. Niemand könne hinter dem Rücken des Volkes handeln und der Strafe entgehen. Diese dreckigen Hunde hatten es versucht, und hier waren sie nun und flehten auf Knien um das Erbarmen derer, denen sie den Dolch in den Rücken gestoßen hatten. Diese Hyänen dienten der Marionettenregierung, die Bauern mordete, auf Arbeiter schoß, das Land an den Imperialismus und den Revisionismus verkaufte und Tag und Nacht daraufhinarbeitete, daß die Reichen noch reicher und die Armen noch ärmer wurden. Waren diese Schweine nicht nach Puquio gegangen, um von den Behörden zu verlangen, sie sollten die Gendarmerie schicken, angeblich, um Andamarca zu schützen? Hatten sie die Bewohner nicht aufgefordert, den Mili-

tärpatrouillen die Sympathisanten der Revolution zu verraten?
Sie wechselten sich ab und erklärten geduldig die wirklichen oder möglichen Verbrechen, die diese Handlanger einer über und über mit Blut besudelten Regierung, diese Komplizen der Repression und der Folter, an allen und jedem einzelnen der Anwesenden, an seinen Kindern und Kindeskindern verübt hatten. Sie informierten sie und forderten sie auf teilzunehmen, ohne Angst vor Repressalien zu sprechen, denn der bewaffnete Arm des Volkes beschütze sie.
Allmählich, nachdem sie ihre Verwirrung überwunden hatten, getrieben von der eigenen Angst, der aufgeheizten Atmosphäre und dunklen Motiven – alte Streitereien, untergründiges Ressentiment, dumpfer Neid, Haß zwischen Familien –, faßten die Einwohner sich ein Herz und baten ums Wort. Es stimme, Don Sebastián verhalte sich schäbig gegenüber denen, die ihm die Arzneien nicht mit klingender Münze bezahlen konnten. Wenn sie ihm das Geld nicht am gleichen Tag zurückzahlten, behielt er das Pfand, sosehr sie ihn auch anflehten. Er zum Beispiel, damals … Um die Mittagszeit hatten bereits zahlreiche Bewohner von Andamarca gewagt, auf die Mitte des Platzes hinauszutreten, ihre Klagen vorzubringen, ihre Beschuldigungen zu äußern und auf die bösen Nachbarn, die falschen Freunde, die bösen Verwandten zu zeigen. Sie erhitzten sich, wenn sie ihre Reden hielten; ihre Stimme zitterte, wenn sie von den Kindern erzählten, die sie verloren hatten, von den toten Tieren infolge der Dürre und der Seuchen und daß es jeden Tag weniger Käufer, mehr

Hunger, mehr Kranke, mehr Kindergräber auf dem Friedhof gab.
Alle wurden sie verurteilt, durch einen Wald von Händen. Viele Angehörige der Angeklagten hoben ihre Hand nicht bei der Abstimmung, aber sie wagten auch nicht, zu ihren Gunsten zu sprechen, erschreckt durch die Erbitterung und Feindseligkeit, die die Beschuldigten im Lauf der Zeit heraufbeschworen hatten.
Zu ihrer Hinrichtung ließen sie sie niederknien und den Kopf auf die Schutzmauer des Wasserbrunnens stützen. Sie hielten sie gut fest, während die Einwohner, der Reihe nach, mit den Steinen auf sie einschlugen, die sie von der Baustelle neben dem Gemeindehaus genommen hatten. Die Miliz beteiligte sich nicht an den Exekutionen. Nicht ein Schuß wurde abgefeuert. Nicht ein Messer wurde gezückt. Nicht ein Machetenhieb wurde ausgeteilt. Nur Hände, Steine und Knüppel wurden eingesetzt: sollte man die Munition des Volkes etwa für Ratten und Skorpione verschwenden? Dadurch, daß die Bewohner von Andamarca handelten, teilnahmen, die Gerechtigkeit des Volkes praktizierten, würden sie ein Bewußtsein ihrer Macht erlangen. Von diesem Ziel gab es kein Zurück. Sie waren keine Opfer mehr, sie verwandelten sich schon in Befreier.
Danach wurde den schlechten Bürgern, den schlechten Ehemännern, den schlechten Ehefrauen, den Parasiten der Gesellschaft, den Entarteten, den Huren, den Schwulen, den Würdelosen von Andamarca der Prozeß gemacht, dem verfaulten Bodensatz, den das feudale kapitalistische System, unterstützt vom nordamerikanischen Imperialismus und vom sowjetischen Revisio-

nismus, nährte, um den kämpferischen Geist der Massen einzuschläfern. Auch das würde sich ändern. Im läuternden Flurbrand der Revolution würde der egoistische bürgerliche Individualismus verbrennen und der kollektivistische Geist und die Klassensolidarität entstehen.

Die Bewohner taten, als würden sie mehr hören, als sie hörten, mehr verstehen, als sie verstanden. Aber nach den morgendlichen Ereignissen waren sie übererregt, benommen und verstört genug, um sich ohne Umschweife an der zweiten Zeremonie zu beteiligen, die ihnen und ihren Kindern und Enkeln als die stürmischste Episode der Geschichte von Andamarca im Gedächtnis bleiben sollte.

Die erste, die sich von den mahnenden Worten der bewaffneten, abwechselnd sprechenden Frauen und Männer ermuntert fühlte und den anklagenden Zeigefinger hob, war Señora Domitila Chontaza. Jedesmal wenn ihr Mann etwas getrunken habe, trete er sie mit den Füßen, bis sie über den Boden rolle, und nenne sie »Teufelsscheiße«. Er, ein kleiner Buckliger mit dem Haarbüschel eines Stachelschweins auf dem Schädel, schwor, dies sei nicht wahr. Dann widersprach er sich und wimmerte, ein böser Geist bemächtige sich seines Körpers, wenn er trinke, und Raserei erfasse ihn, von der er sich durch Schläge befreien müsse. Nach den vierzig Peitschenhieben war sein krummer Rücken blutüberströmt und geschwollen. Seine Schwüre, er werde niemals mehr einen Tropfen Alkohol anrühren, und seine erbärmlichen Dankesbezeugungen gegenüber den Bewohnern, die mit Peitschen aus Leder und

Darm auf ihn einschlugen, ließen nicht so sehr physischen Schmerz als nackte Angst erkennen. Seine Frau schleppte ihn fort, um ihm Pflaster aufzulegen.
Etwa zwanzig Männer und Frauen wurden vor Gericht gestellt, verurteilt, ausgepeitscht oder mit Geldstrafen belegt, gezwungen, zurückzuerstatten, was sie in ungebührlicher Weise erworben hatten, zu entschädigen, wen sie über das Maß hinaus für sich hatten arbeiten lassen oder mit falschen Versprechungen getäuscht hatten. Wie viele Beschuldigungen waren richtig, wie viele Erfindungen von Neid und Groll diktiert, Ergebnis der Erregung, in der alle sich getrieben fühlten, um die Wette die Grausamkeiten und Ungerechtigkeiten zu enthüllen, deren Opfer sie gewesen waren? Nicht einmal sie selbst hätten es zu sagen gewußt, als sie am Nachmittag über Don Crisóstomo zu Gericht saßen, den alten Glöckner – Glöckner war er gewesen, als der Turm der kleinen Kirche von Andamarca eine Glocke und die Kirche einen Pfarrer gehabt hatten, was schon lange zurücklag –, der von einer Frau beschuldigt wurde, er habe, von ihr überrascht, außerhalb des Dorfes einem kleinen Jungen die Hose heruntergezogen. Andere bestätigten die Anschuldigung. Es stimme, er könne seine Hände nicht bei sich behalten, er betatsche die Jungen und versuche, sie zu sich nach Hause zu lokken. Ein Mann gestand mit vor Bewegung brechender Stimme, in einer zum Zerreißen gespannten Stille, daß Don Crisóstomo ihn als Kind wie eine Frau gebraucht habe. Nie habe er gewagt, es zu erzählen, aus Scham. Andere könnten hier und jetzt ähnliche Geschichten erzählen. Der Glöckner wurde mit Steinwürfen und

Stockhieben hingerichtet, und seine Leiche landete zwischen denen, die auf der Liste gestanden hatten.
Es dunkelte, als alle Urteile gefällt waren. Dies war der Augenblick, den Don Medardo Llantac nutzte, um den Stein des Grabes seines Vetters Florisel beiseite zu schieben, sich kriechend aus dem Friedhof davonzustehlen und querfeldein in Richtung Puquio davonzulaufen, als hätte er den Teufel auf den Fersen. Er traf eineinhalb Tage später in der Hauptstadt der Provinz ein, erschöpft und noch immer mit vor Entsetzen geweiteten Augen, um zu erzählen, was in Andamarca vor sich ging.
Die Bewohner, erschöpft, orientierungslos, sahen einander nicht an. Sie fühlten sich wie nach dem Fest des Schutzpatrons, nachdem sie alles Trinkbare getrunken und drei Tage und drei Nächte lang, ohne zu schlafen, gegessen, getanzt, gestampft, geprügelt, Gebete gesprochen hatten und sich nicht mit der Vorstellung abfinden konnten, daß diese große Explosion der Betäubung und Unwirklichkeit zu Ende war und sie sich wieder in die tägliche Routine fügen mußten. Aber jetzt fühlten sie ungleich größere Verwirrung, tieferes Unbehagen angesichts der nicht begrabenen, fliegenumschwärmten Leichen, die vor ihren Augen zu verfaulen begannen, und der zerschundenen Rücken derer, die sie ausgepeitscht hatten. Alle ahnten, daß Andamarca niemals mehr sein würde, was es gewesen war.
Die von der Miliz machten unermüdlich weiter, wechselten sich ab im Gebrauch des Wortes. Jetzt gelte es, sich zu organisieren. Kein Sieg des Volkes ohne eine eiserne, unverbrüchliche Beteiligung der Massen. Anda-

marca sei nun Stützpunkt, ein weiteres Glied in der Kette, die sich bereits über die ganze Kordillere der Anden ziehe und sich bis in die Region der Küste und des Urwalds verzweige. Die Stützpunkte seien die Etappe der Vorhut. Wichtig, nützlich, unerläßlich, existierten sie, wie ihr Name besagte, um die Kämpfer zu unterstützen: sie zu ernähren, sie zu heilen, sie zu verstecken, sie zu kleiden, sie zu bewaffnen, sie über den Feind zu informieren, und um diejenigen zu ersetzen, die ihren Anteil am allgemeinen Opfer bezahlten. Alle hatten sie eine Aufgabe zu erfüllen, ihr Scherflein beizutragen. Sie sollten sich nach Ortsvierteln unterteilen, sich straßen-, block-, familienweise vermehren, neue Augen und Ohren, Beine, Arme und Hirne der Million hinzufügen, über die die Partei bereits verfügte.

Es war dunkel, als die Bewohner die fünf Männer und vier Frauen wählten, die mit der Organisation beauftragt wurden. Genossin Teresa und Genosse Juan würden in Andamarca bleiben, um die Bewohner zu beraten und als Kontakt zur Führung zu dienen. Sie mußten sie in ihre Reihen aufnehmen, sich verhalten, als wären sie hier geboren und als wären ihre Toten unter denen des Dorfes begraben.

Dann kochten sie und aßen und verteilten sich auf die Häuser und schliefen bei den Bewohnern, von denen viele in dieser Nacht wachten, verstört, ungläubig, unsicher, verängstigt durch das, was sie getan, gesehen und gehört hatten.

Im Morgengrauen versammelten sie sie abermals. Aus den Jüngeren wählten sie einige Jungen und Mädchen für die Miliz aus. Sie sangen ihre Hymnen, stießen ihre

Schlachtrufe aus und ließen dabei ihre roten Fahnen flattern. Dann teilten sie sich in die Kommandos auf, in denen sie gekommen waren, und die Bewohner sahen, wie sie sich trennten, sich entfernten, wie die einen den Negromayo durchwateten und die anderen in Richtung Chipao und Pumarangra allmählich zwischen den grünlichen Saatfeldern der Terrassenbauten, unter dem Graubraun der Berge, verschwanden.
Die Patrouille der Republikanischen Garde und der Gendarmerie traf achtundvierzig Stunden nach Abzug der Guerrilleros in Andamarca ein. Den Befehl führte ein junger, von der Küste stammender, muskulöser Leutnant mit kahlgeschorenem Kopf und dunkler Brille, den seine Männer nur bei seinem Spitznamen nannten: Harke. Mit ihnen kam der stellvertretende Gouverneur, Don Medardo Llantac, der an Jahren zugenommen und an Kilos verloren hatte.
Die Leichen lagen noch immer unbegraben auf dem Platz. Um die Geier fernzuhalten, hatten die Bewohner ein großes Feuer entzündet, aber trotz der Flammen hielten im Umkreis Dutzende von Stinkgeiern Wacht und schwirrten mehr Fliegen als im Schlachthof, wenn ein Rind geschlachtet wurde. Als Don Medardo und der Leutnant fragten, warum sie die Toten nicht begraben hatten, wußten sie keine Antwort. Niemand hatte gewagt, die Initiative zu ergreifen, nicht einmal die Verwandten der Opfer, gelähmt von der abergläubischen Furcht, die Miliz erneut anzulokken oder eine weitere Katastrophe auszulösen, wenn sie, sei es auch nur, um sie zu begraben, jene Bewohner berührten, denen sie die Schädel, die Gesichter

und Knochen zerschlagen hatten, als wären es ihre Todfeinde.
Da es keinen Friedensrichter mehr gab, veranlaßte der Leutnant, daß der stellvertretende Gouverneur selbst das Protokoll aufnahm und daß mehrere Bewohner es als Zeugen unterschrieben. Dann brachten die Angehörigen die Toten zum Friedhof, hoben Gräber aus und begruben sie. Erst in diesem Augenblick reagierten die Verwandten mit Schmerz und Zorn. Es weinten die Witwen, die Kinder, die Brüder, die Neffen und die Stiefkinder; sie fielen sich in die Arme und riefen fluchend, die Fäuste zum Himmel erhoben, nach Rache.
Nachdem man den Ort mit Eimern voll Kreosot desinfiziert hatte, begann der Leutnant, Erklärungen zu fordern. Nicht in der Öffentlichkeit; hinter verschlossenen Türen im Gemeindehaus rief er nacheinander die Familien zu sich. Er hatte Wachposten an den Ortsausgängen von Andamarca aufgestellt und strikten Befehl erteilt, daß niemand sich ohne seine Erlaubnis aus dem Dorf entfernen durfte. (Aber Genosse Juan und Genossin Teresa hatten das Weite gesucht, sobald die Patrouille zu sehen war, die sich auf dem Weg von Puquio her näherte.)
Die Verwandten kamen und gingen nach fünfzehn Minuten, nach einer halben Stunde, mit hängendem Kopf, verweint, verwirrt, voll Unbehagen, als hätten sie mehr als das oder weniger als das gesagt, was sie hätten sagen sollen, und als bereuten sie es nun.
Im Dorf herrschte eine düstere Atmosphäre und unheilvolle Stille. Die Bewohner versuchten hartnäckig, ihre Angst und Ungewißheit hinter einer mürrischen Miene

und Stummheit zu verbergen, aber sie verrieten sich durch die schlafwandlerische Art, mit der man sie bis zu später Stunde in den kleinen geraden Straßen von Andamarca umhergehen sah. Viele Frauen beteten den ganzen Tag Litaneien in der eingestürzten Kirche des Platzes, deren Dach das letzte Erdbeben auf den Boden herabgeholt hatte.

Der Leutnant verhörte die Leute den ganzen Tag und einen Teil der Nacht, ohne sich auch nur Zeit zum Mittagessen zu nehmen – er ließ sich einen Teller Suppe mit Dörrfleisch bringen, den er aß, während er die Befragungen fortsetzte –, und eines der wenigen Dinge, die die Bewohner im Verlauf dieses zweiten außergewöhnlichen Tages erfuhren, war, daß Don Medardo Llantac, rasend vor Wut, ihm nicht von der Seite wich und den Offizier über diejenigen informierte, die kamen, um ihre Aussagen zu machen, und daß er während der Verhöre seinen Senf dazugab und Namen, nähere Angaben forderte.

In jener Nacht zerbrach das trügerische Zusammenleben in Andamarca. In den Häusern, mitten auf der Straße, in der Umgebung des Platzes, auf den alle strömten, um die Bewohner auszuspähen, die aus dem Gemeindesaal kamen, explodierten Auseinandersetzungen, Wortgefechte, Anklagen, Beschimpfungen, Drohungen. Es kam zu Rempeleien, Kratzern und Fausthieben. Die Republikaner und die Gendarmen griffen nicht ein, weil sie entsprechend instruiert worden waren oder weil sie in Ermangelung von Befehlen nicht wußten, wie sie angesichts der entfesselten Feindseligkeit aller gegen alle reagieren sollten. Herablassend oder gleichgültig sahen sie zu, wie die Bewohner einander Mörder, Helfershelfer, Terroristen, Verleumder, Verräter, Feiglinge nannten und handgemein wurden, und rührten keinen Finger, um sie zu trennen.

Die Befragten mußten alles erzählen, wobei sie ihre Beteiligung, so gut sie konnten, verkleinerten – das heißt, die Verantwortung der anderen vergrößerten –, und der Leutnant konnte in großen Zügen rekonstruieren, was während der Prozesse geschehen war, denn am nächsten Tag wurden die fünf Männer und vier Frauen, die zu den Befehlshabern des Stützpunktes ernannt worden waren, im Gemeindehaus eingesperrt.

Noch vor Mittag versammelte der Leutnant die Bewohner auf dem kleinen Platz von Andamarca – noch immer trieben sich ein paar Stinkgeier in der Ecke der Exekutionen herum – und sprach zu ihnen. Nicht alle verstanden das schnelle Küsten-Spanisch mit seinen Endverkürzungen, das der Leutnant sprach, aber selbst diejenigen, denen ein Gutteil seiner Rede entging, begriffen, daß er ihnen eine Strafpredigt hielt. Weil sie mit den Terroristen zusammengearbeitet hatten, weil sie sich zu dieser Parodie eines Prozesses hergegeben hatten, weil sie dieses groteske, kriminelle Massaker verübt hatten.

»Ganz Andamarca müßte verurteilt und bestraft werden«, wiederholte er mehrere Male. Dann hörte er geduldig, wenn auch ohne Zeichen von Verständnis, den Bewohnern zu, die es wagten, konfuse Entschuldigungen vorzubringen: Es sei nicht wahr, niemand habe etwas getan, alles sei ein Werk der Terroristen gewesen. Sie hatten sie bedroht, Señor. Sie hatten sie gezwungen,

hatten ihnen die Maschinenpistolen und die Pistolen an den Kopf gehalten, ihnen gesagt, sie würden den Kindern wie Schweinen die Kehle durchschneiden, wenn sie nicht die Steine ergriffen. Sie widersprachen sich, sie unterbrachen sich, sie stimmten nicht überein, und am Ende beschuldigten und beschimpften sie sich gegenseitig. Der Leutnant schaute ihnen mitleidig zu.
Die Patrouille blieb an jenem Tag in Andamarca. Am Nachmittag und am Abend durchsuchten die Angehörigen der Republikanischen Garde und die Gendarmen die Häuser und beschlagnahmten Schmucksachen, Gegenstände, die von Wert schienen, und die Beutel und kleinen Bündel mit Geld, die sie versteckt in Matratzen und in den doppelten Böden von Truhen und Kleiderschränken fanden. Aber kein Bewohner zeigte die Diebstähle beim Leutnant an.
Am Morgen des zweiten Tages, als die Patrouille sich anschickte, unter Mitnahme der Gefangenen aufzubrechen, fing Don Medardo Llantac vor den Bewohnern Streit mit dem Offizier an. Der stellvertretende Gouverneur wollte, daß einige Männer der Patrouille im Dorf blieben. Aber der Leutnant hatte Befehl, mit allen in die Provinzhauptstadt zurückzukehren. Die Bewohner sollten ihren Schutz selbst organisieren, Streifen bilden.
»Mit welchen Waffen, Leutnant«, sagte Medardo Llantac, sich heiser schreiend. »Wir mit Stöcken und die mit Gewehren? So sollen wir kämpfen?«
Der Leutnant erwiderte, er werde mit seinen Vorgesetzten sprechen. Er werde versuchen, sie zu überzeugen, daß sie den seit fast einem Jahr unbesetzten Gendarmerieposten wieder eröffneten. Dann brach er auf, die

zusammengebundenen Gefangenen im Gänsemarsch mit sich führend.
Einige Zeit darauf begaben sich die Verwandten der neun Gefangenen nach Puquio, aber die Behörden konnten ihnen nicht weiterhelfen. In keinem Polizeiposten, auch nicht in den Büros des politisch-militärischen Kommandos, gab es einen Hinweis darauf, daß eine Gruppe von Verhafteten aus Andamarca eingetroffen war. Was den jungen Leutnant mit dem Spitznamen Harke betraf, so hatte er wahrscheinlich den Bestimmungsort gewechselt, da er nicht unter den anwesenden Offizieren war und niemand in Puquio ihn kannte. Zu diesem Zeitpunkt waren Don Medardo Llantac und seine Frau aus dem Dorf verschwunden, ohne auch nur seiner Mutter und ihren Kindern zu sagen, wohin sie gingen.

»Ich weiß, daß du wach bist und darauf brennst, weiterzuerzählen«, sagte Lituma. »Auf, Tomasito, erzähl weiter.«
Der Lastwagen gelangte in der Abenddämmerung nach Huánuco, zwanzig Stunden nach seiner Abfahrt aus Tingo María. Zweimal platzte ein Reifen auf der durch die Regenfälle aufgebrochenen Straße, und Tomás stieg von der Ladefläche herab, um dem Fahrer zu helfen, der aus Huancayo stammte und keine indiskreten Fragen stellte. Außerhalb von Acomayo, an einer Straßensperre, hörten sie in ihrem Versteck zwischen der Obstladung, wie er dem Polizisten, der ihn fragte, wie viele Fahrgäste er mit sich führe, »keinen« antwortete. Sie hielten noch zweimal, zum Frühstück und zum Mittag-

essen, in Barackensiedlungen neben der Straße, und Tomás und Mercedes stiegen ebenfalls aus, aber ohne ein Wort mit dem Fahrer zu wechseln. Dieser setzte sie vor dem Zentralmarkt ab.

»Ich habe mich bei ihm bedankt, weil er uns an der Straßensperre von Acomayo nicht verraten hat«, sagte Tomás. »Wir haben ihm weisgemacht, daß wir auf der Flucht vor einem eifersüchtigen Ehemann waren.«

»Falls ihr außerdem wegen was anderem auf der Flucht seid, dann bleibt besser nicht hier«, riet ihnen der Fahrer zum Abschied. »Die ganze Koka der Selva kommt über diese Straße, und Huánuco ist voll von Spitzeln auf der Suche nach Narcos.«

Er winkte ihnen zum Abschied mit der Hand und fuhr los. Es war dunkel, aber die Lichter der Straßen gingen noch nicht an. Viele Imbißstände waren geschlossen; an den offenen aßen Leute im Licht trüber Kerzen. Es roch nach Öl, nach Gebratenem und nach Pferdekot.

»Ich fühle mich, als hätte mir jemand die Knochen und Muskeln zerquetscht«, sagte Mercedes. »Ich bin hundemüde, ich habe Krämpfe. Aber vor allem Hunger.«

Sie gähnte, rieb sich die Arme. Ihr geblümtes Kleid war voll Erde.

»Komm, suchen wir uns einen Ort zum Schlafen«, sagte Carreño. »Ich bin auch halbtot.«

»Caramba, wie schön«, murmelte Lituma. »Zum Schlafen oder zu was anderem, Tomasito?«

Sie fragten die Leute, die dampfende Teller mit Suppe schlürften, und erfuhren die Adresse einer Pension und eines kleinen Hotels. Sie mußten beim Gehen aufpassen, denn auf dem Boden lagen schlafende Bettler und abgerissene Gestalten, und auf den dunklen Straßen tauchten wütende Hunde auf und bellten sie an. Die Pension Lucinda, die in der Nähe eines Polizeireviers lag, kam nicht in Frage. Drei Straßenzüge weiter, an der Ecke, erschien das Hotel Leoncio Prado. Es war zweistöckig, hatte Lehmwände und ein Wellblechdach und kleine Balkone, die wie Spielzeug wirkten. Im Erdgeschoß befand sich ein Restaurant mit Bar.

»Die Frau am Empfang verlangte den Personalausweis von mir, aber nicht von Mercedes, und wir mußten im voraus bezahlen.« Tomás erging sich in Einzelheiten. »Ihr fiel nicht auf, daß wir kein Gepäck hatten. Während sie das Zimmer fertigmachte, ließ sie uns im Flur warten.«

»Nur ein Zimmer?« fragte Lituma erregt. »Nur ein kleines Bett für beide?«

»Das Restaurant war leer«, fuhr der Junge fort, ohne auf ihn zu hören. Er zog die Geschichte in die Länge. »Wir bestellten Sprudel und eine Suppe. Mercedes gähnte und rieb sich die ganze Zeit die Arme.«

»Weißt du, was ich am meisten bedauern würde, wenn die Terroristen uns heute nacht umbringen würden, Tomasito?« unterbrach ihn Lituma. »Aus diesem Leben zu scheiden, ohne noch einmal ein nacktes Mädchen gesehen zu haben. Seitdem ich in Naccos bin, fühle ich mich kastriert. Dir scheint das nicht viel auszumachen, dir reichen die Erinnerungen an die Piuranerin, nicht?«

»Das fehlte gerade noch, daß ich krank werde«, klagte Mercedes.

»Das war ein Vorwand«, versicherte Lituma. »Ich nehme an, daß du ihr nicht geglaubt hast.«

»Das kommt bestimmt daher, daß der Lastwagen so unbequem war. Die Suppe und ein guter Schlaf bringen dich wieder auf die Beine«, sagte der Junge aufmunternd.
Sie murmelte »hoffentlich«. Und sie verharrte mit geschlossenen Augen, zitternd, bis man ihnen das Essen brachte.
»So konnte ich sie nach Lust und Laune anschauen«, sagte Tomasito.
»Bis jetzt kann ich sie mir nicht vorstellen«, sagte Lituma. »Ich seh sie einfach nicht. Es hilft mir überhaupt nicht, daß du mir sagst ›sie ist wunderbar‹, ›sie ist toll‹. Sag mir wenigstens ein bißchen genauer, wie sie aussieht.«
»Ein rundes Gesicht, Wangen wie zwei Äpfel, volle Lippen und eine wohlgeformte Nase«, rezitierte Tomás. »Ein Näschen, das bebte, wenn sie sprach, wie bei einem kleinen Hund, der schnuppert. Durch die Müdigkeit hatte sie blaue Augenringe unter ihren langen Wimpern.«
»Himmel, du warst verknallter als ein Kalb in den Mond.« Lituma konnte es kaum fassen. »Und du bist es noch immer, Tomasito.«
»Obwohl sie zerzaust war, obwohl sie ihr ganzes Rouge verloren hatte und der Staub der Reise an ihr klebte, war sie nicht häßlich geworden«, fuhr der Junge fort. »Sie war noch immer wunderschön, Herr Korporal.«
»Du kannst dich wenigstens mit diesen Erinnerungen an Mercedes trösten«, klagte Lituma. »Ich habe keine aus Piura mitgebracht. Nicht eine Frau in Piura oder

Talara, die sich nach mir sehnen würde, nicht eine einzige Frau in der Welt, nach der ich mich sehnen kann.«

Sie aßen die Suppe schweigend, und dann brachte man ihnen paniertes Fleisch mit Reis, das sie nicht bestellt hatten. Aber sie aßen es ebenfalls.

»Plötzlich füllten ihre Augen sich mit Tränen, obwohl sie sich bemühte, nicht zu weinen«, sagte Tomás. »Sie zitterte, und ich wußte, es war aus Angst vor dem, was uns passieren könnte. Ich wollte sie trösten, aber ich wußte nicht, wie. Auch mir kam die Zukunft schwarz vor.«

»Überspring diesen Teil und komm endlich zum Bett«, bat Lituma.

»Wisch dir die Tränen ab.« Carreño reichte ihr sein Taschentuch. »Ich werde nicht zulassen, daß dir was passiert, ich schwör's dir.«

Mercedes trocknete sich das Gesicht und schwieg, bis sie mit dem Essen fertig waren. Das Zimmer lag im zweiten Stock, am Ende des Flures, und die Betten waren durch einen Holzschemel getrennt, der als Nachttisch diente. Die Glühbirne baumelte an einem spinnwebenbedeckten Kabel herab und erleuchtete nur schwach die verblaßten, rissigen Wände und die Dielen, die unter ihren Füßen knarrten.

»Die Geschäftsführerin gab uns zwei Handtücher und ein Stück Seife.« Tomasito machte weiter Umschweife. »Sie sagte, wenn wir duschen wollten, dann sollten wir es gleich tun, denn tagsüber komme das Wasser nicht hinauf.«

Sie ging hinaus, und Mercedes folgte ihr, mit dem Handtuch über der Schulter. Sie kam nach einer guten

Weile zurück, und der Junge, der sich auf das Bett gelegt hatte und gespannt war wie eine Gitarrensaite, fuhr erschreckt hoch, als er sie im Zimmer wahrnahm. Sie hatte sich das Handtuch wie einen Turban um den Kopf gewickelt, ihr Kleid war aufgeknöpft, und sie trug die Schuhe in der Hand.

»Eine herrliche Dusche«, hörte er sie sagen. »Das kalte Wasser hat mich wieder zum Leben erweckt.«

Er nahm das Handtuch und ging sich ebenfalls duschen.

»Bist du blöd?« fragte Lituma empört. »Worauf hast du denn gewartet? Und wenn die Piuranerin nun einschlafen würde?«

Es war nur ein Strahl, aber er kam kräftig, und das Wasser war in der Tat kalt. Tomás seifte sich ein, rieb seinen Körper ab und spürte, wie die Müdigkeit von ihm abfiel. Er rieb sich trocken, zog die Unterhose an und band darüber, in der Taille, das Handtuch. Als er ins Zimmer trat, war es dunkel. Er legte seine Kleidung auf eine Kommode, auf der Mercedes ihre zusammengefaltet hatte. Dann tastetete er sich zu dem leeren Bett vor und schlüpfte unter die Decke. Seine Augen gewöhnten sich allmählich an die Dunkelheit. Unruhig und aufgeregt, schärfte er seine Ohren und versuchte, etwas zu hören. Sie atmete tief, mit langen Pausen. Schlief sie schon? Und er glaubte, ihren Körper zu riechen, hier, ganz nah. Er holte tief Luft, ihm war beklommen zumute. Sollte er zu seinem Paten gehen und versuchen, ihm die Sache zu erklären? »Das ist der Lohn für alles, was ich für dich getan habe, du Mistkerl?« Er würde ins Ausland gehen müssen, egal wie.

»Ich dachte an alles und nichts, Herr Korporal.« Die Stimme seines Amtshelfers zitterte. »Ich hatte Lust zu rauchen, aber ich bin nicht aufgestanden, um sie nicht zu wecken. Wie seltsam, neben ihr zu liegen. Wie seltsam, zu denken: ›Wenn ich die Hand ausstrecke, berühr ich sie.‹«

»Erzähl weiter, komm. Ich sitze wie auf heißen Kohlen, Tomasito.«

»Hast du es getan, weil ich dir gefallen habe?« fragte Mercedes ihn plötzlich. »Als du mich am Flughafen in Tingo María abgeholt hast, mit dem Dicken? Hast du da einen Blick auf mich geworfen?«

»Ich hatte dich schon vorher gesehen«, sagte Carreño leise und fühlte, daß sein Mund beim Sprechen weh tat. »Im letzten Monat, als du nach Pucallpa gereist bist, um die Nacht mit dem Chancho zu verbringen.«

»Du warst das, der ihn in Pucallpa bewachte? Deshalb also kam mir dein Gesicht bekannt vor, als ich dich in Tingo María gesehen habe.«

»In Wirklichkeit erinnerte sie sich nicht, daß ich sie auch bei der ersten Reise abgeholt hatte«, sagte sein Amtshelfer. »Daß ich auch das Haus in Pucallpa bewacht habe, zwischen dem Fluß und der Holzhandlung, die ganze Nacht. Und gehört habe, wie er sie schlug. Und gehört habe, wie sie ihn anflehte.«

»Wenn das nicht in einem Fick endet, dann bekommst du Prügel«, warnte ihn Lituma.

»Natürlich, deswegen kam mir dein Gesicht bekannt vor, das ist es«, fuhr sie fort. »Aber dann hast du ja deinen Anfall nicht aus Ekel bekommen oder wegen der Religion. Du hattest schon einen Blick auf mich geworfen. Der Grund war, daß ich dir gefallen habe. Du hast es aus Eifersucht getan. Hast du deshalb auf ihn geschossen, Carreñito?«

»Die Scham brannte mir im Gesicht, Herr Korporal. Wenn sie weiter so redet, bring ich sie mit einer Ohrfeige zum Schweigen, dachte ich.«

»Du hast dich in mich verliebt«, erklärte Mercedes, halb verärgert, halb mitleidig. »Jetzt versteh ich allmählich. Wenn Männer sich verlieben, machen sie die verrücktesten Dinge. Wir Frauen sind da kühler.«

»Du bildest dir was ein, weil du viel rumgekommen bist, weil du Erfahrung hast.« Der Junge reagierte schließlich. »Es gefällt mir nicht, daß du mich behandelst, als würde ich kurze Hosen tragen.«

»Genau das bist du, Carreñito. Ein Rotzjunge mit kurzen Hosen.« Sie lachte, und sie wurde wieder ernst. Und sie fuhr fort, jeden Buchstaben betonend: »Aber wenn ich dir gefallen habe, wenn du dich verliebt hast, warum hast du mir dann nichts gesagt. Ich meine, wo du mich doch hier in Reichweite hast.«

»Wie recht sie hatte«, rief Lituma aus. »Warum hast du nichts mit ihr angefangen? Worauf hast du gewartet?«

Frenetisches Gebelle auf der Straße ließ sie verstummen. Man hörte »Ruhe, Scheißköter« und den Aufprall eines Steins. Die Hunde beruhigten sich. Der Junge, von Kopf bis Fuß in Schweiß gebadet, merkte, daß sie aufstand und sich um das Bett herum bewegte. Sekunden später grub sich Mercedes' Hand in sein Haar. Sie begann es sanft zu zausen.

»Was sagst du da?« Lituma verschluckte sich.

»Warum bist du nicht direkt zu meinem Bett gegangen, als du aus dem Bad zurückgekommen bist, Carreñito? War es denn nicht das, was du wolltest?« Mercedes' Hand wanderte von seinem Kopf zu seinem Gesicht herab, streifte seine Wangen und gelangte zu seiner Brust. »Wie heftig es schlägt! Bumbumbum. Du bist ein komischer Typ. Hast du dich geschämt? Hast du irgendein Problem mit den Frauen?«

»Wawawas?« stotterte Lituma, aufgerichtet in der Dunkelheit, zu Tomasito hinüberspähend.

»Ich würde dich nie ausnutzen, ich würde dich nie schlagen«, stammelte der Junge, während er Mercedes' Hand ergriff und sie küßte. »Und außerdem ...«

»Du lügst mich an«, wiederholte Lituma ungläubig. »Das darf doch nicht wahr sein.«

»Ich bin nie mit einer Frau zusammen gewesen«, gestand der Junge schließlich. »Lach nur, wenn du willst.«

Mercedes lachte nicht. Carreño gewahrte, wie sie sich aufrichtete, die Decke hob, und er rückte beiseite, um ihr Platz zu machen. Als er sie an seinem Körper spürte, umarmte er sie.

»Jungfrau mit dreiundzwanzig?« sagte Lituma. »Ich weiß nicht, was du in der Gendarmerie machst, Junge.«

Während er sie küßte, auf das Haar, auf den Hals, auf die Ohren, hörte er sie zwischen den Zähnen murmeln:

»Ich glaube, jetzt versteh ich endlich, Carreñito.«

IV

Ging es mit dieser Straße voran? Lituma hatte eher den Eindruck, daß sie sich zurückentwickelte. In den Monaten, in denen er sich hier befand, war die Bautätigkeit dreimal unterbrochen worden, jedesmal nach dem gleichen Schema, wie bei einer gesprungenen Schallplatte: Die Arbeiten würden am Ende dieser Woche oder dieses Monats eingestellt, die Regierung habe dem Bauunternehmen bereits den Bescheid zukommen lassen. Die Gewerkschaft versammelte sich, und die Hilfsarbeiter besetzten die Einrichtungen, bemächtigten sich der Maschinen und verlangten Garantien. Dann folgte eine unterschiedlich lange Zeitspanne, in der nichts geschah. Die Ingenieure verschwanden, und das Lager blieb in den Händen der Vorarbeiter und des Zahlmeisters, die mit den Streikenden fraternisierten und mit ihnen das einfache Essen teilten, das in der Abenddämmerung auf dem freien Gelände zwischen den Baracken zubereitet wurde. Es war nie zu Gewalttätigkeiten gekommen, der Korporal und sein Amtshelfer hatten nie einschreiten müssen. Die Unterbrechungen hörten auf geheimnisvolle Weise auf, ohne daß über das Schicksal der Straße entschieden wurde. Das Unternehmen – oder der Vertreter des Ministeriums, der geschickt worden war, um den Konflikt zu schlichten – verpflichtete sich, niemanden zu entlassen und den Arbeitern die Streiktage zu bezahlen. Die Bauarbeiten kamen im Zeitlupentempo wieder in Gang. Aber Lituma schien es, als würden die Hilfsarbeiter nicht dort weiterarbeiten, wo sie aufgehört hatten, sondern als würden sie wieder von vorne anfangen. Egal, ob es in den Bergen, wo sie die Sprengungen machten, zu Einstürzen gekommen war oder ob Überschwemmungen infolge der Regenfälle die Trasse zerstört und die Befestigung abgetragen hatten oder irgend etwas anderes geschehen war, der Korporal hatte den Eindruck, daß sie noch immer im gleichen Sektor Erde aushoben, sprengten, planierten oder Schichten von Rollsplitt und Teer auftrugen, in dem sie gearbeitet hatten, als er nach Naccos kam.

Er befand sich auf der Höhe einer felsigen Erhebung, am Fuß eines Gletschers, anderthalb Kilometer vom Lager entfernt, und konnte unten in der klaren Luft der Morgendämmerung die Wellblechdächer der Baracken in der frühmorgendlichen Sonne glänzen sehen. »Neben dem Eingang des verlassenen Bergwerks«, hatte der Typ zu Tomasito gesagt. Der Eingang war hier, halb verdeckt von morschen Holzbalken, die einst den Zugang zum Stollen abgestützt hatten; sie waren jedoch umgefallen und bedeckten jetzt zusammen mit vom Gipfel herabgerollten Felsbrocken und Geröll drei Viertel der Öffnung.

Und wenn diese Verabredung nun ein Hinterhalt war? Ein Trick, um ihn von Carreño zu entfernen? Sie würden getrennt über sie herfallen, sie entwaffnen und sie umbringen, nachdem sie sie gefoltert hätten. Lituma stellte sich seinen von Kugeln durchlöcherten Körper vor, zerfetzt und verrenkt, mit einem rot bemalten kleinen Pappschild: »So krepieren die Hunde der Bourgeoisie.« Er holte die 38er Smith and Wesson aus ihrem Halfter und warf einen Blick in die Runde: Steine, Himmel und in der Ferne ein paar kleine, sehr weiße Wolken. Nicht einmal ein verdammter Vogel in der Luft.

Der Typ hatte sich Tomasito am Vorabend von hinten genähert, als dieser einem Fußballspiel zwischen zwei Hilfsarbeitertrupps zuschaute, und ihm zugeflüstert, während er tat, als wollte er das Spielgeschehen kommentieren: »Es gibt jemanden, der Informationen über die Verschwundenen besitzt. Er würde sie dem Korporal persönlich mitteilen, wenn es eine Belohnung gibt.«

Gab es eine?

»Ich weiß nicht«, sagte Carreño.

»Lächeln Sie«, fügte der Typ hinzu, »schauen Sie auf den Ball, zeigen Sie auf ihn, bringen Sie mich nicht in Gefahr.«

»Ist gut«, sagte der Gendarm. »Ich werde meinen Chef fragen.«

»Er soll morgen allein zum verlassenen Bergwerk kommen, bei Sonnenaufgang«, sagte der Typ lächelnd, während er gestikulierte und das Gesicht verzog, als würde er keinen einzigen Ballstoß versäumen. »Lachen Sie, zeigen Sie auf den Ball. Und vor allem, vergessen Sie mich.«

Carreño war sehr aufgeregt zu ihm gekommen, um ihm die Nachricht zu überbringen:

»Endlich was, woran wir uns halten können, Herr Korporal.«

»Wir werden sehen, Tomasito, hoffentlich. Hast du eine Idee, wer dieser Typ ist?«

»Er schien ein Hilfsarbeiter zu sein. Ich habe ihn vorher nicht gesehen, glaube ich.«

Der Korporal war im Dunkeln aufgestanden und hatte

auf dem Weg zum Bergwerk die Sonne aufgehen sehen. Er befand sich schon eine gute Weile hier. Seine Erregung hatte sich gelegt. Wenn es keine Falle war, konnte es der Streich irgendeines Arschlochs von Indio sein, der sich auf Kosten des Uniformträgers amüsieren wollte. Hier stand er wie ein Trottel, mit dem Revolver in der Hand, und wartete auf ein Gespenst.
»Guten Tag«, hörte er in seinem Rücken.
Er drehte sich mit der entsicherten Smith and Wesson um, und da stand Dionisio, der Kantinenwirt.
»Hehehe.« Er machte eine beschwichtigende Geste mit den Händen, lächelnd. »Tun Sie den Revolver weg, mein Herr Korporal, nicht, daß er Ihnen los geht.«
Er sah klein aus, aber kräftig und trug den üblichen blauen Pullover mit dem Rollkragen bis zum Kinn. Das feiste, schwarz verfärbte Gesicht, die fast grünlichen Zähne, das Büschel grauer Haare, die kleinen, von einem trunkenen Fieber ausgeglühten Augen und die Pranken wie Schaufeln brachten Lituma aus dem Konzept. Was machte der hier?
»Es ist nicht gut, sich so still heranzuschleichen«, murrte er. »Sie hätten sich eine Kugel einhandeln können.«
»Wir alle sind nervös wegen der Dinge, die passieren«, murmelte der Kantinenwirt. Er hatte eine liebedienerische, unterwürfige Art zu reden, die jedoch von seinen kleinen, wäßrigen Augen Lügen gestraft wurde, die selbstsicher und sogar verächtlich blickten. »Vor allem Sie, die Polizisten. Sie haben natürlich guten Grund dazu.«
Bei Lituma hatte Dionisio immer unüberwindlichen

Argwohn geweckt, und in diesem Augenblick mehr denn je. Aber er ließ sich nichts anmerken, ging auf ihn zu und reichte ihm die Hand:

»Ich warte auf jemanden«, sagte er. »Sie müssen gehen.«

»Sie warten auf mich«, antwortete Dionisio amüsiert. »Und hier bin ich, weil ich gekommen bin.«

»Sie sind nicht der, der gestern mit Tomasito gesprochen hat.«

»Den vergessen Sie mal und auch, wie ich heiße, und mein Gesicht«, sagte der Kantinenwirt, während er sich niederhockte. »Besser, Sie setzen sich, man könnte uns von unten sehen. Das hier ist vertraulich.«

Lituma setzte sich neben ihn, auf einen flachen Stein.

»Sie können mir also Informationen über diese drei geben?«

»Wegen diesem Treffen riskier ich Kopf und Kragen, mein Herr Korporal«, sagte Dionisio.

»Das tun wir alle, jeden Tag«, antwortete Lituma. Hoch oben war ein Schatten aufgetaucht. Er schwebte, ohne mit den Flügeln zu schlagen, still in der Luft, getragen von einem sanften, unsichtbaren Luftstrom; in dieser Höhe konnte das nur ein Kondor sein. »Selbst die armen Tiere. Haben Sie das von dieser Familie in Huancapi gehört? Sie haben sogar die Hunde hingerichtet, wie es scheint.«

»Gestern abend kam einer in die Kantine, der dabei war, als die Terroristen auftauchten«, sagte Dionisio mit einem Unterton, der Lituma vergnügt, fast euphorisch vorkam. »Sie haben ihr Volksgericht abgehalten, wie immer. Die Glückspilze haben sie ausgepeitscht, und den Pechvögeln haben sie den Schädel eingeschlagen.«

»Es fehlt nur noch, daß sie den Leuten das Blut aussaugen und ihr rohes Fleisch essen.«

»So weit wird es kommen«, erklärte der Kantinenwirt, und Lituma sah, daß seine kleinen Augen unruhig flakkerten. ›Unglücksbringer‹, dachte er.

»Schön, um auf unsere Angelegenheit zurückzukommen«, sagte er, »wenn Sie wissen, was verdammt noch mal hier passiert, und es mir sagen, dann werde ich Ihnen dankbar sein. Diese Verschwundenen ... Ich tappe im dunkeln. Sie sehen, ich bin offen zu Ihnen. War es Sendero? Haben die sie umgebracht? Haben die sie entführt? Sie werden mir nicht damit kommen, daß es die *pishtacos* oder die Berggeister waren, wie Doña Adriana, oder?«

Der Wirt war dabei, mit dem Stöckchen, auf dem er zuvor herumgekaut hatte, den Boden zu ritzen, und schaute ihn nicht an. Lituma hatte ihn immer mit diesem speckigen blauen Pullover gesehen. Und immer war ihm seine weiße Haarsträhne aufgefallen. Die Indios hatten selten weiße Haare. Selbst die Uralten, diese in sich zusammengefallenen, geschrumpften Indios, die wie Kinder oder Zwerge wirkten, bewahrten ihr schwarzes Haar. Sie wurden weder kahl noch grau. Eine Folge des Klimas bestimmt. Oder der vielen Koka, die sie kauten.

»Niemand arbeitet gratis«, sagte der Kantinenwirt leise. »Die Information, die ich habe, würde Verheerungen in Naccos anrichten. Viele Köpfe würden rollen. Ich riskiere meinen Hals, wenn ich sie Ihnen gebe.

Hat man daran gedacht, sich irgendwie erkenntlich zu zeigen? Sie verstehen, was ich meine.«

Lituma wühlte in seinen Taschen auf der Suche nach Zigaretten. Er bot Dionisio eine an und gab ihm Feuer.

»Ich möchte Ihnen nichts vormachen«, sagte er, in bedächtigem Ton. »Wenn Sie Geld erwarten ... ich bin blank. Jeder kann sehen, in welchen Verhältnissen mein Amtshelfer und ich leben. Schlimmer als die Hilfsarbeiter, von den Vorarbeitern wollen wir nicht reden. Und als Sie selbst. Ich müßte mich bei der Kommandatur in Huancayo erkundigen. Es wird eine Weile dauern, bis sie antworten, wenn sie überhaupt antworten. Die Anfrage müßte über den Funk des Unternehmens gehen, der Funker würde es erfahren und damit ganz Naccos. Am Ende werden sie mir antworten: ›Schneiden Sie dem Typen, der eine Belohnung verlangt, ein Ei ab, er soll singen. Und wenn er nicht singt, schneiden Sie ihm das andere ab. Und wenn immer noch nicht, dann rammen Sie ihm ein Bajonett in den Arsch.‹«

Dionisio brach in Lachen aus, er krümmte sich und klatschte in die Hände. Lituma lachte ebenfalls, lustlos. Die geflügelte Gestalt glitt herab, zog eine große, majestätische Kurve über ihren Köpfen und entfernte sich, wie mit Verachtung. Ja, ein Kondor. Er wußte, daß man sie in einigen Dörfern in Junín beim Fest des Schutzpatrons lebend fing und an den Stieren festband, damit sie ihnen Schnabelhiebe versetzten, während die Indios mit ihnen kämpften. Das müßte man mal sehen.

»Sie sind ein anständiger Polizist«, hörte er Dionisio sagen. »Das geben alle im Lager zu. Nie nutzen Sie Ihre

Amtsgewalt aus. Es gibt nicht viele, die so sind. Das sagt Ihnen jemand, der das Hochland wie seine eigene Westentasche kennt. Ich habe es von einem Ende zum anderen abgeklappert.«

»Ich bin den Hilfsarbeitern sympathisch? Was wäre erst, wenn ich ihnen unsympathisch wäre«, sagte Lituma spöttisch. »Ich habe bisher nicht einen einzigen Freund im Lager gefunden.«

»Der Beweis dafür, daß sie Sie achten, ist, daß Sie und Ihr Amtshelfer am Leben sind«, erklärte Dionisio mit der größten Selbstverständlichkeit, als sagte er, Wasser ist flüssig und die Nacht dunkel. Er machte eine Pause, ritzte abermals mit seinem Stöckchen den Boden und fügte hinzu: »Von den dreien dagegen, von diesem Pedrito, diesem Demetrio, diesem Casimiro, hat keiner was gehalten. Wußten Sie, daß Demetrio Chanca ein falscher Name war?«

»Und wie hieß er dann?«

»Medardo Llantac.«

Sie schwiegen, und während sie rauchten, überzog sich Litumas Körper mit einer Gänsehaut. Dionisio war über alles informiert. Jetzt würde auch er die Wahrheit erfahren. Was hatte man mit ihnen gemacht? Bestimmt schreckliche Dinge. Wer? Und warum? Diese versoffene Schwuchtel war zweifellos ein Komplize. Der Tag schritt rasch voran, eine anregende Wärme war auf die Kühle des frühen Morgens gefolgt. Die Farbe der Berge schien intensiver zu werden, und einige Gipfel funkelten mit ihrem Schnee unter den Sonnenstrahlen. Unten in der klaren Luft erblickte Lituma ein paar winzige Gestalten, die sich bewegten.

»Ich würde gerne wissen, was mit ihnen passiert ist«, sagte er leise. »Ich wäre Ihnen dankbar, wenn Sie es mir sagen würden. Alles, wirklich alles. Es bringt mich um den Schlaf. Was hat es damit auf sich, daß Demetrio Chanca Medardo Llantac hieß?«

»Er hatte seinen Namen geändert, weil er vor den Terroristen auf der Flucht war. Und vor der Polizei vielleicht. Er kam hierher, weil er glaubte, daß ihn in Naccos niemand finden würde. Als Vorarbeiter war er ziemlich übellaunig, sagt man.«

»Dann haben die ihn also umgebracht, daran ist nichts zu deuteln. Denn sie sind doch tot, nicht? Haben die Terroristen sie umgebracht? Gibt es viele Sendero-Leute im Lager?«

Der Kantinenwirt hielt den Kopf gesenkt und ritzte noch immer mit seinem Stöckchen den Boden. Lituma sah die weiße Haarsträhne zwischen den dunklen, wild abstehenden Borsten. Er erinnerte sich an das Besäufnis am Nationalfeiertag, in der überfüllten Kantine. Dionisio, sternhagelvoll, mit bösem Blick, hatte alle Männer aufgefordert, miteinander zu tanzen: sein allabendliches Thema. Er ging zwischen den Gruppen hin und her, hüpfend, tänzelnd, nippte an den Gläsern und Flaschen, servierte viertelliterweise Pisco und ahmte ab und zu einen Bären nach. Plötzlich ließ er seine Hose herunter. Lituma hatte wieder das Lachen von Doña Adriana im Ohr, das brüllende Gelächter der Hilfsarbeiter und sah erneut die schweißtriefenden dicken Hinterbacken des Kantinenwirts. Er spürte den Ekel jener Nacht. Was für Schweinereien waren danach passiert, als er und Tomasito das Weite gesucht hatten?

Der Kopf mit der weißen Haarsträhne nickte. Das Stöckchen fuhr hoch, zeichnete einen Halbkreis und wies auf den Eingang des verlassenen Bergwerks.
»Sind die drei Leichen in diesem Stollen?«
Dionisio nickte nicht, noch schüttelte er den Kopf. Seine rundliche Hand kehrte zu ihrer vorherigen Position zurück, und das Stöckchen begann abermals, mit einer gewissen Ungeduld, im Geröll herumzukratzen.
»Ich würde Ihnen nicht raten, sie da drinnen zu suchen«, sagte er, in einer Art, die Lituma eher vieldeutig als freundlich erschien. »Diese Stollen halten sich nur wie durch ein Wunder aufrecht. Beim geringsten falschen Schritt kommt es zum Einsturz. Außerdem sind die Gänge voller Gase. Ja, da müssen sie noch immer sein, in diesem Labyrinth, wenn nicht der *muki* sie gefressen hat. Sie wissen, wer das ist, oder? Der Bergwerksteufel, der Rächer der von der Gier der Menschen ausgebeuteten Berge. Er bringt nur die Bergleute um. Besser, ich erzähle Ihnen nichts mehr, mein Herr Korporal. Sobald Sie wissen, sind Sie ein toter Mann. Sie würden nicht eine Stunde länger leben. Ich wollte es Ihnen für Geld sagen, obwohl ich wußte, daß ich Sie damit auf die Schlachtbank schicke. Wir brauchen es, um von hier wegzugehen. Sie haben es ja gemerkt. Der Belagerungsring schließt sich, sie werden jeden Augenblick kommen. Nach Ihnen und Ihrem Amtshelfer sind meine Frau und ich die nächsten auf ihrer Liste. Vielleicht sogar die ersten. Sie hassen nicht nur die Uniformierten. Auch die, die trinken und vögeln und andere zum Trinken und Vögeln bringen. Die, die sich trotz al-

lem Unglück amüsieren. Auch wir sind dazu verurteilt, gesteinigt zu werden. Man muß weggehen. Aber womit? Es ist ein Glück, daß Sie nichts haben, womit Sie mein Geheimnis kaufen können. Das hat Ihr Leben gerettet, mein Herr Korporal.«

Lituma trat mit dem Fuß die Kippe aus. Vielleicht hatte der Wirt recht, vielleicht verdankte er es seiner Unwissenheit, daß er am Leben war. Er versuchte sich vorzustellen, wie sie zerstückelt in der Tiefe dieser feuchten, in ewige Finsternis getauchten Stollen lagen, in diesen Gängen mit ihren explosiven Gasen und schwefeligen Giften. Es konnte wahr sein, was Doña Adriana gesagt hatte. Vielleicht hatte man sie wegen abergläubischer Vorstellungen umgebracht. Sendero warf die Leute nicht in Bergwerksstollen, die Guerrilleros ließen die Leichen im hellen Tageslicht liegen, damit alle Welt es erfuhr. Der Wirt wußte bis in kleinste Einzelheiten, was geschehen war. Wer hatte so etwas getan? Und wenn er ihm die Smith and Wesson in den Mund steckte und ihm einen gewaltigen Schrecken einjagte? »Spuck aus, oder du leistest denen im Stollen Gesellschaft.« Das hätte Leutnant Silva in Talara getan. Er mußte kichern.

»Erzählen Sie mir den Witz, Korporal.«

»Ich lache, weil ich nervös bin. Vergessen Sie nicht, daß ich einen von den dreien sehr gut gekannt habe. Pedrito Tinoco hat uns geholfen, den Posten einzurichten, und er hat bei uns gelebt, seit mein Amtshelfer ihn nach Naccos mitgebracht hatte. Er war einer, der niemandem etwas zuleide tat.«

Er stand auf und machte ein paar Schritte, tief atmend.

Wie in anderen Augenblicken fühlte er die erdrükkende, beklemmende Gegenwart der massiven Berge, des hohen Himmels der Sierra. Alles strebte hier in die Höhe. Mit allen Fasern seines Körpers sehnte er sich nach den Wüsten, den endlosen Ebenen Piuras mit ihren Johannisbrotbäumen, Ziegenherden und weißen Dünen, die hier und da Abwechslung in sie brachten. Was machst du hier, Lituma? Und einmal mehr, wie so oft in den letzten Monaten, hatte er die Gewißheit, daß er Naccos nicht lebend verlassen würde. Er würde in der Tiefe eines Tunnels enden, wie diese drei.

»Sie verlieren nur Ihre Zeit, wenn Sie diese Geschichte aufklären wollen, mein Herr Korporal«, sagte der Kantinenwirt. Er hatte sich auf den flachen Stein gesetzt, auf dem zuvor Lituma gesessen hatte. »Die Leute machen sich den Kopf heiß wegen der Ereignisse. Und wenn sie das machen, dann kann alles mögliche passieren.«

»Ihr seid sehr leichtgläubig, sehr naiv«, erwiderte Lituma. »Ihr schluckt jeden Schwindel, wie das mit dem *pishtaco* oder dem *muki*. So was glaubt doch niemand mehr in der zivilisierten Welt.«

»Dagegen sind die Leute von der Küste sehr gelehrt, nicht?« spottete Dionisio.

»Es ist sehr einfach, Satan die Schuld an diesem Verschwinden zu geben, wie Ihre Frau das getan hat.«

»Armer Satan«, sagte Dionisio lachend. »Adriana schwimmt nur mit dem Strom. Hat man ihm denn nicht seit jeher die Schuld an allem Bösen in der Welt gegeben? Worüber wundern Sie sich also.«

»Sieh an, Ihnen kommt Satan also nicht so schlecht

vor«, bemerkte Lituma, während er ihn forschend anblickte.
»Wenn es ihn nicht gäbe, hätten die Menschen nicht gelernt, das Leben zu genießen.« Dionisio schaute ihn mit seinen kleinen sardonischen Augen herausfordernd an. »Oder sind Sie auch dagegen, daß die Menschen sich vergnügen, wie diese Fanatiker?«
»Von mir aus soll die Menschheit nichts anderes tun als vögeln und sich amüsieren«, antwortete Lituma. »Das würde ich hier nur zu gerne tun. Fragt sich nur, mit wem.«
»Worauf warten Sie, um mit Ihrem Amtshelfer eine kleine Nummer zu schieben«, sagte Dionisio lachend. »Der Junge ist nicht übel.«
»Ich bin nicht für Schwulitäten zu haben«, sagte Lituma verärgert.
»Nur ein Scherz, mein Herr Korporal, seien Sie nicht böse«, sagte der Kantinenwirt, während er sich erhob. »Na schön, da das Geschäft nicht zustande kommt, gucken Sie in den Mond. Besser für Sie, ich sag es Ihnen. Wenn Sie jemandem von dieser Unterhaltung erzählen, bin ich eine Leiche.«
Er sagte es ohne den leisesten Anflug von Besorgnis, als habe er nicht den geringsten Zweifel, daß der Korporal unfähig war, ihn zu verraten.
»Ich werde schweigen wie ein Grab«, sagte Lituma. »Schade, daß wir uns nicht geeinigt haben. Aber es hängt nicht von mir ab. Ich kann noch so uniformiert sein, ich existiere einfach nicht.«
»Ich gebe Ihnen einen Rat«, sagte Dionisio. »Saufen Sie sich einen schönen Rausch an und vergessen Sie die

ganze Sache. Wenn die Gedanken verschwinden, ist man glücklich. Ich bin in der Kantine, zu Ihren Diensten. Bis dann, mein Herr Korporal.«

Er machte eine vage Abschiedsgeste mit der Hand und entfernte sich, nicht auf der Piste, die zum Lager hinunterführte, sondern indem er um den Stollen herumging. Lituma setzte sich wieder auf den Stein und zündete sich mit schwitzenden Händen die zweite Zigarette des Morgens an. Was der Wirt ihm erzählt hatte, flatterte in seinem Kopf wie die dunklen Vögel, die in Richtung der Schneegipfel aufgetaucht waren. Die Terroristen hatten viele Verbündete im Lager, kein Zweifel. Deshalb war Dionisio verängstigt und wollte fortgehen, müßte er dazu auch für Geld einige seiner Kunden verraten. Hatten sie sich geweigert, mit irgendwas, mit irgendwem zusammenzuarbeiten, hatte man sie deshalb dort hinuntergeworfen? Wenn die Terroristen in einer dieser Nächte den Posten in Brand steckten, um ihn und seinen Amtshelfer zu braten, dann würde die Obrigkeit den Familien ihr Beileid bekunden, und ihre Namen würden auf dem Tagesbefehl erscheinen. Ein schwacher Trost.

Er sog hastig an seiner Zigarette, seine Stimmung wechselte von Zorn zu Mutlosigkeit und von dieser zu Traurigkeit. Nein, Sendero konnte es nicht gewesen sein. Eher irgendeine Hexerei oder Dummheit der Indios. Er stand auf und tat ein paar Schritte auf den halb von den Steinen versperrten Bergwerkseingang zu. Waren sie da drin? Oder hatte er es mit dem Lügenmärchen eines Säufers zu tun, der egal wie zu ein paar Sol kommen wollte, um aus Naccos zu fliehen? Er und To-

masito würden ihre Nase hier reinstecken müssen, um zu sehen, was da zu finden war.
Er warf die Kippe weg und begann den Abstieg. Carreño war sicher schon dabei, das Frühstück zuzubereiten. Auch Tomasito hatte sein Geheimnis. Plötzlich mitten in der Nacht zu weinen. Ob das nur wegen der Piuranerin war? Ein Witz, im Grunde genommen. Die Welt brach zusammen, Hinrichtungen, Menschen verschwanden, Teufel, *mukis*, *pishtacos*. Und der Gendarm Tomás Carreño weinte, weil eine Frau ihn sitzengelassen hatte. Na ja, es war die erste, die er aufs Kreuz gelegt hatte, sie hatte ihn entjungfert. Und offenbar die einzige, die dieses Unschuldslamm vernascht hatte.

An diesem Morgen, wie an anderen Reise- oder Exkursionsstagen, stand Señora d'Harcourt noch im Dunkeln auf, Sekunden bevor der Wecker klingelte. Und sie tat es mit dem gleichen Kitzel neugieriger Erwartung wie jedesmal, wenn sie ihrer Arbeit wegen oder zum Vergnügen (beides war für sie nicht voneinander zu trennen) aufs Land fuhr, obwohl sie es bereits seit dreißig Jahren tat. Sie kleidete sich rasch an, ging auf Zehenspitzen, um ihren Mann nicht zu wecken, in die Küche hinunter und machte sich einen Kaffee. Am Vorabend hatte sie die fertig gepackte Reisetasche neben die Haustür gestellt. Als sie die Tasse ausspülte, erschien Marcelo in der Küchentür, im Bademantel und barfuß, mit zerwühltem Haar, gähnend.
»So sehr ich mich auch bemühe, immer mache ich Lärm«, entschuldigte sie sich. »Oder mein Unterbewußtsein verrät mich, und ich will dich wecken.«

»Ich geb dir, was du willst, wenn du nicht nach Huancavelica fährst«, sagte er, erneut gähnend. »Verhandeln wir? Ich hab das Scheckbuch hier.«
»Der Mond und die Sterne, um anzufangen«, sagte sie lachend, während sie ihm eine Tasse Kaffee reichte. »Sei nicht dumm, Marcelo. Ich bin dort oben sicherer als du, wenn du ins Büro fährst. Die Straßen von Lima sind gefährlicher als die Anden, statistisch gesehen.«
»Ich habe nie an die Statistik geglaubt«, sagte er, während er die Glieder streckte. Er beobachtete sie, sah zu, wie sie sorgfältig und methodisch Tassen, Teller und kleine Löffel in den Geschirrschrank räumte. »Deine Reisen werden mir noch ein Magengeschwür bescheren, Hortensia. Wenn sie mich nicht vorher durch einen Infarkt umbringen.«
»Ich werde dir Frischkäse aus dem Hochland mitbringen.« Sie strich ihm das Haar aus der Stirn. »Geh ins Bett zurück und träum von mir. Mir wird nichts passieren, sei nicht dumm.«
In diesem Augenblick hörten sie den Jeep des Ministeriums vor der Haustür, und Señora d'Harcourt beeilte sich hinauszugehen. Sie küßte ihren Mann, versicherte ihm noch einmal, es bestehe kein Grund zur Sorge, und erinnerte ihn daran, dem Smithsonian den Umschlag mit den Fotografien des Nationalparks von Yanaga-Chemillén zu schicken. Marcelo trat zur Tür hinaus und sagte zum Abschied zu Cañas, wie andere Male auch:
»Bringen Sie sie mir heil und gesund zurück, Ingenieur.«
Die Straßen Limas waren leer und feucht. Der Jeep ge-

langte in wenigen Minuten zur Andenstraße, wo der Verkehr noch ziemlich spärlich war.

»Wird Ihre Frau auch so nervös wie mein Mann, wenn Sie wegfahren, Ingenieur?« fragte Señora d'Harcourt. Die Lichter Limas blieben allmählich zurück in der milchigen Helle der Morgendämmerung.

»Ein bißchen«, nickte der Ingenieur. »Aber Mirta ist nicht sehr gut in Geographie und ahnt nicht, daß wir uns in die Höhle des Löwen begeben.«

»In die Höhle des Löwen?« sagte der Fahrer, und der Jeep tat einen Satz. »Das hätten Sie mir früher sagen sollen, dann wäre ich nicht gekommen. Bei meinem Hungerlohn werde ich doch nicht Kopf und Kragen riskieren.«

»Bei unserem«, sagte Cañas lachend.

»Bei eurem«, parierte Señora d'Harcourt. »Was mich betrifft, so verdiene ich keinen Heller. Ich mach das alles aus Liebe zur Kunst.«

»Aber Sie tun es auch gern. Sie würden dafür sogar bezahlen.«

»Tja, das ist die reine Wahrheit«, räumte sie ein. »Mein Leben ist erfüllt. Es wird daher kommen, daß Pflanzen und Tiere mich nie enttäuscht haben. Die Menschen schon, einige Male. Und Sie tun es auch gern, Ingenieur. Sie würden nicht im Ministerium bleiben, wenn es nicht einen besseren Grund als dieses lächerliche Gehalt gäbe.«

»Sie sind schuld, Señora. Weil ich Ihre Artikel in *El Comercio* gelesen habe, habe ich Ihnen ja schon gesagt. Sie haben mich auf den Geschmack gebracht, Sie haben die Lust in mir geweckt, durch Peru zu reisen und all die

Wunder kennenzulernen, die Sie beschrieben haben. Sie sind schuld, daß ich Agrarwissenschaften studiert habe, und auch, daß ich in der Forstdirektion gelandet bin. Haben Sie kein schlechtes Gewissen?«

»Dreißig Jahre Bekehrungsarbeit und ein Schüler«, sagte Señora d'Harcourt lobend. »Jetzt kann ich in Ruhe sterben.«

»Sie haben viele«, versicherte der Ingenieur Cañas mit Nachdruck. »Durch Sie haben wir entdeckt, was für ein reiches Land wir besitzen. Und wie schlecht wir es behandeln. Ich glaube nicht, daß es einen Peruaner gibt, der dieses Land so in- und auswendig kennt wie Sie.«

»Da wir schon bei Komplimenten sind, werde ich Ihnen ein paar zurückgeben«, sagte Señora d'Harcourt. »Seit Sie im Ministerium sind, hat sich mein Leben verändert. Endlich jemand, der das mit der Umwelt versteht, der sich mit den Bürokraten anlegt. Das ist keine Rhetorik, Ingenieur. Dank Ihnen fühle ich mich nicht mehr allein wie vorher.«

Auf der Höhe von Matucana erschienen zwischen den Bergen die ersten Vorboten der Sonne. Es war ein trokkener, kalter Morgen, und auf der restlichen Fahrt, während sie an den eisigen Gipfeln von La Oroya vorbeifuhren und das milde Tal von Jauja durchquerten, stellten der Ingenieur und Señora d'Harcourt Überlegungen an, wie sie neue Geldgeber für das Aufforstungsprojekt in den Bergen von Huancavelica gewinnen könnten, das unter der Schirmherrschaft der FAO und Hollands stand und dessen erste Ergebnisse sie jetzt überprüfen wollten. Es war ein Sieg, den sie beide vor einigen Monaten in einem chinesischen Restaurant in San Isidro gefeiert hatten. Fast vier Jahre Anträge, Memoranden, Vorträge, Artikel, Briefe, Verhandlungen, Empfehlungen. Bis sie es geschafft hatten. Die Sache war in Gang. Statt sich auf Weide- und Subsistenzwirtschaft zu beschränken, begannen die Indios der Gemeinschaften mit Bäumen zu arbeiten. Wenn die Mittel die gleichen blieben, würden in einigen Jahren erneut dichte Wälder aus Queñua-Bäumen den Höhlen voller magischer Inschriften und Zeichnungen Schatten spenden; wenn der Frieden wiederhergestellt wäre, könnten Archäologen aus aller Welt kommen und diese Botschaften der fernen Vorfahren entziffern. Es war nötig, daß mehr Länder und Stiftungen Geld gaben. Mehr Entwicklungshelfer wurden gebraucht, die den Bauern beibrachten, zum Kochen und Heizen Tiermist statt Holz zu verwenden; eine Forschungsstation war erforderlich, mindestens zehn Baumschulen mehr mußten eingerichtet werden. Und schließlich ... Obwohl Señora d'Harcourt eine praktische Frau war, ließ sie sich bisweilen von der Phantasie fortreißen und bog die Wirklichkeit, die sie gleichwohl bestens kannte, weil sie sich ihr halbes Leben lang mit ihr herumgeschlagen hatte, ihren Wünschen gemäß zurecht.

Sie kamen kurz nach Mittag in Huancayo an und machten Rast, um eine Kleinigkeit zu essen und damit der Fahrer tanken und den Motor und die Reifen des Jeeps überprüfen konnte. Sie gingen in ein Restaurant, an einer Ecke des Platzes.

»Fast hätte ich den spanischen Botschafter überzeugt mitzukommen«, erzählte Señora d'Harcourt dem Ingenieur. »Er konnte nicht, weil ich weiß nicht was für eine Delegation aus Madrid eingetroffen ist. Er hat mir versprochen, daß er das nächste Mal mitkommen wird. Und daß er Schritte unternehmen wird, um zu sehen, ob die spanische Regierung uns hilft. Auch dort kommt die Ökologie allmählich in Mode, scheint es.«

»Ich würde zu gern mal Europa kennenlernen«, sagte Cañas. »Der Großvater meiner Mutter stammte aus Galicien. Ich muß Verwandte dort haben.«

Während des zweiten Teils der Strecke konnten sie sich kaum unterhalten, so heftig schlingerte und holperte der Jeep auf der zerstörten Straße. Die Löcher und Einbrüche zwischen Acostambo und Izcuchaca waren derart groß, daß sie daran dachten, umzukehren; obwohl sie sich an den Sitzen und an der Decke festhielten, wurden sie in den Schlaglöchern gegeneinander geworfen und fast aus dem Fahrzeug geschleudert. Der Fahrer amüsierte sich: »Achtung! Wilder Stier in Sicht!« krähte er. Sie kamen im Dunkeln in Huancavelica an. Es war kalt, und sie hatten sich Pullover, Wollhandschuhe und Schals angezogen.

Im Hotel de Turistas erwartete sie der Präfekt, der Instruktionen aus Lima erhalten hatte. Er wartete, bis sie geduscht hatten, und lud sie im Hotel zum Essen ein. Dort fanden sich auch die beiden Techniker des Ministeriums ein, die sie begleiten sollten. Und es erschien der Kommandant der Garnison, ein junger Mann mit sauber gestutztem Schnurrbart. Er grüßte militärisch und gab ihnen die Hand.

»Es ist eine große Ehre, eine so wichtige Person zu empfangen, Señora«, sagte er, nachdem er sich die Dienstmütze abgenommen hatte. »Ich lese immer Ihre Seite in *El Comercio*. Und ich habe Ihr Buch über den *Callejón de Huaylas* gelesen. Schade, daß ich es nicht bei mir habe, damit Sie es mir signieren können.«

Er kündigte ihnen an, daß die Patrouille sich bereit halte; sie könnten die Tour um sieben Uhr morgens beginnen.

»Eine Patrouille?« Señora d'Harcourt warf dem Ingenieur einen fragenden Blick zu.

»Ich habe Ihnen doch gesagt, daß wir keine Eskorte wollen«, sagte dieser, an den Präfekten gewandt.

»Und ich habe es so an den Kommandanten weitergeleitet«, erwiderte der Präfekt, die Schultern zuckend. »Aber ich bin hier nicht am Ruder. Hier ist Notstandsgebiet, die Gegend untersteht dem Oberbefehl der Armee.«

»Es tut mir sehr leid, Señora, aber ich kann nicht zulassen, daß Sie das Gebiet ohne Schutz betreten«, erklärte der Kommandant. Er bemühte sich, liebenswürdig zu sein. »Es ist gefährlich, die Subversiven nennen es ›befreites Territorium‹. Zu große Verantwortung für mich. Ich versichere Ihnen, die Patrouille wird sich in nichts einmischen.«

Señora d'Harcourt seufzte und tauschte mit dem Ingenieur Cañas einen resignierten Blick. Sie würde es dem Kommandanten erklären müssen, so wie sie es, seitdem die Gewalt diese Berge mit Toten, Angst und Gespenstern bevölkert hatte, Präfekten, Unterpräfekten, Hauptleuten, Offizieren, Kommandanten, Angehörigen der Gendarmerie und der Republikanischen Garde und gemeinen Soldaten erklärt hatte.

»Wir sind weder Politiker, noch haben wir etwas mit Politik zu tun, Kommandant. Unsere Sorge gilt der Natur, der Umwelt, den Tieren, den Pflanzen. Wir dienen nicht dieser Regierung, sondern Peru. Allen Peruanern. Den Militärs und auch diesen Wirrköpfen. Begreifen Sie nicht? Wenn sie uns inmitten von Soldaten sehen, werden sie sich eine falsche Vorstellung machen von dem, was wir sind, was wir tun. Ich danke Ihnen für die gute Absicht. Wir brauchen niemanden, der auf uns aufpaßt, das versichere ich Ihnen. Unser bester Schutz ist, allein aufzutreten und damit zu zeigen, daß wir nichts zu verbergen haben.«

Der Kommandant wollte nicht nachgeben. Es sei schon tollkühn genug gewesen, die Strecke zwischen Huancayo und Huancavelica, wo es Dutzende von Überfällen und Attentaten gegeben habe, auf dem Landweg zurückzulegen. Er beharrte auf seinem Standpunkt mit Worten der Entschuldigung. Vielleicht erscheine ihnen sein Verhalten anmaßend, aber es sei seine Pflicht und er wolle nicht, daß ihm später jemand Vorwürfe mache.

»Wir unterschreiben Ihnen ein Papier, durch das wir Sie von jeder Verantwortung entbinden«, schlug ihm der Ingenieur Cañas vor. »Fassen Sie es nicht als Beleidigung auf, Kommandant. Aber um unserer Arbeit willen darf man uns nicht mit Ihnen identifizieren.«

Die Diskussion fand erst dann ein Ende, als Señora d'Harcourt sagte, sie würde die Expedition abbrechen, falls der Offizier auf seinem Standpunkt bestehen sollte. Der Kommandant setzte ein Schriftstück auf und ließ als Zeugen den Präfekten und die beiden Techniker unterzeichnen.

»Sie haben vielleicht einen dicken Schädel«, sagte Señora d'Harcourt versöhnlich zu ihm, als sie ihm einen guten Abend wünschte. »Vielen Dank jedenfalls für Ihre Freundlichkeit. Schreiben Sie mir hier Ihre Anschrift auf, ich werde Ihnen ein Buch von mir schicken, das demnächst erscheint, über das Colca-Tal. Mit sehr schönen Fotos, Sie werden sehen.«

Am nächsten Morgen ging Señora d'Harcourt zur Messe in die Kirche San Sebastián und verweilte einige Zeit vor den majestätischen Bögen aus der Kolonialzeit und den uralten Altartafeln mit ihren triefäugigen Erzengeln. Sie fuhren in zwei Autos los, dem Jeep und einem alten schwarzen Ford, in dem die Techniker und der Präfekt saßen. Auf dem Weg zum Bergwerk Santa Bárbara kam ihnen eine Patrouille von Soldaten entgegen; sie trugen die Gewehre mit gefälltem Bajonett und schienen schußbereit zu sein. Wenige Kilometer weiter verwandelte sich der Weg in eine ungewisse Piste, und der Jeep drosselte die Geschwindigkeit, um den Ford nicht zu weit hinter sich zu lassen. Zwei Stunden lang fuhren sie hinauf und hinunter, in einer fast menschenleeren Landschaft, in der kahle Berge aufeinanderfolgten, an deren Flanken wie eine lebendige, farbige Note zuweilen ein paar Hütten und Quadrate mit Kartoffeln, Gerste, Bohnen, Oca-Knollen und Mashua-Stauden auftauchten. Den Ford verloren sie aus den Augen.

»Das letzte Mal, als ich hier war, gab es nicht so viele Inschriften und rote Fahnen«, sagte der Ingenieur Cañas. »Es stimmt wohl, was der Kommandant gesagt hat. Anscheinend kontrollieren sie dieses Gebiet.«

»Wenn das nur die Aufforstung nicht zu Fall bringt«, sagte Señora d'Harcourt. »Das fehlte gerade noch. Vier Jahre, um das Projekt durchzubringen, und wenn es durchkommt ...«

»Bis jetzt habe ich meinen Senf nicht dazugegeben, daß das klar ist«, schaltete sich der Fahrer ein. »Aber wenn Sie mich fragen, ich hätte mich sicherer mit dieser Eskorte gefühlt.«

»Dann hätten sie uns für ihre Feinde gehalten«, sagte Señora d'Harcourt. »Und das sind wir nicht, wir sind niemandes Feind. Wir arbeiten auch für sie. Begreifen Sie das nicht?«

»Ich ja, Señora«, brummte der Mann. »Hoffentlich begreifen die es auch. Haben Sie nicht im Fernsehen gesehen, was die für Greuel begehen?«

»Ich sehe nie fern«, antwortete Señora d'Harcourt. »Bestimmt bin ich deshalb so gelassen.«

Bei Beginn der Dämmerung trafen sie in der Indiogemeinschaft von Huayllarajcra an, wo sich eine der Baumschulen befand. Hierher kamen die Bauern, um die Setzlinge der Queñua-Bäume zu holen, die sie um ihre Saatfelder und am Ufer von Seen und kleinen Flüssen pflanzten. Das Zentrum der Gemeinschaft mit dem Kirchlein aus Ziegelsteinen und seinem stumpfen Turm, der kleinen Schule aus Lehm und dem mit unbehauenen Steinen gepflasterten Platz lag halbverlassen da. Aber der Bürgermeister und die Stadträte, mit ihren Amtsstäben ausgestattet, führten sie durch die Baumschule, die in gemeinschaftlicher Arbeit errichtet worden war. Sie schienen begeistert über das Aufforstungsprogramm zu sein. Sie sagten, bislang hätten die Bauern der Gemeinschaft hoch in den Bergen gelebt, in großer Entfernung voneinander, aber wenn die geplante Zusammenlegung Wirklichkeit würde, dann könnten sie alle Strom und Trinkwasser erhalten. Im schwächer werdenden Licht konnte man das weite Land mit den großen Flecken der Saatfelder sehen und ein felsenhartes Gelände, das anstieg, bis es sich in den Wolken verlor. Der Ingenieur Cañas atmete tief und breitete die Arme aus:

»In dieser Landschaft verschwindet meine Lima-Neurose!« rief er begeistert. »Geht es Ihnen nicht auch so, Señora? Wir hätten uns irgendein Fläschchen mitnehmen sollen, gegen die Kälte.«

»Wissen Sie, wann ich diesen Anblick zum ersten Mal genossen habe? Vor fünfundzwanzig Jahren. Von der gleichen Stelle aus, wo Sie jetzt stehen. Ist es nicht wunderbar?«

Neben der Baumschule lag ein Rancho, in dem man essen konnte. Der Ingenieur und Señora d'Harcourt waren andere Male dort abgestiegen und würden es auch dieses Mal tun. Aber die Familie von einst war auf eine alte Frau zusammengeschrumpft, die ihnen nicht erklären konnte, wohin ihre Verwandten gegangen waren und warum. Die Hütte war leer, mit Ausnahme einer kleinen Pritsche. Die Frau blieb stumm und machte sich zu schaffen, schürte das Feuer, rührte im Topf und wandte ihnen den Rücken zu. Der Bürgermeister und die Stadträte kehrten nach Hause zurück. Sie blieben allein im Zentrum der Gemeinschaft zurück. Die beiden Wächter der Baumschule hatten sich in ihrem Häuschen eingeschlossen, nachdem sie eine eiserne

Querstange heruntergelassen hatten. Das kleine, mit Bambusrohr umzäunte Gehege, das Señora d'Harcourt mit Schafen und Hühnern erinnerte, war leer, und die Pflöcke waren herausgerissen. Zwischen den Strohballen des Daches flatterte an der Spitze eines Stockes ein ausgefranstes rotes Tuch.

Als der Ford mit dem Präfekten und den Technikern in Huayllarajcra eintraf, funkelten die Sterne an einem tiefschwarzen Himmel. Der Ingenieur und Señora d'Harcourt packten aus. In einer Ecke der Hütte hatten sie ihre Schlafsäcke ausgebreitet, sie hatten die Kissen aus Gummi aufgeblasen und waren dabei, auf einem tragbaren Spirituskocher Kaffee warmzumachen.

»Wir glaubten schon, Sie hätten einen Unfall gehabt«, sagte der Ingenieur zur Begrüßung. »Ich wollte gerade los, um Sie zu suchen.«

Aber der Präfekt war ein ganz anderer Mensch geworden; der gefällige, freundliche kleine Mann von Huancavelica schäumte vor Wut. Sie hatten eine Reifenpanne gehabt, in der Tat, aber das war es nicht, was ihn rasend machte.

»Wir müssen sofort zurück«, befahl er, während er ausstieg. »Wir können hier nicht die Nacht verbringen, auf keinen Fall.«

»Trinken Sie einen Kaffee, essen Sie einen Keks und bewundern Sie die Aussicht«, beruhigte ihn der Ingenieur. »Diesen Anblick haben Sie nirgendwo auf der Welt. Kommen Sie, regen Sie sich nicht auf.«

»Begreifen Sie denn nicht?« Der Präfekt hob die Stimme; sein Kinn zitterte, und er blinzelte mit den Augen, als sei er geblendet. »Haben Sie nicht die Inschriften, die Parolen auf dem ganzen Weg gesehen? Weht da nicht eine rote Fahne über unseren Köpfen? Der Kommandant hatte recht. Es ist tollkühn. Wir können uns nicht so in Gefahr bringen. Und Sie weniger als jeder andere, Señora.«

»Wir sind wegen einer Arbeit hergekommen, die nichts mit Politik zu tun hat.« Sie versuchte ihn zu beruhigen. »Aber wenn Sie sich unsicher fühlen, dann kehren Sie ruhig in die Stadt zurück.«

»Ich bin kein Feigling.« Der Präfekt hatte eine veränderte Stimme, sie überschlug sich. »Es ist einfach leichtsinnig. Wir sind in Gefahr. Wir können hier nicht die Nacht verbringen. Weder ich noch die Techniker, noch der Ingenieur. Hören Sie auf mich, lassen Sie uns zurückfahren. Wir können mit der Patrouille wiederkommen. Bringen Sie die Leute nicht in dieser Weise in Gefahr, Señora.«

Der Ingenieur Cañas wandte sich zu den beiden Technikern um. Beide verfolgten stumm die Diskussion.

»Möchten Sie auch lieber gehen?«

Sie waren ziemlich jung und trugen sehr einfache Kleidung. Sie schienen sich unbehaglich zu fühlen und sahen einander an, ohne etwas zu sagen.

»Fühlen Sie sich bitte nicht verpflichtet«, schaltete sich Señora d'Harcourt ein. »Wenn Sie zurückkehren wollen, dann können Sie das tun.«

»Bleiben Sie, Ingenieur?« fragte schließlich einer der beiden, mit nordperuanischem Akzent.

»Auf jeden Fall«, sagte dieser. »Wir haben zu lange gekämpft, um dieses Projekt auf die Beine zu stellen und von der FAO und Holland Geld zu bekommen. Ich werde nicht den Rückzug antreten, wenn es zu laufen beginnt.«

»Dann bleiben wir also«, sagte der, der die Frage gestellt hatte. »Und es geschehe, was Gott will.«

»So leid es mir tut, aber ich gehe«, verkündete der Präfekt. »Ich habe ein politisches Amt. Wenn die kommen, hab ich nichts zu melden. Ich werde den Kommandanten bitten, daß er Ihnen die Patrouille schickt.«

»Auf keinen Fall«, sagte sie, während sie ihm die Hand gab. »Fahren Sie einfach. Wir sehen uns in Huancavelica, in ein paar Tagen. Gute Rückreise. Und machen Sie sich wegen uns keine Sorgen, dort oben beschützt uns jemand besser als jede Patrouille.«

Sie luden die Decken und Taschen der Techniker aus und sahen zu, wie der Ford sich in der Dunkelheit entfernte.

»Ein Wahnsinn, um diese Zeit und auf diesen Wegen allein zurückzufahren«, murmelte einer der Techniker.

Eine Zeitlang machten sie sich schweigend zu schaffen, bereiteten alles vor, um die Nacht in dem kleinen Holzbau zu verbringen. Nachdem die Alte ihnen eine sehr scharfe Suppe mit Yucca-Stücken serviert hatte, legte sie sich auf ihre Pritsche. Sie breiteten die Schlafsäcke und die Decken dicht nebeneinander aus, und dann machten sie ein Feuer; als sie im Kreis saßen, konnten sie sehen, wie die Sterne funkelten und immer zahlreicher wurden. Sie hatten Sandwiches mit Schinken, Huhn und Avocado, und Señora d'Harcourt teilte zum Nachtisch für jeden eine Tafel Schokolade aus. Sie aßen langsam und unterhielten sich dabei. Sie sprachen über die Route des nächsten Tages, über ihre Familien in

Lima, und der Techniker aus dem Norden, der aus Pacasmayo stammte, über seine Braut aus Trujillo: Im letzten Jahr hatte sie beim Wettbewerb im Marinera-Tanzen den zweiten Preis gewonnen. Dann kreiste das Gespräch darum, wie unzählbar die Sterne waren und wie hell sie leuchteten, wenn man die Nacht von diesen Andengipfeln aus betrachtete. Plötzlich gab Señora d'Harcourt dem Gespräch eine andere Wendung:

»Seit dreißig Jahren reise ich nun durch Peru, und mir ist wahrhaftig nicht einmal durch den Kopf gegangen, daß eines Tages solche Dinge geschehen könnten.«

Der Ingenieur, die Techniker und der Fahrer hingen eine Weile schweigend ihren Worten nach. Dann legten sich alle schlafen, ohne sich auszuziehen.

Sie kamen im Morgengrauen, als die Expeditionsteilnehmer gerade aufstanden. Es waren etwa fünfzig Männer, Frauen, viele junge Leute, einige Kinder, in der Mehrheit Indios, aber es gab auch einige Mestizen aus der Stadt; sie trugen Jacken, Ponchos, Turnschuhe oder Gummisandalen, Jeans und Pullover mit grob aufgestickten Figuren, ähnlich denen, die die prähispanischen Keramikgefäße zierten. Ihre Köpfe waren mit wollenen Ohrenmützen, Tuchmützen oder Hüten bedeckt, und einige verbargen ihre Gesichter mit Wollkapuzen. Sie waren ärmlich bewaffnet, nur drei oder vier mit einer Kalaschnikow, die anderen mit Flinten, Revolvern, Jagdgewehren oder einfachen Macheten und Knüppeln. Die alte Köchin war verschwunden.

»Sie brauchen nicht auf uns zu zielen«, sagte Señora d'Harcourt, ihnen zuvorkommend. »Wir sind nicht bewaffnet, und wir werden auch nicht fliehen. Kann ich mit dem Chef sprechen? Ich werde ihm erklären, was wir hier machen.«

Niemand antwortete ihr. Es war kein Befehl zu hören, aber alle schienen gut instruiert zu sein, denn Gruppen von zwei oder drei trennten sich von der Schar und umringten jeden einzelnen der fünf, durchsuchten sie sorgfältig und nahmen ihnen alles ab, was sie in den Taschen trugen. Sie banden ihnen mit einem Stück Strick oder Tierdarm die Hände auf dem Rücken zusammen.

»Wir sind nicht Ihre Feinde, wir sind keine Politiker, wir arbeiten nicht für die Regierung, sondern für die Peruaner«, sagte Señora d'Harcourt, während sie die Hände ausstreckte, um ihren Bewachern die Arbeit zu erleichtern. »Unsere Aufgabe besteht darin, die Umwelt zu schützen, die natürlichen Ressourcen. Dafür zu sorgen, daß die Natur nicht zerstört wird, damit es in der Zukunft Nahrung gibt und alle Kinder des Hochlands Arbeit haben.«

»Señora d'Harcourt hat viele Bücher über unsere Pflanzen und Tiere geschrieben«, erklärte ihnen der Ingenieur Cañas. »Sie ist eine Idealistin. Sie will ein besseres Leben für die Bauern, genau wie Sie. Dank ihres Einsatzes werden in dieser Region viele Bäume wachsen. Das ist eine große Sache für die Bauern der Gemeinschaft, für Huancavelica. Für Sie und Ihre Kinder. Das kommt uns allen zugute, egal welche politischen Überzeugungen wir haben.«

Sie ließen sie sprechen, ohne sie zu unterbrechen, aber sie schenkten ihnen nicht die geringste Aufmerksamkeit. Sie waren ausgeschwärmt, hatten Wachposten an verschiedenen Punkten aufgestellt, von denen aus man den Weg in die Ortschaft und die in die beschneiten Berge hinaufführende Piste beobachten konnte. Es war ein kalter, trockener Morgen mit wolkenlosem Himmel und eisiger Luft. Die hohen Wände der Berge schimmerten grünlich.

»Unser Kampf ist ähnlich wie Ihrer«, sagte Señora d'Harcourt mit ruhiger Stimme und einem Ton, der nicht die mindeste Beunruhigung erkennen ließ. »Behandeln Sie uns nicht wie Feinde, wir sind es nicht.«

»Könnten wir mit dem Chef sprechen?« fragte ab und zu der Ingenieur Cañas. »Oder mit irgendeinem Verantwortlichen? Erlauben Sie mir, ihm die Sache zu erklären.«

Nach einer Weile ging eine Gruppe von ihnen in die Hütte hinein, und die anderen, die draußen geblieben waren, schickten die Expeditionsteilnehmer einen nach dem anderen hinein. Sie befragten sie mit lauter Stimme. Die draußen Stehenden konnten einige Dialogfetzen hören. Es waren langwierige, sich wiederholende Verhöre; mit den persönlichen Angaben vermischten sich politische Äußerungen und bisweilen Fragen zu Personen und irgendwelchen fremden Angelegenheiten. Zuerst ging der Fahrer hinein, dann die Techniker, dann der Ingenieur Cañas. Als dieser herauskam, dämmerte es bereits. Señora d'Harcourt dachte überrascht, daß sie seit zehn Stunden da stand, ohne zu essen und zu trinken. Aber sie spürte weder Hunger noch Durst, noch Müdigkeit. Sie dachte an ihren Mann, trauriger um seinetwillen als um ihrer selbst willen. Sie sah den Ingenieur Cañas herauskommen.

Sein Gesichtsausdruck war ein anderer, als hätte er die Sicherheit verloren, mit der er während des Tages versucht hatte, die Guerrilleros mit Worten zu überzeugen.
»Sie hören sich an, was man ihnen sagt, aber sie nehmen es nicht auf, es interessiert sie nicht«, hörte sie ihn flüstern, als sie an ihm vorbeiging. »Sie wirken wie von einem anderen Stern.«
Als sie im Innern der Hütte war, bedeuteten sie ihr, sich auf den Boden zu setzen, in der gleichen Position wie die drei Männer und die Frau. Señora d'Harcourt wandte sich an den, der eine Lederjacke und um den Hals einen Schal trug, ein junger Mann mit Bartstoppeln und braunen, kalten, direkt blickenden Augen. Sie erzählte ihm ihr Leben, mit einer gewissen Ausführlichkeit, angefangen bei ihrer Geburt vor nunmehr bald sechzig Jahren in jenem fernen baltischen Land, das sie nicht kannte und dessen Sprache sie nicht sprach, über ihre Kindheit, eine Wanderschaft zwischen Europa und Amerika, und ihre Schulzeit im dauernden Wechsel zwischen Schulen, Sprachen und Ländern, bis hin zu ihrer Ankunft in Peru, noch vor Vollendung ihres zwanzigsten Lebensjahres, frisch verheiratet mit einem jungen Diplomaten. Sie erzählte ihm von ihrer Liebe auf den ersten Blick für die Peruaner und vor allem von ihrer Begeisterung angesichts der Wüsten, der Urwälder, der Berge, der Bäume, der Tiere, der Schneefelder dieses Landes, das jetzt auch ihres war. Nicht nur, weil es so in ihrem Paß stand – die Nationalität hatte ihr Marcelo gegeben, ihr zweiter Mann –, sondern weil sie sich das Recht, als Peruanerin zu gelten, dadurch verdient hatte,

daß sie dieses Land kreuz und quer bereist und seine Schönheit seit vielen Jahren in Artikeln, Vorträgen, Büchern gepriesen hatte. Sie würde es bis ans Ende ihrer Tage weiter tun, denn das hatte ihrem Leben einen Sinn gegeben. Begriffen sie, daß sie nicht ihre Feindin war?

Sie hörten ihr zu, ohne sie zu unterbrechen, aber ihre Gesichter ließen nicht das geringste Interesse erkennen. Erst als sie schwieg, nachdem sie ihnen erklärt hatte, wie schwierig es für sie und diesen großzügigen, selbstlosen jungen Mann, den Ingenieur Cañas, gewesen sei, die Aufforstung von Huancavelica in die Wege zu leiten, begannen sie ihr Fragen zu stellen. Sie taten es weder feindselig noch unfreundlich, mit knappen, mechanischen Floskeln und neutralen, routinierten Stimmen, so als wären all diese Fragen, dachte Señora d'Harcourt, eine unnötige Formalität, da sie die Antworten bereits kannten. Sie fragten sie, seit wann sie Berichte an die Polizei, die Armee, den Nachrichtendienst schickte, und erkundigten sich nach ihren Reisen und Expeditionen. Sie teilte ihnen sämtliche Einzelheiten mit. Das Geographische Institut der Armee habe sie gebeten, die ständige Kommission zu beraten, die den Atlas neu erstellte und ergänzte, und dies sei ihre einzige Verbindung mit den Streitkräften gewesen, abgesehen von dem einen oder anderen Vortrag in der Militärschule, in der Seefahrtsschule oder im Zentrum für Höhere Militärische Studien. Sie erkundigten sich nach ihren Kontakten zu ausländischen Regierungen, welchen sie diente, welche ihr Instruktionen sandten. Sie erklärte, es handle sich nicht um Regierungen, sondern um wissenschaftliche Institute, das Smithsonian in Washington, das Musée de l'Homme in Paris, das British Museum in London und einige ökologische Stiftungen oder Zentren, von denen sie zuweilen Mittel für kleine Projekte erhalten habe (»lächerliche Beträge, fast immer«). Aber während sie sprach, richtigstellte, präzisierte und obwohl sie in ihren Antworten ständig herausstrich, daß keiner ihrer Kontakte politischer Natur sei, daß all diese Verbindungen und Beziehungen wissenschaftlich seien, weiter nichts als wissenschaftlich, erfaßte sie angesichts der Mienen und Blicke ihrer Verhörer zunehmend die Gewißheit eines unüberwindlichen Mißverständnisses, einer Kommunikationslosigkeit, die tiefer war, als wenn sie Chinesisch und die anderen Spanisch gesprochen hätten.

Als es zu Ende zu sein schien – ihr Mund war ausgetrocknet und ihr Hals brannte –, fühlte Señora d'Harcourt große Erschöpfung.

»Werden Sie mich umbringen?« fragte sie und spürte, wie ihr zum ersten Mal die Stimme versagte.

Der mit der Lederjacke schaute ihr, ohne zu blinzeln, in die Augen.

»Das hier ist ein Krieg, und Sie sind ein Handlanger des Klassenfeindes«, erklärte er ihr. Sein neutraler Blick war auf sie gerichtet, und er sprach mit seiner tonlosen Stimme. »Sie begreifen nicht einmal, daß Sie ein Instrument des Imperialismus und des bürgerlichen Staates sind. Und obendrein erlauben Sie sich auch noch den Luxus, ein gutes Gewissen zu haben, sich als die große Samariterin Perus zu fühlen. Ihr Fall ist typisch.«

»Können Sie es mir erklären?« sagte sie. »Ich versteh es nicht, ehrlich gesagt. Inwiefern bin ich ein typischer Fall?«

»Der typische Intellektuelle, der sein Volk verrät«, sagte der Mann mit der gleichen gelassenen, eisigen Sicherheit. »Der der bürgerlichen Macht dient, der herrschenden Klasse. Was Sie tun, hat nichts mit der Umwelt zu tun. Sondern mit Ihrer Klasse und mit der Macht. Sie kommen mit diesen Beamten hierher, die Zeitungen machen Werbung, und die Regierung gewinnt eine Schlacht. Wer hat behauptet, daß dies befreites Territorium sei? Wer hat gesagt, daß sich in diesem Gebiet bereits ein Teil der Republik der neuen Demokratie etabliert hat? Lüge. Hier ist der Beweis. Sehen Sie die Fotografien. Es herrscht bürgerlicher Frieden in den Anden. Sie wissen es auch nicht, aber hier entsteht ein neues Land. Unter Blut und Schmerzen. Gegenüber so mächtigen Feinden können wir keine Nachsicht walten lassen.«

»Darf ich wenigstens Fürsprache für den Ingenieur Cañas einlegen?« stammelte Señora d'Harcourt. »Er ist noch jung, vielleicht so alt wie Sie. Nie bin ich in Peru einem so idealistischen Menschen begegnet, keiner arbeitet so ...«

»Die Sitzung ist beendet«, sagte der junge Mann mit der Lederjacke, während er sich erhob.

Als sie hinaustraten, ging gerade die Sonne hinter den Bergen unter, und die Baumschule mit den Setzlingen löste sich in einem gewaltigen Brand auf, dessen Feuerzungen die Luft wärmten. Ihre Wangen glühten. Señora d'Harcourt sah, daß der Fahrer in den Jeep stieg. Kurz darauf fuhr er auf der Straße nach Huancavelica davon.

»Wenigstens ist er davongekommen«, sagte der Ingenieur Cañas neben ihr. »Ich freue mich, der Zambo ist ein guter Kerl.«

»Es tut mir sehr leid, Ingenieur«, murmelte sie. »Ich fühle mich so schuldig Ihnen gegenüber. Ich weiß nicht, wie ich um Verzeihung ...«

»Es ist eine große Ehre für mich, Señora«, fiel er ihr mit fester Stimme ins Wort. »Sie in diesem schwierigen Augenblick zu begleiten, meine ich. Die beiden Techniker haben sie abgeführt; da sie untergeordnet sind, werden sie ihnen einen Kopfschuß verpassen. Sie und ich dagegen sind privilegiert. Sie haben es mir erklärt. Eine Frage von Symbolen, scheint es. Sie sind gläubig, nicht wahr? Beten Sie für mich, ich bitte Sie, ich bin es nicht. Können wir zusammenrücken? Ich werde es besser ertragen, wenn ich Ihre Hand halten kann. Versuchen wir es, ja? Kommen Sie näher, Señora.«

»Und was hast du im Schlaf gesagt, Tomasito?« fragte Lituma.

Als der Junge erschreckt die Augen aufschlug, schien die Sonne in das Zimmer, das kleiner und elender wirkte als am Abend zuvor. Mercedes, gekämmt und angekleidet, betrachtete ihn von einer Ecke des Bettes aus mit prüfenden Augen. In ihrem Gesicht spielte ein spöttisches kleines Lächeln.

»Wie spät ist es?« sagte er, die Glieder streckend.

»Seit Stunden seh ich dir beim Schlafen zu.« Mercedes öffnete den Mund und lachte.

»Na sowas«, sagte der Junge unbehaglich. »Ein Glück, daß du heute mit guter Laune aufgewacht bist.«

»Das kommt daher, daß ich dir nicht nur beim Schlafen zugesehen habe, ich hab dir auch zugehört.« »In Mercedes' braunem Gesicht schimmerten weiße Mäuschenzähne, Herr Korporal.« »Du hast geredet und geredet. Ich dachte, du tust, als würdest du schlafen. Aber ich hab dich aus der Nähe angeschaut, und du hast tief gepennt.«

»Und was zum Teufel hast du im Schlaf gesagt, Tomasito?« Lituma ließ nicht locker.

»Ich hab mich vielleicht geschämt, das können Sie sich nicht vorstellen, Herr Korporal.«

»Wie rasch du gelernt hast, wie rasch du aufgeholt hast.« Mercedes schüttelte sich abermals vor Lachen, und er erfand sich ein langes Gähnen, um seine Verwirrung zu verbergen. »Du hast mir die gleichen schönen Dinge gesagt wie gestern abend.«

»Jetzt ging es also ans Kokettieren«, sagte Lituma amüsiert.

»Na ja, im Schlaf sagt man alles mögliche«, verteidigte sich Carreño.

Mercedes wurde ernst und sah ihm direkt in die Augen. Sie streckte ihre Hand aus, ihre Finger gruben sich in sein Haar, und Tomás spürte, daß sie es ihm glattstrich, wie am Abend zuvor.

»Fühlst du wirklich für mich, was du die ganze Nacht gesagt hast? Was du mir auch noch im Schlaf gesagt hast?«

»Sie hatte so eine freimütige Art, von den intimen Dingen zu reden, das hab ich nie erlebt«, sagte Tomás bewegt. »Das hat mich ganz aus dem Konzept gebracht, Herr Korporal.«

»Das war Zucker und Honig für dich, du Schwindler«, widersprach ihm Lituma. »Meine Landsmännin hatte dich schon ganz kirre gemacht.«

»Oder warst du bloß scharf auf mich, und jetzt, wo du gekriegt hast, was du wolltest, ist es vorbei mit deinen Gefühlen?« fügte Mercedes hinzu, während sie ihn mit den Augen verschlang.

»Mitten am Tag von den Dingen zu reden, die man im Dunkeln und ins Ohr sagt, das paßt mir gar nicht, Herr Korporal. Fast wäre ich böse geworden, das schwör ich Ihnen. Aber als sie anfing, mir das Haar zu zausen, war keine Rede mehr davon.«

»Ich weiß, daß du es nicht gern hast, wenn ich so rede«, sagte Mercedes, wieder ernst geworden. »Aber es will mir auch nicht in den Kopf, daß du dich so verliebst, wo du mich doch nur zweimal gesehen und keine zwei Worte mit mir gewechselt hast. Keiner hat mir solche Dinge gesagt, Stunden und Stunden, sogar noch danach. Keiner hat sich hingekniet, um mir die Füße zu küssen, wie du.«

»Du hast dich hingekniet und sie ihr geküßt?« fragte Lituma ungläubig. »Das war keine Liebe mehr, das war schon Anbetung.«

»Mein Gesicht glüht, ich weiß nicht, wo ich mich verstecken soll, Liebes«, scherzte der Junge.

Er suchte das Handtuch, das er, wie er sich erinnerte, am Abend zuvor auf dem Fußende des Bettes gelassen hatte. Es lag auf dem Boden. Er hob es auf, wickelte es sich um die Hüfte und stand auf. Als er an Mercedes vorbeikam, neigte er sich herab, um sie zu küssen. Mit dem Mund an ihrem Haar, murmelte er:

»Was ich dir gesagt habe, habe ich gefühlt. Das sind meine Gefühle für dich.«

»Reines Süßholzgeraspel«, sagte Lituma. »Habt ihr euch wieder ins Bett gelegt?«

»Ich habe meine Regel bekommen, besser, du erregst dich nicht«, sagte Mercedes.

»Du hast eine Art, die Dinge zu sagen, an die ich mich nur schwer gewöhnen werde«, sagte Carreño lachend. »Werde ich mich irgendwann einmal daran gewöhnen, oder werde ich dich ändern müssen?«

Sie klopfte ihm leicht mit der Hand auf die Brust.

»Zieh dich an, laß uns frühstücken gehen. Hast du keinen Hunger bekommen von dem, was du heute nacht gemacht hast?«

»Ich habe einmal mit einer Hure geschlafen, die ihre Regel hatte, im Grünen Haus in Piura«, erinnerte sich Lituma. »Sie hat mir die Hälfte nachgelassen. Die Unbezwingbaren haben mich verrückt damit gemacht, daß ich davon die Syphilis bekommen würde.«

Carreño ging laut lachend in den Flur hinaus. Es gab kein Wasser, weder in der Dusche noch im Waschbekken, aber man hatte eine Waschschüssel hingestellt, und er konnte eine Katzenwäsche machen. Er zog sich an, und sie gingen ins Restaurant hinunter. Jetzt waren die Tische besetzt, und viele Gesichter wandten sich mit prüfendem Blick zu ihnen um. Die Leute aßen schon, es war Mittag vorbei. Sie setzten sich an den einzigen freien Tisch. Der kleine Junge, der sie bediente, sagte, es sei zu spät für das Frühstück. Sie beschlossen zu gehen.

Sie bezahlten die Übernachtung, und die Geschäftsführerin sagte ihnen, die Schalter der Autobusgesellschaften und der Sammeltaxis befänden sich in der Nähe der Plaza de Armas. Bevor sie dorthin gingen, betraten sie eine Apotheke, auf der Suche nach Binden für Mercedes. Und auf dem Markt kauften sie Pullover aus Alpaka, für die Kälte der Kordillere.

»Ein Glück, daß der Chancho mich im voraus bezahlt hatte«, sagte Tomás. »Stellen Sie sich vor, wir hätten keinen Pfennig in der Tasche gehabt.«

»Hatte dieser Narco eigentlich keinen Namen?« fragte Lituma. »Warum sagst du immer der Typ, der Chancho, der Chef?«

»Keiner wußte, wie er hieß, Herr Korporal. Nicht mal mein Pate, glaub ich.«

Sie aßen ein paar Sandwiches mit Schmelzkäse in einem kleinen Lokal und gingen sich dann erkundigen. Sie entschieden sich für ein Taxi, das um fünf Uhr nachmittags abfuhr und am nächsten Mittag in der Hauptstadt ankam. In der Nacht wäre die Überwachung an den Kontrollposten der Straße laxer. Es war erst ein Uhr. Sie vertrieben sich die Zeit auf der Plaza de Armas, wo die Hitze im Schatten der großen Bäume weniger zu spüren war. Carreño ließ sich die Schuhe putzen. Auf dem weiten Platz gab es Schwärme von Schuhputzern, Verkäufern, Straßenfotografen und Nichtstuern, die in der Sonne saßen oder auf den Bänken schliefen. Und es herrschte starker Verkehr, mit Obst beladene Lastwagen kamen aus der Urwaldregion oder fuhren ins Hochland und an die Küste.

»Und wie geht es weiter, wenn wir in Lima ankommen?« fragte Mercedes.
»Wir werden zusammen leben.«
»Das hast du also ganz allein beschlossen.«
»Schön, wenn du willst, heiraten wir.«
»Das nennt man Tempo«, unterbrach Lituma ihn. »War das ernst gemeint, das mit dem Heiraten?«
»In der Kirche, mit Schleier und in Weiß?« fragte Mercedes mißtrauisch.
»Wie du willst. Wenn du Familie in Piura hast, werde ich mit meiner Mutter hinfahren und um deine Hand anhalten. Einen Vater hab ich nämlich nicht. Alles, was du willst, Liebes.«
»Manchmal machst du mich neidisch«, seufzte Lituma. »Es muß toll sein, sich so zu verknallen.«
»Ich seh schon, es stimmt.« Mercedes schmiegte sich an ihn, und der Junge legte ihr den Arm um die Schultern. »Du bist ganz verrückt nach mir, Carreñito.«
»Mehr, als du glaubst«, flüsterte er ihr ins Ohr. »Ich würde tausend Chanchos umbringen, wenn es nötig wäre. Wir werden aus dieser Klemme rauskommen, du wirst schon sehen. Lima ist groß. Wenn wir erst einmal dort sind, dann kriegen sie uns nicht mehr. Mir macht was andres Sorgen. Du weißt, was ich für dich fühle. Aber du? Bist du in mich verliebt? Wenigstens ein bißchen?«
»Nein, das bin ich nicht«, sagte Mercedes, ohne zu zögern. »Es tut mir leid, dich zu enttäuschen, aber ich kann dir nicht sagen, was nicht ist.«
»Und sie fing damit an, daß sie nicht gern lügen würde«, sagte Tomasito traurig, »daß sie nicht zu de-

nen gehöre, die sich Hals über Kopf verlieben. Dabei waren wir gerade, als plötzlich der dicke Iscariote vor uns stand.«

»Bist du verrückt geworden? Was machst du hier? Glaubst du, das ist der Augenblick, um dich in aller Öffentlichkeit mit der Geliebten des Typs zu verlustieren, den du gerade umgelegt hast, du ...?«

»Beruhige dich, Dicker«, sagte Carreño.

»Er hatte mehr als recht«, nickte Lituma. »Bestimmt haben sie dich in Tingo María, in Lima, überall gesucht. Und du schwimmst in Wonne.«

»Man hat nur ein Leben, und das soll man leben, Herr Korporal«, sagte Tomás. »Und ich lebte es mit Volldampf seit der vergangenen Nacht, zusammen mit meiner großen Liebe. Was bedeutete mir der Chancho, was machte es mir aus, daß man mich suchte oder mich einlochte. Wer würde mir dieses Glück jetzt noch nehmen können?«

Dem dicken Iscariote traten die Augen aus den Höhlen, und er fuchtelte wütend mit dem Korb voller Maispasteten herum. »Du kannst doch nicht so ahnungslos sein, Carreño.«

»Du hast recht, Dicker. Reg dich nicht so auf. Soll ich dir was sagen? Ich freu mich mächtig, dich zu sehen. Ich hab geglaubt, ich würde dich nie mehr sehen.«

Iscariote trug Sakko und Krawatte, aber das Hemd war ihm zu eng; er bewegte seinen Hals hin und her und schien sich von ihm befreien zu wollen. Sein aufgedunsenes Gesicht, auf dem Schweiß glänzte, hatte schwarze Bartpünktchen. Er schaute sich beunruhigt um. Die Schuhputzer beobachteten ihn voll Neugier, und ein

Landstreicher, der auf einer Bank lag und an einer Limone lutschte, streckte ihm bettelnd die Hand entgegen. Der Dicke ließ sich auf der Bank nieder, neben Mercedes. Aber er stand sogleich wieder auf, als hätte er einen elektrischen Schlag erhalten.

»Hier sehen uns alle.« Er zeigte auf das Hotel de Turistas. »Besser dort, in Zimmer 27. Geht einfach rauf, ohne zu fragen. Ich bin einen Augenblick rausgegangen, um Maispasteten zu kaufen.«

Er entfernte sich mit großen Schritten, ohne sich noch einmal umzuwenden. Sie warteten ein paar Minuten und folgten ihm, nachdem sie einen Umweg um den Platz gemacht hatten. Im Hotel zeigte ihnen eine Frau, die das Vestibül wischte, die Treppe. Die Tür des Zimmers 27 war geschlossen, und Carreño öffnete sie, nachdem er angeklopft hatte.

»Er war dick, er fraß wie ein Tier und bewachte den Narco«, schloß Lituma. »Das ist das einzige, was du mir über Iscariote gesagt hast.«

»Er gehörte irgendwie zur Polizei«, sagte sein Amtshelfer. »Mein Pate hatte ihn mir vorgestellt, ich habe nie viel über sein Leben gewußt. Er hat auch nicht die ganze Zeit für den Chancho gearbeitet. Nur stundenweise, wie ich.«

»Schließ ab«, befahl der Dicke, ohne mit dem Kauen aufzuhören. Er hatte sich das Sakko ausgezogen, saß auf dem Bett, mit dem kleinen Korb zwischen den Beinen, und aß die Maispasteten aus der Hand. Er hatte sich das Taschentuch wie eine Serviette um den Hals gebunden. Tomás setzte sich neben ihn, und Mercedes ließ sich auf dem einzigen Stuhl des Zimmers nieder.

Durch das Fenster waren die dichten Kronen der Bäume des Platzes und der alte Pavillon mit seiner abgeblätterten Balustrade zu sehen. Ohne ein Wort zu sagen, reichte Iscariote ihnen den Korb, in dem noch ein paar Maispasteten lagen. Sie lehnten ab.

»Früher haben sie sie besser gemacht«, sagte der Dicke, während er sich eine halbe Pastete in den Mund stopfte. »Darf man wissen, was du in Huánuco machst, Carreñito?«

»Wir fahren heute nachmittag, Dicker.« Tomás klopfte ihm auf das Knie. »Sie sind vielleicht nicht sehr gut, aber wie du sie verschlingst.«

»Es sind die Nerven, sie machen mich hungrig. Mensch, mir haben sich die Haare gesträubt, als ich dich auf dem Platz gesehen habe. Na ja, um ehrlich zu sein, alles macht mich hungrig.«

Er war mit dem Essen fertig. Er stand auf und holte eine Schachtel helle Zigaretten aus seinem Sakko. Er zündete sich eine an.

»Ich habe mit meiner Kontaktperson telefoniert, mit dem, den sie Mameluco nennen«, sagte er, Ringe in die Luft blasend. »Ich hab die Katze aus dem Sack gelassen. Daß man den Chef abgeknallt hat und daß du mit der Frau verschwunden bist. Er kriegte einen Schluckauf, der nicht mehr aufhörte. Wie hat er wohl reagiert, glaubst du? ›Er hat sich also an die Kolumbianer verkauft. Und die Nutte auch, bestimmt.‹« In Iscariotes Gesicht spielte ein halbes Lächeln, und plötzlich fror ihm das Lächeln fest: »Haben dich die Kolumbianer bezahlt, Carreñito?«

»Er war ein bißchen wie Sie, Herr Korporal, es ging

ihm nicht in den Kopf, daß jemand nur aus Liebe töten konnte.«

»Iscariote, Mameluco, der Chancho«, sagte Lituma lachend. »Namen wie im Kino.«

Der Dicke nickte, mit mißtrauischer Miene. Hinter einer neuen Reihe von Rauchringen musterten seine kleinen Schlitzaugen, halb zwischen den Fettpolstern seiner Backen verborgen, Mercedes von oben bis unten.

»Hast du die da schon vorher aufs Kreuz gelegt?« fragte er mit einem bewundernden Pfiff.

»Ein wenig mehr Respekt«, protestierte Mercedes. »Für wen hältst du dich, du Elefant ...«

»Sie ist jetzt mit mir zusammen, behandel sie also, wie es sich gehört.« Carreño faßte die Frau besitzergreifend am Arm. »Mercedes ist jetzt meine Braut, Dicker.«

»Ist gut, machen wir kein Drama daraus«, entschuldigte sich Iscariote, während er erst den einen und dann die andere anschaute. »Ich will nur eines wissen. Stehen die Kolumbianer hinter dieser Sache?«

»Ich habe nichts damit zu tun.« Mercedes kam ihm mit ihrer Antwort zuvor.

»Ich war es ganz allein, Dicker«, schwor der Junge. »Ich weiß, daß es dir schwerfällt, das zu glauben. Aber es war so, genau so. Eine plötzliche Anwandlung.«

»Sag mir wenigstens, ob sie schon deine Geliebte war«, beharrte der Dicke. »Das wenigstens, Carreñito.«

»Wir hatten nicht mal miteinander gesprochen. Ich hatte sie nur flüchtig gesehen, am Flughafen von Pucallpa und von Tingo María, als wir sie hingebracht und abgeholt haben. So war es, Dicker, du mußt mir glauben.«

Iscariote rauchte noch immer und schüttelte den dicken Kopf, verblüfft über so viel Dummheit.
»So was machen nur Irre«, murmelte er. »Dann muß es also stimmen. Daß du ihn umgebracht hast, weil ...«
»Schön, schön«, unterbrach ihn der Junge lachend. »Wenn sie glauben, daß die Kolumbianer mich bezahlt haben, was macht das schon.«
Iscariote warf die Kippe zum Fenster hinaus und sah sie im Zickzack durch die Luft segeln, bevor sie zwischen den Fußgängern der Plaza de Armas landete.
»Der Chancho wollte sich von ihnen unabhängig machen, er war es leid, daß die Kolumbianer den Löwenanteil einsackten. Das habe ich oft von ihm gehört. Sie können Wind davon bekommen haben. Deshalb haben sie ihn umbringen lassen. Hat das keine Logik?«
»Durchaus«, gab der Junge zu. »Aber es ist nicht die Wahrheit.«
Der dicke Iscariote blickte prüfend auf die Blätterbüschel der Bäume auf dem Platz.
»Es könnte die Wahrheit sein«, sagte er schließlich, die Schultern hebend. »Außerdem ist es die passende Wahrheit für dich. Verstehst du mich, Carreñito?«
»Kein Wort«, sagte Lituma überrascht. »Was war das für ein Komplott?«
»Dieser Elefant ist mit allen Wassern gewaschen«, sagte Mercedes.
»Sie hat schon kapiert.« Der dicke Iscariote setzte sich wieder auf das Bett, neben Carreño. Er legte ihm eine Hand auf die Schulter. »Schenk diese Leiche den Kolumbianern, Tomasito. Wollte der Chancho sich nicht von ihnen unabhängig machen? Wollte er sie nicht rein-

legen und seinen eigenen Laden aufziehen und selbst verarbeiten und exportieren? Du hast ihnen einen großen Gefallen getan, indem du ihnen diesen Konkurrenten vom Hals geschafft hast. Sie müßten dich eigentlich belohnen, verdammt. Wozu sind sie sonst die Könige des Geschäfts.«

Er stand wieder auf, wühlte in seinem Sakko und zündete sich eine neue Zigarette an. Tomás und Mercedes begannen ebenfalls zu rauchen. Sie schwiegen eine Zeitlang, zogen an ihren Zigaretten und bliesen Rauch in die Luft. Draußen hatten die Glocken mehrerer Kirchen zu läuten begonnen. Die Glockenschläge, dumpf oder hell, mit langem oder kurzem Nachhall, füllten das Zimmer aus, und Mercedes bekreuzigte sich.

»Wenn du nach Lima kommst, zieh dir die Uniform an und geh zu deinem Paten«, sagte Iscariote. »›Ich hab ihn denen vom Hals geschafft, ich hab sie von ihm befreit. Ich hab den Kolumbianern den Gefallen ihres Lebens getan, Pate. Jetzt können Sie ihnen die Rechnung präsentieren.‹ Der Kommandant kennt sie. Er steht in Verbindung mit ihnen. Er gewährt ihnen auch Schutz. Du wirst aus der Not eine Tugend machen, Carreñito. Und auf diese Weise wird dir dein Pate verzeihen, was du getan hast.«

»Ein gerissener Typ, dieser Dicke«, sagte Lituma bewundernd. »Himmel, was für eine Phantasie.«

»Na ja, ich weiß nicht«, sagte der Junge. »Plötzlich hast du recht. Plötzlich ist es das, was ich tun sollte.«

Mercedes blickte verwirrt von einem zum anderen.

»Was heißt das, du sollst dir die Uniform anziehen?« fragte sie.

»Der Dicke hatte sich das sehr gut ausgedacht«, erklärte der Junge. »Er hatte seinen Plan. Es ging darum, die Kolumbianer glauben zu machen, daß ich den Chancho umgebracht hatte, um mich bei ihnen beliebt zu machen. Der Traum Iscariotes war, für die internationale Mafia zu arbeiten und eines Tages nach New York zu gehen.«

»So machen wir das Beste daraus, für dich und sogar für mich«, sagte Iscariote vergnügt. »Wirst du zu deinem Paten gehen und es ihm sagen, Carreñito?«

»Ich versprech dir, ich gehe hin, Dicker. Daß wir in Lima nur ja nicht die Verbindung verlieren!«

»Wenn du überhaupt hinkommst«, sagte Iscariote. »Das ist noch nicht raus. Du wirst mich nicht jedesmal als Schutzengel haben, wenn du eine Dummheit machst.«

»Dieser Dicke wird allmählich interessanter als deine Orgien mit der Piuranerin«, rief Lituma. »Erzähl mir mehr von ihm.«

»Ein phantastischer Kerl, Herr Korporal. Und auch ein phantastischer Freund.«

»Bis zur Abfahrt solltet ihr euch besser nicht so unanständig in der Öffentlichkeit aufführen«, empfahl ihnen Iscariote. »Hat man dir das nicht beigebracht, als du die Uniform angezogen hast?«

»Von was für einer Uniform redet er?« fragte Mercedes Tomás erneut, inzwischen leicht gereizt.

Der dicke Iscariote brach in Lachen aus und wandte sich unvermittelt an die Frau:

»Was hast du mit meinem Freund gemacht, daß er sich so verknallt hat? Was ist dein Geheimnis?«

»Was war es? Was?« unterbrach ihn Lituma. »Die Hundenummer?«

Aber Mercedes hörte nicht auf ihn und fragte den Jungen noch einmal:

»Was ist das für eine Geschichte mit der Uniform, was soll das heißen?«

»Sie ist deine Braut, und du hast ihr noch nicht gesagt, daß du Gendarm bist?« sagte Iscariote spöttisch. »Du hast vielleicht ein schlechtes Geschäft gemacht, Schwester. Einen Big Boß der Unterwelt gegen einen simplen Bullen einzutauschen.«

»Der Typ hatte recht, Tomasito.« Lituma lachte laut. »Die Piuranerin hat ein sauschlechtes Geschäft gemacht.«

V

»Soll das heißen, wir sind verhaftet?« fragte Señora Adriana.

Es goß in Strömen; durch das Getrommel der dicken Tropfen auf dem Wellblechdach war ihre Stimme kaum zu hören. Sie saß auf dem Boden, auf einem Schaffell, und starrte den Korporal an, der sich auf einer Ecke des Schreibtischs niedergelassen hatte. Dionisio stand neben ihr, mit abwesendem Gesichtsausdruck, als ginge ihn nichts von dem, was um ihn herum geschah, etwas an. Er hatte blutunterlaufene Augen, und sein Blick war glasiger als gewöhnlich. Der Gendarm Carreño, der ebenfalls stand, lehnte sich gegen den Kleider- und Waffenschrank.

»Es bleibt mir nichts anderes übrig, verstehen Sie doch«, sagte Lituma. Diese Andenunwetter mit Blitz und Donner machten ihn nicht froh; nie hatte er sich an sie gewöhnen können. Immer schien ihm, als würden sie heftiger und heftiger werden und sich zu einer Katastrophe auswachsen. Es machte ihn auch nicht froh, den betrunkenen Kantinenwirt und die Hexe festgenommen zu haben. »Das beste wäre, Sie würden uns die Sache erleichtern, Doña Adriana.«

»Und warum sind wir verhaftet?« beharrte sie, ohne die Ruhe zu verlieren. »Was haben wir getan?«

»Sie haben mir nicht die Wahrheit gesagt über Demetrio Chanca, oder besser gesagt, Medardo Llantac. So hieß doch der Vorarbeiter, nicht wahr?« Lituma holte das Funktelegramm hervor, das er als Antwort auf seine Nachfrage aus Huancayo erhalten hatte, und wedelte damit vor dem Gesicht der Frau hin und her. »Warum haben Sie mir nicht gesagt, daß er der Bürgermeister von Andamarca war, der dem Massaker der Sendero-Leute entkommen ist? Sie wußten, warum dieser Mann sich hier versteckt hatte.«

»Das wußte ganz Naccos«, sagte die Frau ruhig. »Zu seinem Unglück.«

»Und warum haben Sie es mir nicht gesagt, als ich Sie das letzte Mal verhört habe?«

»Weil Sie nicht danach gefragt haben«, erwiderte die Frau, mit derselben Ruhe. »Ich habe geglaubt, Sie wüßten es auch.«

»Nein, ich wußte es nicht, denken Sie nur.« Lituma hob die Stimme. »Aber jetzt, da ich es weiß, weiß ich auch, daß Sie sich nach Ihrem Streit mit ihm leicht an dem armen Kerl rächen konnten, indem Sie ihn an die Terroristen verrieten.«

Doña Adriana betrachtete ihn eine gute Weile voll mitleidiger Ironie, die hervorstehenden Augen fest auf ihn gerichtet. Schließlich brach sie in Lachen aus.

»Ich verkehre nicht mit den Sendero-Leuten«, rief sie sarkastisch. »Die mögen uns noch weniger als Medardo Llantac. Die haben ihn nicht umgebracht.«

»Wer dann?«

»Ich hab es Ihnen doch schon gesagt. Das Schicksal.«

Lituma hatte Lust, auf sie einzuschlagen, auf sie und den Säufer von Ehemann. Nein, sie machte sich nicht über ihn lustig. Vielleicht war sie eine verrückte alte Vettel, aber sie wußte ganz genau, was passiert war; sie war eine Komplizin, ohne Zweifel.

»Zumindest werden Sie wissen, daß die Leichen dieser drei in einem Stollen des verlassenen Bergwerks verfaulen, nicht wahr? Hat Ihr Ehemann Ihnen das nicht erzählt? Mir hat er es nämlich erzählt. Und er könnte es Ihnen bestätigen, wenn er nicht zum Umfallen betrunken wäre.«

»Ich kann mich nicht daran erinnern, daß ich Ihnen etwas erzählt habe«, lallte Dionisio. Er schnitt Grimassen und ahmte einen Bären nach. »Bestimmt war ich ein bißchen beschwipst. Aber jetzt bin ich in Hochform, und ich kann mich nicht erinnern, daß ich je mit Ihnen gesprochen habe, mein Herr Korporal.«

Er lachte, machte ein paar ungelenke Bewegungen mit seinem schwammigen Körper und zog sich wieder in sich zurück, nahm eine unerschütterliche Haltung ein, während er voll Interesse die Gegenstände des Zimmers musterte. Carreño setzte sich auf die Bank hinter der Frau.

»Alle Finger in Naccos zeigen auf Sie beide«, erklärte er, aber Señora Adriana wandte sich nicht zu ihm um. »Alle sagen, daß Sie angestiftet haben, was ihnen passiert ist.«

»Und was ist ihnen passiert?« sagte die Frau mit einem provozierenden Lachen.

»Das würde ich gerne von Ihnen hören, Doña Adriana«, sagte Lituma. »Vergessen Sie die Teufel, die bösen Geister, die schwarze und die weiße Magie, all diese Hexenmärchen, die Sie den Hilfsarbeitern erzählen. Sagen Sie mir einfach, was diesen drei Leuten passiert ist. Weshalb wird im Lager gemunkelt, daß Sie und Ihr Mann verantwortlich sind für das, was ihnen passiert ist?«

Die Frau lachte erneut, freudlos, mit einem Anflug von Verachtung. Wie sie so auf dem Fell saß, ungestalt durch die Körperhaltung und die aufgebauschte Kleidung, ging etwas Unheimliches und Beunruhigendes von ihr aus. Sie schien keine Angst zu haben vor dem, was ihr geschehen konnte. Lituma dachte, daß die Frau sich ihrer Bestimmung so sicher war, daß sie sich sogar den Luxus leistete, Mitleid angesichts der tappenden Schritte zu empfinden, mit denen er und sein Amtshelfer wie die Blinden umherirrten. Und was den Kantinenwirt betraf, hatte man je einen so schamlosen Menschen gesehen? Jetzt erinnerte er sich nicht einmal daran, daß er das Geheimnis verkaufen wollte; er besaß sogar die Unverschämtheit zu leugnen, daß sie beim verlassenen Bergwerk miteinander gesprochen hatten und er ihm unzweideutig zu verstehen gegeben hatte, daß sich die Verschwundenen in der Tiefe eines Stollens befanden. Bis zum Eintreffen des Funktelegramms aus Huancayo hatten Lituma und Tomasito daher ausgeschlossen, daß die Terroristen für das Verschwinden verantwortlich waren. Aber jetzt wurden sie wieder unsicher. Bestimmt waren die Terroristen auf der Suche nach diesem Bürgermeister von Andamarca mit falschem Namen, soviel stand fest. Also ... Jedenfalls zeigten alle Finger auf dieses Paar, wie Tomasito gesagt hatte. Denn allmählich, nachdem sie dem einen Arbeiter dieses und dem anderen jenes entlockt und die Andeutungen in Zusammenhang gebracht hatten, schwanden alle Zweifel: der Wirt und seine Frau hatten viel mit der Sache zu tun, zumindest wußten sie bis ins einzelne, was geschehen war. Der Wolkenbruch hielt an und wurde immer heftiger.

»Sie brauchen einen Schuldigen für das Verschwinden dieser Leute«, rief Dionisio plötzlich aus, als kehrte er in die Wirklichkeit zurück, um Lituma die Stirn zu bieten. »Sie sind auf dem Holzweg, mein Herr Korporal. Wir haben nichts damit zu tun. Adriana mag den Leuten ihr Schicksal weissagen, aber entscheiden tut sie es nicht.«

»Was denen zugestoßen ist, ist etwas, das über Sie und über uns hinausgeht«, sagte seine Frau, ihm das Wort aus dem Mund nehmend. »Ich hab es Ihnen doch schon gesagt. Schicksal, so heißt das. Es existiert, auch wenn es den Leuten nicht gefällt. Und außerdem wissen Sie ganz genau, daß dieses Gemunkel der Hilfsarbeiter ein Dreck ist.«

»Das ist es nicht«, sagte hinter ihr Carreño. »Die Frau von Demetrio, ich meine von Medardo Llantac, hat uns erzählt, bevor sie Naccos verließ, daß ihr Mann, als sie ihn zum letzten Mal sah, ihr gesagt hat, er würde ein Gläschen in Ihrer Kantine trinken gehen.«

»Ja kommen denn nicht alle Hilfsarbeiter und Vorarbeiter in unser Lokal?« brach es aus Dionisio hervor, der abermals erwachte. »Wohin sollen sie sonst gehen? Gibt es noch eine Kantine in Naccos?«

»Um die Wahrheit zu sagen, wir haben keine konkreten Anschuldigungen gegen Sie«, räumte Lituma ein. »Das stimmt. Weil die Leute alles nur halb wissen oder weil sie Angst haben. Aber wenn man sie ein wenig unter Druck setzt, dann lassen alle durchblicken, daß Sie Ihre Hand bei diesem Verschwinden im Spiel gehabt haben.«

Señora Adriana lachte erneut ihr bitteres und herausforderndes Lachen. Sie schnitt eine Grimasse, zu der sie ihren ganzen Mund brauchte, so wie Erwachsene ihr Gesicht verziehen, damit die Kinder ihren Spaß haben.

»Ich setze niemandem Ideen in den Kopf«, sagte sie. »Ich hole ihnen die Ideen raus, die sie haben, und halte sie ihnen vor die Nase. Nur schaut sich keiner dieser Indios gern im Spiegel an.«

»Ich helfe ihnen bloß, ihre Kümmernisse zu vergessen, indem ich ihnen zu trinken gebe«, knüpfte Dionisio an, während er seine wäßrigen, flimmernden Augen auf Lituma heftete. »Was würde aus den Arbeitern, wenn sie nicht einmal die Kantine hätten, um ihre Sorgen im Alkohol zu ertränken.«

In der Ferne zuckte ein Blitz, gefolgt von einem Donnerschlag. Die vier verharrten schweigend, bis das Getöse aufhörte und nur noch das dünne Getrommel des Regens zu hören war. Der Berghang, auf dem man zum Lager hinunterstieg, war ein einziger Morast, durchzogen von zahlreichen Rinnsalen. Durch die halboffene Tür sah Lituma den Wasservorhang und im Hintergrund dunkle Gewitterwolken. Das Lager und die umliegenden Berge waren in einem gräulichen Dunst versunken. Und es war drei Uhr nachmittags.

»Stimmt es, was man so oft von Ihnen behauptet, Doña Adriana?« sagte Carreño plötzlich laut. »Daß Sie als junge Frau zusammen mit Ihrem ersten Mann, einem Bergarbeiter mit einer Riesennase, einen *pishtaco* getötet haben?«

Dieses Mal wandte sich die Hexe um und schaute den Gendarm an. Sie maßen einander eine ganze Weile schweigend mit den Augen; schließlich blinzelte Tomasito und senkte den Blick.

»Gib mir deine Hand, Junge«, murmelte Señora Adriana, besänftigt.

Lituma sah, daß der Gendarm zurückwich und ein Lächeln andeutete, aber dann wurde er sofort ernst. Dionisio blickte ihn prüfend, amüsiert an, halblaut vor sich hin summend. Doña Adriana streckte ihm noch immer die Hand entgegen und wartete. Ihr Kopf, von hinten gesehen, sah wie ein zerzauster Federwisch aus. Sein Amtshelfer fragte ihn mit den Augen, was er tun sollte. Lituma zuckte die Schultern. Tomasito ließ zu, daß die Frau seine rechte Hand zwischen die ihren nahm. Der Korporal reckte ein wenig den Kopf. Doña Adriana befühlte und säuberte die Hand des Gendarms und führte sie nahe an ihre großen, hervortretenden Augen heran: Lituma schien, als müßten sie ihr aus den Höhlen springen und über den Boden der Hütte kullern. Tomasito, blaß, blickte sie argwöhnisch an und ließ alles mit sich geschehen. ›Ich müßte diesem dummen Spaß mit einem lauten Fluch ein Ende machen‹, dachte Lituma, ohne sich zu rühren. Dionisio war wieder in irgendeine Träumerei versunken und summte mit halbgeschlossenen Augen leise eine jener *mulizas*, mit denen die Maultiertreiber auf ihren langen Wegen gegen die Langeweile ansingen. Schließlich ließ die Hexe die Hand des Gendarmen los und schnaufte, als hätte sie eine große Anstrengung vollbracht.

»Also Liebeskummer. Das hat mir schon dein Gesicht gesagt, mein Junge.«

»Das erraten sämtliche Wahrsagerinnen der Welt«,

sagte Lituma. »Kehren wir zu den ernsthaften Dingen zurück, Doña Adriana.«

»Und du hast ein soo großes Herz«, fügte sie hinzu, als hätte sie Lituma nicht gehört; sie hatte die Arme ausgebreitet und formte ein riesiges Herz. »Was hat die für ein Glück, so geliebt zu werden.«

Lituma versuchte ein Kichern.

»Sie will dich weich machen, Tomasito, laß dir das nicht gefallen«, sagte er. Aber der Gendarm lachte nicht. Er hörte ihm auch nicht zu. Sehr ernst geworden, betrachtete er fasziniert die Frau. Sie griff erneut nach seiner Hand, befühlte sie und erforschte sie abermals aus nächster Nähe mit ihren weit aufgerissenen Augen. Der Wirt sang noch immer das gleiche Lied, mit halblauter Stimme, wobei er im Takt der Melodie den Körper hin und her wiegte und kleine Hüpfer vollführte, gleichgültig allem übrigen gegenüber.

»Es ist eine Liebe, die dir Unglück gebracht hat, die dir Leid zufügt«, sagte Doña Adriana. »Dein Herz verblutet jede Nacht. Aber das hilft dir wenigstens leben.«

Lituma wußte nicht, was er tun sollte. Er fühlte sich unbehaglich. Er glaubte nicht an Hexen. Und noch viel weniger an den Klatsch und das dumme Gerede, die im Lager und in der Gemeinde von Naccos über Adriana umgingen, wie die Geschichte, daß sie und ihr erster Mann, ein Bergarbeiter, mit eigenen Händen einen *pishtaco* umgebracht hatten. Aber er fühlte sich immer unsicher und verwirrt, wenn vom Jenseits die Rede war. Konnte man die Geschichte der Menschen in den Linien der Hand lesen? In den Karten? In den Kokablättern?

»Sie wird ein gutes Ende finden, du brauchst also nicht zu verzweifeln«, schloß Señora Adriana, während sie die Hand des Gendarmen losließ. »Ich weiß nicht, wann. Vielleicht mußt du noch etwas länger leiden. Die sind gierig, sie werden nie müde, mehr und mehr zu verlangen. Aber was dich jetzt ausblutet, wird gut ausgehen.«

Sie schnaufte noch einmal und wandte sich zu Lituma um.

»Versuchen Sie, sich bei uns einzuschmeicheln, damit wir die Verschwundenen vergessen, Señora?«

Die Hexe ließ abermals ihr Lachen vernehmen.

»Ihnen würde ich nicht aus der Hand lesen, auch wenn Sie mich bezahlen würden, Korporal.«

»Und ich würde es auch nicht zulassen. Verdammt nochmal, was ist denn mit dem da los?«

Angeregt durch seine eigene Phantasie, immer lauter singend, hatte Dionisio begonnen, mit geschlossenen Augen auf der Stelle zu tanzen, in einem Zustand höchster Konzentration. Als der Gendarm Carreño ihn am Arm faßte und ihn schüttelte, stand der Kantinenwirt still, öffnete die Augen und ließ einen erstaunten Blick über sie wandern, als sähe er sie zum ersten Mal.

»Hör auf, den Betrunkenen zu spielen, so voll bist du nicht«, sagte Lituma zu ihm. »Kehren wir zum Thema zurück. Werden Sie mir endlich sagen, was mit diesen Leuten passiert ist? Dann laß ich Sie gehen.«

»Weder ich noch mein Mann haben etwas gesehen«, sagte sie, mit Härte in den Augen und in der Stimme. »Gehen Sie und ziehen Sie denen die Wahrheit aus der Nase, die behaupten, wir wären die Anstifter.«

»Wie dem auch sei, was geschehen ist, ist geschehen und nicht mehr zu ändern, mein Herr Korporal«, psalmodierte Dionisio. »Machen Sie sich klar, daß es nutzlos ist. Gehen Sie nicht gegen das Schicksal an, begreifen Sie, daß das vergeblich ist.«

Plötzlich hörte es auf zu regnen, und gleich darauf erstrahlte die Außenwelt im Licht einer mittäglichen Sonne. Lituma konnte einen Regenbogen sehen, der die Berge um das Lager krönte, über dem kleinen Eukalyptuswäldchen. Der Erdboden, von glänzenden Pfützen und kleinen Bächen durchzogen, wirkte wie aus Quecksilber. Und am Horizont der Kordillere, wo Steine und Himmel sich berührten, erschien jene seltsame Färbung zwischen Violett und Maulbeerfarben, die er auf so vielen Röcken und Umschlagtüchern der Indiofrauen oder auf den wollenen Taschen gesehen hatte, die die Bauern den Lamas um die Ohren hängten, und die für ihn die Farbe schlechthin der Anden geworden war, dieses so geheimnisvollen, so von Gewalt erfüllten Gebirges. Carreño war nach den Worten der Hexe nachdenklich geworden und stand wie abwesend da. Aber ja, Tomasito: sie hatte dir gesagt, was du hören wolltest.

»Wo wollen Sie uns denn einsperren?« Señora Adriana ließ einen verächtlichen Blick durch die Hütte wandern. »Hier? Werden wir vier hier zusammen schlafen, einer auf dem anderen?«

»Ist ja gut, ich weiß, daß wir kein Revier haben, das Ihnen angemessen ist«, sagte Lituma. »Sie werden sich mit den Gegebenheiten abfinden müssen. Dieser Posten ist auch uns nicht angemessen, nicht wahr, Tomasito?«

»Ja, Herr Korporal«, murmelte der Gendarm, zu sich kommend.
»Lassen Sie wenigstens Dionisio gehen. Wer soll sich denn sonst um die Kantine kümmern. Man wird uns alles rauben, und das bißchen Krimskrams ist alles, was wir haben.«
Lituma musterte sie erneut voll Neugierde. Dick, formlos, in ihre Trödlerlumpen gehüllt, nur mit ihren ausladenden Hüften der Welt verkündend, daß sie eine Frau war, sprach die Hexe ohne die geringste Gefühlsregung, als gelte es, eine Formalität zu erledigen, und zeigte damit, daß es ihr im Grunde egal war, was mit ihr geschehen mochte. Dionisio schien sein Schicksal noch mehr zu verachten als sie. Er hatte wieder halb die Augen geschlossen und sich aus der Welt zurückgezogen. Als würden sie beide weit über all dem stehen. Sie saßen noch immer auf ihrem Thron, verdammte Scheiße.
»Lassen Sie uns einen Handel machen«, sagte Lituma schließlich, plötzlich mutlos geworden. »Sie werden mir Ihr Wort geben, daß Sie sich nicht aus dem Lager entfernen. Nicht einmal zwanzig Meter. Unter dieser Bedingung werde ich erlauben, daß Sie in Ihrem Lokal wohnen, während wir unsere Nachforschungen anstellen.«
»Und wohin sollten wir gehen?« Dionisio öffnete halb die Augen. »Wenn wir könnten, wären wir längst fort. Halten die sich denn nicht hier in diesen Bergen versteckt, mit den Steinen in der Hand? Naccos ist ein Gefängnis geworden, und Sie und wir sind Gefangene. Haben Sie das noch nicht gemerkt, mein Herr Korporal?«

Die Frau stand mühsam auf, an ihrem Ehemann Halt suchend. Und beide verließen die Hütte, ohne sich von den Polizisten zu verabschieden. Sie entfernten sich mit kurzen Schritten, wobei sie sich an die Felssteine oder an die Erhebungen hielten, wo es am wenigsten Schlamm gab.

»Du bist ja förmlich erstarrt bei dem, was die Hexe in deiner Hand gelesen hat, Tomasito.«

Lituma bot ihm eine Zigarette an. Sie rauchten, während sie zusahen, wie die Gestalten Dionisios und Adrianas auf dem Berghang kleiner wurden und verschwanden.

»Hat dich das beeindruckt, das mit dem großen Liebeskummer?« Lituma stieß einen Mundvoll Rauch aus. »Bah, den hat jeder, der eine mehr, der andere weniger. Oder glaubst du, du bist der einzige, der wegen eines Mädchens leidet?«

»Sie haben mir gesagt, daß Sie das nie erlebt haben, Herr Korporal.«

»Na ja, aber meine Liebeleien hab ich doch gehabt«, sagte Lituma leicht pikiert. »Sie sind nur gleich wieder vorbei. Fast immer mit Freudenmädchen. Einmal, in Piura, in diesem Grünen Haus, von dem ich dir erzählt habe, hab ich mich wahnsinnig in eine kleine Dunkelblonde verliebt. Aber, um die Wahrheit zu sagen, so weit, daß ich Lust gehabt hätte, mich wegen einer Frau umzubringen, ist es mit mir nicht gekommen.«

Sie rauchten eine Weile schweigend. Unten, am Fuß des Berghangs, begann eine kleine Gestalt den Weg zu erklimmen, in Richtung Posten.

»Ich glaube, wir werden nie erfahren, was mit den

dreien passiert ist, Tomasito. Wirklich, so sehr die vom Lager auch zu verstehen geben, daß Dionisio und Doña Adriana mit der Sache zu tun haben, mir will das nicht in den Kopf.«

»Mich kostet es auch Mühe, das zu glauben, Herr Korporal. Aber wie erklärt es sich, daß sämtliche Arbeiter sie am Ende anklagen?«

»Das erklärt sich, weil diese Indios alle abergläubisch sind und an Teufel, *pishtacos* und *mukis* glauben«, sagte Lituma. »Und da Dionisio und seine Frau halbe Hexer sind, bringen sie sie mit den Verschwundenen in Verbindung.«

»Bisher habe ich ja an nichts dergleichen geglaubt«, versuchte der Gendarm zu scherzen. »Aber nach dem, was Doña Adriana in meiner Hand gelesen hat, glaube ich eher daran. Das mit dem großen Herzen hat mir gefallen.«

Lituma konnte die heraufkommende Person bereits erkennen: Sie trug einen Bergarbeiterhelm, der im Licht des nun strahlendblauen, wolkenlosen Nachmittags aufblitzte. Wer würde glauben, daß es noch vor wenigen Minuten Platzregen, Donner, dicke schwarze Wolken gegeben hatte?

»Da haben wir's, die Hexe hat dich gekauft.« Lituma ging auf seinen Scherz ein. »Diese drei wirst doch nicht etwa du aus dem Verkehr gezogen haben, Tomasito?«

»Wer weiß, Herr Korporal.«

Am Ende lachten sie, nervös und mit unechtem Gekicher. Und gleichzeitig, während Lituma den Mann mit dem Helm schon ganz nah sah, ging ihm Pedrito

Tinoco nicht aus dem Kopf, der kleine Stumme, der Besorgungen machte, der die Baracken putzte, der mit seinen Augen das Massaker an den Vikunjas in Pampa Galeras gesehen hatte. Seit Tomasito ihm seine Geschichte erzählt hatte, war er ihm fast die ganze Zeit gegenwärtig. Warum sah er ihn immer an diesem Ort, zwischen dem Schutzwall und den grauen Felsen, wie er die Wäsche wusch? Der mit dem Helm trug eine Pistole am Gürtel und einen Stock, wie ihn ähnlich die Polizei benutzte. Aber er trug Zivilkleidung, Jeans und eine weite Jacke, an deren rechtem Ärmel eine schwarze Binde erkennbar war.

»Es ist klar, daß viele hier ganz genau wissen, was passiert ist, auch wenn sie den Mund nicht auftun wollen. Die einzigen Trottel, die auf dem Mond leben, das sind du und ich. Fühlst du dich nicht saublöd hier in Naccos, Tomasito?«

»Ich habe eher das Gefühl, daß ich keinem trauen kann. Natürlich wissen alle etwas, obwohl sie lügen und die Schuld auf den Kantinenwirt und seine Frau schieben. Ich glaube sogar, daß sie sich abgesprochen haben, um uns glauben zu machen, daß Dionisio und Doña Adriana die Anstifter waren. Auf diese Weise lenken sie uns auf eine falsche Fährte und befreien sich von jeder Verantwortung. Wäre es nicht besser, diesen Fall zu begraben, Herr Korporal?«

»Es ist nicht so, daß mir was daran liegt, ihn aufzuklären, Tomasito. Aus Arbeitseifer, meine ich. Aber ich bin sehr neugierig. Ich hab mir in den Kopf gesetzt, herauszukriegen, was ihnen passiert ist. Und jetzt, wo du mir das mit dem Stummen und mit Leutnant Pancorvo erzählt hast, werde ich erst wieder ruhig schlafen können, wenn ich es herausgefunden habe.«

»Die Leute haben Angst, haben Sie das gemerkt? In der Kantine, auf dem Bau, in den Bautrupps. Sogar die Indios der Gemeinschaft, die noch nicht fortgegangen sind. Die Atmosphäre ist gespannt, als würde etwas passieren. Es kann an dem Gerücht liegen, daß sie die Straße nicht weiterbauen wollen, daß alle ihre Arbeit verlieren werden. Und auch an den vielen Massakern überall. Das halten die stärksten Nerven nicht aus. Es liegt was in der Luft. Spüren Sie das nicht?«

Ja, Lituma spürte es. Die Gesichter der Arbeiter waren angespannt, ihre Augen huschten hin und her, als wollten sie einen lauernden Feind überrumpeln, die Gespräche in der Kantine oder zwischen den Baracken verliefen stockend, trübsinnig und verstummten in seiner Gegenwart. Wegen der Verschwundenen? Waren sie verängstigt, weil jeder von ihnen der vierte sein konnte?

»Guten Tag, Korporal«, sagte der Mann mit dem Bergarbeiterhelm, während er vor ihnen die Hand zum Gruß hob. Er war ein großer, kräftiger Mestize mit einem beginnenden Bart. Seine dicksohligen Bergarbeiterstiefel waren bis zum Knöchel schlammverschmiert. Er versuchte sie zu säubern, bevor er in die Hütte trat, indem er sie kräftig auf dem Querbalken der Türschwelle abklopfte. »Ich komme aus La Esperanza. Um Sie zu holen, Korporal Lituma.«

La Esperanza war ein Silberbergwerk, ein paar Stunden Fußmarsch entfernt, im Osten von Naccos. Lituma war nie dort gewesen, aber er wußte, daß etliche Hilfsarbeiter des Lagers entlassene Bergarbeiter von dort waren.

»Gestern abend sind die Terroristen bei uns erschienen und haben schlimme Verwüstungen angerichtet«, erklärte er, während er den Helm abnahm und sein langes, fettiges Haar schüttelte. Seine Jacke und seine Hose waren völlig durchweicht. »Sie haben einen meiner Männer umgebracht und einen anderen verletzt. Ich bin der Sicherheitschef von La Esperanza. Sie haben den Sprengstoff, die Lohngelder und tausend Dinge mehr mitgenommen.«

»Es tut mir sehr leid, aber ich kann nicht mitkommen«, sagte Lituma. »Wir sind nur zwei auf dem Posten, ich und mein Amtshelfer. Wir haben ein ernstes Problem zu lösen. Sie müßten um Anweisungen bei der Kommandantur in Huancayo bitten.«

»Das haben die Ingenieure bereits getan«, erwiderte der Mann respektvoll. Er holte ein zusammengefaltetes Papier aus der Tasche und reichte es ihm. »Sie haben über Funk mit Ihren Vorgesetzten gesprochen. In Huancayo haben sie gesagt, daß Sie sich darum kümmern müßten. La Esperanza befindet sich in Ihrem Zuständigkeitsbereich.«

Lituma las das Telegramm wieder und wieder, niedergeschlagen. So stand es da. In dem Bergwerk waren sie besser ausgerüstet als in diesem dreckigen Lager. Er war hier ohne Verbindungen, blind und taub gegenüber dem, was in der Außenwelt geschah. Denn das Funkgerät des Lagers funktionierte entweder zu spät, schlecht oder überhaupt nicht. Wer hatte die absurde Idee gehabt, in Naccos einen Posten der Gendarmerie einzurichten? Man hätte ihn eher in La Esperanza einrichten sollen. Aber wenn er dort gewesen wäre, hätten er und Tomasito es bereits mit den Terroristen zu tun bekommen. Sie waren also in der Nähe. Der Strick um den Hals zog sich enger zusammen.

Carreño hatte begonnen, auf dem Spirituskocher Kaffee zu kochen. Der Mann vom Bergwerk hieß Francisco López. Er ließ sich auf dem Fell nieder, auf dem Doña Adriana gesessen hatte. Der Wasserkessel begann zu pfeifen.

»Nicht, daß Sie noch etwas tun könnten«, erklärte López. »Sie sind natürlich abgeschwirrt mit ihrer Beute. Aber der Polizeibericht mit der Anzeige ist erforderlich, damit die Versicherung das Unternehmen entschädigt.«

Tomás füllte die Blechtassen mit dem kochendheißen Kaffee und reichte sie ihnen.

»Wenn Sie wollen, dann mach ich einen Sprung nach La Esperanza, Herr Korporal.«

»Nein, ich geh allein. Übernimm du den Posten. Und wenn ich auf mich warten lasse, dann betest du ein Vaterunser für mich.«

»Es besteht keine Gefahr, Korporal«, beruhigte ihn Francisco López. »Ich bin mit dem Jeep gekommen. Ich mußte ihn stehen lassen, wo die Piste aufhört. Es ist nicht so weit, weniger als eine Stunde, wenn man rasch geht. Mich hat nur der Wolkenbruch überrascht. Ich werde Sie zurückbringen, sobald Sie mit den Formalitäten fertig sind.«

Francisco López arbeitete schon drei Jahre in La Esperanza, die ganze Zeit im Sicherheitsbereich. Es war der zweite Überfall, den sie erlebten. Beim ersten, vor sechs Monaten, hatte es keine Opfer gegeben, aber sie hatten ebenfalls Sprengstoff, Kleidung, Nahrungsmittelvorräte und die ganze Apotheke des Bergwerks mitgenommen.

»Ein Glück, daß die Ingenieure sich verstecken konnten«, erklärte der Bergarbeiter, während er in kleinen Schlucken den Kaffee schlürfte. »Und auch ein Gringo, ein Freund von ihnen, der zu Besuch ist. Sie sind in die Wassertanks raufgestiegen. Wenn sie sie gefunden hätten, wären sie jetzt kalt. Ingenieure, Verwalter und leitende Angestellte kommen nie davon. Und Ausländer natürlich noch weniger.«

»Vergessen Sie die Polizisten nicht«, sagte Lituma mit hohler Stimme.

Francisco López scherzte:

»Man muß Ihnen ja nicht unnötig Angst einjagen. Den Hilfsarbeitern dagegen tun sie nichts, es sei denn, sie halten sie für Streikbrecher.«

Er sprach mit der größten Selbstverständlichkeit, als wäre es normal, daß solche Dinge geschehen, als wäre es immer so gewesen. Vielleicht hatte er recht, verdammte Scheiße.

»Wegen der ganzen Geschichten, die passieren, heißt es, daß La Esperanza stillgelegt wird«, fügte López hinzu, während er auf die Tasse blies und weiter schlürfte. »Die Ingenieure wollen nicht mehr kommen. Und die Revolutionssteuern treiben die Kosten zu sehr in die Höhe.«

»Wenn sie Steuern zahlen, warum überfallen sie sie dann?« fragte Lituma.

»Das fragen wir uns alle. Es hat keine Logik.«

Er blies noch immer auf die Tasse und trank seinen Kaffee in kleinen Schlucken, als wäre auch diese Unterhaltung die normalste Sache der Welt.

Daß er strohfarbenes Haar und helle, durchsichtige Augen hatte, war für Casimiro Huarcaya in seiner Kindheit ein Alptraum gewesen. Weil in Yauli, dem kleinen Dorf in den Anden, in dem er geboren wurde, alle dunkelhaarig waren und vor allem weil seine eigenen Eltern und Geschwister ebenfalls schwarzes Haar, braune Gesichter und dunkle Augen hatten. Woher war dieser Albino in der Familie Huarcaya gekommen? Die Scherze, die seine Kameraden in der kleinen staatlichen Schule mit ihm trieben, hatten zur Folge, daß Casimiro sich oft prügeln mußte, denn trotz seines gutartigen Wesens geriet er in rasende Wut, wenn man, um ihn zu reizen, andeutete, sein richtiger Vater sei nicht sein Vater, sondern irgendein Fremder, der durch Yauli gekommen sei, oder der Teufel persönlich, der, wie man in den Anden weiß, seine Missetaten auf Erden bisweilen in Gestalt eines hinkenden Fremden verübt, der die Züge eines Gringo trägt.
Casimiro wurde außerdem den Gedanken nicht los, daß sein eigener Vater, der Böttcher Apolinario Huarcaya, ebenfalls Argwohn über seine Herkunft hegte, weil er sicher war, daß seine Eltern sich wegen ihm gestritten hatten, und weil Apolinario, der seine Brüder und Schwestern gut behandelte, ihm nicht nur die mühsamsten Arbeiten auflud, sondern ihm auch bei der geringsten Nachlässigkeit mit Peitschenhieben zu Leibe rückte.
Doch trotz der Scherze seiner Schulkameraden und des schlechten Verhältnisses zu seiner Familie wuchs Casi-

miro ohne Minderwertigkeitsgefühle heran, stark, geschickt mit den Händen, wach und voll Lebensfreude. Seit er denken konnte, hatte er davon geträumt, rasch zu wachsen, um Yauli mit einer großen Stadt wie Huancayo, Pampas oder Ayacucho zu vertauschen, wo sein strohfarbenes Haar und seine hellen Augen die Neugier der Leute weniger auf sich lenken würden.

Kurz vor seinem fünfzehnten Geburtstag verließ er sein Dorf heimlich mit einem Handelsreisenden, dem er jedesmal, wenn er nach Yauli kam, half, seine Waren ein- und auszuladen und auf dem Markt zu verkaufen. Don Pericles Chalhuanca besaß ein kleines, uraltes, von unzähligen Ausbesserungen notdürftig zusammengehaltenes Lastauto, mit dem er sämtliche Indiogemeinschaften und Bauerndörfer der mittleren Anden abklapperte, in denen er Produkte der Stadt verkaufte – Heilmittel, landwirtschaftliche Werkzeuge, Kleidung, Geschirr, Schuhe – und Käse, Olluco-Knollen, Bohnen, Früchte oder Stoffe und Porongokürbisse kaufte, die er dann in die Städte brachte. Don Pericles war überdies ein geschickter Mechaniker, und an seiner Seite lernte Casimiro die Geheimnisse des Lastautos in- und auswendig kennen; bald war er imstande, es jedesmal zu reparieren, wenn es auf den grauenhaften Wegen des Hochlands auseinanderfiel, was mehrmals bei jeder Reise geschah.

An der Seite von Don Pericles war er vollkommen glücklich. Der alte Händler begeisterte ihn mit Geschichten aus seinem abenteuerlichen Leben als unbußfertiger Hahn in fremden Hühnerhöfen, einem Leben voller verführter, geschwängerter und verlassener Frauen in unzählbaren Distrikten, Bezirken und Ortschaften von Apurímac, Huancavelica, Ayacucho, Cusco und Cerro de Pasco, Departements, so brüstete er sich, »die ich mit männlichen und weiblichen Wechselbalgen von meinem Blut übersät habe«. Einige zeigte er Casimiro im Verlauf ihrer Reisen, mit schelmischem Augenzwinkern. Viele von ihnen grüßten den Händler respektvoll, küßten ihm die Hand und nannten ihn ›Pate‹.

Was dem Jungen jedoch am meisten gefiel, war das plan- und ziellose Leben unter freiem Himmel, das bestimmt wurde von den Unbilden oder den Freundlichkeiten der Witterung, von den Märkten und den Festen der Schutzpatrone, von den Aufträgen, die sie erhielten, und von den Zipperlein des kleinen Lastautos, Umstände, die über ihr tägliches Ziel, ihre Routen, die Nächte entschieden, die sie in jedem Ort verbrachten. Don Pericles besaß ein solides Haus ohne Räder in einer *quinta* in Pampas, das er mit einer verheirateten Nichte und deren Kindern teilte. Wenn sie dort waren, wohnte Casimiro im Haus, als gehörte er zur Familie. Aber die meiste Zeit lebte er im Lastauto, in dem er sich zwischen der Ladung und geschützt durch eine dicke Plane einen Schlupfwinkel aus Kuhfellen errichtet hatte. Wenn es regnete, schlief er im Fahrerhäuschen oder unter dem Auto.

Das Geschäft war keine große Sache, zumindest nicht für Pericles und Casimiro, denn den ganzen Gewinn schluckte das Lastauto, für das man ständig Ersatzteile kaufen und dessen Reifen man neu mit Gummi überziehen mußte, aber es reichte ihnen zum Leben. In den Jahren, die er mit Don Pericles verbrachte, lernte Casimiro die gesamten mittleren Anden, ihre kleinen Nester, ihre Indiogemeinschaften, ihre Märkte, ihre Abgründe und Täler wie seine Westentasche kennen, ebenso die Geheimnisse des Geschäfts: wo man den besten Mais kaufte und wohin man Nadel und Faden brachte, wo Lampen und Webstoffe wie eine Himmelsgabe erwartet wurden und welche Bänder, Broschen, Halsketten und Armreifen in unwiderstehlicher Weise das Verlangen der Mädchen weckten.

Don Pericles behandelte ihn am Anfang wie einen Lehrling, dann wie einen Sohn, schließlich wie einen Teilhaber. In dem Maße, wie er älter und aus dem Jungen ein Mann wurde, verlagerte sich das Gewicht der Arbeit auf diesen, bis Don Pericles sich nach einigen Jahren – Casimiro war bereits der einzige, der das Auto fuhr und über die Käufe und Verkäufe entschied – mit dem Posten eines technischen Direktors des Unternehmens begnügte.

Als der alte Mann den Schlaganfall bekam, in dessen Folge er gelähmt blieb und die Sprache verlor, befanden sie sich zum Glück gerade in Pampas. So konnten sie ihn ins Krankenhaus bringen und ihn vor dem Tod retten. Aber Don Pericles konnte nicht mehr reisen, und Casimiro mußte dies fortan allein tun. Er fuhr eine Zeitlang weiter mit dem unverwüstlichen kleinen Lastauto herum, bis er es eines Tages aufgeben mußte, weil Don Pericles' Nichte und deren Kinder ihm für das Recht, es weiter zu benutzen, völlig irreale Summen abforderten. Er übergab ihnen also das Fahrzeug, und obwohl er Don Pericles bis zu dessen Tod regelmäßig besuchte, wobei er ihm jedesmal, wenn er nach Pampas kam, ein kleines Geschenk mitbrachte, war fortan er Herr und Meister des Geschäfts. Er war ein kräftiger, gewitzter Bursche, der überall Freunde hatte und Spaß an der Arbeit und am Leben fand. Er konnte ganze Nächte hindurch auf den Dorffesten trinken und tanzen, die Scherze der Betrunkenen über sein gelbes Haar parieren und am nächsten Morgen seinen Stand auf dem Markt vor jedem anderen Händler öffnen. Er hatte das Lastauto durch einen Lieferwagen aus dritter Hand ersetzt, den er einem Bauern aus Huancayo abgekauft hatte, dem er pünktlich die monatlichen Raten bezahlte.

Einmal, als er bunte Schnallen und Ohrringe in einer kleinen Ortschaft in Andahuaylas verkaufte, sah er ein Mädchen, das darauf zu warten schien, allein mit ihm sprechen zu können. Sie war jung, trug Zöpfe, hatte ein frisches Gesicht und wirkte verängstigt wie ein kleines Tier. Ihm schien, daß er sie nicht zum ersten Mal sah. In einem Augenblick, da keine Kunden da waren, trat das Mädchen an die Ladefläche des Lieferwagens heran, auf der Casimiro saß.

»Ich weiß schon«, sagte er lachend. »Du willst eine dieser Broschen und hast kein Geld.«

Sie schüttelte verwirrt den Kopf.

»Du hast mich schwanger gemacht, *papay*«, sagte sie leise in Quechua, die Augen zu Boden gesenkt. »Erinnerst du dich vielleicht nicht an mich?«

Casimiro konnte sich nebelhaft an etwas erinnern. War sie das kleine Mädchen, das auf dem Fest des Erzengels Gabriel zu ihm in den Lieferwagen gestiegen war? Aber an dem Tag hatte er viel Chicha getrunken, und er war sich nicht sicher, daß dieses Gesicht das gleiche wie das verschwommene seiner Erinnerung war.

»Und wer sagt, daß ich es war?« antwortete er unfreundlich. »Mit wie vielen bist du denn bei diesem Fest mitgegangen? Glaubst du, du kannst mich als Hahnrei schnappen? Daß ich mir ein Kind von wer weiß wem aufladen lasse?«

Er konnte nicht weiter auf das Mädchen einschreien, weil es davongelaufen war. Casimiro erinnerte sich, daß Don Pericles in derartigen Fällen riet, sich ans Steuer zu setzen und loszufahren. Aber ein paar Stunden später, als er sein Geschäft geschlossen hatte, begann er den Ort nach allen Seiten zu durchstreifen, auf der Suche nach dem Mädchen. Er fühlte Unbehagen und Lust, seinen Frieden mit ihr zu machen.

Er fand sie unterwegs, am Ortsausgang, auf einer Allee mit Weiden und Nopalbäumen, die vom lauten Quaken der Frösche erfüllt war. Sie war auf dem Weg zurück in ihr Dorf und tief verletzt. Schließlich konnte Casimiro sie besänftigen, überredete sie, in den Lieferwagen zu steigen, und brachte sie bis in die Nähe der Gemeinschaft, in der sie lebte. Er tröstete sie, so gut er konnte, und gab ihr ein wenig Geld, mit dem Rat, sich an eine dieser Hebammen zu wenden, die auch Abtreibungen vornehmen. Sie nickte mit feuchten Augen. Sie hieß Asunta, und als er sie nach ihrem Alter fragte, sagte sie achtzehn, aber er schätzte, daß sie sich älter machte.

Einen Monat später kam er wieder dort vorbei und fragte sich zum Haus des Mädchens durch. Sie lebte mit ihren Eltern und einem Schwarm von Geschwistern, die ihn abweisend, voll Mißtrauen empfingen. Der Vater, Besitzer eines eigenen Stück Landes innerhalb der Gemeinschaft, war Leiter der Festlichkeiten gewesen. Er verstand Spanisch, obwohl er auf Casimiros Fragen in Quechua antwortete. Asunta hatte niemanden gefunden, der ihr diese Kräutersude geben konnte, aber sie sagte Huarcaya, er brauche sich keine Sorgen zu machen. Ihre Paten, die in einem Nachbarbezirk lebten, hatten ihr gesagt, sie solle das Kind ruhig bekommen und wenn man sie aus dem Haus werfen sollte, könne sie bei ihnen wohnen. Sie schien sich mit ihrem Schicksal abzufinden. Beim Abschied schenkte Casimiro ihr ein Paar halbhohe Schuhe und einen geblümten Schal, für die sie ihm dankte, indem sie ihm die Hand küßte.

Als er das nächste Mal durch den Ort kam, war Asunta nicht mehr da, und die Familie wollte nicht über sie sprechen. Der Vater empfing ihn noch mürrischer als beim ersten Besuch und sagte ihm geradeheraus, er solle nicht mehr wiederkommen. Niemand wußte oder wollte ihm sagen, wo die Paten von Asunta lebten. Casimiro sagte sich, daß er für dieses Mädchen alles getan habe, was in seinen Kräften stand, und daß er sich nicht länger den Schlaf rauben lassen mußte. Sollte er ihr wieder begegnen, würde er ihr helfen.

Aber sein Leben war nicht mehr das, was es gewesen war. Mit einem Mal wurden diese Wege, diese Gebirgszüge, diese Dörfer, die er so viele Jahre mit Don Pericles und dann allein abgeklappert hatte, ohne je mehr befürchten zu müssen, als eine Reifenpanne zu haben oder auf den schlechten Wegen steckenzubleiben, immer gefährlicher. Casimiro sah nun gesprengte Hochspannungsmasten und Brücken, von Felsblöcken und Baumstämmen versperrte Wege, drohende Inschriften und rote Stoffetzen auf den Bergen. Und bewaffnete Gruppen, denen er immer etwas von dem geben mußte, was er mit sich führte: Kleidungsstücke, Lebensmittel, Messer und Macheten. Auf den Wegen begannen auch Patrouillen von antisubversiven Sondereinheiten und Soldaten zu erscheinen. Sie überprüften seine Papiere und plünderten seinen Lieferwagen, genau wie die Aufständischen. In den Dörfern klagte man über Diebstähle, Übergriffe, Massaker, und in einigen Regionen setzte ein wahrer Exodus ein. Familien, ganze Gemeinschaften verließen Land, Häuser und Tiere in Richtung auf die Städte an der Küste.

Sein Geschäft reichte ihm bald nur noch knapp zum Leben, und eines schönen Tages erkannte er, daß er Geld verlor. Weshalb machte er weiter mit dem Reisen, Kaufen und Verkaufen? Vielleicht weil sich der Gedanke in seinem Kopf festgesetzt hatte, daß er auf diese Weise Asunta finden würde. Aus einer Herausforderung und einem Zeitvertreib war allmählich eine Obsession geworden. Wo er hinkam, fragte er so inständig nach ihr, daß die Leute ihn für leicht übergeschnappt hielten und sich amüsierten, indem sie ihn auf falsche Fährten lockten oder ihm Phantasiegeschichten erzählten.

Zweimal kehrte er in ihr Dorf zurück und versuchte, von ihrer Familie etwas über ihren Aufenthaltsort zu erfahren. Der Vater beschimpfte ihn und bewarf ihn mit Steinen. Aber eine Schwester Asuntas trat ihm auf dem Weg entgegen und erzählte ihm, daß die Paten des

Mädchens in Andahuaylas lebten und Gallirgos hießen. Aber in Andahuaylas konnte niemand ihm etwas über eine Familie dieses Namens sagen. Als er das zweite Mal Asuntas Haus aufsuchte, war der Vater gestorben, und die Mutter und die Kinder waren nach Ica gezogen, gemeinsam mit anderen Bauernfamilien der Gemeinschaft. In der Gegend hatte ein Massaker stattgefunden, und alle lebten in Angst und Mißtrauen.

Warum suchte er Asunta mit dieser Hartnäckigkeit? Er stellte sich diese Frage und wußte keine Antwort. War es wegen des möglichen Sohns oder der möglichen Tochter, der oder die jetzt um die drei Jahre alt sein mußte? Er machte sich zwar keine großen Hoffnungen mehr, sie zu finden, aber er fragte weiter nach ihr, hier und da, als folgte er einem Ritual, obwohl er wußte, daß er nur Schulterzucken und Kopfschütteln zur Antwort erhalten würde. Bestimmt war sie nach Lima gegangen, wie so viele andere Mädchen aus dem Hochland. Wahrscheinlich arbeitete sie als Hausangestellte bei irgendeiner Familie oder als Arbeiterin, oder sie hatte geheiratet und sein Sohn oder seine Tochter hatte schon Geschwister.

Es war viel Zeit vergangen, und Casimiro Huarcaya dachte immer weniger an Asunta, als er in einer Nacht allgemeiner Trinkgelage – es war der Beginn des Dorffestes – in die Ortschaft Arcca im Süden von Ayacucho gelangte. Als er das Gasthaus verließ, in dem er gegessen hatte, sah er sich von einer Gruppe feindseliger Männer und Frauen umringt, die auf sein Haar wiesen und ihn *nacaq*, *pishtaco* schimpften. Sie waren zu betrunken, als daß es Sinn gehabt hätte, sie zur Vernunft bringen und ihnen erklären zu wollen, daß nicht alle Menschen, die das Unglück hatten, hellhaarig zu sein, die Welt auf der Suche nach menschlichen Opfern durchstreiften, denen sie das Fett aussaugen konnten, und so entschied er sich, seinen Lieferwagen zu besteigen. Aber sie ließen ihn nicht abfahren. Sie waren verschreckt und wütend und hetzten einander auf.

Sie zerrten ihn mit Gewalt aus dem Fahrerhäuschen und begannen, auf ihn einzuschlagen, ohne auf seine Erklärungen zu hören. Als er glaubte, es gebe keinen Ausweg mehr für ihn, hörte er Schüsse. Er sah bewaffnete Männer und Frauen, und die feindselige Umzingelung löste sich auf. Vom Boden aus, wo er zusammengerollt lag, benommen von den Schlägen, hörte Casimiro die Stimmen seiner Retter. Sie erklärten der Menge, aus deren Händen sie ihn befreit hatten, daß es falsch sei, an *pishtacos* zu glauben, daß diese abergläubischen, obskurantistischen Vorstellungen dem Volk von seinen Feinden eingetrichtert worden seien.

In diesem Augenblick erkannte er Asunta. Er hatte nicht den geringsten Zweifel. Trotz des spärlichen Lichts und seines betäubten Gehirns zweifelte er nicht eine Sekunde. Sie war es. Nur daß sie jetzt keine Zöpfe trug, sondern kurzes Haar wie ein Mann. Und statt der dicken Röcke Jeans und Basketballschuhe. Und eine Flinte in der Hand. Sie hatte ihn anscheinend ebenfalls erkannt. Sie antwortete nicht auf den Gruß, den er mit der Hand machte, auch nicht auf das Lächeln, das er ihr schenkte. Sie erklärte jetzt den übrigen bewaffneten Männern und Frauen, die ihn umringten, daß dieser Albino, Casimiro Huarcaya, sie vor fünf Jahren unter

Ausnutzung der Festlichkeiten eines anderen Dorfes vergewaltigt habe. Daß er sie geschwängert habe. Daß er, als sie zu ihm gegangen sei, um es ihm zu erzählen, sie nicht viel besser als eine Prostituierte behandelt habe. Und daß er sich später, wie jemand, der einem Hund einen Knochen vorwirft, herabgelassen habe, ihr Geld für eine Abtreibung zu geben. Es war Asunta, und es war nicht Asunta. Zumindest kostete es Casimiro Mühe, das schüchterne Mädchen, das ihm die Hand küßte, mit dieser kalten, belehrenden Frau zusammenzubringen, die mit lauter Stimme diese intimen Dinge erzählte, als spräche sie von einer anderen Person.

Er versuchte ihr zu sagen, daß er die ganze Zeit nach ihr geforscht habe. Er versuchte sie zu fragen, was mit diesem Kind geschehen war, das sie erwartete, ob es wie er als Albino zur Welt gekommen war. Aber seine Stimme gehorchte ihm nicht. Die Bewaffneten redeten lange, tauschten Meinungen in Spanisch und in Quechua aus. Dann stellten sie ihm Fragen, die er nicht zu beantworten wußte. Als er sah, daß sie eine Entscheidung über sein Schicksal getroffen hatten, erfaßte ihn ein Gefühl von Unwirklichkeit. Da war sie also, die Frau, die er so viele Jahre gesucht hatte. Sie trat an ihn heran, mit der Flinte auf seinen Kopf zielend. Und Casimiro war sicher, daß ihr die Hand beim Abdrücken nicht zittern würde.

»Gendarm, Gendarm«, sagte Mercedes. »Das letzte, was ich mir hätte vorstellen können, ist, daß du einer von diesen Bullen bist, die den Verkehr regeln.«

»Ich weiß, daß ich ein Abstieg für dich bin«, erwiderte

der Junge. »Aber mach dir keine Sorgen, mit einer Frau wie dir an meiner Seite werde ich es sehr weit bringen.«

»Ich würde vor Scham sterben, wenn ich dich je in der Uniform eines Gendarmen sehen sollte«, sagte sie.

»Warum hatte sie eine so schlechte Meinung von uns?« knurrte Lituma.

»Warum wohl«, seufzte Tomasito. »Wegen des Hungerlohns, den wir verdienen.«

Sie hatten Huánuco gegen sechs Uhr verlassen, mit einer Stunde Verspätung; sie saßen auf den beiden Vordersitzen des alten Dodge, neben dem Fahrer. Hinten drängten sich vier weitere Fahrgäste, darunter eine Dame, die bei jedem Schlagloch ›Gott im Himmel‹ stöhnte. Der Fahrer trug eine Mütze, die bis zu den Ohren herabgezogen war, und ein Schal bedeckte seinen Mund, so daß man sein Gesicht kaum erkennen konnte. Er hatte das Radio voll aufgedreht, und die anderen konnten nicht hören, was Carreño und Mercedes sich ins Ohr sagten. Während das Sammeltaxi die Kordillere erklomm, verschlechterte sich der Empfang des Radios, und die Musik ging unter Pfeif- und Brummtönen unter.

»Wo ihr so eng gesessen habt, hast du bestimmt die Gelegenheit genutzt und sie befummelt«, bemerkte Lituma.

»Du redest mit mir, weil du einen Vorwand suchst, um mich auf den Hals zu küssen«, sagte sie, ebenfalls mit dem Mund dicht an seinem Ohr.

»Stört es dich?« flüsterte er, während er seine Lippen langsam an ihrem Ohr rieb.

»Diese Fummeleien im Auto sind das Schärfste überhaupt«, befand Lituma.
»Du kitzelst mich«, sagte sie. »Der Fahrer muß mich für eine arme Irre halten, die die ganze Zeit bloß lacht und lacht.«
»Für dich ist die Liebe eben keine ernste Sache«, sagte Carreño, während er sie abermals küßte.
»Versprich mir, daß du nie mehr im Leben die Bullenuniform anziehst«, sagte Mercedes. »Wenigstens nicht, solange wir zusammen sind.«
»Ich versprech dir alles, was du willst«, sagte der Junge mit zuckersüßer Stimme.
»Und wie du siehst«, sagte Lituma seufzend, »hast du sie dir wieder angezogen, und hier kannst du sie nicht mal ausziehen. Das hier ist dein letztes Kommando, Tomasito. Hast du diesen Superfilm gesehen?«
Carreño hatte den Arm um ihre Schultern gelegt und versuchte, mit seinem Körper die Hüpfer zu dämpfen, die Mercedes in dem schlingernden Dodge machte. Die Dunkelheit brach rasch herein, und es begann kalt zu werden. Sie hatten die Alpaka-Pullover angezogen, die sie in Huánuco gekauft hatten, aber eine der Fensterscheiben des Fahrzeugs war gesprungen, und durch den Spalt drang ein eisiges Lüftchen herein. Der Fahrer schaltete schließlich das Radio aus, in dem nichts mehr zu hören war.
»Nicht, daß ich glaube, daß was passieren wird«, sagte er mit lauter Stimme, hinter dem Schal. »Aber es ist meine Pflicht, Sie zu warnen. Es gibt in der letzten Zeit viele Überfälle auf dieser Strecke.«
Keiner der Fahrgäste machte irgendeine Bemerkung,

aber die Atmosphäre im Wagen verdickte sich wie Milch, die gerinnt. Carreño spürte, wie Mercedes steif wurde.

»Und am wahrscheinlichsten ist, daß man uns beide mit der Uniform ins Grab legt, Tomasito. Bist du es nicht manchmal leid, auf sie zu warten? Denkst du nicht manchmal: ›Sie sollen endlich kommen, damit dieser verdammte Nervenkrieg aufhört‹?«

»Und was soll das heißen?« fragte schließlich, auf dem Rücksitz, die Dame mit den frommen Ausrufen. »Daß wir in Gefahr sind?«

»Ich hoffe, nicht«, erwiderte der Fahrer. »Aber ich habe die Pflicht, Sie zu warnen.«

»Und was macht man in solchem Fall?« fragte ein anderer Fahrgast.

»In solchem Fall ist es das beste, nicht zu widersprechen«, sagte der Fahrer. »Das ist zumindest meine Empfehlung. Die Angreifer sind bewaffnet und haben den Finger am Abzug.«

»Wir geben ihnen also alles, was wir haben, wie sanfte Lämmer«, sagte die Dame empört. »Und stehen dann mit leeren Händen da. Ein schöner Rat, weiß Gott.«

»Wenn Sie die Heldin spielen wollen, bitte«, sagte der Fahrer. »Ich gebe nur eine Ansicht zum besten.«

»Sie verschrecken die Fahrgäste«, schaltete Carreño sich ein. »Ein Rat ist eine Sache und den Leuten Angst einjagen eine andere.«

Der Fahrer wandte ein wenig den Kopf, um ihn anzusehen.

»Ich will niemandem Angst machen«, erklärte er. »Man hat mich nur schon dreimal überfallen, und beim letzten Mal hat man mir mit einem Faustschlag das Knie zertrümmert.«

Es folgte ein langes Schweigen, unterbrochen nur vom Gebrumme und Gestotter des Motors und vom Klappern der Karosserie, die von den Schlaglöchern und Steinen des Weges erschüttert wurde.

»Ich versteh nicht, warum Sie dann eine so gefährliche Arbeit machen«, bemerkte ein Fahrgast, der bislang nichts gesagt hatte.

»Aus dem gleichen Grund, aus dem Sie auf dem Landweg nach Lima fahren, obwohl Sie wissen, daß es gefährlich ist«, sagte der Fahrer. »Aus Not.«

»Verflucht sei der Augenblick, als ich nach Tingo María kam, verflucht der Augenblick, als ich die Einladung dieses Kretins angenommen habe«, flüsterte Mercedes dem Jungen ins Ohr. »Es ging mir gut, ich hatte genug, um mir Kleider zu kaufen, bei der Show im Vacilón hab ich mich amüsiert, ich war unabhängig. Und jetzt bin ich auf der Flucht und geb mich mit einem Gendarmen ab.«

»Das war dein Schicksal.« Der Junge küßte sie wieder aufs Ohr und spürte, wie sie erschauerte. »Auch wenn du es nicht glaubst, jetzt beginnt der beste Teil des Lebens. Weißt du, warum? Weil wir zusammen sind. Und soll ich dir was sagen?«

»Ich warte die ganze Zeit auf was Ordentliches, auf scharfe Sachen, Gefummel, ein paar gute Nummern, die mich von meiner erzwungenen Keuschheit ablenken, und du wandelst die ganze Zeit in romantischen Gefilden«, beklagte sich Lituma. »Dir ist nicht zu helfen, Tomasito.«

»Was?« flüsterte sie.
»Zusammen, bis daß der Tod uns scheidet.« Carreño beknabberte ihr Ohr, und Mercedes lachte laut auf.
»Sie befinden sich nicht zufällig auf der Hochzeitsreise?« fragte der Fahrer und warf ihnen einen raschen Blick zu.
»Wir haben gerade geheiratet«, bestätigte Carreño sogleich. »Wie haben Sie das erraten?«
»Mein sechster Sinn«, sagte der Fahrer lachend. »Und weil Sie sich dauernd küssen.«
Jemand lachte auf dem Rücksitz, und ein Fahrgast murmelte: »Herzlichen Glückwunsch dem Paar.«. Carreño drückte Mercedes an sich, küßte sie und flüsterte ihr zu:
»Vor der Welt bist du schon meine kleine Frau. Du wirst mich nie mehr los.«
»Wenn du mich weiter kitzelst, wechsel ich den Platz«, flüsterte sie. »Ich pinkel mir in die Hose vor Lachen.«
»Ich würde sonst was dafür geben, einer Frau beim Pinkeln zuzusehen«, entfuhr es Lituma, während er sich auf seiner Pritsche herumwälzte. »Nie ist mir die Idee gekommen, verdammt. Und jetzt, wo ich Lust darauf habe, ist weit und breit keine Frau zu sehen.«
»Da müßtest du schon in den Kofferraum steigen«, sagte Carreño. »Schön, ich gewähr dir eine Pause. Zehn Minuten ohne Küsse. Du kannst auf meiner Schulter schlafen, wie im Lastwagen. Ich werde dich wecken, wenn man uns überfällt.«
»Die Sache wurde gerade interessant mit diesem Gepinkel, und du sagst ihr, sie soll schlafen«, protestierte Lituma. »Es ist eine Katastrophe.«

»Du bist vielleicht witzig, mein kleiner Bulle«, sagte sie, während sie es sich bequem machte.
»Niemand wird uns die Flitterwochen verderben«, sagte der Junge.
Die Straße war leer; von Zeit zu Zeit begegneten sie einem dieser riesigen Lastwagen, die den Dodge zwangen, auszuweichen. Es regnete nicht, aber der Himmel war bedeckt, und anstelle von Sternen verwischte ein schwacher Schimmer die Umrisse einiger bleigrauer Wolken und den Horizont aus schneebedeckten Gipfeln und Graten. Carreño schlummerte ein.
»Plötzlich wurde ich durch helles Licht geweckt, das mich direkt in die Augen traf, und durch eine Stimme, die sagte: ›Papiere‹«, fuhr der Gendarm fort. »Noch halb betäubt, hab ich nach meinem Gürtel getastet, der Revolver befand sich an seinem Platz.«
»Tomasito bei den Cowboys«, bemerkte Lituma. »Wie viele hast du dieses Mal umgelegt?«
Mercedes rieb sich die Augen, während sie den Hals lockerte. Der Fahrer reichte die Personalausweise der Fahrgäste einem Mann mit Maschinenpistole, der seinen Kopf halb zum Auto hereingesteckt hatte. Carreño sah ein von Lampen erleuchtetes Häuschen, ein Wappen und einen weiteren Mann, in einen Poncho gehüllt und ebenfalls eine Maschinenpistole über der Schulter, der sich die Hände rieb. Eine auf zwei Fässern befestigte Metallkette versperrte den Weg. Im Umkreis waren weder Lichter noch Häuser zu sehen, nur Berge.
»Einen Augenblick«, sagte der Mann und entfernte sich in Richtung auf das Häuschen mit den Papieren in der Hand.

»Ich weiß nicht, was in die gefahren ist«, bemerkte der Fahrer, an die Fahrgäste gewandt. »Hier halten sie nie die Autos an, und schon gar nicht um diese Zeit.«
Im funzligen Licht der Lampe des Postens überprüfte einer der Polizisten jedes der Papiere. Er hielt sie nah an seine Augen, als wäre er kurzsichtig. Der andere fuhr fort, sich die Hände zu reiben.
»Das muß eisig sein da draußen«, murmelte die Dame auf dem Rücksitz.
»Warten Sie, bis wir in die Puna kommen, dann wissen Sie, was Kälte ist«, erklärte der Fahrer.
Sie verharrten eine Weile schweigend und hörten dem Pfeifen des Windes zu. Jetzt sprachen die Polizisten miteinander, und der, der die Papiere entgegengenommen hatte, zeigte dem anderen eines davon, wobei er auf den Dodge wies.
»Wenn mir was passiert, fährst du weiter«, sagte der Junge zu Mercedes. Er küßte sie aufs Ohr und sah, wie die beiden Männer des Postens auf das Auto zukamen, einer hinter dem anderen.
»Mercedes Trelles«, sagte der Mann, während er abermals den Kopf in das Fahrzeug steckte.
»So heißt deine Piuranerin?« sagte Lituma. »Dann ist sie vielleicht mit einem verwandt, den ich gekannt habe. Trelles das Schiefbein. Er hatte eine Schusterwerkstatt beim Kino Municipal und aß dauernd gebakkene Bananenscheiben.«
»Das bin ich.«
»Kommen Sie einen Augenblick, es geht um eine Überprüfung.«
Er gab dem Fahrer die anderen Papiere zurück, damit

er sie an die Fahrgäste verteilte, und wartete, daß Carreño ausstieg, um die Frau aus dem Auto zu lassen. Der andere Polizist hielt jetzt die Maschinenpistole in den Händen und stand einen Meter vom Sammeltaxi entfernt.

»Keiner der beiden schien die Sache besonders wichtig zu nehmen«, sagte Tomás. »Sie wirkten gelangweilt, eine Routineangelegenheit. Es konnte reiner Zufall sein, daß sie sie herausriefen. Aber ich konnte kein Risiko eingehen, da es um sie ging.«

»Natürlich, natürlich«, sagte Lituma spöttisch. »Du gehörst zu denen, die abdrücken, und dann den Toten fragen, wie er heißt.«

Mercedes entfernte sich mit langsamen Schritten auf das Häuschen zu, gefolgt von dem, der ihre Papiere überprüft hatte. Carreño blieb neben der offenen Tür des Dodge stehen und schenkte dem Polizisten, der das Auto bewachte, ein übertriebenes Lächeln, obwohl es unwahrscheinlich war, daß dieser es in der Dunkelheit sehen konnte.

»Wie machen Sie es, daß Sie hier nicht vor Kälte sterben, Chef«, murmelte er, während er gleichzeitig in auffälliger Weise seine Arme rieb und ›brr‹ machte. »Wie hoch sind wir?«

»Nur dreitausendzweihundert.«

Der Junge holte seine Zigaretten hervor und steckte sich eine in den Mund. Er wollte die Schachtel wieder verwahren, aber dann hielt er sie dem Polizisten hin, als habe er sich plötzlich erinnert: »Möchten Sie rauchen?« Gleichzeitig, ohne auf die Antwort zu warten, tat er zwei Schritte auf ihn zu. Der Polizist hegte keinerlei Argwohn. Er nahm eine Zigarette und steckte sie in den Mund, ohne sich zu bedanken.

»Als Polizist war der ein Stümper«, urteilte Lituma. »Sogar ich, der ich ebenfalls ein Stümper bin, hätte was gerochen.«

»Sie waren halbtot vor Müdigkeit, Herr Korporal.«

Carreño zündete ein Streichholz an, das der Wind löschte. Er zündete ein zweites an, zusammengeduckt, um die Flamme mit seinem Körper zu schützen – alle seine Sinne waren gespannt, wie ein wildes Tier kurz vor dem Angriff –, während er hörte, wie die ewig jammernde Dame den Fahrer bat, er möge die Tür schließen. Dann näherte er das Streichholz dem Mund, von dem die Zigarette herabhing. Als statt der Flamme der Revolverlauf gegen seine Zähne stieß, erstarrte der Polizist.

»Kein Laut, keine Bewegung«, befahl ihm Tomás. »Ich sag es zu deinem Besten.«

Er hielt seine Augen auf den Mann geheftet, der jetzt den Mund öffnete – die Zigarette fiel zu Boden –, und nahm ihm mit der freien Hand sanft die Maschinenpistole ab, aber mit den Ohren war er bei dem, was im Auto geschah, und wartete darauf, daß der Fahrer oder einer der Fahrgäste einen Schrei ausstoßen würde, der den Polizisten des Postens warnen könnte.

»Aber er hörte nichts, weil die schläfrigen Fahrgäste nicht einmal merkten, was passierte«, deklamierte Lituma. »Du siehst, ich errate alles. Weißt du, warum? Weil ich in meinem Leben viele Filme gesehen habe und sämtliche Tricks kenne.«

»Hände hoch«, befahl er mit lauter Stimme, von der

Schwelle her. Er zielte mit seinem Revolver auf den Polizisten, der an dem kleinen Tisch saß, und mit der Maschinenpistole auf den Schädel desjenigen, der vor ihm stand. Er benutzte ihn als Schild. Er hörte, wie Mercedes einen kleinen Schrei ausstieß, aber er schaute sie nicht an, da seine ganze Aufmerksamkeit dem Mann am Tisch galt. Nach einem Moment der Überraschung hob dieser die Hände. Er schaute ihn an. Er zwinkerte, verwirrt.

»Ich hab zu Mercedes gesagt: ›Nimm die Maschinenpistole‹«, erinnerte sich Carreño. »Aber sie war halbtot vor Angst und rührte sich nicht. Ich mußte ihr den Befehl laut schreiend wiederholen.«

»Hat sie sich nicht vielleicht auch in diesem Augenblick in die Hosen gepinkelt?«

Dieses Mal ergriff sie mit beiden Händen die Waffe, die der Polizist auf dem Tisch abgelegt hatte.

»Ich habe sie beide gegen die Wand gestellt, die Hände auf dem Kopf«, fuhr der Junge fort. »Sie hätten gestaunt, wie folgsam die waren, Herr Korporal. Sie ließen sich durchsuchen, die Pistolen abnehmen und aneinander fesseln, ohne zu mucksen.«

Erst als Tomás und Mercedes gingen, wagte einer der beiden zu murren:

»Du wirst nicht sehr weit kommen, mein Freund.«

»Und du bist nicht weit gekommen«, sagte Lituma. »Ich schlafe jetzt, Tomasito, ich bin müde, und deine Geschichte hat mich gelangweilt.«

»Ich habe Waffen genug, um mich zu verteidigen«, schnitt ihm Carreño das Wort ab.

»Was ist hier los?« sagte hinter ihm der Fahrer.

»Nichts, nichts, es geht schon weiter.«

»Was heißt hier nichts?« hörte er ihn ausrufen. »Aber, wer sind Sie, warum …«

»Ruhig, ruhig, das geht nicht gegen dich, dir passiert nichts«, sagte der Junge, während er ihn hinausdrängte.

Auch die Fahrgäste waren jetzt aus dem Dodge gestiegen und umringten Mercedes, bestürmten sie mit Fragen. Sie fuchtelte mit den Händen und bewegte den Kopf, leicht hysterisch: »Ich weiß nicht, ich weiß nicht.«

Carreño warf die Maschinenpistolen und die Pistolen der beiden Posten auf den Rücksitz des Dodge und wies den Fahrer an, sich ans Steuer zu setzen. Er faßte Mercedes am Arm und zwang sie einzusteigen.

»Lassen Sie uns hier?« fragte die klagende Dame empört.

»Es wird Sie schon jemand mitnehmen, keine Sorge. Sie können nicht mit mir kommen, man würde Sie für meine Komplizen halten.«

»Wenn es das ist, dann lassen Sie mich auch hier«, protestierte der Fahrer, der schon am Steuer saß.

»Und warum zum Teufel hast du den Fahrer mitgenommen?« fragte Lituma gähnend. »Hat dir Mercedes als Begleitung nicht gereicht?«

»Weder meine Frau noch ich können Auto fahren«, erklärte Carreño. »Fahr endlich los und drück ordentlich aufs Gas.«

Zweiter Teil

VI

»Schön, ich glaube, jetzt kann ich gehen«, sagte Korporal Lituma. Er schätzte, daß er Naccos vor Einbruch der Dunkelheit erreichen würde, wenn er sofort aufbräche.

»Auf keinen Fall, mein Freund«, unterbrach ihn mit zwei freundschaftlich erhobenen Händen der hochgewachsene, blonde Ingenieur, der so liebenswürdig zu ihm gewesen war, seit er La Esperanza betreten hatte. »Die Nacht kann Sie unterwegs überraschen, und das empfehle ich Ihnen nicht. Sie bleiben zum Essen und Schlafen hier, und morgen in aller Frühe bringt Francisco López Sie im Jeep zurück.«

Der dunkelhaarige Ingenieur, den sie Pichín nannten, bestand ebenfalls darauf, und Lituma ließ sich nicht lange bitten, noch eine Nacht im Bergwerk zu bleiben. Es stimmte ja, daß es unvorsichtig war, in dieser einsamen Gegend im Dunkeln unterwegs zu sein. Außerdem würde er so Gelegenheit finden, diesen Gringo, der in La Esperanza zu Besuch war, ein Forscher oder etwas in der Art, noch eine Weile zu sehen und zu hören. Seitdem er ihn zu Gesicht bekommen hatte, war er von ihm fasziniert. Sein Haar und sein Bart waren zerzaust und so lang, wie Lituma sie nur auf Bildern von biblischen Propheten und Aposteln gesehen hatte oder wie sie einige Irre oder halbnackte Bettler auf den Straßen von Lima trugen. Dieser hier hatte jedoch nichts von einem Verrückten; er war ein Gelehrter. Aber er war einfach und freundlich; er wirkte wie ein Bewohner der Wolken, der sich auf die Erde verirrt hatte, und völlig gleichgültig – unwissend?– angesichts der Gefahr, in der er sich im Bergwerk beim Überfall der Terroristen befunden hatte. Die Ingenieure nannten ihn Prof und manchmal Scharlach.

Während Lituma die Aussagen protokollierte, das Verzeichnis der Gegenstände anlegte, die die Angreifer mitgenommen hatten, und die Berichte schrieb, die für die Versicherungsgesellschaft erforderlich waren, hatte er gehört, wie die beiden Ingenieure, vor allem der blonde, den Prof mit den Scheußlichkeiten zum besten hielten, die die Terroristen mit ihm angestellt hätten, wenn sie entdeckt hätten, daß sich hier, vor ihrer Nase, ein Agent des CIA im Wassertank versteckt hielt. Er folgte ihrem Spiel. Was Scheußlichkeiten betreffe, so könne er ihnen manches beibringen, diesen Terroristen, bloße Anfänger, die nichts weiter konnten, als die Leute mit der Kugel oder mit dem Messer umzubringen oder ihnen den Kopf zu zertrümmern, Lappalien im Vergleich zu den Techniken der alten Peruaner, die darin äußerst raffinierte Formen entwickelt hatten. Mehr noch als die alten Mexikaner, obwohl es ein internationales Komplott der Historiker gebe, um den peruanischen Beitrag zur Kunst der Menschenopfer zu schmälern. Alle Welt wisse, daß die aztekischen Priester den Opfern des Blumenkrieges auf der Spitze der Pyramiden das Herz herausrissen, aber wer hatte von der religiösen Leidenschaft der Stämme der Chancas und der Huancas für die menschlichen Eingeweide gehört, von der Präzisionschirurgie, mit der sie Leber, Gehirn und Nieren ihrer Opfer entfernten, die sie, begleitet von einer guten Mais-Chicha, bei ihren Zeremonien verzehrten? Die Ingenieure amüsierten sich über ihn und er über sie, und Lituma tat, als konzentriere er sich auf die Abfassung der Berichte, aber er verlor kein Wort ihrer Unterhaltung. Und er hätte sonst was gegeben, um sich eine Weile dazusetzen und dem redseligen Gringo zuhören und nach Lust und Laune seine extravagante Erscheinung betrachten zu können.

War er ein Gringo? Angesichts seiner hellen Augen und des blonden Haars, das auf seinem Kopf und in seinem Bart mit zahllosen weißen Strähnen durchsetzt war, mußte man das annehmen. Auch wegen der lachhaften Jacke mit roten und weißen Rauten, die er über seiner Hose und seinem Hemd aus Jeansstoff trug, und den Alpinistenstiefeln. Kein Peruaner zog sich so an. Aber das Spanisch, das er sprach, war mehr als perfekt, viele seiner Wörter hörte Lituma zum ersten Mal, obwohl er sicher war, daß sie in den Büchern existierten. Ein verdammt kluger Kopf. An diesem Abend würde er von ihm profitieren können.

In ihren guten Zeiten, erklärten ihm die Ingenieure, habe La Esperanza mehr als hundert Bergarbeiter in den Stollen gehabt, aber jetzt arbeiteten hier kaum mehr als dreißig. Und so, wie die Dinge sich in Anbetracht der Probleme und der sinkenden Edelmetallpreise entwickelten, würde La Esperanza vielleicht schließen müssen, wie andere Bergwerke in Cerro de Pasco oder in Junín. Sie betrieben es vor allem deshalb weiter, um nicht klein beizugeben, denn es war kein gutes Geschäft mehr. Das Lager glich dem des Bauunternehmens in Naccos: klein, mit Holzbaracken und ein paar festen Häusern, in denen das Büro untergebracht war und die Ingenieure wohnten, wenn sie kamen. In einem Anbau lebte der Vorarbeiter (der jetzt nicht da war, da er den Verletzten nach Huancayo gebracht hatte). In diesem Häuschen gab man Lituma ein Zimmer mit einem Bett, einer Kerosinlampe und einem Waschbecken. Von dem kleinen Fenster aus sah er die beiden Wassertanks, auf halbem Weg zwischen dem Stolleneingang und den Baracken. Zwei hohe Behälter, die auf steinernen Pfählen ruhten und mit eisernen Leitern versehen waren. In einen der beiden, der am Vorabend für die jährliche Reinigung geleert worden war, hatten sich die Ingenieure und der Doktor geflüchtet, als sie die Terroristen hörten. Dort, vor Kälte und Angst zitternd – oder hatten sie dort ebenfalls mit halblauter Stimme Witze gemacht? –, hatten sie die drei Stunden ausgeharrt, die die Invasoren gebraucht hatten, um sich mit dem halben Dutzend Männer der Sicherheitsmannschaft einen Schußwechsel zu liefern und sie in die Flucht zu schlagen – der Tote und der Verletzte gehörten zu der Gruppe, die Francisco López unterstand –, das Vorratslager um Sprengstoff, Zündschnüre, Stiefel und Kleidungsstücke und die Apotheke um Arzneimittel zu erleichtern und eine Rede an die Bergarbeiter zu halten, die sie aus den Baracken holten und im Licht einiger Acetylen-Lampen auf der kleinen benachbarten Esplanade antreten ließen.

»Wissen Sie, was ich von diesem Abenteuer im Gedächtnis behalten werde, Korporal?« fragte der blonde Ingenieur, den Pichín Bali nannte. »Nicht die Angst, die ich ausgestanden habe, auch nicht den Diebstahl, nicht mal den armen Jungen, den sie abgeknallt haben. Sondern daß kein Bergarbeiter uns verraten hat.«

Sie hatten sich zum Essen an einen langen Tisch gesetzt. In den Rauch der Zigaretten mischten sich appetitanregende Düfte.

»Es hätte nur einer mit dem Finger oder mit dem Kopf auf den Wassertank weisen müssen«, sagte Pichín zustimmend. »Sie hätten uns einen revolutionären Prozeß gemacht, und wir wären jetzt im Paradies, nicht wahr, Bali?«

»Du und ich in der Hölle, Pichín. Der Prof dagegen wäre in den Himmel gekommen. Denn stellen Sie sich vor, Korporal, so, wie Sie ihn vor sich sehen, hat Scharlach noch nicht seine erste Sünde begangen.«

»Ich wäre nicht so gemein zu euch gewesen«, sagte der Doktor, und Lituma versuchte, in seiner Aussprache wenigstens eine Silbe auszumachen, die ausländisch klang. »Ich hätte euch begleitet und die Flämmchen mit euch geteilt. Die, die brennen, nicht die, die ihr spuckt.«

Er hatte gekocht, während die beiden Ingenieure und Francisco López und Lituma einen wohlriechenden Pisco aus Ica tranken, der dem Korporal die Adern mit einer herrlichen Wärme und den Kopf mit aufgekratzter Sorglosigkeit füllte. Der Doktor hatte ein wahres Bankett vorbereitet: Suppe mit Trockenkartoffeln, Bohnen und Hühnerfleisch und ein paniertes Filet mit weißem Reis. Ein Essen, um sich die Finger danach zu lecken! Zu diesen köstlichen Speisen gab es kühles Bier, das Lituma in einen Zustand der Euphorie versetzte. Seit Monaten hatte er nicht so gut gegessen; mindestens seit den Zeiten in Piura. Er war so vergnügt, daß er, seitdem er sich mit diesen Leuten an den Tisch gesetzt hatte, kaum an die Verschwundenen in Naccos gedacht hatte, auch nicht an Tomasitos nächtliche Tränen und seine gefühlsseligen Geständnisse, die beiden Themen – jetzt wurde ihm das klar –, die in der letzten Zeit sein ganzes Leben ausgefüllt hatten.

»Und wissen Sie, warum ich mich immer an die Loyalität dieser dreißig Bergleute erinnern werde, Korporal?« beharrte der Ingenieur Bali. »Weil sie Pichín und mir eine Lektion erteilt haben. Wir glaubten, sie würden mit den Terroristen unter einer Decke stecken. Und Sie sehen ja, dank ihres Schweigens sind wir hier.«

»Gesund und munter wie der heilige Hurenbock und mit einer tollen Geschichte, um sie den Freunden zu erzählen«, schloß Pichín.

»Darüber läßt sich noch manches sagen.« Der Prof hob sein Bierglas. »Ihr glaubt, daß ihr euer Leben diesen Arbeitern verdankt, die euch nicht verraten haben. Ich sage euch, daß ihr es den *apus* dieser Berge verdankt. Sie haben sich euch gegenüber wohlwollend gezeigt, dank mir. Kurz: ich habe euch gerettet.«

»Und wieso dank dir, Prof?« sagte Pachín. »Was hast du den *apus* gegeben?«

»Dreißig Jahre Studium«, seufzte der Doktor. »Fünf Bücher. Etwa hundert Artikel. Ach, und sogar eine linguistisch-archäologische Karte des mittleren Hochlands.«

»Was sind denn *apus*, Doktor?« wagte Lituma zu fragen.

»Die Totengötter, die Schutzgeister der Gipfel und

Berge der Kordillere«, sagte der Professor, entzückt, über etwas sprechen zu können, was offensichtlich im Zentrum seiner Vorlieben lag. »Jede Erhebung der Anden, so klein sie auch sein mag, hat ihren kleinen Schutzgeist. Als die Spanier kamen und die Götzen und Tempel zerstörten und die Indios tauften und die heidnischen Kulte verboten, glaubten sie, dieser Götzenglaube würde verschwinden. In Wahrheit besitzen sie jedoch, mit den christlichen Riten vermischt, nach wie vor Gültigkeit. Die *apus* entscheiden über Leben und Tod in diesen Gefilden. Ihnen haben wir es zu danken, daß wir hier sind, meine Freunde. Auf die *apus* von La Esperanza!«

Ermutigt durch den Pisco, das Bier und die freundschaftliche Atmosphäre, wagte Lituma sich abermals vor:

»In Naccos gibt es so etwas wie eine Hexe, die viel über diese Dinge weiß, Herr Doktor. Señora Adriana. Sie sagt das gleiche, daß nämlich die Berge voller Geister sind und daß sie mit ihnen in Verbindung steht. Sie behauptet, sie seien böse und äßen gerne Menschenfleisch.«

»Adriana? Die Frau von Dionisio, dem Piscoverkäufer?« fiel der Doktor ein. »Ich kenne sie sehr gut. Auch den Säufer von Ehemann. Er zog früher von Dorf zu Dorf, mit einem Trupp Musiker und Tänzer, er als *ukuko*, als Bär, verkleidet. Gute Informanten, beide. Haben die Sendero-Leute sie noch nicht wegen asozialen Verhaltens umgebracht?«

Lituma kam aus dem Staunen nicht heraus. Der war wie der liebe Gott, der wußte alles und kannte alle. Wie

konnte das sein, wenn er noch dazu Ausländer war?
»Nennen Sie mich nicht Doktor, sondern Paul, Paul Stirmsson oder einfach Pablo oder Scharlach, so nennen mich meine Studenten in Odense.« Er hatte eine Pfeife aus der Tasche seiner Jacke mit den roten Rauten geholt und zerkrümelte den schwarzen Tabak zweier Zigaretten; dann stopfte er den Tabak mit seinen Fingern in die Pfeife. »In meinem Land nennt man nur die Ärzte Herr Doktor, nicht die Geisteswissenschaftler.«
»Auf, Scharlach, erzähl Korporal Lituma, wie deine Liebe zu Peru entstanden ist«, ermunterte ihn Pichín.
Als er ein kleiner Junge war, in Dänemark, dem Land seiner Herkunft, hatte ihm sein Vater ein Buch über die Entdeckung und Eroberung Perus durch die Spanier geschenkt, das ein Mensch namens Prescott geschrieben hatte. Diese Lektüre besiegelte sein Schicksal. Fortan galt seine größte Neugier den Menschen, Dingen und Geschichten dieses Landes. Er hatte sein ganzes Leben dem Studium und der Lehre der Sitten, Mythen und Geschichte Perus gewidmet, zuerst in Kopenhagen und dann in Odense. Und seit dreißig Jahren verbrachte er seine sämtlichen Ferien im peruanischen Hochland. Er fühlte sich in den Anden wie zu Hause.
»Jetzt versteh ich, warum Sie so gut Spanisch sprechen«, murmelte Lituma voll Ehrfurcht.
»Und dabei haben Sie ihn noch nicht Quechua reden hören«, schaltete sich Pichín ein. »Mit den Bergleuten hält er ausgiebige Schwätzchen, wie ein waschechter Indio.«
»Sie sprechen also auch Quechua«, rief Lituma verwundert aus.

»Die Varianten, die in Cusco und in Ayacucho gesprochen werden«, präzisierte der Prof, ohne die Genugtuung zu verhehlen, die ihm das Staunen des Polizisten bereitete. »Und auch ein bißchen Aymara.«
Von allen peruanischen Sprachen, fügte er hinzu, hätte er jedoch am liebsten die Sprache der Huancas gelernt, jenes alten Kulturvolks der mittleren Anden, das später von den Inkas erobert wurde.
»Besser gesagt, von den Inkas ausgelöscht wurde«, berichtigte er sich. »Die haben sich einen guten Ruf zurechtgebastelt, und seit dem 18. Jahrhundert reden alle von toleranten Eroberern, die die Götter der Besiegten übernahmen. Ein einziges Märchen. Wie alle Großmächte verhielten sich die Inkas brutal gegenüber den Völkern, die sich ihnen nicht willfährig unterordneten. Die Huancas und die Chancas haben sie praktisch aus der Geschichte verstoßen. Sie haben ihre Städte zerstört und die Menschen auseinandergetrieben, sie mittels des *mitimae*-Systems massiv umgesiedelt und durch das ganze Tahuantisuyo gejagt. Sie haben es fertiggebracht, daß kaum noch eine Spur von ihren Glaubensvorstellungen und Sitten bleibt. Nicht einmal von ihrer Sprache. Der Quechua-Dialekt, der in der Region fortlebt, war nicht die Sprache der Huancas.«
Er fügte hinzu, daß die modernen Historiker keine große Sympathie für sie hegten, da sie den Spaniern gegen die Inkaheere geholfen hatten. Taten sie nicht recht daran? Sie folgten dabei einem uralten Grundsatz: die Feinde unserer Feinde sind unsere Freunde. Sie halfen den Eroberern im Glauben, daß diese ihnen helfen würden, sich von denen zu befreien, die sie unterjocht hat-

ten. Sie irrten sich natürlich, da die Spanier sie später einem noch strengeren Joch als die Inkas unterwarfen. Jedenfalls war die Geschichte mit den Huancas sehr ungerecht gewesen: Sie erschienen kaum in den Büchern über das alte Peru und wenn, dann im allgemeinen nur, um daran zu erinnern, daß sie Menschen mit grausamen Sitten und Kollaborateure des Eindringlings waren.

Der große blonde Ingenieur – ob Bali wohl sein Name oder sein Spitzname war? – stand auf und holte die Flasche mit dem aromatischen Pisco aus Ica, den sie vor dem Essen getrunken hatten.

»Impfen wir uns gegen den Frost«, sagte er, während er die Gläser füllte. »Wenn die Sendero-Leute wiederkommen, dann sollen sie uns so blau vorfinden, daß es uns egal ist.«

Der Wind heulte vor den Fenstern und auf dem Dach und ließ das Haus erbeben. Lituma fühlte sich betrunken. Unglaublich, daß Scharlach Dionisio und Doña Adriana kannte. Er hatte den Kantinenwirt sogar gesehen, als er noch durch die Weltgeschichte zog und als *ukuko* verkleidet auf den Märkten tanzte. Sicher mit seinen Spiegelchen, seiner Kette und seiner Maske. Wie wäre es wohl, die drei über *apus* und *pishtacos* reden zu hören. Irre interessant, verdammt nochmal. Ob der Doktor wohl an *apus* glaubte, oder wollte er den Eingeweihten spielen? Er dachte an Naccos. Tomasito lag bestimmt schon im Bett, den Blick im Dunkeln an die Decke gerichtet, in die Gedanken versunken, die ihm die Nächte zur Hölle machten und ihn im Schlaf weinen ließen. War sie ein tolles Weib, die Piuranerin Mercedes? Sie hatte dem Jungen völlig den Kopf verdreht. Die Höhle Dionisios und Doña Adrianas dürfte bereits voller trauriger kleiner Säufer sein, die der Wirt mit seinen Gesängen und Mätzchen in Stimmung brachte, indem er sie aufforderte, miteinander zu tanzen und sie wie aus Versehen betatschte. Eine Schwuchtel, wie sie im Buche stand, wahrhaftig. Er dachte an die Hilfsarbeiter, die in ihren Baracken unter dem Gewicht des Geheimnisses schliefen, das die drei Verschwundenen umgab, ein Geheimnis, das er nie lüften würde. Der Korporal spürte wieder einmal, wie plötzlich Sehnsucht nach dem fernen Piura in ihm hochstieg, nach seinem heißen Klima, seinen offenen und fröhlichen Menschen, die außerstande waren, Geheimnisse zu hüten, nach seinen Wüsten und Bergen ohne *apus* und *pishtacos*, ein Land, das in seiner Erinnerung als verlorenes Paradies fortlebte, seit man ihn in diese unruhigen Höhen versetzt hatte. Würde er es noch einmal wiedersehen? Er riß sich zusammen, um der Unterhaltung zu folgen.

»Die Huancas waren brutal, Scharlach«, machte Pichín geltend, während er sein Glas im Gegenlicht musterte, als fürchte er, ein Insekt habe sich hineinverirrt. »Und die Chancas auch. Du selbst hast uns die Greuel erzählt, die sie begangen haben, um ihre *apus* zufriedenzustellen. Kinder, Männer und Frauen zu opfern, bevor sie einen Fluß umleiteten, einen Weg anlegten, einen Tempel oder eine Festung errichteten, ist nicht gerade sehr zivilisiert.«

»In Odense, in der Nähe des Viertels, in dem ich wohne, hat eine satanische Sekte einen alten Mann umgebracht, indem sie ihm Nadeln in den Körper trieb, als

Opfergabe für Beelzebub«, sagte Professor Stirmsson schulterzuckend. »Natürlich waren sie brutal. Würde irgendein Volk der Antike die Prüfung bestehen? Welches war nicht grausam und intolerant, aus heutiger Sicht?«

Francisco López, der hinausgegangen war, um nachzusehen, ob alles in Ordnung war, kam zurück, und mit ihm wehte ein eisiger Luftzug in den Raum, in dem sie ihr Tischgespräch führten.

»Alles ruhig«, sagte er, während er sich den Poncho auszog. »Aber die Temperatur ist stark gesunken, und es fängt an zu graupeln. Dreimal Holz, nicht, daß wir als Zugabe heute nacht noch einen Erdrutsch erleben.«

»Wärmen Sie sich mit einem Schlückchen.« Der dunkelhaarige Ingenieur füllte ihm erneut das Glas. »Das fehlte noch. Nach den Terroristen ein Erdrutsch.«

»Ich frage mich«, murmelte der blonde Ingenieur in Gedanken versunken, als spräche er zu sich selbst, »ob das, was in Peru geschieht, nicht eine Wiederkehr all dieser untergründigen Gewalt ist. Als wäre sie irgendwo verborgen gewesen und käme plötzlich aus irgendeinem Grund erneut an die Oberfläche.«

»Wenn du mir wieder mit der Ökologin kommst, dann geh ich schlafen«, sagte Pichín unwillig. Lituma, der ihn erstaunt ansah, erklärte er, auf seinen Freund weisend: »Er kannte die Señora d'Harcourt, die sie im vergangenen Monat in Huancavelica umgebracht haben. Er trinkt einen, und schon philosophiert er über sie. Aber zwischen einem Bergarbeiter und einem Philosophen besteht ein ganz schöner Unterschied, Bali.«

Doch der blonde Ingenieur antwortete ihm nicht. Er war in sich gekehrt, seine Augen glänzten vom Schnaps, und eine Haarsträhne hing ihm in die Stirn.
»Wirklich, wenn es einen Tod gibt, der schwer zu verstehen ist, dann der von Hortensia«, sagte der Professor mit düsterer Miene. »Aber natürlich, der Fehler liegt bei uns, weil wir versuchen, diese Massaker mit dem Kopf zu verstehen. Denn sie haben keine rationale Erklärung.«
»Sie wußte ganz genau, daß sie Kopf und Kragen riskierte«, sagte Bali mit weit aufgerissenen Augen. »Und sie tat es weiter. Wie du, Scharlach. Du weißt auch, daß du Kopf und Kragen riskierst. Wenn sie uns gestern abend erwischt hätten, hätten Pichín und ich vielleicht mit ihnen verhandeln können. Aber dir hätten sie den Schädel mit Steinen zertrümmert, genau wie Hortensia. Und trotzdem kommst du weiter her. Ich zieh den Hut, Alter.«
»Na ja, ihr kommt doch auch«, sagte der Professor, ihm das Kompliment zurückgebend.
»Wir leben von diesem Bergwerk«, sagte Pichín. »Besser gesagt, wir haben davon gelebt.«
»Was hat Peru nur, daß es bei manchen Ausländern solche Leidenschaften weckt?« sagte Bali verwundert. »Wir verdienen es nicht.«
»Es ist ein Land, das niemand versteht«, sagte Scharlach lachend. »Für Leute, die aus klaren, transparenten Ländern wie meinem kommen, ist nichts attraktiver als das Unentzifferbare.«
»Ich glaube, ich werde nicht mehr nach La Esperanza zurückkehren«, sagte Bali, das Thema wechselnd. »Ich

habe keine Lust, den Helden zu spielen, schon gar nicht für ein Bergwerk, das Verluste macht. Die Wahrheit ist, daß ich mir gestern abend vor Angst in die Hose geschissen habe.«

»Wir haben es gemerkt, im Tank, der Prof und ich«, sagte Pichín. »Besser gesagt, wir haben es gerochen.«

Bali lachte, und der Professor lachte, und auch López lachte. Aber Lituma blieb sehr ernst, er hörte sie kaum, wie benebelt von einer tiefen Unruhe. Später, als sie sich eine gute Nacht wünschten, nachdem die Flasche Pisco ausgetrunken war, und alle in ihre Zimmer gingen, blieb der Korporal an der Schwelle des Schlafzimmers von Professor Stirmsson stehen, das neben dem seinen lag.

»Eine Frage habe ich noch, Herr Doktor«, sagte er respektvoll, wobei sich seine Zunge etwas verhedderte. »Die Chancas und die Huancas opferten also Menschen, wenn sie einen Weg anlegen wollten?«

Der Professor beugte sich hinunter, um sich die Stiefel auszuziehen, und die Acetylen-Lampe verwischte seine Gesichtszüge, gab ihnen ein gespenstisches Aussehen. Lituma kam der Gedanke, daß plötzlich wie auf den Heiligenbildchen ein goldener Schein um sein weißes Haar auftauchen könnte.

»Sie taten es nicht aus Grausamkeit, sondern weil sie sehr religiös waren«, erklärte er ihm. »Es war ihre Art, ihren Respekt für die Geister der Berge und der Erde zu zeigen, deren Frieden sie stören würden. Sie taten es, damit sie keine Vergeltungsmaßnahmen gegen sie ergriffen. Um ihr Überleben zu sichern. Damit es keine Einbrüche, keine Erdrutsche gäbe, damit der Blitz nicht einschlüge und sie versengte und damit die Seen nicht über die Ufer träten. Man muß sie verstehen. Für sie gab es keine Naturkatastrophen. Alles entsprang einem höheren Willen, den man mit Opfern für sich gewinnen mußte.«

»Genau das, was Sie sagen, habe ich einmal von Doña Adriana gehört, Herr Doktor.«

»Grüßen Sie sie und Dionisio von mir«, sagte der Prof. »Wir waren das letzte Mal auf dem Markt in Huancayo zusammen. Adriana war in ihrer Jugend eine sehr hübsche kleine Chola. Danach ist sie verfallen, wie alle. Ich sehe, Sie interessieren sich für Geschichte, Korporal.«

»Ein bißchen«, nickte Lituma. »Ich wünsche Ihnen eine gute Nacht, Herr Doktor.«

»Ihr lebt in Angst und Schrecken, seit ihr das mit der Invasion von *pishtacos* erfahren habt und daß in den Vierteln von Ayacucho die Bewohner Patrouillen organisieren, um sie zu bekämpfen. ›Wir müssen das gleiche tun‹, sagt ihr. ›Nicht, daß die Schlächter auch in Naccos anfangen, Ernte zu halten.‹ Ihr wollt in der Nacht große Feuer zwischen den Baracken entzünden, um sie bei ihrem Erscheinen gleich zu erkennen. Sie fallen immer dort ein, wo die Dinge eine schlechte Wendung nehmen. Die Geschichte wiederholt sich, wie damals, als der Niedergang von Naccos begann. Denn das hier war früher ein blühendes Bergarbeiterdorf. Deshalb sind Timoteo und ich nach unserer Flucht aus Quenka hierher gekommen.

Zu jener Zeit war ich jung, und das Bergwerk von

Naccos war nicht verlassen; es quoll über vor Bergleuten, die aus der ganzen Region gekommen waren, sogar aus entfernten Orten wie Pampas, Acobamba, Izcuchaca und Lircay. Ständig wurden neue Stollen im Schacht vorangetrieben, um das Silber, das Zink herauszuholen. Und die Werber mußten immer weiter ausschwärmen, um Leute anzuheuern, die bereit waren, zum Bergwerk zu kommen, das Santa Rita hieß. Um sie unterzubringen, wurden Baracken und Zelte an sämtlichen Abhängen des Berges errichtet; viele Bergarbeiter schliefen, eingehüllt in ihre Ponchos, in den Hohlräumen unter den großen Felsblöcken. Bis die Ingenieure eines Tages erklärten, das wertvolle Metall sei zu Ende, es bleibe nur noch die unverkäufliche Schlacke.

Als man Leute zu entlassen begann und Santa Rita allmählich verfiel und viele Leute Naccos verließen, geschahen die merkwürdigen Dinge, die niemand erklären konnte. Und in der Ortschaft keimten Mißtrauen und Angst, ähnlich wie heute unter den Straßenbauarbeitern. Ein kleiner Dicker aus Huasicancha, der Lageraufseher war, wurde immer magerer und sagte, er fühle sich seltsam, als wäre er innerlich leer, als wäre sein Körper nur Haut und Knochen, ein Ballon, den man mit einem Nadelstich zum Platzen bringen könnte, und als wäre auch sein Kopf von Ideen und Erinnerungen entleert. Bei seinem Tod, ein paar Wochen später, war er geschrumpft und so dünn geworden, daß er wie ein schwächliches zehnjähriges Kind wirkte. Er erinnerte sich nicht, woher er kam noch wie er hieß, und wer ihn aufsuchte, den fragte er bestürzt, mit einer dünnen Stimme, ob er ein Mensch oder ein Tier sei, denn nicht einmal das wußte er mit Sicherheit. Das hat man mir nicht erzählt, das haben Timoteo und ich mit eigenen Augen gesehen.

Der Aufseher hieß Juan Apaza. Erst nachdem man ihn am Grund der Schlucht begraben hatte, begannen die Bergarbeiter von Santa Rita und ihre Familien den Verdacht zu hegen, daß Apazas geheimnisvolle Krankheit keine Krankheit war, sondern daß ein *pishtaco* seinen Weg gekreuzt hatte. Genau wie jetzt waren alle in Naccos nervös und aufgeregt. ›Gibt es ein Mittel dagegen?‹ fragten sie. ›Kann man etwas gegen die *pishtacos* tun?‹ Sie kamen um Rat zu mir, denn es hatte sich das Gerücht verbreitet, ich wüßte, welche Berge männlich und welche weiblich seien und auch welche Steine sie gebaren. Natürlich gibt es Mittel, natürlich kann man etwas tun. Aufpassen und Vorsichtsmaßnahmen ergreifen. Einen Trog mit Wasser in den Hauseingang stellen, damit das Zauberpulver nicht wirken kann, mit dem der *pishtaco* sein Opfer betäubt, ist nützlich. Auf einen Zipfel der Hemden und der Pullover urinieren, bevor man sie anzieht, ist hilfreich. Auch etwas aus Wolle am Körper tragen, die Frauen eine Leibbinde, eine Schere, ein Stückchen Seife und eine Knoblauchzehe oder ein bißchen Salz. Nichts davon haben sie getan, und deshalb erging es ihnen, wie es ihnen erging. Sie akzeptierten die Wahrheit nicht; die von heute akzeptieren sie allmählich. Ihr habt bereits zu viele Beweise gehabt, um weiter ungläubig zu sein. Nicht wahr?

Als die Leute in Naccos begriffen, was geschah, hatte der *pishtaco*, der Juan Apaza umgebracht hatte, schon mehrere ausgedörrt. Damals diente das menschliche Fett dazu, Salben anzurühren und sie beim Glockengießen beizumischen, das gab ihnen einen guten Klang. Heute, nach der Invasion von *pishtacos*, sind sich viele Leute in Ayacucho sicher, daß das Fett ins Ausland geschickt wird und nach Lima, wo es Fabriken gibt, die nur mit dem Fett von Männern oder Frauen funktionieren.

Diesen *pishtaco* von Santa Rita kannte ich sehr gut. Nachdem er Juan Apaza ausgedörrt hatte, dörrte er Sebastián aus, einen Freund von Timoteo. Seine Geschichte verfolgte ganz Naccos Schritt für Schritt, denn er begann sie den Bergarbeitern zu erzählen, sobald er sich seltsam fühlte. Das heißt, seit dem Abend, an dem er außerhalb der Ortschaft, als er mit einer Herde Lamas über die Grasebene zog, plötzlich auf einen der Werber von Santa Rita getroffen war, einen Bekannten von ihm. Er war in einen Poncho gewickelt und trug einen großen Hut, der bis zu den Ohren herabgezogen war. Er rauchte, gegen einen Stein gelehnt. Sebastián erkannte ihn sofort. Er hatte ihn in den Bezirken und Indiogemeinschaften der Region gesehen, wo er den Bauern das Wort abnahm, daß sie in Naccos arbeiten würden, und ihnen ein paar Sol vorstreckte, um sie zu überzeugen.

Sebastián trat näher, um ihn zu begrüßen, und der Werber lud ihn zu einer Zigarette ein. Er war ein hellhäutiger Fremder, mit einem kleinen Bart von der Farbe einer Kakerlake und hellen Augen, den man in Naccos den Weiberhengst nannte, weil er sich als Schürzenjäger aufführte (mir ist er ein paarmal hinterhergestiegen, ohne daß Timoteo davon erfahren hätte). Sie rauchten und sprachen über das Unglück, das durch das Versiegen des Metalls über Santa Rita hereingebrochen war, als Sebastián plötzlich spürte, wie ein Mundvoll Rauch des Weiberhengstes sein Gesicht traf und ihn zum Niesen brachte. Sofort fühlte er Übelkeit und Müdigkeit. Es war natürlich kein Zigarettenrauch, was er ihm ins Gesicht geblasen hatte. Sondern dieses Pulver, mit dem der *pishtaco* seinen Opfern die Sinne vernebelt, damit sie nicht merken, daß er ihnen das Fett herausholt. Was ist das für ein Pulver? Pulver aus zerstoßenen Lama- oder Alpakaknochen fast immer. Wer es einatmet, fühlt nichts und bekommt nichts mit. Der *pishtaco* kann ihm sein Inneres herausholen, ohne daß er es merkt oder daß es ihm wehtut. Das tat der Weiberhengst, und Sebastián begann ab jenem Abend abzumagern, zu schrumpfen und zu vergessen, was er wußte. Genau wie Juan Apaza. Bis auch er starb.

Das geschah, als Naccos von dem Bergwerk Santa Rita lebte, und das geschieht jetzt, da es von dieser Straße lebt. Das Unheil wird nicht von den Terroristen kommen, die so viele Leute hinrichten oder für ihre Miliz mitnehmen. Auch nicht von den *pishtacos*, die hier herumstreifen. Sicher, die kommen immer in schwierigen Zeiten, wie es die Invasion in Ayacucho beweist. Bestimmt gibt es einige hier in den Grotten dieser Berge, wo sie ihre Vorräte an menschlichem Fett horten. Sie werden sie brauchen, in Lima oder in den Vereinigten Staaten, um die neuen Maschinen zu schmieren, die Raketen, die sie zum Mond schicken, zum Beispiel. Es heißt, mit keinem Benzin und keinem Öl funktionieren

die wissenschaftlichen Erfindungen so gut wie mit dem Fett des *runa*, des Indio. Deshalb werden sie ihre Schlächter mit den krummen Macheten gesandt haben, deren Klinge sich wie Kaugummi dehnen kann, bis zum Hals des Opfers. Sie richten auch Schaden an, wer wird das leugnen.
Aber das schlimmste Unheil kommt immer von Geistern, die sich nicht offen zeigen. Es sind die, die mehr verlangen, als die Leute ihnen geben können. Sie sind da, Stein unter Steinen, und warten, daß den Arbeitern durch das viele Unheil der Kopf platzt. Ihr geratet umsonst in Wut, wenn ich es euch erkläre. Weshalb fragt ihr, wenn ihr euch dann die Ohren zuhaltet und nicht hören wollt? Folgt besser dem Rat meines Mannes: trinkt und trinkt bis zum Umfallen, im Rausch wird alles besser, als es ist, und es verschwinden die Terroristen, die *pishtacos* und alles, was euch Wut und Angst macht.«

»Aber warum ich?« fragte Mercedes sich plötzlich zum x-ten Mal.
»Tut mir leid, Tomasito«, unterbrach ihn Lituma im Dunkeln. »Was wir da in der Zeitung aus Lima über die Typen gelesen haben, die Kinderaugen stehlen, macht mich völlig fertig. Heute abend bin ich nicht in Stimmung für deine Liebesgeschichten. Reden wir lieber von den Augendieben. Oder von Dionisio und der Hexe, die mir auch nicht aus dem Kopf gehen.«
»Auf keinen Fall, Herr Korporal«, erwiderte Tomás von seiner Pritsche her. »Die Nächte gehören Mercedes und niemandem sonst, außer, ich habe Dienst. Mir rei-

chen die Stunden am Tag, um an den Dingen zu verzweifeln, die passieren. Behalten Sie die *pishtacos*, und lassen Sie mir mein Mädchen.«

»Warum haben sie dich nicht festgenommen, das heißt, uns beide?« wiederholte Mercedes.

Das war eine Frage, die ihr ständig auf den Lippen lag, seitdem sie den Polizisten entkommen waren. Carreño hatte ihr sämtliche Antworten gegeben: es konnte sein, daß ihr Name registriert war, weil man sie mit dem Chancho in Verbindung brachte, der seit langem polizeilich bekannt war; vielleicht hatten sie in ihrem Personalausweis irgendeinen Fehler oder einen verdächtigen Fleck gefunden; oder sie hatten sie herausgerufen, wie sie es mit jedem der Fahrgäste hätten tun können, nur um ihr etwas Geld abzuknöpfen. Warum länger darüber nachdenken, das Schlimmste war bereits vorbei. War sie nicht frei? Hatten sie nicht das halbe Hochland ohne Probleme durchquert? Sie würden in knapp zwei Stunden heil und gesund nach Lima kommen. Als wollte er Carreños Worte beglaubigen, ließ der Maschinist zweimal die Signalpfeife des Zuges ertönen, und der schrille Pfiff hallte lange in den kahlen Bergen der Umgebung wider.

»In der Zeitung war nicht die Rede von *pishtacos*, sondern von Augenschneidern oder Augendieben«, sagte Lituma. »Aber du hast recht, Tomasito, sie gleichen diesen *pishtacos* der Indios. Was mir nicht in den Kopf will, ist, daß jetzt auch in Lima die Leute an diese Dinge zu glauben beginnen. In der Hauptstadt Perus, wie ist das möglich!«

»Sie glauben, daß ich Ihnen zuhöre, aber ich bin nicht

hier«, flüsterte Tomasito. »Ich bin in dem Hochlandzug, in dem ich Kurve um Kurve bis nach Desemparados runterfahre und meinen Schatz fest umschlungen halte.«

»Komm, überzeug mich«, sagte sie, während sie sich an ihn schmiegte. »Daß es reiner Zufall war, daß sie mich herausgerufen haben. Ich will nicht ins Gefängnis. Eine, die ich kannte, hat in Chorillos gesessen. Ich bin sie besuchen gegangen. Bevor ich ins Gefängnis gehe, bringe ich mich lieber um.«

Der Junge schloß sie fest in die Arme. Sie saßen ganz dicht beieinander, auf einem Sitz, der nur für einen Fahrgast bestimmt war. Der Waggon war überfüllt, überall standen Leute mit Gepäckstücken, Paketen, sogar mit Hühnern, und auf jeder Station stiegen neue Fahrgäste zu. Bald würde man nicht mehr atmen können. Ein Glück, daß schon der Bahnhof von Matucana kam. Tomás drückte seinen Mund auf Mercedes' dichtes Haar:

»Ich schwöre dir, daß dir nie was passieren wird«, versprach er ihr. »Ich werde dich immer retten, wie gestern nacht.«

Er küßte sie und sah, daß sie die Augen schloß. Vor dem Fenster zogen auf den Höhen und an den Abhängen der Berge vereinzelte Dörfer vorbei, und am Wegrand erschienen schon bunte Werbeanzeigen. Es war ein bleierner Nachmittag mit niedrigen Wolken, die einen Regen anzukündigen schienen, der niemals kommen würde. Das Klima von Lima, eben.

»Etwas Schlimmes geht in diesem Land vor, Tomasito.« Lituma unterbrach ihn erneut. »Wie ist es möglich, daß ein ganzes Armenviertel von Lima einem solchen Schauermärchen aufsitzt? Ein paar Gringos, die fünfjährige Kinder in Luxuswagen zerren, um ihnen mit hypermodernen Skalpellen die Augen herauszuschneiden. Natürlich gibt es verrückte Weiber, die so was sagen. Auch in Lima wird es Frauen wie Doña Adriana geben. Aber daß ein ganzes Viertel das glaubt und die Bewohner auf die Straße stürzen, um ihre Kinder aus der Schule zu holen, und sich daran machen, nach Fremden zu suchen, um sie zu lynchen, findest du das nicht unglaublich?«

»Was Augen betrifft, die von meiner Mercedes«, raunte der Gendarm. »Groß wie Sterne und von der Farbe des Honigs.«

Er empfand jetzt nicht die geringste Furcht. Die hatte er gehabt, als sie durch die Anden gefahren waren, auf Gedeih und Verderb dem Fahrer ausgeliefert, dem Carreño, damit er nicht übermütig wurde, ab und zu die Pistole zeigte. Aber während der Reise hatten sie sich gut mit ihm vertragen. Er ließ sich die Geschichte aufbinden, oder vielleicht tat er auch nur so, daß Carreño und Mercedes auf der Flucht vor einem eifersüchtigen Ehemann waren, der sie bei der Polizei angezeigt hatte. Er stieg zweimal aus, um Essen und Getränke zu kaufen, und schlug ihnen vor, in Cerro de Pasco den Zug zu nehmen. Als Bezahlung für seine Dienste überließ Carreño ihm die beiden Maschinenpistolen.

»Wenn du willst, gibst du sie als guter Staatsbürger zurück. Oder du verkaufst sie und machst einen Haufen Geld mit diesem Spielzeug.«

»Ich werde eine Münze werfen«, sagte der Fahrer und

wünschte ihnen schöne Flitterwochen. »Ich werde ein paar Stunden warten, bis ich zur Polizei gehe.«

»In der Zeitung stand, daß es auch in Chiclayo so eine wahnsinnige Geschichte gab vor einem Monat, und noch eine in Ferreñafe«, fuhr Lituma fort. »Daß eine Frau vier Gringos mit weißen Kitteln gesehen hat, die ein Kind mitnahmen; daß die Leiche eines anderen Kindes, ohne Augen, in einem Wassergraben aufgetaucht ist und daß die Augendiebe ihm fünfzig Dollar in die Tasche gesteckt hatten. Sie haben Patrouillen aufgestellt, wie in Ayacucho, als die Gerüchte über die Invasion von *pishtacos* umliefen. Lima, Chiclayo und Ferreñafe – alles läßt sich vom Aberglauben der Indios anstecken. Genau wie Naccos. Es ist wie eine Epidemie, findest du nicht?«

»Um ehrlich zu sein, es ist mir scheißegal, Herr Korporal. Denn in diesem Augenblick bin ich vollkommen glücklich.«

Der Zug kam gegen sechs Uhr im Bahnhof Desamparados an. Es begann zu dunkeln, aber die Lichter waren noch nicht eingeschaltet, so daß Carreño und Mercedes die große Halle im Halbdunkel durchquerten. Es gab keine Polizisten im Gebäude, auch nicht am Ausgang, abgesehen von den wachhabenden Polizisten vor dem Gitter des Regierungspalastes.

»Das beste ist, jeder geht jetzt seinen Weg, Carreñito«, sagte Mercedes auf der Straße.

»Willst du in deine Wohnung? Sie wird bestimmt genauso überwacht wie meine. Am besten ist, wir verstekken uns ein paar Tage bei meiner Mutter.«

Sie nahmen ein Taxi, und nachdem der Junge eine

Adresse in Breña angegeben hatte, neigte er sich und flüsterte Mercedes ins Ohr:

»Du wolltest mich also loswerden?«

»Damit das klar ist«, sagte sie mit leiser Stimme, um vom Taxifahrer nicht gehört zu werden, »was geschehen ist, ist geschehen, gut. Aber ich habe schwer um meine Unabhängigkeit im Leben gekämpft. Mach dir keine falschen Vorstellungen. Ich werde mich nicht zum Anhang eines Gendarmen machen.«

»Eines Ex-Gendarmen«, unterbrach sie der Junge.

»Wir bleiben nur solange zusammen, bis wir aus diesem Schlamassel raus sind, den du uns eingebrockt hast. Okay, Carreñito?«

»Irgendwie hängt für mich das alles mit Dionisio und der Hexe zusammen«, sagte Lituma. »Es ist, als hätte dieses Paar von Wilden recht gehabt und die Zivilisierten unrecht. Lesen und Schreiben können, Anzug und Krawatte tragen, die Schule besucht haben und in der Stadt leben nützt alles nichts mehr. Nur die Hexer verstehen, was geschieht. Weißt du, was Dionisio heute nachmittag in der Kantine gesagt hat? Um weise zu sein, muß man Frucht eines Inzests sein. Jedesmal wenn diese Schwuchtel den Mund aufmacht, läuft mir ein Schauer über den Rücken. Dir nicht?«

»Mir läuft jetzt auch ein Schauer über den Rücken, aber von anderer Art, Herr Korporal. Ich beginne nämlich gerade meine unruhigen Flitterwochen.«

Als sie in Breña die Avenida Arica hinunterfuhren, gingen die fahlen Lichter der Straße an. Das Taxi fuhr um die La-Salle-Schule, folgte einer kleinen Straße und

wollte gerade auf Geheiß des Jungen abbiegen, als dieser sich anders besann:
»Fahren Sie einfach weiter. Ich hab mir's anders überlegt. Besser in die Barrios Altos.«
Mercedes schaute ihn überrascht an und sah, daß Carreño den Revolver in der Hand hielt.
»Das Land ist dabei, sich dem Teufel und dem Wahnsinn auszuliefern, und du bist immer und ewig mit diesem Mädchen zugange. Es ist wahr, nichts Egoistischeres als ein Typ, der einer Frau verfallen ist, Tomasito.«
»Da stand einer neben der Laterne, gegenüber vom Haus, der hat mir nicht gefallen«, erklärte er ihr. »Vielleicht sehe ich ja Gespenster, aber wir können kein Risiko eingehen.«
In den Barrios Altos wies er den Fahrer an, sie vor dem Altersheim aussteigen zu lassen, und wartete, bis das Taxi abgefahren war, um Mercedes am Arm zwei Straßenzüge weiter zu schleppen, bis zu einer kleinen Behausung mit vergitterten Türen und Fenstern im Erdgeschoß eines dreistöckigen Hauses mit verblaßten Farben. Die Tür wurde sofort geöffnet. Eine Frau im Morgenmantel und Hauspantoffeln mit einem Tuch auf dem Kopf musterte sie von oben bis unten, ohne Freude.
»Es muß dir schlecht gehen, wenn du hier auftauchst«, sagte sie zur Begrüßung zu Carreño. »Seit tausend Jahren kommst du nicht her.«
»Ja, Tante Alicia, es geht mir nicht besonders gut im Augenblick«, gab Tomás zu, während er die Frau auf die Stirn küßte. »Ist das Zimmer frei, das du vermietest?«

Die Frau musterte Mercedes von Kopf bis Fuß. Sie nickte widerwillig.
»Kannst du es mir für ein paar Tage vermieten, Tante Alicia?«
Sie trat zur Seite, um sie eintreten zu lassen.
»Es ist gestern frei geworden«, sagte sie. Als Mercedes an ihr vorbeiging, murmelte sie ›Guten Abend‹, und die Frau antwortete ihr mit einem Brummen.
Sie ging ihnen in einem schmalen Flur voran, an dessen Wänden Fotos hingen, öffnete eine Tür und schaltete das Licht an: Es war ein Schlafzimmer mit einem einzigen Bett, bedeckt mit einer rosafarbenen Decke, und einer Truhe, die das halbe Zimmer einnahm. Es gab ein kleines Fenster ohne Vorhänge, und über dem Kopfende des Bettes ein hölzernes Kruzifix.
»Heute abend gibt es kein Essen, und es ist zu spät, um etwas einzukaufen«, teilte ihnen die Frau mit. »Ich kann morgen ein Mittagessen machen. Allerdings, zwar hat das Zimmer nur ein Bett, aber da ihr zu zweit seid ...«
»Ich bezahl dir das Doppelte«, sagte der Junge bereitwillig. »Was gerecht ist, ist gerecht.«
Sie nickte und schloß beim Weggehen die Tür.
»Daß du ein kleiner Heiliger warst, ist wohl ein Märchen«, bemerkte Mercedes. »Hast du keine Frauen hergebracht? Diese unsympathische Ziege hat nicht mit der Wimper gezuckt, als sie mich gesehen hat.«
»Jeder würde sagen, du bist eifersüchtig.« Er tat einen leisen Pfiff.
»Eifersüchtig?«
»Ich weiß ja, daß es nicht so ist«, sagte Carreño. »Ich

wollte nur sehen, ob ich nicht mit einem Scherz den Schrecken aus deinem Gesicht vertreiben kann. Ich habe nie jemanden hergebracht. Alicia ist nicht mal meine Tante. So nennen sie alle. Das hier war eine Zeitlang mein Viertel. Komm, waschen wir uns und gehen wir raus, um etwas zu essen.«

»Das heißt also, dieser Schwuchtel zufolge sind weise Menschen Kinder von Bruder und Schwester oder Vater und Tochter … solche Schweinereien.« Lituma sprach vor sich hin. »Solche Dinge, wie ich sie in Naccos zu hören bekomme, habe ich in Piura nie gehört. Dionisio könnte natürlich einem Inzest entstammen. Ich weiß nicht, warum sie mich so sehr beschäftigen, er und die Hexe. Im Grunde sind sie es, die hier das Sagen haben. Du und ich, wir haben nichts zu melden. Ich versuche, den Hilfsarbeitern und Vorarbeitern und den Indios der Gemeinschaft etwas über sie aus der Nase zu ziehen, aber keiner rückt mit der Sprache raus. Und außerdem weiß ich nicht, ob sie sich über mich lustig machen. Weißt du, was mir der aus Huancayo, der die Planierraupe bedient, über Dionisio gesagt hat? Sein Spitzname in Quechua sei …«

»Esser-von-rohem-Fleisch«, unterbrach ihn sein Amtshelfer. »Himmel, Herr Korporal, werden Sie mir als Neuigkeit auch noch erzählen, daß die Mutter des Kantinenwirts vom Blitz erschlagen wurde?«

»Das sind wichtige Dinge, Tomasito«, knurrte Lituma. »Um ihre Eigenart zu verstehen.«

Mercedes hatte sich auf das Bett gesetzt und schaute Carreño in einer Weise an, die dem Jungen herablassend erschien.

»Ich will dich nicht täuschen«, sagte sie erneut, freundlich, um ihn nicht zu verletzen. »Ich fühle für dich nicht das gleiche wie du für mich. Es ist besser, daß ich es dir sage, oder? Ich werde nicht mit dir zusammenleben, ich werde nicht deine Frau. Krieg das in den Kopf, Carreñito. Wir werden nur so lange zusammenbleiben, bis wir diesen Schlamassel hinter uns haben.«

»Bis dahin ist Zeit genug, damit du dich in mich verliebst«, schnurrte er, während er ihr Haar streichelte. »Außerdem kannst du mich jetzt nicht verlassen, auch wenn du wolltest. Wer wird dich aus dieser Geschichte herausholen, wenn nicht ich? Besser gesagt, wer außer meinem Paten kann uns aus dieser Geschichte herausholen?«

Sie wuschen sich in einem winzigen Badezimmer, das wie Spielzeug wirkte, und gingen auf die Straße hinaus. Carreño faßte Mercedes am Arm und führte sie mit sicherem Schritt durch halbdunkle Straßen voller junger Burschen, die an den Ecken in Gruppen zusammenstanden und rauchten, zu einem chinesischen Restaurant mit Séparées, die durch schmierige Wandschirme abgetrennt waren. Das Lokal war voller Rauch, es roch nach Gebratenem, und ein voll aufgedrehtes Radio beschallte den Raum mit Rockmusik. Sie setzten sich in die Nähe der Eingangstür, und außer mehreren Gerichten für beide zusammen bestellte der Junge eiskaltes Bier. Gleichzeitig mit der Musik gelangten laute Flüche und die Rhythmen einer Kistentrommel zu ihnen.

»Um mich hat man einmal gewürfelt, damit du das weißt, Carreñito.« Mercedes schaute ihn an, ohne zu lächeln. Sie hatte tiefe Augenringe, und ihr Gesicht war eingefallen; ihre Augen glänzten nicht mehr wie in Tingo María oder in Huánuco. »Das verdammte Unglück verfolgt mich, seit ich geboren bin, da ist nichts zu machen.«

»Man hat um sie gewürfelt?« Zum ersten Mal in dieser Nacht zeigte Lituma sich interessiert. »Erzähl mir, wie das war, Tomasito.«

»So, wie ich's dir sage.« Ihre Stimme klang melancholisch. »Ein paar Säufer und Herumtreiber der schlimmsten Sorte. Gewürfelt. Das war mein Milieu, da komme ich her. Ich habe mich ganz allein hochgerappelt, niemand hat mir geholfen. Und ich war dabei, auszusteigen, bis du mir über den Weg gelaufen bist. Du hast mich wieder hinuntergestoßen, Carreñito.«

»Wer sagt's denn, endlich hab ich es geschafft, daß Sie die *pishtacos*, die Augenschneider und Doña Adriana und Dionisio einmal vergessen, Herr Korporal.«

»Na ja, ich habe vor Jahren etwas Ähnliches erlebt, deshalb fiel es mir auf«, antwortete Lituma. »Hat man in ihrer Heimat, in Piura, um sie gewürfelt?«

»Sie hat mir weder wo noch wie gesagt. Nur daß. Mir standen die Haare zu Berge. Um sie gewürfelt, wie um eine Sache. Um meine Liebste!«

»Hat sie dir nicht gesagt, daß es in einer kleinen Bar war, die einer gehörte, die sie La Chunga nannten, in der Nähe des Fußballstadions von Piura?«

»Sie wollte mir nicht mehr erzählen. Nur das, um mir zu zeigen, wie weit sie es im Leben gebracht hatte, seit ihren Anfängen. Und daß ich sie zurückgeworfen hatte, mit meinem Mord am Chancho.«

»Wie seltsam«, sagte Lituma. »In dieser Bar habe ich

gesehen, wie einer meiner Freunde, einer der Unbezwingbaren, von denen ich dir erzählt habe, sein Mädchen an die Chunga verkaufte, damit er weiter Poker spielen konnte. Und was, wenn die Piuranerin deiner und meiner Geschichte dieselbe wäre? Bist du sicher, daß die Liebe deines Lebens Mercedes heißt und nicht Meche?«

»Na ja, die Mercedes heißen, werden alle Meche genannt, Herr Korporal.«

»Auch deshalb fällt mir die Vorstellung schwer, ein Leben im Versteck zu führen«, sagte sie. »Das alles hatte ich hinter mir gelassen. Ich will zu mir nach Hause und in meinem schön sauberen Badezimmer baden. Mich umziehen und dieses dreckige Zeug vom Leib kriegen, das ich seit fünf Tagen trage.«

Sie wollte noch etwas sagen, aber in diesem Augenblick trat der chinesische Kellner mit dem Essen heran, und Mercedes schwieg. Als dieser sie fragte, ob sie mit Messer und Gabel oder mit Stäbchen essen wollten, sagte Carreño, mit Stäbchen.

»Ich werde dir beibringen, wie die Chinesen zu essen, mein Schatz. Es ist kinderleicht. Wenn du es lernst, kannst du mit den Stäbchen das gleiche machen wie mit Messer und Gabel.«

»Alles lief bestens«, sagte sie, während sie aßen. »Ich habe gespart, um in die Vereinigten Staaten zu gehen. Eine Freundin in Miami wollte dort Arbeit für mich finden. Und jetzt steh ich wieder mit leeren Händen da.«

»Meche, Mercedes, was für ein Zufall, Sie haben recht«, sagte Tomás. »Es könnte ein und dieselbe Person sein, warum nicht. Das wär ein Grund, um an Wunder zu glauben. Oder an *pishtacos*. Nur, daß Sie mir jetzt sagen müssen …«

»Du kannst beruhigt sein, ich habe Meche nie aufs Kreuz gelegt, Tomasito. Leider. Sie war das hübscheste Mädchen von Piura, das schwör ich dir.«

»Wenn du in die Vereinigten Staaten gehen willst, dann gehen wir dorthin«, versprach ihr der Junge. »Ich weiß, wie man ohne Visum reinkommt, über Mexiko. Einer, den ich kenne, ist dabei, durch dieses Geschäft zum Millionär zu werden.«

»Darf man wissen, wie hoch der Lohn eines Gendarmen ist?« sagte sie und schaute ihn mitleidig an. »Gerade ein bißchen mehr als das, was ich meiner Hausangestellten bezahle, nehme ich an.«

»Vielleicht weniger als das«, sagte er lachend. »Warum glaubst du, muß ich Nebenjobs machen und auf Schweine aufpassen, während die mit ihren Mädchen in Tingo María das große Leben führen?«

Sie aßen eine ganze Weile schweigend und tranken die Flasche Bier zu Ende. Danach bestellten sie Eis, und der Junge zündete sich eine Zigarette an. Er blies Ringe in die Luft, zur Zimmerdecke hin.

»Das Witzige an der Sache ist, daß du auch noch froh zu sein scheinst«, sagte sie.

»Ich bin froh«, sagte er, während er ihr eine Kußhand zuwarf. »Willst du wissen, warum?«

Gegen ihren Willen lächelte Mercedes.

»Ich weiß schon, was du mir sagen wirst.« Sie schaute ihn mit jenem Blick an, von dem Carreño nicht wußte, ob er Kummer oder Verachtung ausdrückte, und fügte hinzu: »Auch wenn du mein Leben ruiniert hast, ich kann nicht wütend auf dich sein.«

»Das ist doch was«, sagte er erfreut. »So fängt's an, und am Ende verknallt man sich.«

Sie lachte, aufrichtiger als zuvor.

»Hast du dich schon oft verliebt?«

»Nie wie jetzt«, erklärte der Junge mit Bestimmtheit. »Nie in jemanden wie dich. Bislang habe ich ja auch keine so schöne Frau gekannt.«

»Es könnte Mechita sein, im Leben gibt's diese Zufälle. Hast du ein Foto von ihr?«

»Wir hatten nicht mal Zeit, uns zusammen fotografieren zu lassen«, klagte der Gendarm. »Sie ahnen ja nicht, wie leid mir das tut. Das wäre vielleicht toll, wenn ich sie außer in meiner Erinnerung auch auf einem Foto sehen könnte.«

»Ich hatte ihn erst vor ein paar Wochen kennengelernt. In einem Klub in Barranco. Er kam, um mich in der Show zu sehen. Er hat mich zu sich nach Hause mitgenommen, in Chacarilla del Estanque. Was für ein Haus! Er machte mir Geschenke. Er wollte mir eine Wohnung einrichten. Das Blaue vom Himmel. Alles, unter der Bedingung, daß ich nur mit ihm zusammen wäre. So kam das mit der verfluchten Reise nach Pucallpa. Verbring das Wochenende mit mir, so lernst du den Urwald kennen. Und das hab ich getan. Und zu meinem Unglück bin ich auch mit nach Tingo María.«

Der Junge war sehr ernst geworden.

»Und hat dich der Chancho gleich beim ersten Mal geschlagen, als du mit ihm ins Bett gegangen bist?«

Er bereute sogleich, diese Frage gestellt zu haben.

»Willst du Rechenschaft von mir?« sagte sie verärgert. »Glaubst du im Ernst, du bist jetzt mein Liebhaber oder mein Ehemann?«

»Ich sehe, daß wir unseren ersten Streit haben«, sagte der Junge beschwichtigend. »Das passiert jedem Paar. Reden wir nicht mehr darüber. Zufrieden?«

Sie schwiegen eine Weile, und Carreño bestellte zwei Tassen Tee. Während sie ihn tranken, sprach Mercedes wieder. Ohne Zorn, aber mit Bestimmtheit.

»Ich habe zwar gesehen, wie du einen Typen umgebracht hast, aber du scheinst ein gutherziger Mensch zu sein. Deshalb sag ich's dir zum letzten Mal, Carreñito. Es tut mir leid, daß du dich in mich verliebt hast. Ich kann deine Gefühle nicht erwidern. So bin ich nun mal. Ich habe vor langer Zeit beschlossen, mich an niemanden zu binden. Warum, glaubst du wohl, hab ich nicht geheiratet? Deshalb. Ich habe nur Freunde ohne feste Bindung gehabt, wie den Chancho. So sind alle meine Beziehungen gewesen. Und so werden sie weiter sein ...«

»Bis wir in die Vereinigten Staaten gehen«, unterbrach er sie.

Mercedes lächelte schließlich.

»Wirst du eigentlich nie böse?«

»Dir werde ich nie böse sein. Du kannst mir weiterhin die schrecklichsten Dinge sagen.«

»Wirklich, du verdienst dir die Sporen«, räumte Mercedes ein.

Der Junge bezahlte die Rechnung. Beim Hinausgehen sagte Mercedes, sie wolle in ihrer Wohnung anrufen.

»Ich habe sie einer Freundin überlassen, während ich in der Selva war.«

»Sag ihr nicht, von wo du sie anrufst, mach ihr auch keine Angaben darüber, wann du zurückkommst.«

Das Telefon stand neben der Kasse, und Mercedes mußte sich unter der Theke hindurchzwängen. Während sie sprach, wußte Carreño, obwohl er nicht hörte, was sie sagte, daß sie schlechte Nachrichten erhielt. Sie kam mit blassem Gesicht auf ihn zu; ihr Kinn zitterte.

»Zwei Typen sind gekommen, um nach mir zu fragen; sie haben von meiner Freundin wissen wollen, wo ich bin. Sie waren von der Polizei, sie haben ihr die Ausweise gezeigt.«

»Was hast du ihr gesagt?«

»Ich würde aus Tingo María anrufen und daß ich ihr alles später erklären würde«, sagte Mercedes. »Was mach ich jetzt bloß, mein Gott.«

»Und was ist aus dieser Meche geworden, die Ihr Freund der Lesbierin verkauft hat, um weiter Poker spielen zu können?«

»Sie hat sich in Rauch aufgelöst, man hat nie wieder was gehört«, erwiderte Lituma. »Ein Geheimnis, über das ganz Piura gerätselt hat.«

»Jetzt schläfst du erst mal und vergißt das alles«, sagte der Junge. »Niemand wird uns bei Tante Alicia suchen. Ruhig, mein Schatz.«

»Und die Chunga wollte uns nie ein Wort darüber sagen, was aus Mechita geworden war.«

»Die Verschwundenen verfolgen Sie anscheinend, Herr Korporal. Geben Sie Dionisio und Doña Adriana nicht allzusehr die Schuld, auch nicht den Terroristen oder den *pishtacos*. Wie ich die Sache sehe, könnten Sie für dieses Verschwinden verantwortlich sein.«

VII

Francisco López holte Lituma noch im Dunkeln aus seinem unruhigen Schlaf: Sie würden sofort aufbrechen, denn er mußte vor Einbruch der Dunkelheit in La Esperanza zurück sein. Er hatte Kaffee gemacht und Brot im Ofen geröstet. Die Ingenieure und der Professor schliefen noch, als sie die Fahrt Richtung Naccos antraten.

Sie hatten drei Stunden für die Herfahrt benötigt, aber die Rückfahrt dauerte doppelt so lange. Es hatte in der Nacht in den Höhen der Kordillere stark geregnet, und die Piste stand unter Wasser oder war von Geröll versperrt. Der Korporal und der Fahrer mußten immer wieder aussteigen und Felssteine beiseite rollen, um dem Fahrzeug die Weiterfahrt zu ermöglichen. Oder es blieb stecken, und dann mußte man es anschieben oder wieder flottmachen, indem man Bretter oder flache Steine unter die Räder schob.

Am Anfang waren die Versuche, die Francisco López unternahm, um ein Gespräch mit Lituma anzuknüpfen, vergeblich. Jedesmal wenn er das Wort an ihn richtete, erhielt er als Antwort ein Brummen, einsilbige Wörter oder ein Kopfnicken. Aber nach einer Stunde Fahrt brach der Korporal plötzlich sein Schweigen und murmelte hinter seinem Schal:

»Das muß es gewesen sein, die Scheißindios haben sie den *apus* geopfert.«

»Meinen Sie die Verschwundenen von Naccos?« Francisco López warf ihm einen verwirrten Blick zu.

»So sind diese Arschlöcher, auch wenn Sie es nicht glauben wollen«, sagte Lituma. »Und die Idee haben ihnen natürlich Dionisio und die Hexe eingetrichtert.«

»Dieser Dionisio ist zum Schlimmsten fähig«, sagte Francisco López lachend. »Es kann nicht stimmen, daß Alkohol tötet. Wie könnte dieser Säufer sonst am Leben sein?«

»Kennen Sie ihn schon lange?«

»Ich bin ihm von jungen Jahren an überall im Hochland begegnet. Er kreuzte in allen Bergwerken auf, in denen ich gearbeitet habe. Ich war Werber, bevor ich im Sicherheitsbereich anfing. Zu dieser Zeit hatte Dionisio kein festes Lokal, er betrieb einen Straßenausschank. Er verkaufte Pisco, Chicha und Schnaps von Bergwerk zu Bergwerk, von Dorf zu Dorf und gab Vorstellungen mit einer Truppe von Gauklern. Die Geistlichen hetzten ihm die Bullen auf den Hals. Entschuldigung, ich hab vergessen, daß Sie auch einer sind.«

Lituma hatte noch immer den Kopf in den Schal gehüllt und das Käppi bis in die Stirn herabgezogen; der Fahrer konnte nur die Wangenknochen erkennen, die stumpfe Nase und die beiden dunklen kleinen Augen, die halb geschlossenen waren und ihn forschend anblickten.

»War er damals schon mit Doña Adriana verheiratet?«

»Nein, ihr ist er später in Naccos begegnet. Hat man Ihnen das nicht erzählt? Das ist doch eine der großen Klatschgeschichten der Anden. Er soll ihretwegen den Bergarbeiter erledigt haben, der ihr Mann war. Und sie dann entführt haben.«

»Es ist immer das gleiche«, rief Lituma. »Wo dieser Typ auftaucht, ist alles Blut und Verderben.«

»Und das hat uns jetzt gerade noch gefehlt«, sagte der Fahrer. »Die große Sintflut.«

Es hatte mit großer Heftigkeit zu regnen begonnen. Der Himmel wurde rasch dunkel und füllte sich mit Donnerschlägen, die in den Bergen widerhallten. Ein Vorhang dicker Tropfen fiel gegen die Fensterscheiben, und der Scheibenwischer schaffte es nicht, ihnen die nötige Sicht zu ermöglichen, damit sie Schlaglöchern und überschwemmten Flächen ausweichen konnten. Sie fuhren ganz langsam; das Fahrzeug bockte wie ein wildes Pferd.

»Und wie war Dionisio damals?« Lituma wandte kein Auge vom Fahrer. »Hatten Sie ein wenig Umgang mit ihm?«

»Ich habe mich manchmal mit ihm betrunken, das war alles«, sagte Francisco López. »Er kam zu allen Märkten und Dorffesten mit seinen Musikern und ein paar Indiofrauen, die halbe Nutten waren und mit viel Getue tanzten. Beim Karneval in Jauja habe ich einmal erlebt, wie ihn der Jalapato schier um den Verstand gebracht hat. Kennen Sie diesen Tanz der Gegend von Jauja? Die Leute tanzen und tanzen, und mittendrin reißen sie einer lebenden Ente den Kopf ab. Dionisio köpfte sie alle, die anderen ließ er gar nicht zum Zug kommen. Am Ende haben sie ihn hinausgeworfen.«

Der Jeep kroch im Schneckentempo vorwärts, durch eine Landschaft ohne Bäume und Tiere, zwischen Felsen, Schluchten, Gipfeln und Wegwindungen, die vom Wolkenbruch gepeitscht wurden. Aber nicht einmal das Unwetter lenkte Lituma von seiner Obsession ab. Er hatte eine tiefe Furche auf der Stirn und hielt sich an der Tür und an der Decke des Jeeps fest, um die Erschütterungen aufzufangen.

»Der Typ erzeugt bei mir Alpträume«, gestand er. »Er ist verantwortlich für alles, was in Naccos passiert.«

»Seltsam ist, daß die Terroristen ihn noch nicht umgebracht haben. Sie richten ständig Schwule, Zuhälter, Huren, Perverse jeder Art hin. Dionisio ist all das zusammen und noch viel mehr.« Francisco López warf Lituma einen raschen Blick zu. »Anscheinend haben Sie diese Geschichten von Scharlach geglaubt, Korporal. Hören Sie nicht auf ihn, er ist ein Gringo mit viel Phantasie. Glauben Sie wirklich, daß die imstande waren, diese drei zu opfern? Na ja, warum eigentlich nicht. Tötet man hier nicht jeden, aus jedem Grund? Ständig werden Gräber entdeckt, wie das der zehn evangelischen Prediger bei Huanta. Was wunder also, daß wir es auch mit Menschenopfern zu tun bekommen.«

Er lachte, aber Lituma amüsierte sich nicht über seine Worte.

»Da gibt es nichts zu witzeln«, sagte er. Eine Reihe von Donnerschlägen hinderte ihn daran, fortzufahren.

»Ich weiß nicht, wie Sie den Fußweg nach Naccos bewältigen wollen«, sagte Francisco López laut, als er sich Gehör verschaffen konnte. »Wenn es dort genauso regnet, dann wird der Abhang ein Sturzbach aus Schlamm sein. Wollen Sie nicht lieber mit mir zurück ins Bergwerk kommen?«

»Auf keinen Fall. Ich muß diese Angelegenheit endlich aufklären.«

»Warum nehmen Sie sich diese Verschwundenen so sehr zu Herzen, Korporal? Was macht es Ihnen letztlich aus, ob es drei arme Teufel in der Welt mehr oder weniger gibt?«

»Ich habe einen der drei gekannt. Er hat unseren Posten geputzt. Ein kleiner Stummer. Ein herzensguter Mensch.«

»Sie wollen John Wayne aus den Cowboy-Filmen sein, Korporal. Ein einsamer Rächer.«

Als sie zwei Stunden später die Stelle erreichten, wo der Jeep umdrehen mußte, hatte es zu regnen aufgehört. Aber der Himmel war weiterhin bedeckt, und man hörte in der Ferne die Donnerschläge des Unwetters, wie einen aus dem Takt geratenen Trommelwirbel.

»Es ist mir nicht ganz wohl bei dem Gedanken, Sie allein zu lassen«, sagte Francisco López. »Möchten Sie, daß wir zusammen etwas warten, bis der Weg trocknet?«

»Nein, nein, ich werde die Zeit nutzen«, sagte der Korporal, während er aus dem Jeep stieg. »Bevor es erneut zu regnen anfängt.«

Er gab ihm die Hand und hörte kaum die Worte des Sicherheitschefs von La Esperanza, der ihm dafür dankte, daß er gekommen war, um die Berichte aufzusetzen. Als er den Abstieg begann, hörte er, wie der Motor ansprang und der Jeep sich entfernte.

»Himmelherrgottscheißenochmal!« brüllte er in diesem Augenblick mit all seinen Kräften. »Drecksärsche! Geisterseher, Götzendiener, Scheißindios, verdammte Scheißkerle!«

Er hörte, wie seine vom Echo vervielfachte Stimme zwischen den hohen Wänden der Berge widerhallte, die im Dunst unsichtbar geworden waren. Diese Schimpfkanonade tat ihm gut. Er setzte sich auf einen Felsstein und zündete sich eine Zigarette an, wobei er die Hände zu einer Höhle formte, damit die Flamme nicht erlosch. Das war passiert, es war sonnenklar. Das Geheimnis hatte ihm dieser Professor mit dem Peru-Tick enthüllt. Dazu also war die Geschichte gut. Er mußte an den Unterricht denken, den sein Lehrer Néstor Martos an der San-Miguel-Schule in Piura gegeben hatte. Er hatte ihn spannend gefunden, denn Néstor Martos, der sich wie eine Vogelscheuche präsentierte, in einen Schal gewikkelt, unrasiert und mit einem leichten Chicha-Schwips, erklärte alles wie in Technicolor. Aber nie war ihm der Gedanke gekommen, daß das Studium der Sitten der alten Peruaner zum Verständnis der jetzigen Geschehnisse in Naccos beitragen könnte. Vielen Dank, Scharlach, für die Klärung dieses Geheimnisses. Aber er fühlte sich niedergeschlagener und verwirrter als zuvor. Denn obwohl sein Kopf ihm sagte, daß alle Teile zusammenpaßten, wehrte er sich innerlich dagegen, es zu glauben. Wie sollte es einem normalen Menschen mit auch nur einem bißchen Verstand in den Kopf gehen, daß die Arbeiter Pedrito Tinoco und die anderen beiden den Geistern der Berge geopfert hatten, durch die die Straße führen sollte? Und dieser Unglücksvogel von einem Bürgermeister; sich hier unter falschem Namen auf der Flucht vor den Terroristen zu verstecken, bloß um erschlagen in einem Stollen zu enden.

Er warf die Kippe fort und sah, wie der Wind sie in Pirouetten davontrug. Er machte sich wieder auf den

Weg. Es ging nur bergab, aber der Regen hatte die Trasse verwischt, der Boden war rutschig, und er mußte mit großer Vorsicht auftreten, um nicht auf die Nase zu fallen. Statt der eineinhalb Stunden, die er und Francisco López vor zwei Tagen für den Fußmarsch gebraucht hatten, würde er das Dreifache brauchen. Aber es war besser, langsam zu gehen und sich kein Bein zu brechen in dieser Einsamkeit, wo nicht einmal ein Vogel zu sehen war, der einem das Gefühl geben konnte, nicht gar so verlassen zu sein. Was würde Tomasito sagen? Er stellte sich das Gesicht seines Amtshelfers vor, die Ungläubigkeit in seinen Augen, das Würgen, das ihn ankäme. Oder vielleicht nicht, die Beschäftigung mit seiner Piuranerin impfte ihn gegen die Mutlosigkeit. Doña Adriana hatte sie überzeugt; wenn sie ein großes Unheil bei den Bauarbeiten verhindern wollten, einen Erdrutsch, ein Erdbeben oder ein Massaker, gab es nur eine Lösung: Menschenblut für die *apus*. Und um sie weichzukriegen und ihnen den Rat schmackhaft zu machen, hatte diese Schwuchtel sie betrunken gemacht. Ich glaub es nicht, Herr Korporal. So war es, Tomasito. Da hast du die Erklärung dafür, warum es heißt, sie seien die Anstifter gewesen. Aber eines war nicht klar. Wenn es sich um eine Opfergabe an die *apus* handelte, reichte dann nicht einer? Warum drei? Wer weiß, Tomasito. Vielleicht mußte eine ganze Horde von *apus* besänftigt werden. Eine Straße führt durch viele Berge hindurch, nicht wahr?

Er rutschte aus und saß plötzlich im Schlamm. Er stand auf und fiel abermals, dieses Mal auf die Seite. Er lachte über seine Ungeschicktheit, aber in Wahrheit war ihm danach, laut zu heulen. Wegen des erbärmlichen Zustands seiner Uniform, wegen der Schürfwunden an seinen Händen, aber vor allem, weil die Welt, das Leben ihm auf einmal unerträglich vorkamen. Er wischte sich die Handflächen am Hosenboden ab und setzte seinen Marsch fort, wobei er sich bei jedem Schritt an den Felsen festhielt. Wie war es möglich, daß diese Arbeiter, von denen viele Mestizen waren, Leute, die zumindest die Grundschule besucht hatten, die in den Städten gewesen waren, die Radio hörten, die ins Kino gingen, die sich wie moderne Menschen kleideten, sich wie wilde Nacktärsche und Kannibalen aufführten? Bei den Indios der Hochebenen, die nie eine Schule betreten hatten und weiter wie ihre Urgroßväter lebten, konnte man das ja verstehen. Aber doch nicht bei diesen Typen, die Karten spielten und getauft waren.

Es hatte etwas aufgeklart, und Lituma konnte durch den grauen Dunst des Tages tief unten die Lichter des Lagers erkennen. In diesem Augenblick wurde er gewahr, daß er außer dem fernen Donner seit einer Weile auch ein tiefes Dröhnen, ein anhaltendes Grollen der Erde vernahm. Was zum Teufel war das? Noch ein Unwetter, das hinterrücks über ihn hereinbrach. Sogar die Elemente verhielten sich verräterisch in diesen Scheißanden. Was passierte hier, verdammt noch mal? Zitterte die Erde? War das ein Erdbeben? Jetzt hatte er keinen Zweifel mehr: Der Boden zitterte unter seinen Füßen, und es roch nach Terpentin. Ihn umgab ein dröhnender, tiefer Ton, der aus dem Herz des Gebirges heraufstieg. In seinem Umkreis, zwischen seinen Füßen, von unsichtbaren Händen getrieben oder aufgescheucht, rollten Steinchen, Splitter, und er gewahrte, daß er, fast ohne es zu merken, auf allen vieren unter einem hohen, spitz zulaufenden Felsen Schutz gesucht hatte, der von gelblich-grünen Moosflechten bedeckt war.

»Was ist los, Gott im Himmel, was ist das«, rief er laut, während er sich bekreuzigte, und dieses Mal gab es kein Echo, weil das dichte, vielfache, allgegenwärtige Getöse, dieses granitene Dröhnen, dieses gewaltige Den-Berg-Hinabstürzen alle anderen Geräusche verschluckte. Es hieß, Dionisios Mutter sei von einem Blitz erschlagen worden. Würde auch er gleich von einem erschlagen werden? Er zitterte am ganzen Leib; durch die Angst waren seine Hände schweißnaß geworden. »Ich will nicht sterben, lieber Gott, beim Allerheiligsten«, schrie er und spürte dabei, daß sein Hals trocken und rissig war.

Der Himmel war noch dunkler geworden, und obwohl gerade erst der Nachmittag begann, schien die Nacht hereingebrochen zu sein. Wie im Traum sah er, daß eine kaninchengroße Viscacha zwischen den Steinen auftauchte und an ihm vorbei in Panik den Berg hinunterstürzte; sie hatte steife Ohren und sprang blindlings, immer wieder stolpernd; schließlich verschwand sie. Lituma versuchte zu beten, aber nicht einmal das konnte er. War das ein Erdbeben? Würde er von einem dieser Felssteine erschlagen werden, die links und rechts hüpfend, gegeneinanderprallend, auseinanderbrechend und zersplitternd mit wahnsinnigem Getöse an ihm vorbeirollten? Tiere besaßen einen sechsten Sinn, sie witterten die Katastrophen, die Viscacha war aus ihrer Höhle geflohen, hatte sich davongemacht, weil sie das Ende der Welt gerochen hatte. »Vergib mir meine Sünden!« schrie er. »Ich will nicht so enden, verdammt noch mal.« Zusammengeduckt, auf allen vieren drängte er sich dicht an den Felsen, während er rechts und links und über seinem Kopf Steine, Erdklumpen, Felsbrocken in allen nur erdenklichen Formen vorbeirasen sah und spürte, wie der Fels unter dem Aufschlag der Geschosse erbebte, die ihn trafen und an ihm abprallten. Wie lange würde er standhalten? Er stellte sich einen riesigen Stein vor, der von der Höhe der Kordillere herabrollte und geradewegs auf den Felsen traf, der ihm Deckung gab, ihn in einer Sekunde zermalmte und ihn mit ihm. Mit geschlossenen Augen sah er seinen Körper in Brei verwandelt, in eine stinkende, blutige Masse aus Knochen, Blut, Haaren, Kleider- und Schuhfetzen, alles vermengt, im Schlamm begraben, bergab gerissen, bis zu, bis zu ..., und erst in diesem Augenblick fiel ihm ein, daß diese Lawine, dieser Berg, der einstürzte und sich auflöste, mit seiner Ladung schwerer Geschosse genau auf das Lager zuraste. ›Der *huayco*, aha‹, gelang es ihm zu denken, immer noch mit geschlossenen Augen, wie Espenlaub zitternd. ›Er wird sie alle erschlagen da unten, nachdem er mich erschlagen hat.‹

Als er die Augen öffnete, glaubte er zu träumen. Rechts von ihm, inmitten einer gewaltigen Staubwolke, stürzte ein Brocken von der Größe eines Lastwagens, mit Plakken stiebenden Schnees den Abhang hinunter und riß alles mit sich, was er auf seinem Weg fand, bahnte sich eine Schneise, breit wie das Bett eines großen Flusses, und zog einen rasenden Wirbel aus Felsbrocken, Steinen, Steinchen, Holzstücken, Eis- und Erdklumpen hinter sich her, in dessen tosendem Durcheinander Lituma Tiere, Schnäbel, Federn, Knochen zu erkennen meinte. Der Lärm war ohrenbetäubend, und die Staubwolke verdichtete sich, jetzt hatte sie auch ihn eingehüllt. Er hustete, halb erstickt; er hatte Blut an den Händen, mit denen er am schlammigen Boden Halt suchte. ›Aha, der *huayco*, Lituma‹, wiederholte er bei sich, während er sein Herz in der Brust klopfen fühlte. ›Er bringt dich stückchenweise um.‹ In diesem Augenblick spürte er einen Schlag auf den Kopf, der ihn blitzartig an den Fausthieb erinnerte, der ihn als Jungen einmal bei einer Prügelei mit dem Chamäleon Panizo unter der Alten Brücke des Piura bewußtlos zu Boden gestreckt hatte und bei dem er ebenfalls Sterne, Monde und Sonnen gesehen hatte, wie jetzt, während er zusammensackte und alles ein Ende fand.

Als er das Bewußtsein wiedererlangte, zitterte er immer noch, aber jetzt vor Kälte, die seine Knochen zum Klappern brachte. Es war dunkel; die Schmerzen, die er spürte, wenn er sich zu bewegen suchte, ließen ihn an ein Auto denken, das ihn überfahren und alles zermalmt hatte, was sich unter seiner Haut befand. Aber er war lebendig, und es war wunderbar, daß anstelle des Getöses und der Sturzflut aus Erde, Geröll und Felsbrocken jetzt diese eisige, friedliche Stille in der Welt herrschte. Besonders am Himmel. Einige Sekunden lang vergaß er seinen Körper, betört durch das Schauspiel: Tausende, Millionen von Sternen jeder Größe, die an dieser gelblich schimmernden Kuppel blinkten, die nur für ihn ihre Pracht zu entfalten schien. Nie hatte er einen so großen Mond gesehen, nicht einmal in Paita. Nie hatte er eine so bestirnte, eine so stille, eine so sanfte Nacht erlebt. Wie lange war er ohne Bewußtsein gewesen? Stunden, Tage? Aber er lebte, und er mußte sich bewegen. Wenn nicht, wirst du erfrieren, Freundchen.

Er drehte sich langsam erst auf die eine, dann auf die andere Seite und spuckte aus, denn er fühlte, daß Erde seinen Mund verstopfte. Unglaublich, diese Stille, nach diesem entsetzlichen Lärm. Ein sichtbares Schweigen, das man hören konnte und das sich greifen ließ. Langsam löste sich die Starre seiner Glieder, und es gelang ihm, sich aufzusetzen. Er betastete sich von oben bis unten. Wann hatte er seinen linken Stiefel verloren? Anscheindend hatte er sich keinen Knochen gebrochen. Ihm tat zwar alles weh, aber nichts im besonderen. Er war mit dem Leben davongekommen, das war das Phantastische. Grenzte das nicht an ein Wunder? Nichts Geringeres als ein *huayco* war über ihn hinweggerast. Oder an ihm vorbei, genau gesagt. Und da war er, lädiert, aber lebendig. ›Wir Piuraner sind hartgesottene Burschen‹, dachte er. Und er empfand schon jetzt eitle Befriedigung bei dem Gedanken an jenen künftigen Tag, an dem er wieder in Piura wäre und in der kleinen Bar der Chunga den Unbezwingbaren dieses große Abenteuer erzählen würde.

Er hatte sich aufgerichtet und konnte in seinem Umkreis, im fahlen Licht des Mondes, die Verheerungen der Lawine erkennen. Die Bresche, die der riesige Stein geschlagen hatte. Die ganze Umgebung war von Fels-

brocken und Schlamm bedeckt. Hier und da lagen Schneeplacken auf dem Morast. Aber es wehte kein Wind, und es gab nicht das geringste Anzeichen von Regen. Er forschte das unter ihm liegende Dunkel aus, wo sich das Lager befinden mußte. Er sah kein einziges Licht. Hatte die herabstürzende Flut aus Erde, Schlamm und Geröll alles, Baracken, Menschen, Werkzeuge, unter sich begraben?
Er duckte sich, tastete suchend den Boden ab und fand seinen Stiefel. Er war voller Erde. Er säuberte ihn, so gut es ging, und zog ihn an. Er beschloß, jetzt gleich den Abstieg zu beginnen, ohne auf den Tag zu warten. Bei diesem Mond und wenn er langsam ginge, würde er sich zurechtfinden. Er war ruhig und glücklich. Als hätte er eine Prüfung bestanden, dachte er, als hätten diese Scheißberge, dieses Scheißhochland ihn endlich akzeptiert. Bevor er seinen Weg fortsetzte, drückte er seinen Mund gegen den Felsen, der ihm Schutz gewährt hatte, und flüsterte, wie ein Indio getan hätte: »Vielen Dank, daß du mein Leben gerettet hast, *mamay*, *apu*, *pachamama*, oder wer zum Teufel du sein magst.«

»›Wie war Ihre Geschichte mit dem *pishtaco*, Doña Adriana?‹ fragt ihr, sobald ihr das erste Glas getrunken habt, denn nichts gefällt euch so wie der Tod des Schlächters. ›War es derselbe, der Ihren Vetter Sebastián ausgedörrt hat? War es der, den Sie töten geholfen haben?‹ Nein, ein anderer. Das war lange vorher. Damals hatte ich noch alle meine Zähne und keine einzige Falte. Ich weiß, daß es viele verschiedene Geschichten darüber gibt, ich habe sie alle gehört. Nach so langer

Zeit sind einige Einzelheiten aus meinem Gedächtnis verschwunden. Damals war ich jung und noch nie aus meinem Dorf herausgekommen. Jetzt muß ich uralt sein.

Quenka ist weit, auf der anderen Seite des Mantaro, in der Nähe von Parcasbamba. Wenn der Fluß durch die Regenfälle stark anstieg und das Land überflutete, verwandelte sich das Dorf in eine Insel, zusammengedrängt auf der Berghöhe und umgeben von überschwemmten Saatfeldern. Die Kartoffeln, die Bohnen, die Gerste, der Mais und der Ajípfeffer wuchsen gut. Die Bäume, die man *molles* nennt, die Eukalyptusbäume und die Weiden schützten uns vor den Wirbelwinden. Selbst die ärmsten Bauern hatten ihre Hühnchen, ihr Schweinchen, ihre Schäfchen oder ihre kleinen Lamaherden, die in der Höhe weideten. Ich führte ein ruhiges Leben. Von meinen Schwestern war ich diejenige, der am meisten der Hof gemacht wurde; mein Vater, ein angesehener Bewohner von Quenka, verpachtete drei seiner kleinen Grundstücke und bearbeitete zwei; er war Besitzer des Warenlagers, des Ausschanks, des Krämerladens, der Reparaturwerkstatt und der Mühle, in die alle ihr Korn zum Mahlen brachten. Mein Vater war oft Vorsteher der Dorffeste, und jedesmal gab er das Geld mit vollen Händen aus, ließ einen Geistlichen kommen und holte Musikgruppen und Tänzer aus Huancayo. Bis der *pishtaco* kam.

Woher wußten wir, daß er gekommen war? Durch die Verwandlung des Lieferanten Salcedo, der seit Jahren Heilmittel, Kleider und Werkzeuge für den Laden meines Vaters brachte. Er stammte von der Küste. Er kam mit großem Getöse in einem zusammengeflickten kleinen Lieferwagen; sein Motor und sein blechernes Geklapper kündigten ihn schon lange an, bevor wir Bewohner von Quenka ihn sehen konnten. Alle kannten ihn, aber jenes Mal erkannten wir ihn kaum wieder. Er war groß und dick geworden, ein wahrer Riese. Er hatte jetzt einen Bart von der Farbe einer Kakerlake und blutunterlaufene, hervortretende Augen. Die Leute, die zu seiner Begrüßung zusammengelaufen waren, sah er an, als wollte er sie mit seinen Riesenaugen verschlingen. Männer und Frauen. Mich auch. Ein Blick, den ich nicht vergessen kann und der alle das Fürchten lehrte.

Er war schwarz gekleidet, trug Stiefel, die ihm bis zu den Knien reichten, und einen so großen Poncho, daß es schien, als würde Salcedo davonfliegen, wenn ein Windstoß ihn bauschte. Er lud den Lieferwagen aus und bezog wie üblich Quartier im Hinterzimmer unseres Lagers. Er war nicht mehr der gesprächige Mensch, der Nachrichten von draußen brachte und sich mit den Leuten befreundete. Er blieb stumm, in sich gekehrt, und richtete kaum ein Wort an die anderen. Auf die einen wie die anderen heftete er diesen bohrenden Blick, der die Männer mißtrauisch machte und uns Mädchen Angst einjagte.

Nachdem er zwei oder drei Tage in Quenka gewesen war und die Liste mit den Bestellungen meines Vaters erhalten hatte, fuhr er im Morgengrauen ab. Und am nächsten Tag kam einer der Jungen in das Dorf herunter, die in der Höhe die Herden weideten, und berichtete uns, daß der Lieferwagen von der Straße abgekom-

men und in einer Kurve den Berghang hinuntergestürzt war, in Richtung Parcasbamba. Man konnte ihn vom Rand des Abgrunds sehen, in der Tiefe der Schlucht, zertrümmert.
Einer Gruppe von Bewohnern, mit meinem Vater an der Spitze, gelang es unter großen Schwierigkeiten, bis dort hinunterzusteigen. Im Umkreis verstreut, fanden sie die vier Räder, die Stoßdämpfer, die verbeulten Blechstücke der Trichter, die Karosserie und Teile des Motors. Aber keine Spur der Leiche von Salcedo. Sie suchten am Abhang, denn sie dachten, er sei beim Absturz aus dem Wagen geschleudert worden. Auch da war er nicht. Weder an den Trümmern des Fahrzeugs noch auf den Steinen ringsherum war Blut zu sehen. Hatte er vielleicht herausspringen können, als er merkte, daß er von der Straße abkam? ›So wird es gewesen sein‹, sagten sie. ›Er ist herausgesprungen, und ein anderer Lastwagen hat ihn mitgenommen. Jetzt wird er in Parcasbamba oder in Huancayo sein und sich von dem Schrecken erholen.‹
In Wirklichkeit hatte er Unterschlupf in Quenka gefunden, in einer der uralten Grotten desselben Berges, an dem er abgestürzt war, einer von denen, die wie Wespennester sind, mit Malereien der Alten an den Wänden. Zu dieser Zeit begann er mit seinen Missetaten als *pishtaco*. Er erschien in den Nächten auf den Wegen, auf einer Brücke, hinter einem Baum dem saumseligen Hirten, den Reisenden, den Maultiertreibern, den Wanderarbeitern, denen, die ihre Ernten auf den Markt trugen, und denen, die von den Dorffesten zurückkehrten. Er tauchte wie aus dem Nichts auf, plötzlich, zwi-

schen den Schatten, mit funkelnden Augen. Seine riesige Gestalt, eingehüllt in den fliegenden Poncho, ließ sie vor Schreck wie gelähmt dastehen. Dann brachte er sie in aller Ruhe in seine Grotte mit den eisigen, finsteren Gängen, wo er seine chirurgischen Instrumente aufbewahrte. Er schnitt sie vom After bis zum Mund auf und briet sie bei lebendigem Leibe über ein paar flachen Becken, die ihr Fett auffingen. Er häutete sie, um Masken aus ihrer Gesichtshaut zu fertigen, und schnitt sie in Stücke, um mit ihren zerstoßenen Knochen Pulver zum Hypnotisieren herzustellen. Es verschwanden einige.

Dann trat er eines Tages Don Santiago Calancha in den Weg, einem Viehschlächter, der von einer Hochzeitsfeier in Parcasbamba nach Quenka zurückkehrte. Anstatt ihn mit in die Grotte zu nehmen, sprach er zu ihm. Wenn er sein Leben und das seiner Familie retten wolle, müsse er ihm eine seiner Töchter bringen, damit sie für ihn koche. Und er sagte ihm, an welchem Eingang der Grotte er das Mädchen lassen sollte.

Man braucht kaum zu erwähnen, daß Calancha, obwohl er ihm schwor zu gehorchen, die Anweisungen des *pishtaco* nicht befolgte. Er verschanzte sich in seiner Hütte mit seiner Machete und einem Haufen Steine, um Salcedo die Stirn zu bieten, wenn er käme, um seine Tochter zu rauben. Am ersten Tag passierte nichts, am zweiten auch nicht und auch nicht in den ersten beiden Wochen. In der dritten Woche schlug inmitten eines Wolkenbruchs der Blitz in Calanchas Dach ein, und das Haus brannte nieder. Er, seine Frau und seine drei Töchter starben in den Flammen. Ich sah ihre

Skelette. Ja, genau so ist anscheinend Dionisios Mutter gestorben. Sie habe ich nicht gesehen, vielleicht ist das nur Gerede. Als die Bewohner Quenkas, durchnäßt und tiefbetrübt, herbeikamen, um das Feuer zu sehen, in das sich das Pfeifen des Windes und der Hall des Donners mischten, hörten sie schallendes Gelächter. Es kam aus den Grotten, in denen Salcedo wohnte.

Das nächste Mal, als der *pishtaco* ein Mädchen als Köchin verlangte, beschlossen die zum Rat versammelten Bewohner daher, ihm zu gehorchen. Die erste, die in die Grotte ging, um für ihn zu arbeiten, war meine älteste Schwester. Meine Familie und viele andere begleiteten sie zum Eingang, den der *pishtaco* angegeben hatte. Sie sangen und beteten für sie, und es gab viele, die beim Abschied weinten.

Er dörrte sie nicht aus wie meinen Vetter Sebastián, obwohl mein Vater sagte, es wäre vielleicht besser gewesen, er hätte ihr das Fett herausgeschnitten. Er ließ ihr das Leben, aber er machte sie zur Magd eines *pishtaco*. Vorher mißbrauchte er sie, indem er sie auf den feuchten Boden der Grotte warf und sie mit seinem Schraubenzieher durchbohrte. Die Schreie meiner Schwester in ihrer Hochzeitsnacht waren in allen Häusern Quenkas zu hören. Danach verlor sie ihren Willen und lebte nur, um ihrem Herrn und Gebieter zu dienen. Sie bereitete ihm mit Hingabe den Kartoffelbrei, für den er eine Vorliebe besaß, trocknete und salzte das Fleisch der Opfer, das gedörrt wurde und das sie mit Mote aßen, und half ihm, die Geschlachteten an den Haken aufzuhängen, die Salcedo in den Stein trieb, damit das Fett in die Kupferbecken laufen konnte.

Meine Schwester war die erste von mehreren, die in die Höhle gingen und für ihn kochten und ihm als Helferinnen dienten. Von jener Zeit an unterwarf sich Quenka seinem Willen. Wir brachten ihm Abgaben in Form von Nahrung. Wir ließen sie am Eingang der Grotte und von Zeit zu Zeit auch das Mädchen, das er verlangte. Und wir fanden uns damit ab, daß zuweilen Bewohner verschwanden, die der *pishtaco* Salcedo mit sich nahm, um seinen Fettvorrat zu erneuern.
Bis der tapfere Prinz auftauchte? Es war kein Prinz, sondern ein Pferdebändiger aus den Pampas de los Morochucos. Wer die Geschichte kennt, kann sich die Ohren zuhalten oder hinausgehen. Ist euch, als würdet ihr sie von neuem erleben? Macht sie euch Mut? Macht sie euch begreiflich, daß es gegen große Übel immer große Mittel gibt?
Timoteo, der Großnasige, wußte, was in Quenka geschah, und kam mit der Absicht aus Ayacucho, in die Grotten zu gehen und ihm die Stirn zu bieten. Timoteo Fajardo, so hieß er. Ich kannte ihn gut: Er war mein erster Ehemann, obwohl wir nie geheiratet haben. ›Kann ein einfacher Sterblicher einem Stiefsohn des Teufels die Stirn bieten?‹ sagten sie zu ihm. Auch mein Vater versuchte, ihn zu entmutigen, als er ihm respektvoll sein Vorhaben mitteilte, in die Höhle des *pishtaco* zu gehen, um ihm den Kopf abzureißen und uns von seiner Tyrannei zu befreien. Aber Timoteo bestand darauf. Nie habe ich einen so verwegenen Menschen gekannt. Er war ein gutaussehender Mann, obwohl er eine so große Nase hatte. Er ließ seine beiden mundgroßen Nasenflügel beben. Das war sein Glück. ›Ich kann es ma-

chen‹, sagte er, mit was für einer Sicherheit! ›Ich kenne das Rezept, wie ich mich ihm nähern kann, ohne daß er mich wittert: eine Knoblauchzehe, eine Prise Salz, ein Stück trockenes Brot, ein Kügelchen Eselskot. Und bevor ich in die Grotte hineingehe, muß mir eine Jungfrau auf die Stelle urinieren, wo mein Herz ist.‹

Ich besaß die Voraussetzungen. Ich war jung, unberührt, und als ich ihn hörte, erschien er mir so mutig, seiner selbst so sicher, daß ich ihm meine Hilfe anbot, ohne meinen Vater um seinen Rat zu fragen. Es gab allerdings eine Schwierigkeit. Wie würde er aus den Grotten herausfinden, nachdem er Salcedo umgebracht hätte? Sie waren so groß und so verwinkelt, daß niemand imstande gewesen war, sie ganz zu erkunden. Die Gänge teilten sich, führten hinauf, hinunter, krümmten sich und verzweigten und verflochten sich wie die Wurzeln des Eukalyptusbaumes. Und außer Fledermäusen gab es Stollen mit giftigen Ausdünstungen, die kein menschliches Wesen einatmen konnte, ohne zu ersticken.

Wie würde Timoteo Fajardo herausfinden, nachdem er den *pishtaco* getötet hätte? Seine Riesennase brachte mich auf die Idee. Ich bereitete für ihn einen dicken Eintopf, schön scharf, mit diesem grünen Pfeffer, der selbst in hartnäckigsten Fällen die Verstopfung heilt. Er aß den ganzen Topf leer und hielt aus, bis sein Magen schier platzen wollte. Erst dann ging er in die Höhle. Es war am Nachmittag, und die Sonne schien, aber nach wenigen Schritten fand Timoteo sich im Dunkeln wieder. In bestimmten Zeitabständen blieb er stehen, ließ die Hose herunter, hockte sich nieder und machte ein

Häufchen. Am Anfang bewegte er sich aufs Geratewohl vorwärts, wobei er einen Arm vor die Augen hielt, weil die Fledermäuse von der Decke herunterkamen und mit ihren klebrigen Flügeln sein Gesicht streiften. Er spürte auf der Haut die Fäden der Spinnweben. So tastete er sich eine gute Weile voran, hielt inne, um den Obulus seines Leibes zu entrichten, und setzte seinen Weg wieder fort. Bis er ein kleines Licht bemerkte. Von diesem Lichtschein geführt, gelangte er zum Gemach des *pishtaco*.

Der Riese schlief, ausgestreckt zwischen den drei Mädchen, die für ihn kochten. Im Licht einiger Lampen, die mit Menschenfett gespeist wurden, sah er, vom Pestgestank betäubt, menschliche Reste, die von blutigen Haken herabhingen und aus denen Fett in die blubbernden Becken tropfte. Ohne Zeit zu verlieren, trennte er mit einem Machetenhieb den Kopf des Schlächters ab und weckte seine Mägde. Als diese erwachten und ihren geköpften Herrn sahen, begannen sie wie wahnsinnig zu schreien. Timoteo beruhigte sie und brachte sie zur Besinnung: Er hatte sie aus der Sklaverei errettet, jetzt würden sie in das normale Leben zurückkehren können. Dann traten die vier den Rückweg an, wobei sie sich von der Geruchsspur leiten ließen, die der aus den Pampas de los Morochucos auf seinem Weg gelegt hatte und der seine Jagdhundnase ohne das geringste Zögern folgte.

Das ist die Geschichte des Riesen Salcedo. Eine Geschichte voller Blut, Leichen und Scheiße, wie alle Geschichten der *pishtacos*.«

»Auf, tu dir keinen Zwang an, erzähl mir dein Glück und dein Unglück, Tomasito«, ermunterte ihn Lituma. »Du hast Schwein; in der letzten Zeit kann ich nicht schlafen, wegen dieser Scheißgeschichte mit den Verschwundenen.«

»Diese beiden Wochen in Lima waren meine Flitterwochen«, sagte sein Amtshelfer. »Nichts als Angst und Schrecken, alle möglichen Katastrophen brachen über uns herein. Wir glaubten sogar, man wolle uns ermorden. Aber die Unsicherheit gab unserer Liebe Reiz, wir liebten uns jede Nacht, zweimal und sogar dreimal nacheinander. Eine herrliche, eine wunderbare Sache, Herr Korporal.«

»Fing Mercedes endlich an, dich zu lieben?«

»In den Nächten war ich mir dessen sicher. Im Bett war sie honigsüß, meine schöne kleine Piuranerin. Aber mit dem Tageslicht änderte sich ihre Laune. Ständig sagte sie mir ins Gesicht, ich hätte ihr Leben versaut und sie würde nie meine Frau werden.«

Zwei Tage nachdem sie bei Alicia in den Barrios Altos eingezogen waren, hob Mercedes die Ersparnisse ab, die sie in der Zweigstelle des Banco Popular am Platz von La Victoria besaß. Sie ging allein hinein. Carreño wartete an der Ecke auf sie und ließ sich in der Zeit die Schuhe putzen. Sie brauchte sehr lange. Als sie schließlich in der Tür der Bank erschien, faltete ein kleinwüchsiger Zambo mit narbigem Gesicht die Zeitung zusammen, die er, an eine Laterne gelehnt, gelesen hatte, tat ein paar gemessene Schritte und stürzte sich dann plötzlich auf sie. Sie rangen miteinander, und er versuchte, ihr die Brieftasche zu entreißen, die Mercedes mit beiden Händen umklammert hielt, während sie mit den Füßen nach ihm trat und schrie. Einige Passanten waren stehengeblieben und sahen dem Geschehen zu, aber sie wagten nicht einzugreifen. Als Carreño im Laufschritt zu ihnen gelangte, den Revolver in der Hand, ließ der Dieb die Frau los und rannte davon, als wäre ihm der Teufel auf den Fersen. Beide entfernten sich rasch auf der Avenida Manco Capac, wo sie ein Taxi anhielten. Mercedes war eher wütend als verängstigt, denn der Typ hatte ihr zwar nicht das Geld abnehmen können, aber ihren Personalausweis zerrissen.

»Und warum hast du geglaubt, daß dieser Typ kein einfacher Dieb war? Ist Lima denn nicht voll von solchen Kerlen?«

»Wegen dem, was uns danach passiert ist«, sagte der Gendarm. »Das war der erste Beweis. Wir erlebten zwei weitere, die noch schlimmer waren. Ich begann die Hand des Chancho zu sehen, der aus dem Grab gestiegen war, um sich an uns zu rächen. ›Fühlst du nicht, wie die Gefahr uns mehr und mehr aneinander bindet, mein Liebling?‹ sagte ich zu ihr.«

»Wie kannst du in diesem Augenblick von Liebe reden, du idiotischer Rotzjunge«, empörte sich Mercedes. »Siehst du nicht, daß ich meinen einzigen Ausweis verloren habe? Sprich endlich mit deinem Paten, er soll uns helfen.«

Aber die Versuche Carreños, ihn ausfindig zu machen, waren vergeblich. In seinem Büro durfte er ihn nicht anrufen, und das Telefon bei ihm zu Hause war ständig besetzt. Bei der Information sagte man ihm, diese Nummer sei nicht gestört, das hieß also, daß er es vielleicht absichtlich ausgehängt hatte. Iscariotes Frau sagte, der Dicke sei noch nicht aus der Selva zurück. Und Carreños Mutter, die dieser gebeten hatte, sie möge zu seinem Zimmer im Rímac-Viertel gehen, brachte ihm eine schlechte Nachricht.

»Die Tür eingetreten, alles zerwühlt und geplündert und mein Bett angesengt und mit Kacke drauf, was für ein Schreck für meine Alte. Als hätten sie Feuer in meinem Zimmer gelegt und sich aus irgendeinem Grund anders besonnen und lieber auf mein Bett geschissen«, sagte Tomás. »Konnte das ein weiterer Zufall sein, Herr Korporal?«

»Das mit der Kacke beweist, daß es Diebe waren«, erklärte Lituma. »Das ist unter Gaunern ein sehr verbreiteter Glaube, Tomasito. Um nicht im Kittchen zu landen, müssen sie, nachdem sie eine Wohnung ausgeraubt haben, Scheiße hinterlassen. Wußtest du das nicht?«

»Als ich Mercedes von dem Einbruch in meinem Zimmer erzählte, brach sie in Tränen aus«, seufzte Tomás. »Ich fühlte, wie sie in meinen Armen zitterte, mir ging das Herz über, Herr Korporal. Mach dir keine Sorgen, mein Liebling, wein doch nicht so, ich bitte dich.«

»Sie verfolgen uns, sie suchen uns«, wimmerte Mercedes, während ihr die Tränen über die Wangen liefen. »Das kann kein Zufall sein, zuerst das mit der Bank und jetzt das mit deinem Zimmer. Das sind Chanchos Leute, die suchen uns, die werden uns umbringen.«

Aber die Einbrecher und Brandstifter hatten das Versteck nicht entdeckt, in dem, hinter einigen Ziegelsteinen unter der Toilette verborgen, Carreño seine Dollars aufbewahrte.

»Dollars?« Lituma fuhr hoch. »Hattest du Ersparnisse?«

»Fast viertausend Dollar, auch wenn Sie es mir nicht glauben. Natürlich nicht von meinem miesen Polizistenlohn. Von den Nebenjobs, die mein Pate mir verschaffte. Zwei Tage auf jemanden aufpassen, ein Paket irgendwohin bringen, ein Haus bewachen, so blöde Sachen. Jeden Sol, den ich bekam, hab ich am Jirón Ocoña in Dollar umgetauscht und ab ins Versteck. Im Gedanken an meine Zukunft. Jetzt war Mercedes meine Zukunft.«

»Mensch, dieser Pate ist ja wie der liebe Gott, Tomasito. Wenn wir lebend aus Naccos herauskommen, dann mußt du ihn mir vorstellen. Ich möchte das Gesicht eines Mächtigen sehen, bevor ich sterbe. Bis jetzt hab ich sie nur im Kino oder in der Zeitung gesehen.«

»Damit kommen wir nicht in die Vereinigten Staaten, bild dir das nicht ein«, sagte Mercedes, im Geiste rechnend.

»Ich werde das nötige Geld zusammenbekommen, mein Liebling. Glaub mir. Ich werde dafür sorgen, daß du diese Sache heil und gesund überstehst, und dich nach Miami bringen, du wirst sehen. Wenn wir dort sind, vor den Wolkenkratzern und den blauen Stränden und den neuesten Automodellen, wirst du dann zu mir sagen: ›Ich liebe dich von ganzem Herzen, Carreñito?‹«

»Daß du jetzt noch Scherze machen kannst! Siehst du nicht, daß sie uns suchen, daß sie sich rächen wollen?«

»Wenigstens hab ich dich zum Lachen gebracht«, sagte

der Junge schmeichelnd. »Du gefällst mir, wenn du lachst, dann kriegst du ein paar Grübchen, die mir Herzklopfen machen. Jetzt, wo meine Mutter uns die Dollars bringt, gehen wir dir ein Kleid kaufen, ja?«

»Man kann einfach nicht zum ersten Mal mit dreiundzwanzig Jahren vögeln, Tomasito, das ist zu spät«, philosophierte Lituma. »Entschuldige, wenn ich dir das sage. Daß du entdeckt hast, was eine Frau ist, ist dir aufs Hirn geschlagen und hat dich wieder zum Kind gemacht.«

»Sie haben sie nicht gekannt, sie haben meine Mercedes nie nackt in den Armen gehalten«, seufzte Carreño. »Ich habe immer nur auf die Nacht gewartet, damit ich mich mit meiner Liebsten ins Paradies begeben konnte.«

»Wenn du mir so was sagst, dann denk ich immer, du fühlst das nicht, du spielst das nur oder machst dich über mich lustig«, sagte Mercedes. »Fühlst du wirklich so?«

»Was soll ich tun, damit du mir glaubst?«

»Ich weiß nicht, Carreñito. Du bringst mich durcheinander, wenn du mir dauernd solche Sachen sagst. Daß du so zärtlich wirst, wenn du erregt bist, gut. Aber du machst weiter und weiter, den ganzen Tag.«

»Dich hat's vielleicht erwischt, Junge«, bemerkte Lituma.

Sie verabredeten sich mit Carreños Mutter auf der Alameda de los Descalzos, in der Abenddämmerung. Tomás nahm Mercedes mit. Er ließ das Taxi vor der Plaza de Acho anhalten, und dann liefen sie bis zur Allee. Sie drehten mehrere Runden, bevor sie sich der Kirche näherten, an der die Mutter sie erwartete. Sie war klein und krumm und trug das religiöse Gewand, mit dem sie dem Herrn der Wunder diente. Sie umarmte und küßte lange ihren Sohn, ohne etwas zu sagen, und als dieser ihr Mercedes vorstellte, reichte sie ihr eine kleine, kalte Hand. Sie setzten sich auf eine abgewetzte Bank der Promenade, fast im Dunkeln, denn die nächste Straßenlaterne war zerstört. Zwischen ihren Röcken holte die Frau ein Paket aus Zeitungspapier mit den geretteten Dollars hervor und überreichte es Carreño. Sie stellte Mercedes keine Frage und schaute sie nicht ein einziges Mal an. Der Junge nahm eine Handvoll Geldscheine und steckte sie seiner Mutter in die Tasche, ohne etwas zu sagen. Das Gesicht der Frau drückte weder Angst noch Überraschung aus.

»Hast du was über meinen Paten herausgefunden?« fragte Tomás.

Sie nickte. Und streckte eine wenig den Kopf vor, um ihm in die Augen zu sehen. Sie sprach leise, in flüssigem Spanisch, aber mit starkem Hochlandakzent.

»Ich bin zu ihm gegangen und habe ihm die Nachricht hinterlassen, und er ist persönlich zu mir nach Hause gekommen«, sagte sie. »Er war sehr besorgt. Ich habe geglaubt, er würde mir mitteilen, daß dir was Schlimmes passiert ist, daß man dich umgebracht hat. Er sagt, du sollst so rasch wie möglich Verbindung mit ihm aufnehmen.«

»Ich habe ihn mehrmals am Tag angerufen, das Telefon bei ihm zu Hause ist immer besetzt.«

»Er will nicht, daß du ihn zu Hause anrufst. Besser in seinem Büro, vor zehn und im Namen des Chino.«

»Das beruhigte mich ziemlich«, sagte der Junge. »Wenn er meine Mutter aufgesucht hatte, wenn er wollte, daß ich ihn anrief, dann konnte er nicht so wütend auf mich sein. Aber ich brauchte noch an die zehn Tage, bis ich ihn erreichte. Das machte Mercedes große Angst, aber mir nicht. Denn dadurch kam ich weiter in den Genuß unserer Flitterwochen. Trotz der Ungewißheit und der unangenehmen Überraschungen werde ich nie wieder so glückliche Tage erleben, Herr Korporal.«

Als sie sich von der Mutter verabschiedet hatten und in die Pension in den Barrios Altos zurückkehrten, bestürmte Mercedes Carreño mit Fragen:

»Wie ist es möglich, daß deine Mutter diese Sache mit einer solchen Ruhe nimmt? Sie ist nicht überrascht, daß du dich versteckst, daß du mit mir zusammen bist, daß man bei dir eingebrochen hat. Ist das vielleicht normal, daß dir solche Sachen passieren?«

»Sie weiß, daß das Leben in Peru so seine Risiken hat, mein Liebling. Sie wirkt zwar klein und mickrig, aber sie ist eine Frau mit eiserner Kraft. Sie hat tausend Schwierigkeiten durchgemacht, um mich großzukriegen. In Sicuani, in Cusco und in Lima.«

Carreño war froh, wieder im Besitz seiner Dollars zu sein, und machte sich über Mercedes lustig, weil sie ihre Ersparnisse auf die Bank getragen hatte.

»Dieses Land ist zu gefährlich, um den Banken zu trauen, der beste Geldschrank ist die Matratze. Du hast ja gesehen, dieser Zambo in La Victoria hätte dich beinahe um dein ganzes Geld gebracht. Aber wie gut, daß er deinen Ausweis zerrissen hat, jetzt bist du von mir abhängig. Um das zu feiern, lad ich dich zum Tanzen ein. Zeigst du mir ein paar von diesen Tanzschritten, die du in der Show im Vacilón gemacht hast?«

»Wie kannst du in dieser Situation nur daran denken, dich zu amüsieren«, empörte sich Mercedes. »Hohlkopf, Luftikus.«

»Das kommt daher, daß ich verliebt bin, mein Schatz, und ich sehne mich heiß danach, mit dir *cheek to cheek* zu tanzen.«

Am Ende gab Mercedes nach, und sie gingen ins ›Rincón de los Recuerdos‹. Dort würde niemand ihr Gesicht sehen. Es war ein dunkles, romantisches Lokal am Paseo de la República, wo alte Tangos von Gardel und Boleros von Leo Marini, Agustín Lara und Los Panchos gespielt wurden. Sie tranken Cuba libre; Carreño stieg der Alkohol rasch zu Kopf. Er redete pausenlos über das Leben, das sie in Miami führen würden. Er würde eine Transportgesellschaft für Wertsachen aufziehen, er würde reich werden, sie würden heiraten und Kinder haben. Er drückte Mercedes fest an sich, während sie tanzten, und küßte heftig ihren Hals und ihr Gesicht.

»Solange du mit mir zusammen bist, wird dir nichts passieren, mein Ehrenwort. Warte, bis ich mit meinem Onkel geredet habe, bis der dicke Iscariote zurück ist. Dann lacht uns das Glück. Mir lacht es schon dank dir.«

»›Rincón de los Recuerdos‹, ein hübscher Name«, seufzte Lituma. »Ich werde ganz wehmütig, wenn ich dir zuhöre, Tomasito. Ein dunkles Lokal, ein paar gute Drinks, romantische Musik und ein zärtliches Mädchen, das eng mit dir tanzt. Ob es diese Dinge wohl noch gibt?«

»Herrlich und wunderschön war dieser Abend, Herr Korporal, solange wir in dem Nachtklub waren«, sagte der Junge. »Sie hat mich auch ab und zu geküßt, aus freiem Willen. ›Sie fängt schon an, mich zu lieben‹, hab ich mir voll Hoffnung gesagt.«

»Mit dieser ganzen Küsserei und Streichelei hast du mich erregt, Carreñito«, sagte Mercedes ihm ins Ohr, an seinem Ohrläppchen knabbernd. »Gehen wir endlich ins Bett, geben wir dem Aberwitz, uns hier zu zeigen, einen krönenden Abschluß.«

Als sie gegen drei Uhr nachts das Lokal verließen, waren sie beide ziemlich betrunken. Aber die Wirkung des Cuba libre verflog sofort, als sie entdeckten, daß nicht weit von der Pension der Señora Alicia, an der Ecke, Feuerwehrwagen, ein Polizeiauto und etliche Leute standen. Die Anwohner waren auf die Straße gestürzt, als sie die Explosion gehört hatten.

»Sie sind aus einem Lieferwagen gestiegen und haben in aller Ruhe den Sprengkörper vor einem Holzhäuschen abgelegt, zwanzig Meter von der Pension Tante Alicias entfernt«, erklärte sein Amtshelfer. »Das war der dritte Beweis. Noch ein Zufall, Herr Korporal?«

»Tomasito, jetzt glaube ich dir wirklich kein Wort mehr. Das mit der Bombe schluck ich nicht. Wenn die Narcos dich umbringen wollten, hätten sie dich umgebracht, erzähl keinen Scheiß.«

Die Explosion ließ die Fensterscheiben vieler Häuser im Umkreis zu Bruch gehen und setzte einen Müllhaufen in Brand, der sich auf einem unbebauten Gelände angesammelt hatte. Señora Alicia befand sich unter den Nachbarn, in eine Decke gehüllt. Sie tat, als kenne sie Carreño und Mercedes nicht, als diese sich unter die Gaffer mischten. Bis es tagte, vertrieben sie sich die Zeit am Zugang zu einer *quinta* in der Umgebung. Sie kehrten zurück, als die Streifenpolizisten und Feuerwehrleute sich entfernt hatten. Tante Alicia ließ sie rasch herein. Ihrem Haus war nichts passiert, und sie wirkte nicht verschreckt; ihr kam nicht der Gedanke, daß die Bombe etwas mit Carreño zu tun haben könnte. Sie vermutete wie die Nachbarn, daß es sich um ein Attentat gegen einen Beamten der Präfektur handelte, der in derselben Straße wohnte. Der Lieferwagen hatte vor ihrer Haustür kurz angehalten; Tante Alicia, die sich aus dem Fenster lehnte, um frische Luft zu schöpfen, sah ihn und hörte sogar Geflüster im Innern des Fahrzeugs. Dann fuhr es weiter bis zur Ecke, wo die Typen ausstiegen, um die Bombe zu deponieren. In ihrer Unkenntnis legten sie sie vor das unbewohnte Haus. Oder vielleicht war es keine Unkenntnis, vielleicht wollten sie niemanden töten und nur diesem Menschen von der Präfektur eine Warnung zukommen lassen.

»Mercedes glaubte das mit dem Beamten keine Sekunde«, sagte Tomasito. »Sie schwor, daß die Sache gegen uns gerichtet war. Sie beherrschte sich vor Tante Alicia, so gut sie konnte, und als wir allein waren, klappte sie zusammen.«

»Für wen sollte diese Bombe denn bestimmt sein, wenn nicht für dich und mich? Von wegen Beamter der Präfektur. Verstecken wir uns denn nicht? Es ist soweit, sie haben uns am Wickel. Und sie haben es uns wissen

lassen. Sie wollen uns umbringen, und wir tanzen im ›Rincón de los Recuerdos‹. Bist du zufrieden, du Spinner?«
Sie sprach mit gepreßter Stimme und zitterte von Kopf bis Fuß. Sie rieb ihre Hände so heftig, daß der Junge sie mit Gewalt voneinander löste, da er befürchtete, sie könnte sich wehtun. Er konnte sie nicht beruhigen. Sie weinte und redete wirr vor sich hin, sagte, sie wolle nicht umgebracht werden, beschimpfte ihn oder rollte sich auf dem Bett zusammen, warf sich schluchzend hin und her, außer sich vor Verzweiflung.
»Ich hab geglaubt, sie würde sterben, sie würde vor lauter Angst einen Anfall oder so was kriegen«, sagte Tomasito. »Mich erschreckt sonst nichts, aber sie in diesem Zustand zu sehen machte mich fertig. Ich fühlte mich völlig verloren, ich wußte nicht, was ich ihr versprechen sollte, damit sie zu weinen aufhörte. Mir waren die Versprechen und die Schwüre ausgegangen, Herr Korporal.«
»Und was hast du gemacht?« fragte Lituma.
Er ging zu der Fliese, die er gelöst hatte, um das Paket mit den Dollars zu verstecken, setzte sich auf den Bettrand und zwang es Mercedes auf, während er sie küßte, ihr über das Haar strich, ihre Stirn mit seinen Lippen trocknete und ihr sagte:
»Sie gehören dir, mein Liebling, ob du bei mir bleibst oder nicht, sie gehören dir. Ich schenke sie dir. Bewahre sie gut, versteck sie, sogar vor mir. Damit du dich sicherer fühlst, bis ich mit meinem Paten sprechen kann, damit du nicht das Gefühl hast, die Erde tut sich vor deinen Füßen auf. Damit du nicht an mich gebunden bist

und gehen kannst, wann du willst. Hör auf zu weinen, ich bitte dich.«

»Das hast du getan, Tomasito? Du hast ihr deine ganzen Dollars geschenkt?«

»Damit sie zu weinen aufhörte, Herr Korporal«, sagte der Junge.

»Das ist ja noch schlimmer, als den Chancho umzubringen, weil er sie geschlagen hat, du Schwachkopf«, sagte Lituma, während er auf seiner Pritsche in die Höhe fuhr.

VIII

»Sie sind in einen *huayco* geraten, und hier stehen Sie, gesund und munter.« Der Kantinenwirt klopfte Lituma auf die Schulter. »Meinen Glückwunsch, Korporal.« Dionisio war der einzige, der in der düsteren Atmosphäre der Kantine guter Laune zu sein schien. Sie war überfüllt, aber die Arbeiter machten Gesichter, als hätte man sie zum Tode verurteilt. In Gruppen zusammen stehend, die Gläser in der Hand und pausenlos rauchend, summten sie wie Wespenschwärme. Die Ungewißheit entstellte ihre Gesichter, und Lituma konnte in ihren Augen die animalische Angst sehen, die sie von innen her zerfraß. Nach den Verheerungen des Erdrutsches würde sie dieses Mal nichts davor bewahren, die Arbeit zu verlieren. Es hatte seinen Grund, daß die Indios so trübselig waren, Scheiße nochmal.

»Ich bin dort oben neu geboren worden«, nickte der Korporal. »Ich kann diese Erfahrung niemandem empfehlen. Mir klingt noch immer das Getöse dieser verdammten Felsbrocken in den Ohren, die auf allen Seiten an mir vorbeigerast sind.«

»Kommt, Jungs, einen Trinkspruch für den Korporal«, schlug Dionisio vor, während er sein Glas erhob. »Wir danken den *apus*, daß sie der Obrigkeit das Leben gerettet haben!«

›Er ist nicht nur eine Schwuchtel, er verarscht mich auch noch‹, dachte der Korporal. Aber er hob sein Glas und dankte mit einem halben Lächeln und einigen Verneigungen den Arbeitern, die auf ihn anstießen. Tomás

Carreño, der hinausgegangen war, um zu urinieren, kam zurück, sich die Hände reibend.

»Was Sie erlebt haben, das hat noch niemand erlebt«, rief er mit dem gleichen Ausdruck von Begeisterung und Erstaunen, mit dem er seinem Chef zugehört hatte, als dieser ihm sein Abenteuer erzählte. »Das müßte man in der Zeitung bringen.«

»Die reine Wahrheit«, sagte ein Arbeiter mit pockennarbigem Gesicht. »Seit der Sache mit Casimiro Huarcaya haben wir hier nichts dergleichen gesehen oder gehört. In einen *huayco* geraten und zu Fuß rauskommen!«

»Casimiro Huarcaya, der Albino?« fragte Lituma. »Der, der verschwunden ist? Der, der sich für einen *pishtaco* ausgegeben hat?«

Der Albino kam sehr spät herein, als alle in der Kantine wie jeden Samstagabend schon abgefüllt waren. Er war es auch; seine Augen waren blutrot und sprangen unter diesen weißlichen Wimpern hervor, die Unbehagen verursachten. Er kündigte sich, wie oft, von der Tür her an, betrunken und provozierend: »Hier kommt der Schlächter, der *nacaq*, der *pishtaco*. Damit ihr es wißt! Und wenn ihr mir nicht glaubt, dann schaut her, verdammt nochmal.« Er holte ein kleines Messer aus seiner hinteren Hosentasche und fuchtelte damit herum, während er den rechten Fuß hob und ein beruhigendes Lachen vom Stapel ließ. Dann bahnte er sich schwankend und mit Clownsgrimassen einen Weg und stützte die Ellenbogen auf die Theke, wo Doña Adriana und ihr Mann sich abrackerten, um die Kunden zu bedienen. Er klopfte auf die Holzbretter und verlangte ein

Glas vom starken. Lituma wußte in diesem Augenblick, was mit ihm geschehen würde.
»Wer sonst«, erwiderte der mit den Pockennarben nikkend. »Wußten Sie nicht, daß die Terroristen ihn hingerichtet haben und er danach wiederauferstanden ist wie Jesus Christus?«
»Nichts wußte ich. Ich bin hier der letzte, der die Dinge erfährt«, sagte Lituma mit einem Seufzer. »Sie haben ihn hingerichtet, und er ist wiederauferstanden?«
»Na ja, Pichincho übertreibt«, schaltete sich ein kleiner Dunkelhäutiger ein mit Haaren wie die Stacheln eines Stachelschweins. »Sie haben ihn zum Schein hingerichtet, glaube ich. Wie wäre es sonst möglich, daß sie ihm einen Schuß verpassen und er ohne die kleinste Wunde aufwacht?«
»Wie ich sehe, kennen jetzt alle das Leben von Casimiro Huarcaya auswendig«, sagte der Gendarm Carreño. »Darf man wissen, warum ihr dem Korporal und mir gesagt habt, ihr wüßtet nichts über den Albino, als er verschwunden ist?«
»Das würde ich auch gern erfahren«, murmelte Lituma.
Es folgte ein argwöhnisches Schweigen; die stumpfnasigen, scharfkantigen Gesichter mit ihren dicken, geschwollenen Lippen und den kleinen mißtrauischen Augen, die sie umringten, verschanzten sich hinter dieser Undurchdringlichkeit, die der Grund dafür war, daß der Korporal sich in Naccos wie ein Marsmensch fühlte. Bis nach einer Weile der kleine Indio mit dem pokkennarbigen Gesicht eine Reihe großer weißer Zähne zeigte, die er in einem breiten Lächeln entblößte:

»Das kommt daher, daß wir damals kein Vertrauen zum Korporal hatten.«

Einige murmelten zustimmend, und der Kantinenwirt beeilte sich, den Albino zu bedienen, wobei er ihn mit jenem spröden, spöttischen Lächeln anblickte, das ihn nie verließ. Sein Gesicht war aufgedunsener als sonst, und im Rauch der Zigaretten erstrahlten seine dicken Pausbacken unter den schwarzen Bartpunkten in rosigem Glanz. Er war größer und schwabbeliger als gewöhnlich, und seine Arme, seine Schultern, sein ganzer Leib hingen schlaff herab. Aber er war sehr stark. Lituma hatte gesehen, wie er einen Betrunkenen hochgestemmt und zur Tür hinausgeworfen hatte; nicht, weil er streitsüchtig gewesen wäre, sondern weil er zu weinen begonnen hatte; diejenigen, die unter der Wirkung des Alkohols Händel suchten, ließ Dionisio in der Kantine bleiben, er ermunterte sogar die anderen Gäste, sich mit ihnen anzulegen, als würden ihn diese alkoholischen Raufereien mordsmäßig amüsieren. Der Albino trank sein Glas in kleinen Schlucken, und Lituma, beklommen, wie auf heißen Kohlen, wartete, daß er wieder sprechen würde. Er tat es, der dichten Menge von Schal- und Pulloverträgern zugewandt.

»Hat niemand hier einen Glimmstengel für den Schlächter? Geizhälse! Knauser!«

Niemand schaute ihn an, niemand achtete auf ihn, und sein Gesicht lief rot an, als habe sich ihm plötzlich der Magen umgedreht oder als bekäme er einen Wutanfall. Sein Haar, die Augenbrauen und die Wimpern waren sehr weiß, aber am verwirrendsten an diesem grobschlächtigen Kerl waren das Weiß seines Flaumhaars und die kleinen weißen Nadeln seines Bartes. Er war mit einem Overall und einer Wachstuchjacke mit Kapuze bekleidet, die er offen trug, so daß ein Büschel weißer Haare auf seiner Brust sichtbar war.

»Da, Casimiro.« Der Kantinenwirt reichte ihm eine Zigarette. »Jetzt gleich kommt die Musik wieder, und dann kannst du tanzen.«

»Ein Glück«, sagte Lituma. »Das bedeutet, daß ihr mich endlich wie einen von hier behandelt und nicht wie einen vom Mond. Darauf müssen wir trinken. Hol eine Flasche runter, Dionisio, und schenk den Freunden eine Runde aus, auf meine Rechnung.«

Einige brummelten ein Danke, und während Dionisio die Flasche aufmachte und Doña Adriana Gläser an diejenigen austeilte, die keine hatten, mischten sich der Korporal und sein Amtshelfer unter die Gäste. Sie hatten sich alle der Theke genähert und standen dicht beisammen, bildeten eine Traube, wie wenn sie auf den Ausgang einer Würfelpartie warteten, bei der es um ein dickes Geldbündel ging.

»Die Terroristen haben Huarcaya also einen Schuß verpaßt, und er ist unverletzt geblieben?« fragte Lituma. »Erzählt mir, wie das war.«

»Er behauptete das, wenn er bei seinem Tier war oder, besser gesagt, wenn er einen in der Krone hatte«, sagte der mit dem Stachelschweinkopf. »Er war überall im Hochland auf der Suche nach einem Mädchen gewesen, mit dem er ein Kind gehabt hatte. Und eines Nachts kam er in ein Dorf in der Provinz La Mar, wo man ihn fast lynchte, weil man ihn für einen *pishtaco* hielt. Die Terroristen, die in diesem Augenblick auftauchten, retteten ihn. Und wer war der Chef der Terroristen? Das Mädchen, das er suchte!«

»Was heißt, sie retteten ihn?« unterbrach ihn Carreño. »Haben sie ihn denn nicht hingerichtet?«

»Still«, befahl ihm Lituma. »Unterbrich nicht.«

»Sie retteten ihn davor, daß die Einheimischen ihn als *pishtaco* lynchten, aber die Terroristen hielten an Ort und Stelle ihr Volksgericht über ihn ab und verurteilten ihn zum Tod«, ergänzte das Stachelschwein. »Das Mädchen persönlich wurde mit seiner Hinrichtung beauftragt. Und sie hat ihm ohne Umstände ihren Schuß verpaßt.«

»Der Pechvogel«, sagte Lituma. »Und wie ist er nach seinem Tod nach Naccos gekommen?«

Der Albino antwortete nicht und versuchte eine ganze Weile, die Zigarette anzuzünden; er war jedoch so betrunken, daß die Hand mit dem Streichholz es nicht fertigbrachte, das Flämmchen richtig zu führen. In dem halb glänzenden, halb rußigen Gesicht Dionisios bemerkte Lituma einen undefinierbaren, sarkastischen, amüsierten Blick, den Blick von jemandem, der weiß, was geschehen wird, und sich im voraus freut und genießt. Auch er wußte, was geschehen würde, und ihn schauerte. Die anderen Gäste hingegen schienen nichts zu bemerken; einige saßen auf den Kisten, aber die meisten standen zu zweit oder zu dritt zusammen und hielten die Flaschen Bier, Pisco oder Anis in der Hand oder ließen sie kreisen. Aus dem voll aufgedrehten Radio, das sich hinter der Theke hoch an der Wand befand, kamen, von häufigen atmosphärischen Störungen unterbrochen, die Lieder aus den Tropen und aus den Anden, die Radio Junín am Samstagabend immer abwechselnd brachte. In seiner Eigenliebe verletzt, da niemand ihn beachtete, provozierte der Albino sie abermals; er wandte dem Kantinenwirt den Rücken zu und blickte die Anwesenden mit den Augen eines gerade aus dem Wasser gezogenen Fisches an:

»Habt ihr gehört? Ich bin der Schlächter. Der *pishtaco* oder der *nacaq*, wie man in Ayacucho sagt. Und so schneide ich meine Opfer in Scheiben.«

Er fuhr erneut mit seinem Messer durch die Luft und wiederholte die Clownsgrimassen, als bitte er flehend, man möge ihm Beachtung schenken, sich über ihn amüsieren, über ihn lachen oder ihm applaudieren. Auch dieses Mal achtete niemand auf ihn. Und doch wußte Lituma: Alle hatten ihre fünf Sinne auf Casimiro Huarcaya gerichtet.

»Das zumindest hat er erzählt, oder?« fragte der Pokkennarbige, und mehrere Arbeiter nickten. »Daß die Terroristin ihn exekutiert hat, daß sie aus einem Meter Entfernung mit ihrer Flinte auf ihn geschossen hat. Und daß Huarcaya gestorben ist.«

»Gefühlt hat er, daß er stirbt, Pichincho«, berichtigte ihn das Stachelschwein. »In Wirklichkeit ist er ohnmächtig geworden. Von dem Schrecken natürlich. Und als er aufgewacht ist, hatte er keine Schußwunde, nur die blauen Flecken von den Fußtritten der Leute, die ihn für einen *pishtaco* gehalten hatten. Die Terroristin wollte ihm Angst einjagen, weiter nichts.«

»Huarcaya erzählte immer, daß er gesehen hat, wie der Schuß aus der Flinte kam, geradewegs auf seinen Kopf zu«, beharrte der Pockennarbige. »Sie hat ihn umgebracht, und er ist wiederauferstanden.«

»Der Pechvogel«, wiederholte Lituma, während er die Reaktion des einen und des anderen und der übrigen beobachtete. »Er hat sich vor einer Hinrichtung gerettet und ist nach Naccos gekommen, damit man ihn hier verschwinden läßt. Ob er sich wohl auch diesmal gerettet hat?«

Sie tranken weiter ihren Pisco oder ihren Anis und ließen die Flasche oder das Glas Bier mit einem kleinen Trinkspruch kreisen: »Mit dir, Bruder.« Sie rauchten, unterhielten sich und summten zwischen den Zähnen die Musik aus dem Radio mit. Irgendeiner, betrunkener als die anderen, hielt ein unsichtbares Mädchen in den Armen und machte mit geschlossenen Augen ein paar ungeschickte Tanzschritte gegen seinen Schatten an der Wand. Dionisio, in seinem üblichen nächtlichen Erregungszustand, ermunterte sie: »Tanzt, tanzt, amüsiert euch, was macht es schon, daß es keine Weiber gibt, in der Nacht sind alle Katzen grau.« Sie verhielten sich, als wäre Casimiro Huarcaya nicht da, die Heuchler. Aber Lituma wußte ganz genau, daß alle Arbeiter den Albino aus dem Augenwinkel beobachteten, obwohl sie es so gut verbargen.

»Einer von denen, die unter den Brücken, hinter den Steinen hervorkommen, einer von denen, die in den Grotten leben, genauso einer wie der, den Doña Adriana getötet hat, so einer bin ich!« rief er mit dröhnender Stimme. »Einer, der auf den Wegen erscheint und das Zauberpulver ausstreut. Sie wissen, wovon ich rede, nicht wahr, Doña Adriana? Kommen Sie, töten

Sie mich auch, wenn Sie können, so wie Sie und der mit der Riesennase Salcedo getötet haben. Man hat mich schon einmal getötet, nicht mal die Terroristen haben es geschafft. Verdammt nochmal, ich bin unsterblich!«
Wieder krümmte er sich, und wieder verfiel sein weißliches Gesicht, als quälte ihn abermals ein plötzlicher Krampf im Bauch, aber gleich darauf faßte er sich wieder, richtete sich auf und führte gierig das bereits leere Glas an die Lippen. Aber er merkte es nicht und schlürfte und leckte es weiter genußvoll aus. Bis es seinen Fingern entglitt und von der Theke auf den Boden fiel. Casimiro Huarcaya blieb still stehen, mürrisch, das Gesicht in die Hände gestützt, und starrte mit seinen hervorspringenden Augen wie besessen auf die Ritzen, Inschriften, Flecken, von Zigaretten verkohlten Stellen der dicken Holzbretter der Theke. ›Vor allem, geh nicht weg‹, flüsterte Lituma, obwohl er wußte, daß der Albino ihn nicht hören konnte. ›Komm bloß nicht auf den Gedanken, jetzt die Kantine zu verlassen. Bleib als letzter da, bis alle gegangen sind oder so betrunken sind, daß sie sich nicht mehr an dich erinnern.‹ Aber während er ihm diesen Rat gab, hörte er das maliziöse Lachen Dionisios. Er suchte ihn, und in der Tat, obwohl er sich den Anschein gab, als schaute er den Gruppen der Männer zu, die das Lokal füllten, und sie weiter mit Gesten zum Tanzen aufforderte, lachte sein großes dickbäckiges Gesicht mit weit aufgerissenem Mund. Lituma hatte nicht den geringsten Zweifel: Er spottete über seine Versuche, die Dinge nicht so ausgehen zu lassen, wie sie ausgehen würden.

»Vielleicht hat er sich auch dieses Mal gerettet«, sagte Pichincho, während er seine Pockennarben rieb, als juckten sie ihn. »Seit der Geschichte mit der Terroristin war Huarcaya halb übergeschnappt. Hat man Ihnen nicht erzählt, daß er darauf verfallen war, ein *pishtaco* zu sein? Das wurde bei ihm zur Manie. Er zog jeden Abend hier seine Nummer ab. Vielleicht ist er nicht verschwunden, vielleicht hat er nur den plötzlichen Einfall gehabt, aus Naccos wegzugehen, ohne sich zu verabschieden.«

Er sagte es mit solcher Unaufrichtigkeit, daß Lituma Lust hatte, ihn zu fragen, ob er ihn und seinen Amtshelfer für so blöd oder so einfältig hielt, wie er selbst es war. Es war jedoch Tomasito, der ihm antwortete:

»Ohne seinen Lohn zu kassieren? Das ist der beste Beweis, daß der Albino nicht aus freien Stücken gegangen ist: Er hat den Lohn für die letzten sieben Arbeitstage nicht kassiert. Niemand schenkt dem Unternehmen einfach so eine ganze Woche.«

»Niemand, der nicht halb übergeschnappt ist«, erwiderte Pichincho ohne die geringste Überzeugung, bereit, das Spiel weiterzuspielen. »Huarcaya fehlte eine Schraube seit der Geschichte mit der Terroristin.«

»Und überhaupt, was macht es denn schon, daß er verschwunden ist«, sagte ein anderer, der bisher nicht gesprochen hatte: ein kleiner Buckliger mit tiefliegenden Augen und Zähnen, die grünlich vom Kokakauen waren. »Werden wir denn nicht alle verschwinden?«

»Und nach dieser Scheißgeschichte mit dem *huayco* schneller, als du glaubst«, rief eine kehlige Stimme, die zu jemandem gehörte, den Lituma nicht ausmachen konnte.

In diesem Augenblick merkte er, daß der Albino sich schwankend auf die Tür zu bewegte. Die Leute traten zur Seite, um ihn vorbeizulassen, nach wie vor ohne ihn anzusehen, nach wie vor so tuend, als wäre er nicht da, als existierte er nicht. Bevor er die Türschwelle überschritt und in der Kälte und im Dunkel verschwand, forderte der Albino sie ein letztes Mal mit vor Wut oder Erschöpfung gebrochener Stimme heraus:
»Ich werde jetzt ein paar Leuten die Kehle durchschneiden. Zackzack! Mit dem Fett brat ich die Scheiben, die ich essen werde. So sind die tollen Nächte des Schlächters. Zum Teufel mit euch, ihr Scheißkerle!«
»Beklag dich nicht, schließlich und endlich hat der *huayco* keinen umgebracht«, sagte Doña Adriana vom anderen Ende der Theke her. »Nicht einmal einen Verletzten gab es. Sogar der Korporal hat sein Leben gerettet, obwohl er den Steinen im Weg war. Dank dem Himmel dafür! Mach lieber einen Freudentanz, statt zu jammern, undankbarer Kerl!«
Er trat hinaus und ging direkt auf die Baracken zu, die schwach von einigen gelblich leuchtenden Glühbirnen erhellt wurden, die das Unternehmen an den Samstagen bis um elf brennen ließ, eine Stunde länger als in der Woche. Aber nach wenigen Schritten stolperte Huarcaya und sackte schwer zu Boden. Er blieb eine ganze Weile dort liegen, fluchend, jammernd, während er ungeschickte Versuche machte, auf die Beine zu kommen. Er schaffte es nach und nach, erst ein Fuß, dann das Knie des anderen Beins, dann beide Füße, dann stieß er sich mit beiden Händen ab, bis er stand. Um nicht erneut hinzufallen, duckte er sich wie ein Affe zusammen

und schwenkte kraftvoll die Arme, um das Gleichgewicht zu bewahren. Ging er in die Richtung der Baracke? Die kleinen gelben Lichter bewegten sich wie Glühwürmchen, aber er wußte, daß sie keine waren, denn gab es etwa im Hochland, in dieser Höhe der Kordillere, Glühwürmchen? Es waren die Lichter der Baracke. Sie bewegten sich nach oben, nach unten, wanderten nach rechts und nach links, näherten und entfernten sich. Casimiro brach in lautes Lachen aus und versuchte eine Weile, sie mit den Händen zu fassen. Beim Anblick dieser Clownerien mußte auch Lituma lachen, aber er zitterte und war von kaltem Schweiß bedeckt. Würde er irgendwann einmal die Baracke erreichen, wo ihn seine Holzpritsche mit einer Strohmatratze und einer Decke erwartete? Er lief in Schlangenlinien, ging vorwärts, kam zurück, drehte sich um sich selbst, wobei er die ganze Zeit versuchte, die Richtung einzuhalten, die ihm diese flüchtigen, kleinen, von Sekunde zu Sekunde verrückter spielenden Lichter wiesen. Er war so müde, daß er nicht einmal die Kraft hatte, sie zu beschimpfen. Aber dann fand er sich plötzlich in der Baracke, auf allen vieren, und versuchte, auf seine Pritsche zu klettern. Es gelang ihm, wobei er mit dem Gesicht auf den Querpfosten traf und spürte, daß er seine Stirn und seine Arme aufschürfte. Als er bäuchlings auf dem Bett lag, mit geschlossenen Augen, mußte er plötzlich würgen; er versuchte, sich zu übergeben, aber es gelang ihm nicht. Dann wollte er sich bekreuzigen und beten, aber vor lauter Erschöpfung war er unfähig, den Arm zu heben, und außerdem erinnerte er sich auch nicht an das Vaterunser oder das Avemaria. Er versank in einen magensauren Halbschlaf, zitternd, aufstoßend und mit einem wandernden Schmerz, der sich durch seinen Bauch und seine Brust bewegte, bevor er ihn in den Achselhöhlen, im Hals und in den Oberschenkeln quälte. Wußte er, daß sie ihn bald holen würden?

»Was nützt es uns, daß wir davongekommen sind, wenn der *huayco* uns die Arbeit genommen hat, *mamay*«, erwiderte der kleine Bucklige, an Doña Adriana gewandt. »Siehst du nicht, daß er die Bagger, die Traktoren, die Planierraupe zerstört hat?«

»Ist das vielleicht ein Grund für Freudentänze, Doña Adriana?« fragte das Stachelschwein. »Das soll mir mal jemand erklären, ich versteh es nämlich nicht.«

»Hat er uns nicht unser Dach genommen? Hat er nicht hundert Meter unter sich begraben, die schon zum Asphaltieren fertig waren?« echote ein anderer Arbeiter von einem der Grüppchen der Gäste her. »Jetzt haben sie den Vorwand, den sie wollten, um die Arbeiten einzustellen. Es gibt kein Geld mehr! Aus und Schluß! Schnallt den Gürtel enger und krepiert!«

»Hier könnten jetzt apokalyptische Zustände herrschen, also heult nicht«, erwiderte Doña Adriana. »Ihr könntet jetzt ohne Beine, ohne Hände, ohne Augen, ohne einen heilen Knochen sein und dazu verurteilt, euer Leben lang wie Würmer über den Boden zu kriechen. Und diese elenden undankbaren Kerle jammern noch!«

»Sing und vergiß die Sooorgen«, unterbrach Dionisio sie mit Stentorstimme. »Vertreiben wir sie also und tanzen wir einen *huaynito* wie in Sapallanga, meine Herrschaften.«

Er stand in der Mitte der Kantine, schubste diesen und jenen und versuchte, eine Schlange zu bilden, die sich im Takt des Maultiertreiberliedes, das im Radio gespielt wurde, durch den Raum winden sollte. Aber Lituma merkte, daß nicht einmal die Betrunkensten sich aufrafften, ihm zu folgen. Diesmal ließ der Alkohol sie nicht die düstere Zukunft vergessen, sondern malte sie ihnen nur noch schwärzer. Das Gehüpfe und Geträller des Kantinenwirts machten Lituma leicht schwindlig.

»Fühlen Sie sich nicht gut, Herr Korporal?« Tomasito faßte ihn am Arm.

»Mir ist der Alkohol zu Kopf gestiegen«, stotterte Lituma. »Es geht bestimmt gleich vorbei.«

Der Generator des Lagers war bereits ausgeschaltet, und es fehlten noch einige Stunden bis zur Morgendämmerung. Aber sie hatten Taschenlampen und bewegten sich leichtfüßig in der von gelben Lichtkegeln durchblitzten Finsternis. Sie waren so viele, daß sie kaum in den engen Raum paßten, aber sie drängelten nicht, noch kamen sie einander in die Quere, noch hatten sie es eilig, und sie schienen auch nicht ängstlich oder wütend zu sein und schon gar nicht nervös oder unsicher. Sie wirkten gelassen und zuversichtlich, und was das Seltsamste war, dachte Lituma, der kalte Atem, den sie von draußen mit hereinbrachten, wies nicht den geringsten Alkoholdunst auf. Sie bewegten sich mit ruhiger Entschlossenheit, wohl wissend, was sie taten, was sie tun würden.

»Soll ich Ihnen helfen, sich zu übergeben?« fragte Tomasito.

»Noch nicht«, antwortete der Korporal. »Aber wenn ich darauf verfallen sollte, wie diese Schwuchteln zu tanzen, dann halt mich fest und laß es nicht zu.«
Derjenige, der den Albino wachrüttelte, faßte ihn an der Schulter, ohne Feindseligkeit, mit einem gewissen Zartgefühl.
»He, Huarcaya, he. Steh endlich auf.«
»Es ist noch dunkel«, protestierte der Albino mit halblauter Stimme. Und in seiner Verwirrung fügte er etwas hinzu, was Lituma als Dummheit erschien: »Heute ist Sonntag, nur die Wachleute arbeiten.«
Niemand lachte über ihn. Sie verharrten ruhig und stumm, und in der großen Stille war dem Korporal, als würden alle die wilden Schläge seines Herzens hören.
»He, Huarcaya«, befahl – das Stachelschwein? der Pokkennarbige? der kleine Bucklige? »Sei nicht so schlapp, steh auf.«
Im Dunkeln streckten sich mehrere Hände der Pritsche entgegen und halfen dem Albino, sich aufzusetzen und aufzustehen. Er hielt sich mit großer Mühe aufrecht; ohne die vielen Arme, die ihn stützten, wäre er wie eine große Stoffpuppe in sich zusammengesackt.
»Ich kann ja nicht mal stehen«, klagte er. Und er versuchte weiter, sie zu beschimpfen, wenn auch ohne jede Spur von Haß, lustlos, als ginge es ihm nur ums Prinzip: »Ihr Scheißkerle!«
»Das ist der Kater, Huarcaya«, tröstete ihn jemand freundlich.
»Du fühlst dich so, weil du nicht mehr du bist.«
»Ich kann ja nicht mal laufen, verdammt«, protestierte der Albino betrübt. Seine Stimme klang ganz anders als

vorher, als er in der Kantine damit geprahlt hatte, der Schlächter zu sein. Seine Stimme gehörte jetzt jemandem, der resigniert hat, dachte Lituma, einem, der sein Schicksal kennt und es akzeptiert.

»Es ist der Kater«, wiederholte ein anderer, ihn aufmunternd. »Mach dir keine Sorgen, Huarcaya, wir werden dir helfen.«

»Ich bin auch kurz davor, umzukippen, Herr Korporal«, erklärte Tomasito, ohne seinen Arm loszulassen. »Nur merkt man mir das nicht an, bei mir geht der Rausch nach innen. Es ist ja auch nicht erstaunlich, oder? Wir werden an die fünf große Piscos getrunken haben.«

»Hast du gesehen, daß ich recht hatte?« Lituma wandte ihm den Blick zu und sah seinen Amtshelfer in weiter Ferne, obwohl er den festen Griff seiner Hand am Arm spürte. »Diese Indios wußten tausend Dinge über den Albino und haben uns für blöd verkauft. Ich wette mit dir, daß sie auch wissen, wo er ist.«

»Ich bin so voll, daß ich heute nacht nicht an dich denken kann«, sagte Tomás. »Nicht, daß ich irgendwas zu feiern hätte, aber mein Korporal ist in einen *huayco* geraten und nicht erschlagen worden. Stell dir das vor, Merceditas! Stell dir vor, ich wäre allein auf dem Posten in Naccos geblieben, ohne jemanden zu haben, dem ich von dir erzählen kann. Nur deswegen hab ich mich betrunken, mein Liebes.«

Sie hielten ihn an den Armen gefaßt und schleppten ihn zur Tür der Baracke, ohne ihn zu mißhandeln, ohne ihn zur Eile zu zwingen. Die doppelte Reihe der Holzpritschen knarrte und geriet durch die in dem engen Raum dicht an ihr entlangstreifenden Gestalten in Bewegung. In den Lichtkegeln erschienen einen Augenblick, flüchtig, halb verborgen von den Schals oder den metallenen Helmen oder den tief herabgezogenen wollenen Ohrenmützen, die Gesichter derer, die sich eingefunden hatten. Lituma erkannte sie und vergaß sie.

»Was für ein Anisgiftzeug hat mir das Arschloch von Dionisio gegeben«, klagte der Albino schwach, im vergeblichen Versuch, wütend zu werden. »Was für ein Gebräu hat die Hexe von Doña Adriana mir bloß in den Schnaps getan. Sie haben mich völlig fertiggemacht.«

Alle blieben stumm, aber dieses ominöse Schweigen war vielsagend für Lituma. Der Korporal keuchte mit offenem Mund. Das war es gewesen. Die Grimassen, die Streitsucht und das verrückte Gehabe des Albino kamen nicht aus ihm selbst, sie kamen von dem dreckigen Zeug, das man ihm mit wer weiß welchen Tricks in der Kantine eingeflößt hatte. Deshalb redete er diesen Unsinn, deshalb war er so erregt. Deshalb hatte ihn niemand beachtet, als er sie provozierte. Zu Recht, zu Recht: wie sollten sie sich beleidigt fühlen, wenn sie selbst ihn in diesen Zustand versetzt hatten. Casimiro Huarcaya war für sie bereits eine halbe Leiche.

»Es muß scheißkalt sein da draußen«, klagte Tomasito.

»Nein, so kalt ist es nicht«, erwiderte jemand aus der Menge. »Eben gerade bin ich zum Pinkeln raus, und es war nicht kalt.«

»Weil der Schnaps warm macht, merkt man's nicht, Bruderherz.«

»Bei deinem Kater wirst du weder Kälte noch sonst was fühlen, Huarcaya.«
Sie trugen ihn, sie führten ihn, sie stützten ihn, reichten ihn von Hand zu Hand weiter, und in der großen Masse sich regender Schatten, die sie draußen vor der Baracke erwartete, verlor Lituma ihn vorübergehend aus den Augen. Sie bewegten sich leise und flüsterten, aber als der Albino in ihrer Mitte war und sie ihn sahen, fühlten oder erahnten, verstummten alle und verharrten reglos, wie in dem Augenblick, dachte Lituma, wenn der Christus, die Jungfrau, der Schutzheilige auf den Schultern ihrer jeweiligen Bruderschaft im Kirchenportal erscheinen und die Prozession beginnt. In der eisigen Finsternis der tiefen Nacht, unter Millionen von Sternen, zwischen den massigen Formen der Berge und der Baracken herrschten jetzt die Feierlichkeit und die erwartungsvolle Hingabe jener Ostermessen, wie sie Lituma aus seiner Kindheit erinnerte. Sie waren unendlich weit weg, so weit wie das gerötete Gesicht Tomasitos. Er spitzte die Ohren, und es gelang ihm, Casimiro Huarcaya zu hören, von dem ihn die dichte Menge schon ein gutes Stück entfernt hatte:
»Ich bin mit niemandem verfeindet, ich will es auch nicht sein. Es war das Gift, das Dionisio mir gegeben hat! Das Gebräu, das mir seine Frau zusammengerührt hat! Deshalb habe ich dummes Zeug geredet, vorhin.«
»Das wissen wir doch, Huarcaya«, beruhigten sie ihn und klopften ihm auf die Schulter. »Mach dir nicht den Kopf heiß. Niemand ist dein Feind, Bruderherz.«
»Wir alle sind dir dankbar, Bruder«, sagte eine Stimme,

so sanft, daß sie von einer Frau hätte stammen können.
»Ja, ja«, wiederholten mehrere, und Lituma stellte sich vor, daß Dutzende von Köpfen nickten und auf diese Weise dem Albino stumm ihre Dankbarkeit, ihre Zuneigung bezeugten. Ohne einer befehlenden Stimme zu bedürfen, ein jeder im Wissen, was er zu tun hatte, setzte sich die Menge in Bewegung, und obwohl niemand sprach oder flüsterte, fühlte man, wie sie in dichtem, geordnetem Zug, ergriffen und bebend den Weg in die Berge antrat. ›Zum verlassenen Bergwerk, zu den Resten von Santa Rita‹, dachte Lituma. ›Dahin gehen sie.‹ Er hörte das Geräusch der vielen Schritte auf den Steinen, das Aufspritzen der Pfützen, das sanfte Vorbeigleiten der Körper, das Geraschel der Berührungen, und als ihm bewußt wurde, daß schon viel Zeit vergangen war, ohne daß er die Klagen des Albino gehört hatte, fragte er seinen Nachbarn mit leiser Stimme:
»Ob Casimiro Huarcaya wohl schon tot ist?«
»Besser, du redest nicht.«
Aber der zu seiner Rechten erbarmte sich seiner Unwissenheit und klärte ihn mit kaum hörbarer Stimme auf:
»Damit er gut aufgenommen wird, muß er lebend dort unten ankommen.«
Sie würden ihn durch die Schachtöffnung des verlassenen Bergwerks werfen, wenn er noch bei Bewußtsein wäre. Sie würden bis dort hinaufsteigen, in einer Prozession, schweigend, in sich gekehrt, starr; sie würden ihn an den Armen fassen, ihm bei jedem Stolpern aufhelfen, ihn beruhigen, ihn ermuntern, ihm zu verstehen geben, daß sie ihn nicht haßten, daß sie Achtung vor

ihm empfanden, daß sie ihm dankten für das, was er für sie tun würde, und wenn sie an den Eingang kämen, der sich, von ihren Taschenlampen erhellt, im pfeifenden Wind auftäte, würden sie ihn verabschieden und ihn hinunterstoßen und hören, wie er sich mit einem langen Schrei entfernte und mit einem fernen trockenen Geräusch aufschlug, und sie würden sich vorstellen, wie er mit verrenkten Gliedern auf den Steinen am Grund dieses Stollens lag, bei seinem Stelldichein.

»Der fühlt und merkt nichts mehr«, sagte jemand hinter seinem Rücken, als könne er seine Gedanken lesen. »Der Korporal Lituma ist k.o.«

»Timoteo Fajardo war nicht eigentlich mein erster Ehemann, mein einziger richtiger Ehemann ist immer Dionisio gewesen. Timoteo habe ich nie geheiratet, wir haben uns nur zusammengetan. Meine Familie behandelte ihn schlecht und die Leute in Quenka noch schlechter. Obwohl er sie von dem *pishtaco* Salcedo befreit hatte, legte niemand bei meinem Vater ein gutes Wort für ihn ein, damit er ihm erlaubte, mich zu heiraten. Sie säten eher Zwietracht gegen Timoteo, indem sie zu meinem Vater sagten: ›Wie können Sie erlauben, daß dieser Großnasige aus den Pampas de los Morochucos Ihnen die Tochter wegnimmt, haben diese Leute nicht den Ruf, Viehdiebe zu sein?‹ Deshalb sind wir geflohen und nach Naccos gekommen. Als wir bei unserem Fortgang auf den Bergpaß gelangten, von dem aus man das Dorf sehen kann, haben wir diese Undankbaren verflucht. Nie bin ich nach Quenka zurückgekehrt, und nie werde ich dorthin zurückkehren.

Ich sage weder ja noch nein, und wenn ich versonnen und mit gekräuselten Lippen die Berge anschaue, dann liegt das nicht daran, daß die Fragen mir lästig sind. Sondern daran, daß viel Zeit vergangen ist. Ich bin mir nicht mehr sicher, ob wir glücklich oder unglücklich waren. Eher glücklich in der ersten Zeit, solange ich glaubte, Langeweile und Routine seien das Glück. Timoteo bekam Arbeit im Bergwerk Santa Rita, und ich kochte für ihn, wusch ihm die Wäsche, und alle hielten uns für Mann und Frau. Im Unterschied zu heute gab es damals viele Frauen in Naccos. Und wenn Dionisio mit seinen Tänzern und seinen verrückten Frauen vorbeikam, dann wurden auch die Frauen von Naccos halb verrückt. Ehemänner und Väter peitschten ihnen die Rücken blutig, damit sie sich nicht unzüchtig benahmen, aber sie liefen ihm trotzdem hinterher.
Was hatte er, daß sie sich von einem aufgedunsenen Säufer derart betören ließen? Berühmtheit, Legende, Geheimnis, Fröhlichkeit, prophetische Gabe, große Korbflaschen mit aromatischem Pisco aus Ica und einen prachtvollen Schwanz. Was wollt ihr mehr? Er war bekannt wie ein bunter Hund im ganzen Hochland, kein Markt, kein Fest, keine Totenwache eines angesehenen Bewohners in den Ortschaften von Junín, Ayacucho, Huancavelica und Apurímac fanden ohne ihn statt. Besser gesagt, ohne sie. Denn Dionisio zog damals mit einem Anhang von Musikern und Tänzern aus Huancayo und Jauja umher, die um nichts in der Welt von seiner Seite wichen. Und mit dieser Handvoll verrückter Weiber, die am Tag kochten und in der Nacht wie von Sinnen waren und die schrecklichsten Dinge taten.

Erst wenn das Gefolge von Dionisio am Ortseingang erschien, seine Trommeln, Quena-Flöten und Charangos anstimmte und den Boden mit seinem Fußgestampfe erzittern ließ, begann das Fest. Auch wenn die Feuerwerkskörper schon explodiert waren und der Geistliche seine Gebete gesagt hatte – ohne Dionisio gab es kein Fest. Überall wurden sie angeheuert, ständig waren sie von einem Ort zum anderen unterwegs, trotz ihres schlechten Rufes. Schlechter Ruf, weshalb? Es hieß, sie trieben schmutzige Dinge und seien Ausgeburten des Teufels. Sie würden Kirchen niederbrennen, die Statuen von Heiligen und Jungfrauen köpfen und neugeborene Kinder rauben. Das waren vor allem die bösen Zungen der Geistlichen. Sie waren eifersüchtig auf Dionisio und rächten sich für seine Beliebtheit, indem sie ihn verleumdeten.
Als ich ihn das erste Mal sah, liefen mir heiße und kalte Schauer über den ganzen Körper. Er verkaufte Pisco aus Fässern, die von Maultieren getragen wurden, auf dem damaligen kleinen Platz von Naccos, wo heute das Büro des Unternehmens ist. Er hatte zwei große Bretter auf zwei Böcke gelegt und ein Plakat aufgehängt: ›Hier ist die Kantine.‹ ›Kein Bier, kein Zuckerrohrschnaps, Jungs. Lernt trinken!‹ predigte er den Bergleuten. ›Laßt euch den reinen Traubenschnaps aus Ica schmecken, er vertreibt die Sorgen und bringt den glücklichen Menschen zum Vorschein, der in dir steckt.‹ ›Lerne dein Tier kennen!‹ Es war der Nationalfeiertag, und es gab Musikkapellen, Kostümwettbewerbe, Zauberer und Tänzer mit Blechrasseln. Aber ich konnte keine der Vergnügungen genießen; obwohl ich es nicht wollte,

lenkten mich meine Füße und mein Kopf zu ihm. Er war jünger, aber nicht sehr viel anders, als er heute ist. Halb dick, halb schwammig, mit tiefschwarzen Augen, krausem Haar und dieser Art zu gehen, halb hüpfend, halb stolpernd, die er immer noch hat. Er bediente die Gäste, und zwischendurch tanzte er und steckte alle mit seiner Fröhlichkeit an. ›Jetzt ein Maultiertreiberlied‹, und sie folgten ihm, ›Der Umzug‹, und sie gehorchten ihm, ›Jetzt ist der *huaynito* an der Reihe‹, und sie stampften mit den Füßen, ›Die Eisenbahn‹, und sie bildeten eine riesige Schlange hinter ihm. Er sang, sprang, hüpfte, spielte das Charango, die Quena-Flöte, prostete, schrie, ließ die Tschinellen scheppern, bearbeitete die Trommel. Stunden um Stunden, ohne je müde zu werden. Stunden um Stunden, in denen er sich die Masken des Karnevals von Jauja auf- und absetzte, bis ganz Naccos sich in einen einzigen Wirbel aus betrunkenen und glücklichen Menschen verwandelt hatte: niemand wußte noch, wer er war, wo der eine begann und wo der andere aufhörte, wer Mann, wer Tier, wer Mensch, wer Frau. Als es in einem bestimmten Augenblick des Festes an mir war, mit ihm zu tanzen, preßte er mich an sich, befummelte mich, ließ mich seine steife Rute gegen meinen Bauch spüren und seine Zunge schlucken, die heiß war wie ein Braten in der Pfanne. In jener Nacht trat Timoteo Fajardo mich blutig, während er zu mir sagte: ›Du würdest mit ihm gehen, wenn er es wollte, nicht wahr, du Hure?‹
Er verlangte es nicht von mir, aber vielleicht wäre ich mit ihm gegangen, wenn er mich gebeten hätte, als eine mehr seines Gefolges, noch eine Verrückte, die ihm durch die Bezirke und Distrikte des Hochlands folgte,

die über alle Wege der Anden zog, zu den kalten Hochebenen empor, in die heißen Täler hinab, unter dem Regen und unter der Sonne lief, für ihn kochte, seine Wäsche wusch, seinen Launen gehorchte und auf den Samstagsmärkten die Marktbesucher erheiterte und sogar hurte, um ihm zu Gefallen zu sein. Wenn sie sich zur Küste hinunter begaben, um den Piscovorrat zu erneuern, tanzten die verrückten Weiber und die Tänzer angeblich in den Vollmondnächten nackt in den Sandwüsten am Meer, während Dionisio in Frauenkleidern den Teufel beschwor.

Die Leute sagten alles mögliche über ihn, mit Angst und mit Bewunderung. Aber niemand wußte wirklich Näheres über sein Leben, Klatschgeschichten, nichts weiter. Daß ein Blitz seine Mutter bei einem Unwetter erschlagen habe, zum Beispiel. Daß die Frauen einer Gemeinschaft von Iquichano-Indios, die noch immer Götzen anbeteten, ihn auf den Höhen von Huanto aufgezogen hätten. Daß er in jungen Jahren verrückt gewesen sei, in einem Missionshaus der Dominikaner gelebt und durch einen Pakt mit dem Teufel den Verstand zurückerlangt habe. Daß er im Urwald unter kannibalischen Nacktärschen gelebt habe. Daß er den Pisco auf seinen Reisen durch die Wüsten an der Küste entdeckt habe und daß er seither durch das Hochland ziehe, um ihn zu verkaufen. Daß er überall Frauen und Kinder habe, daß er gestorben und wiederauferstanden sei, daß er *pishtaco*, *muki*, Seelenbeschwörer, Hexer, Sterndeuter, Wünschelrutengänger sei. Es gab kein Geheimnis, keine Ungeheuerlichkeit, die man ihm nicht unterstellte. Ihm gefiel sein schlechter Ruf.

Er war natürlich mehr als ein umherziehender Piscoverkäufer, das war allen klar; mehr als ein Impresario von Folkloremusikern und -tänzern, mehr als ein Unterhalter und auch mehr als der Herr über ein Wanderbordell. Ja, ja, sonnenklar. Aber was mehr? Teufel? Engel? Gott? Timoteo las in meinen Augen, daß ich an Dionisio dachte, und fuhr mir wütend an die Gurgel. Die Männer waren eifersüchtig auf ihn, aber alle gaben zu: ›Ohne ihn gibt es kein Fest.‹ Kaum erschien er und baute seinen Stand auf, eilten sie zu ihm, um ihm viertelliterweise Pisco abzukaufen und mit ihm anzustoßen. ›Ich habe sie erzogen‹, sagte Dionisio. ›Vorher haben sie sich mit Chicha, Bier oder Zuckerrohrschnaps vergiftet und jetzt mit Pisco, dem Getränk der Gekrönten und der Seraphim.‹
Ich erfuhr etwas mehr über ihn von einer Ayacuchanerin aus Huancasancos. Sie war eine seiner Verrückten gewesen und hatte die Truppe später verlassen. Sie kam als Frau eines Steigers des Bergwerks Santa Rita hierher, mehr oder weniger zu der Zeit, als dieser *pishtaco* Juan Apaza ausdörrte. Wir freundeten uns an, wir gingen gemeinsam die Wäsche am Bett des Sturzbachs waschen, und eines Tages fragte ich sie, warum sie so viele Narben habe. Da hat sie es mir erzählt. Sie war lange Zeit mit Dionisios Truppe durch die Welt gezogen, hatte unter freiem Himmel geschlafen, dort, wo die Nacht sie überraschte, in dichtem Durcheinander, um die Kälte auszuhalten, von Fest zu Fest, von Markt zu Markt, und hatte von der Mildtätigkeit der Marktbesucher gelebt. Wenn sie unter sich feierten, fern von den Blicken der anderen, verfielen die Angehörigen der

Truppe in einen Zustand der Raserei. Oder, wie Dionisio sagte, sie waren bei ihrem Tier. Von der Liebe gingen die verrückten Weiber zu Schlägen über. Von Liebkosungen zu Kratzern, von Küssen zu Bissen, von Umarmungen zu Gezerre, ohne mit dem Tanzen aufzuhören. ›Tat dir das denn nicht weh, *mamita*?‹ ›Es tat mir hinterher weh, *mamay*; mit der Musik, dem Tanz und dem Rausch war es wunderbar. Die Sorgen verschwanden, das Herz klopfte heftig, und du fühltest, du warst Turmfalke, Molle-Baum, Berghang, Kondor, Fluß. Bis zu den Sternen stiegen wir beim Tanzen empor, wenn wir uns liebten oder wenn wir uns schlugen.‹ ›Warum hast du sie verlassen, wenn es dir so gefallen hat?‹ Weil ihre Füße anschwollen und sie ihnen bei ihren Wanderungen nicht mehr folgen konnte. Sie waren viele, und nicht immer schafften sie es, daß ein Lastwagen sie mitnahm. Sie machten ihre Reisen zu Fuß, tagelang dorthin, wochenlang dahin. Zu dieser Zeit war das möglich, es gab weder Terroristen noch Antisubversive in den Anden. Deshalb fand die Frau aus Huancasancos sich schließlich damit ab, den Steiger zu heiraten und hier in Naccos Vernunft anzunehmen. Aber sie träumte ständig von ihren alten Abenteuern, sehnte sich nach den Reisen und nach den Lastern. Sie sang traurige *huaynitos* zur Erinnerung und seufzte: ›Ach ja, ich war glücklich.‹ Sie berührte voll Wehmut die kleinen Narben.

So kam es, daß ich, von Neugier gepackt, voll Unruhe, seit ich an diesem Nationalfeiertag mit ihm getanzt und er mich mit seinen Händen berührt hatte, ›gut‹ sagte, als Dionisio das nächste Mal nach Naccos kam und mich fragte, ob ich ihn heiraten wolle. Das Bergwerk stand kurz vor dem Ruin. In Santa Rita war das Metall ausgegangen, und der Weiberhengst hielt die Leute in Angst und Schrecken, seitdem er Sebastián, Timoteos Freund, ausgedörrt hatte. Dionisio bat mich nicht, zu den verrückten Weibern zu gehen, eine mehr in seiner Truppe zu sein. Er bat mich, ihn zu heiraten. Er war in mich verliebt, seitdem er wußte, wie ich Timoteo geholfen hatte, den *pishtaco* Salcedo in den Grotten von Quenka zur Strecke zu bringen. ›Du bist für mich bestimmt‹, versicherte er mir. Die Sterne und die Karten haben mir später bestätigt, daß es so war.

Wir heirateten in der Gemeinschaft von Muquiyauyo, wo man große Stücke auf ihn hielt, seitdem er sämtliche jungen Bauern von einer Starrkrampfepidemie geheilt hatte. Ja, vom Schwanzkrampf. Er befiel sie in einem regnerischen Sommer. Es war zum Totlachen, ja, aber sie heulten vor Verzweiflung. Von dem Augenblick an, wo sie beim Hahnenschrei die Augen öffneten, war er geschwollen, hochrot und brannte wie Ajípfeffer. Sie wußten nicht, was sie tun sollten. Sie wuschen sich mit kaltem Wasser und nichts, sie wichsten, und er richtete sich wieder auf, wie eine Sprungfederpuppe. Und während sie die Tiere molken oder die Saat ausbrachten oder die Bäume beschnitten und alles taten, was sie tun mußten, stand er weiter dick und schwer zwischen ihren Beinen, wie ein Sporn oder wie der Schwengel einer Glocke. Sie holten einen Priester aus dem Kloster des heiligen Antonius in Ocopa. Er las ihnen eine Messe und exorzierte sie mit Weihrauch. Nicht einmal das half: Die Schwänze drängten und wuchsen weiter, bis sie die Unterhosen zerrissen und sich im hellsten Tageslicht zeigten. Dann kam Dionisio. Sie erzählten ihm, was geschehen war, und er veranstaltete eine fröhliche Prozession mit Tanz und Musik. Statt eines Heiligen trugen sie einen Schwanz aus Ton auf dem Traggestell, der beste Töpfer von Muquiyauyo hatte ihn modelliert. Die Musikkapelle spielte einen Militärmarsch für ihn, und die Mädchen schmückten ihn mit Blumengirlanden. Seinen Anweisungen folgend, versenkten sie ihn im Mantaro. Die von der Epidemie befallenen jungen Männer sprangen ebenfalls in den Fluß. Als sie herausstiegen, um sich abzutrocknen, waren sie wieder normal, schlummerte er ihnen schon wieder schön schrumpelig zwischen den Beinen.

Der Pfarrer von Muquiyauyo wollte uns zuerst nicht trauen. ›Der ist nicht katholisch, er ist ein Heide und ein Wilder‹, sagte er und verscheuchte ihn mit der Hand. Aber nachdem er ein paar Gläschen getrunken hatte, wurde er weich und traute uns. Das Fest dauerte drei Tage, während deren wir tanzten und aßen, tanzten und tranken, tanzten und tanzten, bis wir den Verstand verloren. Als am zweiten Tag die Dunkelheit hereinbrach, nahm mich Dionisio bei der Hand, ließ mich einen Berghang hochsteigen und zeigte mir den Himmel. ›Siehst du diese kleine Gruppe von Sternen dort, die eine Krone bilden?‹ Sie unterschieden sich ganz deutlich von den anderen. ›Ja, ich sehe sie.‹ ›Sie sind mein Hochzeitsgeschenk.‹

Aber er konnte mich noch nicht nehmen, weil er zuerst ein Gelübde erfüllen mußte. Weit von Muquiyauyo entfernt, auf der anderen Seite des Mantaro, hoch in den Bergen von Jauja, im Bezirk Yanacoto, wo Dionisio als Kind gelebt hatte. Als seine Mutter starb, vom Blitz verbrannt, konnte er sich nicht abfinden mit diesem Tod. Und er begab sich auf die Suche nach ihr, sicher, daß er sie irgendwo finden würde. Er wurde zum Wanderer, lebte wie eine verlorene Seele, trieb sich in allen Winkeln umher, bis er auf den Haciendas von Ica den Pisco entdeckte und zu dessen Händler und Fürsprecher wurde. Eines Tages sah er sie im Traum: Seine Mutter bestellte ihn zum Karnevalssonntag um Mitternacht auf den Friedhof von Yanacoto. Dort ging er hin, sehr bewegt. Aber der Wächter, ein Krüppel, dessen Nase von der Uta-Krankheit zerfressen war, namens Yaranga, wollte ihm nicht den Zutritt gestatten, wenn er nicht zuvor die Hosen herunterließe. Sie stritten miteinander und kamen zu einer Vereinbarung: Yaranga würde ihn zu seinem Stelldichein hereinlassen unter der Bedingung, daß er sich vor ihm bückte, bevor er seine Ehe vollzöge. Dionisio ging hinein, sprach mit seiner Mutter, verabschiedete sich von ihr, und jetzt, auf seinem Hochzeitsfest fünfzehn Jahre später, mußte ich ihn begleiten, damit er das Versprechen einlösen konnte. Wir brauchten zwei Tage, um nach Yanacoto hinaufzukommen, den ersten in einem Lastwagen und den zweiten auf einem Maultier. Auf der Hochebene lag Schnee, und die Leute hatten blaugefrorene Lippen und von der Kälte verätzte Gesichter. Der Friedhof war nicht mehr von der kleinen Mauer umgeben, an die Dionisio sich erinnerte, auch der Wächter war nicht mehr da. Als wir fragten, sagte man uns, Yaranga sei vor Jahren im Wahnsinn gestorben. Dionisio hörte mit seinen Nachforschungen nicht auf, bis man uns sein Grab zeigte. In jener Nacht, als die Familie, die uns Obdach gegeben hatte, schlief, faßte er mich bei der Hand und führte mich dorthin, wo Yaranga begraben lag. Den ganzen Tag hatte ich gesehen, wie er mit seinem Messer eifrig an einem Stück Weidenholz herumschnitzte. Was er schnitzte, war ein sichtbar verliebter Schwanz. Er beschichtete ihn mit Kerzenwachs, pflanzte ihn auf das Grab Yarangas, ließ die Hose herunter und setzte sich darauf mit einem lauten Schrei. Danach riß er mir trotz der eisigen Kälte die Unterhose vom Leib und legte mich auf den Boden. Er nahm mich von vorne und von hinten, mehrere Male. Obwohl ich nicht mehr Jungfrau war, stieß ich mehr Schreie aus als er, glaube ich, bis ich das Bewußtsein verlor. Das war unsere Hochzeitsnacht.

Am nächsten Morgen begann er, mich die Weisheit zu lehren. Ich besaß gute Anlagen, um die Winde zu unterscheiden, die Geräusche aus dem Erdinnern zu hören und mich mit dem Herzen der Menschen zu verständigen, indem ich ihr Gesicht berührte. Ich glaubte, ich könnte tanzen, aber er brachte mir bei, mich in die Musik hineinzubegeben und sie in mich hereinzulassen, bis nicht ich sie, sondern sie mich tanzte. Ich glaubte, ich könnte singen, aber er brachte mir bei, mich vom Gesang beherrschen zu lassen und die Dienerin der Lieder zu sein, die ich sang. Nach und nach lernte ich, die Linien der Hand zu lesen, die Figuren der Kokablätter zu entziffern, wenn sie auf dem Boden liegen, nachdem sie durch die Luft geflattert sind, die Leiden zu finden, indem ich ein lebendiges Meerschweinchen über den

Körper der Kranken führte. Und wie zuvor reisten wir, fuhren zur Küste hinunter, um den Piscovorrat zu erneuern, und brachten Leben in viele Feste. Bis die Wege durch die vielen Massaker gefährlich zu werden begannen und die Dörfer leer wurden und sich in heftigem Mißtrauen gegen die Fremden verschanzten. Die Verrückten gingen weg, die Musiker verließen uns, die Tänzer lösten sich in Luft auf. ›Es ist Zeit, daß auch wir Wurzeln schlagen‹, sagte Dionisio eines Tages zu mir. Wir waren alt geworden, scheint es.
Ich weiß nicht, was aus Timoteo Fajardo geworden ist, nie habe ich es erfahren. Das Gerede habe ich wohl erfahren. Es verfolgte mich wie mein Schatten Jahre um Jahre, überall hin. Hast du ihm Gift in den Kartoffelbrei getan und ihn umgebracht, um mit dem dicken Säufer durchzubrennen? Hat der ihn umgebracht, unter der Mithilfe des *muki*? Hast du ihn dem *pishtaco* zum Geschenk gemacht? Habt ihr ihn zu eurem Hexensabbat hoch auf dem Berg mitgenommen, haben die verrückten Weiber, betrunken wie sie waren, den Großnasigen dort in Stücke gerissen? Habt ihr ihn danach verspeist, kleine Hexe? Sie hatten also schon begonnen, mich Hexe und Doña zu nennen.«

»Ich hab dich mit Absicht leiden lassen, als ich deine Anrufe nicht beantwortet und dir den Termin nicht gegeben habe, um den du mich gebeten hast«, warf der Kommandant Carreño zur Begrüßung hin. »Um dich schmoren zu lassen. Und weil ich mit aller Bosheit deine Bestrafung planen wollte, du verdammter Scheißkerl.«

»Na, endlich ist der berühmte Pate aufgetaucht«, rief Lituma aus. »Ich hab schon auf ihn gewartet, er interessiert mich am meisten an deiner Geschichte. Vielleicht überwinde ich ja so den Schrecken dieses verdammten *huayco*. Komm, erzähl weiter, Tomasito.«

»Ja, Pate«, sagte Carreño demütig. »Wie Sie wünschen.«

Der dicke Iscariote vergrub sein Gesicht in den Teller mit paniertem Fleisch, Spiegeleiern, gebratenen Kartoffeln und weißem Reis, damit er ihm nicht in die Augen schauen mußte. Er kaute heftig und nahm zwischen jedem Bissen einen großen Schluck Bier. Der Kommandant war in Zivil, mit einem Seidenschal um den Hals und dunkler Brille. Im Halbdunkel, zwischen den spärlich angebrachten flimmernden Neonröhren, schimmerte sein kahler Schädel. Eine brennende Zigarette hing von seinen Lippen herab, und ein Glas mit Whisky schaukelte in seiner rechten Hand.

»Daß du den Chancho umgelegt hast, ist Respektlosigkeit mir gegenüber, denn ich hab dich nach Tingo María geschickt, um auf ihn aufzupassen«, sagte der Kommandant. »Aber das ist es nicht, was mich an deiner Blödheit am meisten ärgert. Weißt du, was es ist? Daß du es aus dem Grund getan hast, aus dem du es getan hast. Sag, warum hast du es getan, du Schwachkopf?«

»Sie wissen ganz genau, warum, Pate«, murmelte der Junge mit demütig gesenktem Blick. »Hat Iscariote es Ihnen denn nicht gesagt?«

»Wart ihr in einem Bordell?« fragte Lituma. »Mit Musik und Nutten um den Tisch? War dein Pate dort der King?«

»Halb Diskothek, halb Bar, halb Puff«, erklärte Tomasito. »Ohne Zimmer für die Paare. Die Typen mußten mit den Mädchen ins Hotel gegenüber gehen. Mein Pate war Teilhaber, glaube ich. Ich hab überhaupt nichts mitgekriegt, ich hatte das Herz in der Hose, Herr Korporal.«

»Ich will es aus deinem eigenen Mund hören, verdammter Scheißkerl«, befahl der Kommandant mit einer gebieterischen Handbewegung.

»Ich hab ihn umgebracht, weil der Chancho sie zu seinem Vergnügen geschlagen hat«, flüsterte der Junge mit gesenktem Kopf und dünner Stimme. »Das wußten Sie doch schon, Iscariote hat es Ihnen doch schon erzählt.«

Der Kommandant lachte nicht. Er saß reglos da und schaute ihn durch seine dunkle Brille an, leicht nickend. Er klopfte im Rhythmus der Salsamusik mit dem Whiskyglas auf den Tisch. Bis er schließlich, ohne sich umzuwenden, eine vorbeigehende Frau mit changierender Bluse am Arm packte. Er zwang sie näher zu kommen, sich herunterzubeugen, und fragte sie ohne Umschweife:

»Gefällt es dir, wenn deine Freier dich schlagen, ja oder nein?«

»Mir gefällt alles, was du mit mir machst, *papacito*«, sagte die Frau lachend, während sie ihn am Schnurrbart zupfte. »Willst du tanzen?«

Der Kommandant schubste sie freundlich auf die Tanzfläche zurück. Und er beugte sich zu Carreño vor, der steif auf seinem Stuhl saß:

»Die Frauen haben gern ein bißchen Züchtigung im

Bett, du Trottel, du hast ja keinen blassen Schimmer.« Er verzog angewidert das Gesicht. »Was mich ankotzt, ist, daß ich mein Vertrauen in einen Idioten gesetzt habe, der von Gott und der Welt keine Ahnung hat. Du würdest es verdienen, daß ich dich umlege, nicht, weil du den Chancho abgeknallt hast, sondern weil du so blöd bist. Bereust du es wenigstens?«

»Ich bereue, daß ich Ihnen gegenüber schlecht dastehe, wo meine Mutter und ich Ihnen doch so viel verdanken«, stotterte der Junge. Und er fügte mit großer Anstrengung hinzu: »Aber verzeihen Sie mir, Pate, die Sache mit dem Chancho bereue ich nicht. Ich würde ihn wieder umlegen, wenn er wiederauferstehen sollte.«

»Ach ja?« rief der Kommandant überrascht aus. »Hörst du, was der da sagt, Iscariote? Glaubst du, daß er noch blöder geworden ist, seit er hier hereingekommen ist? Hörst du, wie wütend er auf den armen Chancho ist, nur weil der seiner Nutte ein paar verpaßt hat?«

»Sie war nicht seine Nutte, nur seine Freundin, Pate«, unterbrach ihn Carreño flehend. »Sprechen Sie nicht so von ihr, ich bitte Sie, sie ist jetzt meine Frau. Genauer gesagt, sie wird es bald. Mercedes und ich werden heiraten.«

Der Kommandant sah ihn eine Weile an und brach schließlich in Lachen aus.

»Mir fiel ein Stein vom Herzen, Herr Korporal«, sagte Tomasito. »Dieses Lachen bedeutete, daß er mir trotz seiner Flüche schon zu verzeihen begann.«

»Ist er nicht etwas mehr als dein Pate, Tomasito?« fragte Lituma. »Er ist wohl nicht zufällig dein Vater?«

»Das hab ich mich auch oft gefragt, Herr Korporal. Das ist ein Zweifel, mit dem ich von klein auf gelebt habe. Aber anscheinend ist er es nicht. Meine Mutter war mehr als zwanzig Jahre lang Dienstmädchen bei ihm, in Sicuani, in Cusco und in Lima. Sie hat die Mutter meines Paten, die invalide war, angezogen, gewaschen und gefüttert. Na ja, ich weiß nicht, vielleicht ist er ja mein Vater. Meine Alte hat mir nie sagen wollen, wer sie geschwängert hatte.«

»Er ist es bestimmt«, sagte Lituma. »Nach dem, was du mit dem Chancho gemacht hast, hättest du nicht verdient, daß er dir verzeiht. Du hättest deinen Paten in Gefahr bringen, ihm die Narcos auf die Fersen hetzen können. Wenn er dir verziehen hat, dann muß er dein Vater sein. Solche Sachen verzeiht man nur seinen Kindern.«

»Gut, ich hab mich ihm gegenüber schlecht verhalten, aber ich hab ihm auch einen Gefallen getan«, sagte Tomasito. »Dank mir hat er seine Dienstakte im Korps verbessert. Man hat ihm sogar eine Medaille an die Brust geheftet. Er kam groß raus, weil er diesen Drogenhändler zur Strecke gebracht hat.«

»Diese Mercedes muß ja einen Mordsarsch haben, wenn du dich so verknallt hast«, sagte der Kommandant, noch immer heiter. »Hast du ihn schon ausprobiert, Iscariote?«

»Nein, Chef, nein. Aber glauben Sie bloß nicht, daß sie so toll ist, wie Carreñito sagt. Er ist ihr völlig verfallen und hebt sie in den Himmel. Sie ist eine kleine Brünette mit guten Beinen, nicht mehr.«

»Du verstehst vielleicht viel vom Essen, aber nicht von

Frauen, Dicker, also iß dein Fleisch und halt den Mund«, sagte Carreño. »Hören Sie nicht auf ihn, Pate. Mercedes ist die schönste Frau Perus. Sie müssen mich verstehen, Sie müssen doch einmal verliebt gewesen sein.«

»Ich verlieb mich nicht, ich vögel nur, und deshalb bin ich glücklich«, erklärte der Kommandant. »Aus Liebe töten, in diesen Zeiten! Verdammt, man sollte dich in einem Zirkuskäfig ausstellen. Und mich würdest du diesen Arsch ausprobieren lassen, damit ich herausfinden kann, ob es sich gelohnt hat, den Scheiß zu machen, den du gemacht hast?«

»Meine Frau leih ich niemandem, Pate. Nicht mal Ihnen, so sehr ich Sie auch respektiere.«

»Glaub ja nicht, ich hab dir verziehen, weil ich dich ein bißchen auf den Arm nehme«, sagte der Kommandant. »Dein Scherz mit dem Chancho kann mich das schöne Paar Eier kosten, das der liebe Gott mir geschenkt hat.«

»Aber man hat Sie doch sogar ausgezeichnet wegen dem Tod von diesem Narco«, machte Carreño mit schwacher Stimme geltend. »Sie sind doch jetzt ein Nationalheld im Kampf gegen den Drogenhandel. Sagen Sie nicht, ich hätte Ihnen geschadet. Geben Sie zu, daß ich Ihnen einen Gefallen getan habe, Pate.«

»Ich habe den Schaden zum Guten wenden müssen, du Obertrottel«, erwiderte der Kommandant. »Du hast mich jedenfalls in Gefahr gebracht, ich kann Probleme bekommen. Wenn Chanchos Leute auf Rache aus sind, gegen wen werden sie dann vorgehen? Wen werden sie zur Sau machen? Eine Nulpe wie dich oder mich? Hättest du wenigstens Gewissensbisse, wenn sie mich auf den Friedhof schicken?«

»Das würde ich mir nie verzeihen, Pate. Und ich schwöre Ihnen, wer Ihnen ein Haar krümmt, den würde ich bis ans Ende der Welt verfolgen, um mit ihm abzurechnen.«

»Du lieber Himmel, mir kommen gleich die Tränen vor lauter Rührung über soviel Sorge um mich«, sagte der Kommandant, während er einen Schluck Whisky nahm und mit der Zunge schnalzte. Dann befahl er übergangslos, in einem Ton, der keinen Widerspruch duldete: »Los, bring diese Mercedes her, bevor wir weiterreden, damit ich sehen kann, was für eine Buße ich dir auferlege. Jetzt sofort. Ich will mit meinen eigenen Augen sehen, ob dieser Arsch soviel Rummel rechtfertigt.«

»Au weia«, rief Lituma aus. »Ich seh schon, was dieses Schlitzohr im Schilde führt.«

»Ich war entsetzt, Herr Korporal«, gestand Tomasito. »Was konnte ich tun, was würde ich tun, wenn mein Pate mit Mercedes zu weit gehen sollte?«

»Deine Pistole ziehen und ihn auch umlegen«, sagte der Korporal.

»Was konnte ich tun?« wiederholte sein Amtshelfer, sich unruhig auf seiner Pritsche wälzend. »Wir hingen doch in jeder Hinsicht von ihm ab. Mercedes mit ihrem Personalausweis und ich, damit er meine Situation in Ordnung brachte. Ich war ja, technisch gesehen, ein Deserteur der Gendarmerie, machen Sie sich das klar. Mir war vielleicht zumute, das kann ich Ihnen sagen.«

»Glaubst du etwa, der macht mir angst?« sagte Mercedes lachend.

»Es ist ein Opfer, das wir bringen müssen, um aus dieser Sache herauszukommen, mein Liebling. Ein paar unangenehme Augenblicke, kaum ein halbes Stündchen. Er beruhigt sich schon, er hat schon angefangen, mit mir zu scherzen. Die Neugier hat ihn gepackt, er will dich kennenlernen. Ich werde nicht zulassen, daß er sich dir gegenüber respektlos aufführt, das schwör ich dir.«

»Ich kann mich meiner Haut allein erwehren, Carreñito«, sagte Mercedes, während sie sich das Haar, den Rock glattstrich. »Mir gegenüber führen sich weder Kommandanten noch Generäle respektlos auf. Wie seh ich aus? Besteh ich die Prüfung, mein Herr?«

»Mit Auszeichnung«, sagte der Kommandant und räusperte sich. »Mein Segen, mein Segen. Ich seh schon, du gehörst zu den Gewieften, meine Liebe. Besser so. Mir gefallen Frauen mit losem Mundwerk.«

»Wir duzen uns also?« sagte Mercedes. »Ich hab gedacht, auch ich müßte Pate zu dir sagen. Na schön, dann duzen wir uns eben, Miezekater.«

»Du hast ein gutes Gesicht, einen guten Körper und gute Beine, zugegeben«, sagte der Kommandant. »Aber das reicht nicht, um einen Jungen zum Mörder zu machen. Du mußt noch etwas anderes haben, mit dem du mein Patenkind so durcheinander gebracht hast. Darf man wissen, was du mit ihm angestellt hast?«

»Das Merkwürdigste ist, daß ich nichts mit ihm angestellt habe«, sagte Mercedes. »Deshalb war ich ja so überrascht, als er diesen Anfall von Wahnsinn hatte.

Hat er es dir nicht erzählt? Erst hat er ihn umgebracht, und dann hat er mir erzählt, daß er es wegen mir getan hätte, daß er in mich verliebt wäre. Ich konnte es nicht fassen, ich fasse es noch immer nicht. War es nicht so, Carreñito?«

»Ja, Pate, so war es«, sagte der Junge. »Mercedes hatte überhaupt keine Schuld. Ich hab sie in diesen Schlamassel reingezogen. Werden Sie uns helfen? Werden Sie Mercedes einen neuen Ausweis besorgen? Wir wollen in die Vereinigten Staaten gehen und ein neues Leben anfangen.«

»Du mußt was ganz Besonderes mit diesem Jungen angestellt haben, daß er derart verknallt ist«, sagte der Kommandant, während er sein Gesicht Mercedes näherte und sie am Kinn faßte. »Hast du ihm was eingeflößt, meine Kleine?«

»Ich bitte Sie, seien Sie nicht respektlos zu Mercedes«, sagte der Junge. »Bei allem, was Ihnen lieb ist, Pate. Nicht einmal Ihnen werde ich das erlauben.«

»Wußte dein Pate, daß Mercedes die erste Frau war, mit der du geschlafen hast?« fragte Lituma.

»Nein, weder er noch sonst jemand«, antwortete sein Amtshelfer. »Er hätte mich totgeschlagen, wenn ich es ihm gesagt hätte. Das wissen nur Mercedes und Sie, Herr Korporal.«

»Danke für dein Vertrauen, Tomasito.«

»Aber das war nicht der schlimmste Augenblick des Abends. Der schlimmste kam, als mein Pate sie zum Tanzen aufforderte. Ich fühlte, wie ich innerlich vor Wut kochte, daß ich jeden Augenblick explodieren konnte.«

»Ruhig, schön ruhig, mach keine Dummheiten, Carreñito.« Der dicke Iscariote klopfte ihm auf den Arm. »Was macht es dir schon aus, wenn er mit ihr tanzt und sie ein bißchen drückt? Er macht dich eifersüchtig und läßt dich auf diese Weise büßen. Im Grunde hat er dir schon verziehen, er wird dir deine Probleme lösen. Alles kommt so, wie ich es dir in Huánuco vorausgesagt habe. Du mußt nur daran denken.«

»Aber ich dachte nur, er preßt sich an sie und befummelt sie.« Im Dunkel zitterte die empörte Stimme Tomasitos. »Auch wenn ich mich vollends ins Unglück stürze, ich werde diesen Protz in die Schranken weisen.«

Aber in diesem Augenblick brachte der Kommandant Mercedes an den Tisch zurück, halbtot vor Lachen.

»Sie ist eine Frau, der nichts heilig ist, ich muß dir gratulieren, Junge«, sagte er, während er Tomás eine freundliche Kopfnuß gab. »Ich hab ihr einen tollen Vorschlag gemacht, damit sie dir mit mir Hörner aufsetzt, und sie hat abgelehnt.«

»Ich wußte, daß das eine weitere Probe war, deshalb hab ich dir einen Korb gegeben, Miezekater«, sagte Mercedes. »Außerdem wärst du der letzte, mit dem ich Carreñito betrügen würde. Also, hilfst du uns nun?«

»Eine Frau wie dich hat man besser zur Freundin als zur Feindin«, sagte der Kommandant. »Was für ein Weib hast du dir da zugelegt, mein Junge!«

»Und er hat uns geholfen«, seufzte Tomás. »Am nächsten Tag hatte Mercedes einen neuen Ausweis. Und am gleichen Abend ist sie abgehauen.«

»Willst du damit sagen, daß sie dich verlassen hat, kaum daß sie ihre Papiere hatte?«

»Mit den viertausend Dollar, die ich ihr geschenkt hatte«, sagte sein Amtshelfer ganz langsam. »Sie gehörten ihr, ich hatte sie ihr gegeben. Sie hinterließ mir einen Brief, in dem sie mir sagte, was sie mir schon so oft gesagt hatte. Daß sie keine Frau für mich sei, daß ich schon darüber hinwegkommen würde, die ewige Leier.«

»Das war also das Desaster«, sagte Lituma. »Scheiße, Tomasito.«

»Ja, Herr Korporal«, sagte sein Amtshelfer. »Das war das Desaster.«

IX

»Der Typ heißt Paul und hat einen merkwürdigen Nachnamen, Stirmsson oder Stirmesson«, sagte Lituma. »Aber alle kennen ihn bei seinem Spitznamen: Scharlach. Er war einer von denen, die wie durch ein Wunder davonkamen, als die Terroristen La Esperanza besetzten. Er hat mir erzählt, daß er Sie beide gut gekannt hat. Erinnern Sie sich an diesen Gringo?«

»Ein Vielfrager, der alles über alles wissen wollte«, sagte Doña Adriana, angewidert das Gesicht verziehend. »Er hatte immer ein Heft bei sich, in das er kritzelte. Er ist schon lange nicht mehr hier gewesen. Er war also einer von denen, die sich im Wassertank versteckt haben?«

»Er war aufdringlich, er hat uns studiert, als wären wir Pflanzen oder Tiere.« Dionisio spuckte aus. »Er hat mich durch die ganzen Anden verfolgt. Wir haben ihn nicht als Personen interessiert, er wollte uns nur in seine Bücher bringen. Lebt er noch, dieser Scharlach, dieser Stinkefuß von einem Gringo?«

»Auch er hat sich gewundert, als er erfuhr, daß Sie beide noch leben«, erklärte Lituma. »Er glaubte, die Terroristen hätten Sie längst als Asoziale hingerichtet.«

Sie unterhielten sich in der Tür der Kantine, unter einer senkrechten, grellweißen Sonne, die sich im Wellblech der unversehrten Baracken spiegelte. Gruppen von Arbeitern räumten mit Brettern, Bohrern, Stricken, Hakken und Schaufeln einige Gesteinsbrocken des *huayco* beiseite und versuchten, einen Weg freizulegen, auf dem sie die von der Lawine nicht zerstörten oder beschädigten Maschinen aus dem Lager schaffen konnten. Trotz der Betriebsamkeit, die in dem Häuschen herrschte, in dem man ein Büro improvisiert hatte – als Ersatz für das alte, von den Steinen demolierte –, schien Naccos sich geleert zu haben. Nicht einmal ein Drittel der Arbeiter befand sich noch im Dorf. Sie zogen noch immer fort; dort zum Beispiel, auf dem kleinen Pfad, der sich zum Weg nach Huancayo hinaufwand, erkannte Lituma drei Gestalten, die sich im Gänsemarsch entfernten, Lasten auf dem Rücken. Sie gingen rasch und im Gleichschritt, als würden sie das Gewicht, das sie trugen, nicht spüren.

»Dieses Mal haben sie sich einfach damit abgefunden, fortzugehen«, sagte er und deutete auf sie. »Ohne Streiks und ohne Proteste.«

»Sie wissen, daß es vergeblich wäre«, erwiderte Dionisio ungerührt. »Der *huayco* kam dem Unternehmen gut zupaß. Es wollte schon lange die Arbeiten einstellen. Jetzt hat es den Vorwand.«

»Es ist kein Vorwand«, sagte der Korporal. »Sehen Sie sich das hier an. Was für eine Straße sollen sie bauen, nachdem ein ganzer Berg auf Naccos herabgestürzt ist? Ich versteh nicht, wie es sein kann, daß bei einer derartigen Katastrophe kein Mensch ums Leben gekommen ist.«

»Genau das ist es, was ich diesen starrköpfigen Indios beizubringen versuche«, brummte Doña Adriana, während sie eine mißlaunige Bewegung hin zu den Männern machte, die die Felsbrocken beiseite räumten. »Wir hätten alle sterben können, plattgedrückt wie Kakerlaken. Und statt dafür zu danken, daß sie unverletzt sind, protestieren sie noch.«

»Sie haben den *huayco* überlebt, aber sie wissen, daß sie jetzt ganz langsam sterben werden, weil es keine Arbeit gibt, an Hunger«, sagte Dionisio, kurz auflachend. »Oder an schlimmeren Dingen. Sollen sie wenigstens protestieren dürfen.«

»Glauben Sie, daß die Lawine uns nicht begraben hat, weil die *apus* dieser Berge es so beschlossen haben?« fragte der Korporal, wobei er den Blick Doña Adrianas suchte. »Muß auch ich ihnen danken, daß ich davongekommen bin?«

Er erwartete, daß Dionisios Frau ihm unfreundlich antworten würde, er käme ihr allmählich wie ein Spinner vor mit seiner ewiggleichen Geschichte, aber dieses Mal blieb die Hexe stumm und schaute ihn nicht an. Mit gerunzelter Stirn und verdrossen richtete sie einen halb verlorenen Blick auf die steilen Gipfel, die die Ortschaft umgaben.

»Ich habe mit Scharlach über die *apus* gesprochen, in La Esperanza«, fuhr der Korporal nach einer Weile fort. »Er glaubt auch, daß die Berge ihre Geister haben, Doña Adriana, genau wie Sie. Die *apus*. Blutige Geister, wie es scheint. Wenn ein Gelehrter das sagt, der so viel weiß wie dieser Gringo, dann wird es so sein. Vielen Dank, daß Sie mein Leben gerettet haben, meine Herren *apus* von Junín.«

»Man kann nicht sagen ›meine Herren *apus*‹«, wies Dionisio ihn zurecht. »*Apu* bedeutet ja Herr in Quechua. Und jede Wiederholung ist eine Beleidigung, mein Herr Korporal, wie es im Lied heißt.«

»Man sagt auch nicht ›mein Herr Korporal‹«, erwiderte Lituma. »Entweder Korporal oder Herr, aber beides zusammen ist Verarschung. Aber Sie verarschen ja ständig die Leute.«

»Ich versuche, den Humor nicht zu verlieren«, räumte Dionisio ein. »Obwohl es bei diesen Ereignissen schwierig ist, nicht wie alle anderen zu verbittern.«

Und er begann sogleich eine dieser Weisen zu pfeifen, zu denen er auch mit den Füßen zu stampfen pflegte, abends, wenn alle sich in seiner Kantine betranken. Litumas Herz zog sich zusammen bei der traurigen Melodie. Sie schien aus der Tiefe der Zeiten zu kommen, den Nachhall einer Welt in sich zu tragen, die in diesen massigen Bergen begraben war. Er schloß halb die Augen und sah, wie sich vor ihm, leicht verschwommen durch das gleißende Licht des Tages, die kleine fügsame und zappelige Gestalt Pedrito Tinocos abzeichnete.

»Ich kann mich nicht aufraffen, jetzt bei dieser Sonne zum Posten hochzusteigen«, murmelte er, während er die Mütze abnahm und sich den Schweiß von der Stirn wischte. »Kann ich mich einen Augenblick zu Ihnen setzen?«

Weder der Kantinenwirt noch seine Frau antworteten ihm. Lituma setzte sich an das Ende der Holzbank, auf der Doña Adriana saß. Dionisio blieb stehen, rauchend, den Rücken an die mit Einkerbungen übersäten Bretter der Kantinentür gelehnt. Die Schreie und Rufe der Arbeiter, die die Steine wegräumten, drangen sporadisch zu ihnen, nahe oder fern, je nachdem wie der Wind stand.

»Heute morgen hat das endlich mit dem Funk des Unternehmens geklappt, endlich konnte ich der Kommandantur in Huancayo den Bericht schicken«, sagte der Korporal. »Hoffentlich antworten sie bald. Ich weiß nicht, was wir hier noch machen, mein Amtshelfer und ich, außer darauf zu warten, daß man uns umbringt oder verschwinden läßt, wie den Stummen. Und Sie, was werden Sie jetzt tun? Werden Sie Naccos ebenfalls verlassen?«

»Was bleibt uns anderes übrig«, sagte Dionisio. »Nicht einmal die Indios der Gemeinschaft wollen noch in Naccos leben. Die meisten jungen Leute sind zur Küste und nach Huancayo abgewandert. Es sind nur noch ein paar alte Leute da, die bald sterben werden.«

»Dann werden hier nur die *apus* zurückbleiben«, schloß Lituma. »Und die *pishtacos* und *mukis*. Und unter sich ihre blutigen Gelage abhalten. Nicht wahr, Doña Adriana? Machen Sie nicht so ein Gesicht, es war ein Scherz. Ich weiß, Sie sind nicht zu Scherzen aufgelegt. Ich auch nicht. Ich rede so, weil ich etwas nicht aus dem Kopf bekomme, obwohl ich es möchte, und Sie wissen, was ich meine. Da drin sitzen sie, die drei, und vergiften mir das Leben.«

»Und warum liegen ihnen diese Pechvögel so sehr am Herzen?« Dionisio stieß einen Mundvoll Rauch aus. »Bei so vielen Leuten, die täglich verschwinden oder sterben, warum gerade sie? Warum quält Sie nicht der, den sie in La Esperanza umgebracht haben, zum Beispiel? Sie haben was für Geheimnisse übrig, das hab ich Ihnen schon einmal gesagt.«

»Diese Verschwundenen sind kein Geheimnis mehr für mich«, erklärte der Korporal, während er sich wieder

Doña Adriana zuwandte, aber auch dieses Mal schaute sie ihn nicht an. »Dank Scharlach habe ich die Sache vorgestern abend aufgeklärt. Ich schwöre Ihnen, ich hätte es lieber nicht herausgefunden. Denn was ihnen passiert ist, ist das dümmste und perverseste von allen dummen und perversen Dingen, die hier passieren. Und niemand wird mich je von der Überzeugung abbringen, daß die Hauptschuldigen Sie beide gewesen sind. Vor allem Sie, Doña Adriana.«

Aber nicht einmal jetzt reagierte Dionisios Frau. Sie blickte weiterhin mürrisch auf die Berge, als hätte sie nicht gehört oder als beherrsche sie ein Gedanke, der zu wichtig war, als daß sie sich für die Banalitäten interessieren könnte, die Lituma von sich gab.

»Rauchen Sie eine Zigarette und hören Sie auf, mit offenen Augen zu träumen.« Dionisio reichte ihm eine Schachtel mit schwarzen Zigaretten. »Denken Sie daran, daß Sie bald weggehen, vielleicht in Ihre Heimat, und daß Sie in Zukunft ein ruhigeres Leben führen werden als in Naccos.«

Lituma nahm eine Zigarette und steckte sie sich in den Mund. Der Kantinenwirt gab ihm Feuer mit einem alten Feuerzeug, an dessen langem Docht eine Flamme hochschlug, die dem Korporal Mund und Nase erhitzte. Er sog tief den Rauch ein und stieß ihn heftig aus, um dann zuzusehen, wie die Rauchspiralen in der reinen, goldenen Luft des glühenden Mittags nach oben stiegen.

»Wenn ich lebend hier herauskomme, werde ich diese drei in mir tragen, wohin ich auch gehe«, sagte er leise. »Vor allem den kleinen Stummen, der verschwand, als

er zu Ihnen kam, um Bier zu kaufen, an jenem Abend. Drücke ich mich verständlich aus?«
»Natürlich versteht er Sie, Herr Korporal«, sagte sein Amtshelfer lachend. »Ein Cusco-Bier, schön kalt und schnellstens. Nicht wahr, du hast doch genau verstanden, kleiner Stummer?«
Pedrito Tinoco nickte mehrmals, mit diesen raschen identischen Verbeugungen, die Lituma an ein Huhn denken ließen, das Maiskörner vom Boden pickte, nahm die Geldscheine, die der Korporal ihm reichte, drehte sich um, nachdem er sich ein letztes Mal verbeugt hatte, und verließ den Posten, um in der mondlosen Nacht zu verschwinden.
»Wir hätten ihn nicht in dieser Dunkelheit, um diese Zeit losschicken dürfen«, sagte Lituma, Rauch aus Mund und Nase ausstoßend. »Als wir sahen, daß er so lange ausblieb, hätten wir runtergehen müssen, um zu sehen, was los war, warum er nicht zurückkam. Aber da es zu regnen anfing, konnten wir uns nicht aufraffen. Tomasito und ich begannen uns zu unterhalten, und wir dachten nicht mehr daran.«
Trotz des Regens stieg der kleine Stumme rasch den Berghang hinunter, als hätte er Fuchsaugen und als wüßte er auswendig, wo er auftreten, wo er springen mußte. Er hielt die Geldscheine fest umklammert in der Hand, damit sie ihm nicht entglitten. Schweißgebadet gelangte er an die Tür der Kantine. Er klopfte ein paarmal an, stieß die Tür auf und ging hinein. Ihn empfing eine Masse von Gestalten, deren Umrisse in den Rauchschwaden verschwammen. Seine Nase unterschied Spuren von Schweiß, von Alkohol, von Ta-

bak, von Urin, Exkrement, Samen, von stinkendem, Übelkeit erregendem Erbrochenem. Aber nicht diese Gerüche, auch nicht die Todesstille, die seine Ankunft auslöste, ließen ihn auf der Hut sein, eine unmittelbare Gefahr wittern, sondern die Angst, die sein Instinkt überall gewahrte, eine zähe, flimmernde Angst, die in den Pupillen aller Arbeiter zitterte und die Luft zu tränken schien, als würde sie von den Brettern der Wände, der Theke und vor allem von den angespannten, verzerrten Gesichtern ausgeschwitzt, deren Grimassen und Zuckungen nicht allein das Werk der Trunkenheit waren. Niemand bewegte sich. Alle hatten sich umgewandt und beobachteten ihn. Eingeschüchtert machte Pedrito Tinoco mehrere Verbeugungen vor ihnen.

»Da ist er, da habt ihr ihn, kein besserer als er.« Doña Adrianas Grabesstimme erklang heiser von der Theke her. »Sie schicken ihn euch, sie haben ihn euch geschickt. Er muß es sein. Er ist es also. Der kleine Stumme, wer wäre besser.«

»Natürlich werden sie sich gestritten haben«, fügte Lituma hinzu. »Natürlich werden einige gesagt haben, ›einverstanden, er soll es sein‹ und andere, ›nein, armer Kerl, der Depp nicht‹. Ich stelle mir vor, daß wenigstens der eine oder andere von den weniger Betrunkenen Mitleid hatte. Und währenddessen, statt runterzugehen, um nachzusehen, warum er nicht zurückkam, hatten Tomasito und ich uns schlafen gelegt. Oder wir unterhielten uns vermutlich über die Frau, die ihn verlassen hatte, sicher war es so. Auch wir waren Komplizen. Keine Anstifter oder Aufwiegler wie Sie beide.

Aber Komplizen durch Unterlassen waren wir wohl, in gewisser Weise.«

Alle waren sehr betrunken, einige schwankten und lehnten sich an die Wände oder hielten sich gegenseitig fest, um nicht umzufallen. Ihre glasigen, glänzenden Augen durchdrangen die Rauchwolken und musterten Pedrito Tinoco, der, gehemmt, da er sich im Mittelpunkt der allgemeinen Aufmerksamkeit sah, und unruhig angesichts der dunklen, vagen Drohung, die er spürte, nicht wagte, auf die Theke zuzugehen. Bis Dionisio ihm entgegenkam, ihn am Arm faßte, ihm einen Kuß auf die Wange gab, etwas, das den kleinen Stummen erst verwirrte und dann in ein nervöses Lachen ausbrechen ließ, und ihm ein Gläschen Pisco in die Hand drückte.

»Prost, Prost.« Er forderte ihn auf, mit ihm anzustoßen. »Mach es wie die anderen, kleiner Stummer.«

»Er ist unschuldig, er ist rein, er ist fremd, er ist gezeichnet seit der Geschichte in Pampa Galeras«, psalmodierte Señora Adriana. »Früher oder später werden die Terroristen ihn hinrichten. Wenn er ohnehin sterben muß, dann besser für etwas, das sich lohnt. Lohnt ihr es etwa nicht? So viele, die bewußtlos hier in den Baracken schlafen, so viele, die tot vor Erschöpfung sind, weil sie sich die Knochen im Straßenbau ruinieren, lohnen sie nicht? Macht eure Rechnung auf und entscheidet.«

Während die brennende Wärme ihm die Brust hinunterkroch und ihn im Magen kitzelte, merkte Pedrito Tinoco, wie unter seinen schlammverschmierten Gummisandalen und seinen grindigen Füßen der Boden nachgab und sich bewegte. Wie ein Kreisel. Er hatte irgendwann, irgendwo gewußt, wie man die Kreisel zum Tanzen brachte, sie mit einer Schnur umwickelte und sie mit einer geschickten, peitschenden Bewegung des Arms von sich schleuderte: Sie drehten sich in der Luft, bis ihre Farben miteinander verschwammen, bis sie wie Kolibris wirkten, die reglos in der Luft flatterten, eine Kugel, die zur Sonne aufstieg und dann herabsank. Mit seiner Nagelspitze landete der Kreisel auf der steinernen Umfassung des Wassergrabens, machte einen Satz auf den Rand der Bank, kam zur Ruhe auf dem Steinsitz an der Haustür oder dort, wo er vorher hingeschaut, wo seine Hand die Schnur hingeführt hatte. Dort tanzte er eine ganze Weile, hüpfend und summend, glücklicher kleiner Kreisel. Doña Adriana sprach, und einige Köpfe nickten. Ein paar Arbeiter bahnten sich mit den Ellenbogen einen Weg, näherten sich dem Stummen und berührten ihn. Ihre Angst war nicht verflogen, im Gegenteil. Pedrito Tinoco fühlte sich nicht mehr so verlegen wie bei seiner Ankunft. Er hielt noch immer die Geldscheine fest in seiner Hand, und tief im Innern schrak er ab und zu heftig zusammen und sagte sich: ›Ich muß zurück.‹ Aber er wußte nicht, wie er gehen sollte. Kaum nahm er einen kleinen Schluck Pisco, applaudierte ihm der Wirt, klopfte ihm auf die Schulter und küßte ihn ab und zu in einem Anfall von Begeisterung auf die Wange.

»Das waren wohl Judasküsse, die Sie ihm da gegeben haben«, sagte Lituma. »Und währenddessen habe ich geschnarcht oder Tomasitos Schmonzes über seine Braut zugehört. Sie hatten Glück, Dionisio, Doña Adriana. Wenn ich in der Kantine aufgetaucht wäre und

Sie in flagranti erwischt hätte, dann weiß ich nicht, was mit Ihnen geworden wäre, das schwör ich Ihnen.«

Er sagte es ohne Zorn, voll Fatalismus und Resignation. Doña Adriana saß noch immer in sich versunken da, ohne ihn zu beachten, den Blick auf die Arbeiter gerichtet, die die Trümmer beiseite räumten. Aber Dionisio brach in Lachen aus, mit weit offenem Mund. Er hatte sich hingehockt, und der Wollschal ließ seinen Hals zu monströser Dicke schwellen. Er schaute Lituma amüsiert an, während er mit seinen hervorspringenden Augen blinzelte, die weniger gerötet waren als sonst.

»Sie wären ein guter Märchenerzähler geworden«, sagte er im Brustton der Überzeugung. »Ich hatte einige in meiner Truppe, als junger Mann. Als wir von Dorf zu Dorf, von Markt zu Markt zogen. Tänzer, Musiker, Seiltänzer, Zauberer, Monstren, alles gab es. Auch Geschichtenerzähler. Sie hatten großen Erfolg, groß und klein hörte ihnen mit offenem Mund zu, und sie veranstalteten großes Gezeter, wenn das Ende der Geschichte kam. ›Weiter, weiter, bitte.‹ ›Noch eine, noch eine.‹ Sie wären einer meiner Stars gewesen, bei Ihrer Phantasie. Fast so gut wie Adriana, mein Herr Korporal.«

»Er kann nichts mehr schlucken, er ist schon groggy. Der kriegt keinen Tropfen mehr rein«, sagte jemand mit leiernder Stimme.

»Kipp ihm das Zeug mit Gewalt rein, und wenn er kotzt, dann soll er kotzen«, flehte eine sehr verängstigte Stimme. »Er soll nichts fühlen, er soll vergessen, wer er ist und wo er ist.«

»Da wir von Stummen reden, in einigen Dörfern in der

Provinz La Mar in Ayacucho gibt man denen, die nicht sprechen können, Papageienzunge zu essen«, sagte Dionisio. »So heilt man sie von der Stummheit. Das haben Sie bestimmt nicht gewußt, mein Herr Korporal.«

»Du wirst uns doch verzeihen, nicht wahr, *padrecito*?« flüsterte in Quechua, heiser und voll Schmerz, ein Mann, dem kaum die Worte von den Lippen kamen. »Du wirst unser Heiliger sein, man wird dich beim Dorffest als Retter von Naccos feiern.«

»Gebt ihm mehr zu trinken, ihr Arschlöcher, und hört auf mit der Duselei«, befahl ein Eisenfresser. »Wenn man schon etwas macht, dann macht man es richtig.«

Statt der üblichen Quena-Flöte oder der Schalmei hatte Dionisio begonnen, ein hölzernes Blasinstrument zu spielen. Sein dünner, schriller Ton reizte die Nerven des kleinen Stummen, den zahllose Hände an den Armen und am Rücken gefaßt hielten und damit am Umfallen hinderten. Seine Beine bestanden aus Lumpen, seine Schultern aus Stroh, sein Magen war ein Teich mit Enten und sein Kopf ein Wirbel blinkender Leuchtkäfer. Die Sterne flimmerten, und plötzlich färbten Regenbogen die Nacht. Mit ein wenig Kraft hätte er nur die Hand auszustrecken brauchen und einen Stern des Himmels berühren können. Bestimmt wäre er sanft, zart, warm, freundlich wie der Hals eines Vikunja. Ab und zu mußte er würgen, aber da war nichts mehr, was er erbrechen konnte. Er wußte, wenn er seine Augen anstrengte und sich die Tränen abwischte, die sie trübten, dann würde er sehen, wie in der unendlichen Weite

des Himmels, über den beschneiten Bergen, die fröhliche Herde der Vikunjas langsam dem Mond entgegentrottete.
»Das waren andere Zeiten, und sie waren aus vielen Gründen besser als die heutigen«, fügte Dionisio mit kummervoller Miene hinzu. »Vor allem, weil die Leute ihren Spaß haben wollten. Sie wußten, wie man sich amüsiert. Sie waren so arm wie jetzt, und es gab auch viel Leid und Unglück. Aber hier, in den Anden, hatten die Leute noch, was sie heute verloren haben: Spaß am Vergnügen. Lebensfreude. Jetzt bewegen sie sich zwar und reden und betrinken sich, aber sie wirken alle halbtot. Haben Sie das nicht gemerkt, mein Herr Korporal?«
Wenn es Sterne gab, dann befand er sich nicht mehr in Dionisios Kantine. Sie hatten ihn ins Freie gebracht: deshalb spürte er an seinem Gesicht, an seiner Nasenspitze, an seinen Händen und seinen Füßen, die die Sandalen verloren hatten, die eisige Kälte der Nacht, obwohl in seinem Körper kleine Feuer knisterten, die seinem Blut eine laue Wärme schenkten. Hagelte es? Statt des vorherigen Gestanks stieg ihm ein reiner Duft nach Eukalyptus, nach geröstetem Mais, nach murmelndem, frischem Quellwasser in die Nase. Trugen sie ihn? Saß er auf einem Thron? War er der Schutzheilige des Festes? Gab es einen Pater, der zu seinen Füßen zu ihm betete, oder war es die Litanei der Betschwester, die nachts vor der Tür des Schlachthauses in Abancay schlief? Nein. Es war die Stimme der Señora Adriana. Wahrscheinlich war auch ein Chorknabe da, halb zerquetscht von der Menge, der die kleine silberne Glocke

läutete und das Weihrauchgefäß schwenkte, dessen Duft die Nacht erfüllte. Pedrito Tinoco wußte, wie man das machte, er hatte es in der Pfarrkirche Virgen del Rosario getan, zu jener Zeit, als seine geschickten Hände die Kreisel tanzen ließen: er wußte, wie man den Weihrauch in einer Weise austeilte, daß er bis zu den Gesichtern aller Altarheiligen emporstieg.

»Sogar bei den Totenwachen amüsierten sie sich, sie tranken und aßen und erzählten Geschichten«, fuhr Dionisio fort. »Wir gingen oft zu Begräbnissen mit der Truppe. Die Totenwachen dauerten Tage und Nächte, alle Korbflaschen leerten sich. Wenn die Verwandten heute diese Welt verlassen, dann verabschiedet man sie ohne jede Zeremonie, wie Hunde. Auch da gibt es einen Niedergang, glauben Sie nicht, mein Herr Korporal?«

Plötzlich unterbrach ein Ausruf oder ein Schluchzer das ehrfürchtige Schweigen der Prozession, in der sie ihn bergauf führten. Was fürchteten sie? Worüber weinten sie? Wohin gingen sie? Sein Herz begann heftig zu klopfen, und das körperliche Unbehagen verschwand auf einmal. Sie würden ihn mit seinen Freundinnen vereinigen, natürlich. Natürlich. Da waren sie und warteten auf ihn, dort oben, wo sie ihn hinbrachten. Tiefe Rührung erfaßte ihn. Er hätte schreien, hüpfen, ihnen mit tiefen Verbeugungen danken mögen, wenn er die Kraft dazu gehabt hätte. Er war wie betäubt vor Glück. Sie würden angespannt dastehen, wenn sie spürten, daß er näher kam, sie würden ihre langen Hälse recken, ihre feuchten kleinen Mäuler würden zittern, ihre großen Augen würden ihn überrascht ansehen, und wenn sie seinen Geruch wiedererkannten, würde die ganze

Herde sich freuen, so wie er sich freute, jetzt, im Vorgefühl der Begegnung. Sie würden sich berühren, sich umarmen, sich ineinander verschlingen, und dann würden er und sie die Welt vergessen und herumtollen und feiern, daß sie zusammen waren.

»Machen wir endlich Schuß, ihr Arschlöcher«, drängte der Eisenfresser. Er hatte seine vorherige Sicherheit verloren, auch er wurde jetzt von Zweifeln und Angst erfaßt. »Durch die frische Luft ist sein Rausch verflogen, er wird alles merken. Das nicht, verdammt nochmal.«

»Wenn Sie den zehnten Teil von alldem glauben würden, dann hätten Sie uns verhaftet und nach Huancayo gebracht«, unterbrach ihn Doña Adriana, die aus ihrer Selbstversunkenheit erwacht war. Sie schaute Lituma mitleidig an. »Hören Sie also auf mit dem Geschwätz, Korporal.«

»Den kleinen Stummen haben Sie beide und diese abergläubischen Indios den *apus* geopfert«, sagte der Korporal und stand auf. Ihn überkam eine große Erschöpfung. Er setzte sein Käppi auf und fuhr fort: »Das glaube ich, so wahr ich Lituma heiße. Aber ich kann es nicht beweisen, und wenn ich es könnte, würde mir niemand glauben, angefangen bei meinen Vorgesetzten. Ich werde also die Schnauze halten müssen und das Geheimnis mit ins Grab nehmen. Wer wird in diesen Zeiten an Menschenopfer glauben, nicht wahr?«

»Ich glaub daran«, sagte Doña Adriana zum Abschied, während sie die Nase kräuselte und ihm mit der Hand nachwinkte.

»Ich weiß, es scheint seltsam, daß wir in Naccos geblieben sind statt in einem anderen Dorf im Hochland. Aber als die Zeit der Abenteuer vorbei war und das Alter uns in diesem Winkel stranden ließ, war Naccos nicht der trostlose Ort, der es später wurde. Es schien nicht Minute für Minute zu sterben. Zwar wurde das Bergwerk Santa Rita stillgelegt, aber Naccos war ein Durchgangsort; es besaß eine rege Bauerngemeinschaft und einen der besten Märkte in Junín. An den Sonntagen füllte sich diese Straße mit Händlern von überall her, Indios, Mestizen und sogar Herren, die Lamas, Alpakas, Schafe, Schweine, Webstühle, geschorene oder noch ungeschorene Wolle, Mais, Gerste, Reisspinat, Koka, Frauenröcke, Hüte, Westen, Schuhe, Werkzeuge, Lampen kauften und verkauften. Hier wurde alles gekauft und verkauft, was Männer und Frauen brauchten. Damals gab es mehr Frauen als Männer in Naccos, ja, ihr könnt euch die Lippen lecken, ihr geilen Böcke. Dieses Lokal war zehnmal mehr besucht als heute. Dionisio ging einmal im Monat zur Küste hinunter, um sich mit großen Korbflaschen zu versorgen. Mit dem Gewinn konnten wir zwei Treiber für die Maultiere bezahlen, die die Ware auf- und abluden.
Uns beiden gefiel es, daß Naccos ein Durchgangsort war. Immer kamen und gingen hier Fremde, die sich hinauf in die Hochebenen der Kordillere oder hinunter in den Urwald begaben oder die Richtung nach Huancayo und zur Küste einschlugen. Hier haben wir uns kennengelernt, hier hat Dionisio sich in mich verliebt, und hier hat unsere Geschichte begonnen. Schon immer war die Rede von einer Straße gewesen, die den

Saumpfad ersetzen sollte. Jahrelang wurde davon geredet, bevor sie beschlossen, sie zu bauen. Schade, daß es zu spät war, als die Arbeiten begannen und ihr mit euren Hacken, Schaufeln und Bohrern hier aufgetaucht seid. Der Tod hatte den Kampf gegen das Leben gewonnen. Es stand geschrieben, daß die Straße nie zu Ende gebaut würde, deshalb erstaunen mich die Gerüchte nicht, die euch nicht schlafen lassen und in den Suff treiben. Daß sie die Arbeiten einstellen und alle entlassen, das sind Dinge, die ich seit langer Zeit in der Ekstase sehe. Ich höre sie auch, im Herzen, das im Baum schlägt, und in dem des Steines, und ich lese sie in den Eingeweiden des Turmfalken und des Meerschweinchens. Der Tod von Naccos ist beschlossen. Das haben die Geister vereinbart, und so wird es geschehen. Es sei denn ... Ich sage noch einmal, was ich so oft gesagt habe: Große Übel verlangen große Mittel. Das ist die Geschichte des Menschen, sagt Dionisio. Er hat immer die Gabe der Weissagung besessen; an seiner Seite habe ich sie erworben, er hat sie an mich weitergegeben.

Außerdem besaß Naccos dank dieser Berge eine Aura, magische Kraft. Das ist das Richtige für Dionisio und für mich. Uns beide hat immer die Gefahr angezogen. Stellt sie nicht das wahre Leben dar, das Leben, das sich lohnt? Sicherheit dagegen ist Langeweile, ist Dummheit, ist Tod. Es war kein Zufall, daß *pishtacos* hierher gekommen sind, so wie der, der Juan Apaza und Sebastián ausgedörrt hat. Der Weiberhengst, ja. Der Zerfall von Naccos zog sie an, das geheime Leben der *huacas*. Die Berge hier sind voll von diesen uralten Grabstätten. Gäbe es sie nicht, würden in dieser Gegend der Anden

nicht so viele Geister wohnen. Es hat uns große Mühe gekostet, mit ihnen in Verbindung zu treten. Durch sie haben wir viel gelernt, selbst Dionisio, der schon so viel wußte. Es verging viel Zeit, gewaltige Anstrengungen waren nötig, damit sie sich zeigten. Um zu erkennen, wann der Kondor, der auftauchte, Bote war und wann nur ein hungriges Tier auf der Suche nach Beute. Jetzt irre ich mich nicht, auf den ersten Blick unterscheide ich das eine vom anderen, und wenn ihr daran zweifelt, dann stellt mich auf die Probe. Nur die Geister der höchsten und mächtigsten Berge, jener, die das ganze Jahr schneebedeckt sind, jener, die die Wolken durchbohren, verkörpern sich in Kondoren; die kleinen in Turmfalken oder Falken und einige mickrige Hügel in Drosseln. Diese Geister sind schwach und können keine Katastrophen herbeiführen. Höchstens Unheil, zum Beispiel eine Familie ins Unglück stürzen. Denen genügen die Opfergaben in Form von Schnaps und Essen, die die Indios ihnen darbringen, wenn sie die Bergpässe überqueren.
Hier ist sehr viel passiert in der Vergangenheit. Lange bevor Santa Rita eröffnet wurde, meine ich. Die Gabe der Weissagung erlaubt, ebensogut zurück- wie vorauszusehen, und ich habe gesehen, was Naccos war, bevor es Naccos hieß und bevor der Verfall den Kampf gegen die Lebensfreude gewann. Hier gab es viel Leben, denn es gab auch viel Tod. Man erfuhr Leid und Freude im Überfluß, wie es sein muß; schlimm ist, wenn man, wie jetzt in Naccos, im ganzen Hochland und vielleicht in der ganzen Welt, nur noch leidet und niemand sich mehr daran erinnert, was Freude war. Früher wagten

die Leute, dem großen Unheil mit Sühneopfern zu begegnen. So wurde das Gleichgewicht bewahrt. Leben und Tod wie eine Waage mit zwei gleichgewichtigen Waagschalen, wie zwei gleich starke Widder, die sich Hornstöße versetzen, ohne sich von der Stelle zu bewegen.

Was taten sie, damit der Tod das Leben nicht besiegte? Haltet euch den Magen fest, nicht daß ihr euch übergeben müßt. Diese Wahrheiten sind nicht für schwache Hosen, sondern für starke Röcke bestimmt. Die Frauen übernahmen die Verantwortung. Ja, sie, hört gut zu. Und sie taten ihre Pflicht. Der Mann dagegen, den das Dorf in der Ratsversammlung zum Vorsteher der Feste des nächsten Jahres wählte, der zitterte. Er wußte, daß er nur bis dahin seinen Rang und seine Autorität besitzen würde; danach erwartete ihn das Opfer. Er entzog sich nicht, er versuchte nicht, nach dem von ihm geleiteten Fest, nach der Prozession, den Tänzen, dem Gelage und dem Besäufnis das Weite zu suchen. Mitnichten. Er blieb bis zum Ende, er war einverstanden und stolz, seinem Volk Gutes zu tun. Er starb als Held, geliebt und verehrt. Das war er: ein Held. Er trank bis zum Umfallen, er spielte das Charango oder die Hirtenflöte oder die *arpa* oder die Blechrasseln, oder welches Instrument er sonst beherrschte, und tanzte, stampfte mit den Füßen und sang Tag und Nacht, bis er den Schmerz aus sich herausgetrieben hatte, um sich zu vergessen, um sich nicht zu spüren, um sein Leben ohne Angst und aus freiem Willen hinzugeben. Nur die Frauen schwärmten aus, um ihn zu jagen, in der letzten Nacht des Festes. Betrunken auch sie, zügellos auch sie, wie die verrückten Weiber von Dionisios Truppe, nicht mehr und nicht weniger. Aber damals versuchten weder die Ehemänner noch die Väter, die Frauen zurückzuhalten. Sie schliffen ihnen Messer und Macheten, feuerten sie an: ›Such ihn, find ihn, jag ihn, beiß ihn, blute ihn aus, damit wir ein Jahr des Friedens und der guten Ernten haben.‹ Sie jagten ihn genau wie bei der Treibjagd, die die Indios der Gemeinschaft veranstalteten, um den Puma und den Hirsch zu jagen, als es noch Pumas und Hirsche in diesen Bergen gab. Genauso war die Jagd auf den Festvorsteher. Sie bildeten einen Kreis und schlossen ihn darin ein, singend, immer singend, tanzend, immer tanzend, einander mit schrillen Schreien antreibend, wenn sie ihn nah fühlten, wenn sie wußten, daß der Festvorsteher bereits umzingelt war, daß er nicht mehr entkommen konnte. Der Kreis zog sich enger und enger zusammen, bis sie ihn faßten. Seine Herrschaft ging im Blut unter. Und in der nächsten Woche, in der großen Ratsversammlung, wählte man den Vorsteher des nächsten Jahres. Das Glück und der Wohlstand, die in Naccos herrschten, so wurden sie erkauft. Sie wußten es, und niemand drückte sich. Nur der Verfall, wie er heute herrscht, ist kostenlos zu bekommen. Ihr braucht niemandem etwas dafür zu bezahlen, daß ihr in Unsicherheit und Angst lebt und die Wracks seid, die ihr seid. Das kriegt man umsonst. Die Straße wird nicht weitergebaut, und ihr verliert eure Arbeit, die Terroristen werden kommen und ein Massaker veranstalten, der *huayco* wird herabstürzen und uns alle auslöschen. Die bösen Geister werden die Berge verlassen und einen Abschiedstanz für das Leben veranstalten, das wird ihr Siegesfest sein, und die Luft wird von Kondoren wimmeln, daß der ganze Himmel verdeckt ist. Es sei denn ...

Es stimmt nicht, daß Timoteo Fajardo mich verlassen hat, weil es ihm an Mut fehlte. Es ist falsch, daß der Großnasige mich am Morgen nach einem Fest des Schutzheiligen am Eingang des Bergwerks Santa Rita fand, mit der Männlichkeit des Festvorstehers in meinen Händen, und daß er aus Angst, man könnte ihn zum Vorsteher des nächsten Jahres wählen, aus Naccos floh. Das ist Gerede, wie auch, daß Dionisio ihn umgebracht hat, um mit mir zusammenzusein. Als die Dinge, die ich erzähle, in Naccos geschahen, schwebte ich noch zwischen den Sternen, körperlos, reiner Geist, und wartete, bis ich an der Reihe war, im Körper einer Frau Gestalt anzunehmen.

Wie der Pisco hilft die Musik, die bitteren Wahrheiten zu verstehen. Dionisio hat sein ganzes Leben damit verbracht, sie den Leuten beizubringen, und es hat nicht viel genützt, die meisten halten sich die Ohren zu, um nicht zu hören. Ich habe von ihm alles gelernt, was ich über Musik weiß. Einen *huaynito* mit Gefühl singen, sich hingeben, sich gehen lassen, sich in der Melodie verlieren, bis du fühlst, daß du sie bist, daß die Musik dich singt, statt daß du sie singst, das ist der Weg der Weisheit. Mit den Füßen stampfen und stampfen, sich im Kreis drehen, die Tanzfigur ausschmücken, sie beginnen und enden, ohne den Rhythmus zu verlieren, sich vergessen, vergehen, bis du fühlst, daß der Tanz dich tanzt, daß er in deine Eingeweide eingedrungen ist, daß er befiehlt und du gehorchst, das ist der Weg der

Weisheit. Du bist nicht mehr du, ich bin nicht mehr ich, sondern alle anderen. So befreit man sich aus dem Gefängnis des Körpers und tritt ein in die Welt der Geister. Singend. Tanzend. Auch trinkend natürlich. Im Rausch reist du, sagt Dionisio, bist bei deinem Tier, schüttelst die Sorgen ab, entdeckst dein Geheimnis, wirst dir selber gleich. Die übrige Zeit bist du gefangen wie die Leichen in den alten Grabstätten oder auf den heutigen Friedhöfen. Immer bist du Sklave oder Diener von jemandem. Beim Tanzen und Trinken gibt es keine Indiós, keine Mestizen und keine Herren, keine Reichen und Armen, keine Männer und Frauen. Die Unterschiede verwischen sich, und wir werden wie Geister: Indios, Mestizen und Herren zugleich; reich und arm, Männer und Frauen zur gleichen Zeit. Nicht alle reisen beim Tanzen, Singen oder Trinken, nur die Höheren. Man muß die Bereitschaft haben und Stolz und Scham verlieren, vom Podest heruntersteigen, auf dem die Leute leben. Wer sein Denken nicht einschläfert, wer sich nicht selbst vergißt, verliert weder seine Eitelkeiten und seinen Hochmut, noch wird er Musik, wenn er singt, Tanz, wenn er tanzt, oder Rausch, wenn er sich berauscht. Der kommt nicht aus seinem Gefängnis heraus, reist nicht, lernt nicht sein Tier kennen und wird auch nicht Geist. Der lebt nicht: er ist Verfall und tot bei lebendigem Leibe. Er würde auch nicht dazu taugen, die Bewohner der Berge zu ernähren. Die wollen Leute von Rang, die sich aus ihrer Sklaverei befreit haben. Viele können sich noch so sehr berauschen, nie werden sie selbst der Rausch. Auch nicht der Gesang und der Tanz, mögen sie auch laut schreien und mit ihrem Fußgestampfe Funken aus dem Boden schlagen. Der kleine Diener der Polizisten dagegen wohl. Obwohl er stumm ist, obwohl er blöde ist, er fühlt die Musik. Er weiß. Ich hab ihn tanzen sehen, allein, wenn er den Berg hinauf- oder hinunterging und seine Aufträge erledigte. Er schließt seine Augen, konzentriert sich, beginnt, rhythmisch zu gehen, kleine Schritte auf den Zehenspitzen zu machen, die Hände zu bewegen, zu hüpfen. Er hört einen *huayno*, den nur er hört, den man nur für ihn singt, den er selbst tonlos singt, im Innern seines Herzens. Er verliert sich, vergeht, reist, tritt aus sich heraus, nähert sich den Geistern. Die Terroristen haben ihn damals in Pampa Galeras nicht umgebracht, weil die in den Bergen ihn bestimmt schützen. Oder vielleicht haben sie ihn für etwas Höheres bestimmt. Ihn würden sie, die in den Grabstätten schlafen, mit offenen Armen empfangen, genau wie die Festvorsteher der alten Zeiten, die ihnen von den Frauen überbracht wurden. Aber ihr bescheißt euch vor Angst, trotz eurer Männerhosen und der Eier, mit denen ihr so viel herumprahlt. Lieber verliert ihr eure Arbeit, lieber laßt ihr euch von den *pishtacos* ausdörren und in Scheiben schneiden, von den Terroristen in ihre Miliz stecken, totsteinigen, alles, nur nicht eine Verantwortung übernehmen. Man braucht sich nicht zu wundern, daß es in Naccos keine Frauen mehr gibt. Sie hielten einst dem Ansturm der bösen Geister stand, sie bewahrten das Leben und den Wohlstand des Dorfes. Mit ihrem Fortgang begann der Absturz, und ihr habt keinen Mut, ihn aufzuhalten. Ihr laßt zu, daß das Leben verrinnt und der Tod die leeren Orte besetzt. Es sei denn ...«

»Das mit den Dollars hat mir nichts ausgemacht, sie gehörten ihr«, erklärte Tomasito im Brustton der Überzeugung. »Aber daß sie fortging, der Gedanke, daß ich Mercedes nie wiedersehen würde, daß sie die Frau eines anderen oder anderer sein würde und niemals meine, das war ein furchtbarer Schlag. Das hat mich am Boden zerstört, Herr Korporal. Ich habe sogar daran gedacht, mich umzubringen, muß ich Ihnen sagen. Aber nicht einmal dazu konnte ich mich aufraffen.«

»Kein Wunder«, bemerkte Lituma. »Jetzt verstehe ich dich besser, Tomasito. Dein Geschluchze im Schlaf zum Beispiel. Jetzt versteh ich es. Und auch, daß du nur ein Thema hast und von nichts anderem sprichst. Aber es fällt mir schwer zu verstehen, daß du sie nach einer solchen Gemeinheit, nachdem Mercedes abgehauen ist, trotz allem, was du für sie getan hast, noch immer liebst. Du müßtest sie doch eher von ganzer Seele hassen.«

»Ich bin aus dem Hochland, Herr Korporal, vergessen Sie das nicht«, scherzte der Junge. »Behauptet man nicht, für uns gebe es keine Liebe ohne Hiebe? Behauptet man nicht, wir würden sagen ›Was sich liebt, das schlägt sich‹? In meinem Fall stimmt das Sprichwort.«

»Dann legt man eben ein neues Pflaster auf die Wunde«, versuchte ihn Lituma zu ermuntern. »Statt die Piuranerin so viel zu beweinen, hättest du dir auf der Stelle ein anderes Mädchen suchen müssen. Auf diese Weise hättest du die Undankbare vergessen.«

»Das war auch das Rezept meines Paten«, sagte Tomasito.

»Kein Schwanzkummer dauert ewig, kein Körper hält das aus«, versicherte der Kommandant. Und er gab ihm einen Befehl: »Du gehst jetzt sofort ins Domino und legst die kesse kleine Lira oder Titten-Celestina flach. Und wenn dir danach ist, dann legst du beide gleichzeitig flach. Ich werde anrufen, damit man dir Rabatt gibt. Wenn diese beiden Ärsche mit ihrem Gewippe Mercedes nicht aus deinem Kopf vertreiben, dann soll man mich degradieren.«

»Ich hab versucht, auf ihn zu hören, und bin hingegangen«, erinnerte sich der Junge mit einem gezwungenen Kichern. »Ich war willenlos, ein Stück Lumpen, ich tat, was man mir befahl. Ich bin hingegangen und hab mir ein Mädchen ins Hotel gegenüber vom Domino mitgenommen, vielleicht würde ich ja so anfangen, sie zu vergessen. Aber es wurde nur noch schlimmer. Während das Mädchen mit mir herumschäkerte, dachte ich an Mercedes und verglich das, was ich vor mir hatte, mit dem Körper meiner Liebsten. Ich kriegte ihn nicht mal hoch, Herr Korporal.«

»Du gestehst mir da Intimitäten, daß ich gar nicht weiß, wie ich reagieren soll«, sagte Lituma. »Schämst du dich nicht, mir so private Dinge zu erzählen, Tomasito?«

»Ich würde sie nicht irgendwem erzählen«, antwortete sein Amtshelfer. »Aber zu Ihnen habe ich noch mehr Vertrauen als zum dicken Iscariote. Sie sind für mich wie der Vater, den ich nicht gekannt habe, Herr Korporal.«

»Diese Mercedes war ein paar Nummern zu groß für dich, mein Junge«, erklärte der Kommandant. »Du hättest ständig Stunk mit ihr gehabt. Sie gehört zu denen, die hoch hinauswollen, selbst der Chancho war zu klein für sie. Hast du nicht gesehen, was sie sich mir gegenüber rausgenommen hat, an dem Abend, als du sie mir vorgestellt hast? Sie hat mich Miezekater genannt, das Aas.«

»Ich hätte für sie gestohlen und wieder getötet, nur um sie immer an meiner Seite zu haben.« Carreños Stimme wurde rauh. »Ich hätte alles getan. Und soll ich Ihnen was noch Privateres sagen? Ich werde nie eine andere Frau flachlegen. Sie interessieren mich nicht, sie existieren nicht. Wenn nicht Mercedes, dann keine.«

»Du lieber Himmel«, bemerkte Lituma.

»Um offen zu dir zu sein, ich hätte eine Nummer mit dieser Mercedes geschoben, wahrhaftig«, sagte der Kommandant, sich räuspernd. »Ich hab's ihr vorgeschlagen, als ich mit ihr im Domino getanzt habe. Auch um sie auf die Probe zu stellen, das hab ich dir schon erzählt. Weißt du, was sie gemacht hat, mein Lieber? Sie hat mich mit der größten Unverschämtheit am Hosenschlitz gepackt und gesagt: ›Mit dir nicht für das ganze Gold der Welt, auch wenn du mir eine Pistole auf die Brust setzen würdest. Du bist nicht mein Typ, Miezekater.‹«

Er war in Uniform und saß an dem kleinen Schreibtisch seines Büros im ersten Stock des Ministeriums. Zwischen den Aktenstößen ragten eine kleine peruanische Fahne und ein Ventilator hervor, der abgestellt war. Carreño, in Zivil, stand gegenüber dem Foto des Präsidenten der Republik, der ihn von der Wand her spöttisch zu betrachten schien. Der Kommandant trug seine ewige dunkle Brille; er spielte mit einem Bleistift und einem Anspitzer.

»Sagen Sie mir nicht solche Sachen, Pate. Es verbittert mich nur noch mehr.«

»Ich sag dir das, damit du weißt, daß diese Frau nichts für dich ist«, sagte der Kommandant aufmunternd. »Sie hätte dir sogar noch mit Pfaffen und Schwulen Hörner aufgesetzt. Sie war eine Emanzipierte, das Gefährlichste, was eine Frau sein kann. Es ist ein Glück, daß du sie los bist, auch wenn es nicht aus freien Stücken war. Und jetzt wollen wir keine Zeit mehr verlieren. Befassen wir uns mit deiner Situation. Du wirst wohl nicht vergessen haben, daß du in einem Riesenschlamassel steckst wegen der Sache in Tingo María, nicht?«

»Er muß dein Vater sein, Tomasito«, sagte Lituma. »Er muß es einfach sein.«

Der Kommandant suchte auf seinem Schreibtisch und nahm ein Schriftstück von einem der Aktenstöße. Er fuchtelte damit vor Carreño herum.

»Es wird Mühe kosten, das zurechtzubiegen und deine Dienstakte zu säubern. Andernfalls wird dieser Fleck dich dein Leben lang verfolgen. Ich hab schon einen Weg gefunden, dank eines Anwalts, der für uns arbeitet, ein Kumpel von mir. Weißt du, was du bist? Ein reuiger Deserteur, das bist du. Du bist abgehauen, du hast deinen Irrtum eingesehen, es dir anders überlegt, und jetzt kommst du zurück und bittest um Vergebung. Zum Beweis deiner Aufrichtigkeit bietest du an, als Freiwilliger in das Notstandsgebiet zu gehen. Dort wirst du Jagd auf subversive Verbrecher machen, Junge. Unterschreib hier.«

»Wie gern hätte ich deinen Paten kennengelernt«, unterbrach Lituma ihn voll Bewunderung. »Was für ein Kerl, Tomasito.«

»Dein Antrag ist angenommen worden, und du hast schon einen Bestimmungsort«, fuhr der Kommandant fort, während er auf die Tinte von Carreños Unterschrift blies. »Andahuaylas, unter dem Befehl eines Offiziers mit einem ordentlichen Paar Eiern zwischen den Beinen. Leutnant Pancorvo. Er steht in meiner Schuld, er wird dich gut behandeln. Ein paar Monate, ein knappes Jahr bleibst du im Hochland. So bist du aus dem Verkehr gezogen, bis man dich vergessen hat und deine Dienstakte wieder sauber ist. Bist du erst mal geölt und gesalbt, dann such ich dir einen besseren Posten. Sagst du mir nicht dankeschön?«

»Der dicke Iscariote hat sich auch sehr gut mir gegenüber verhalten«, sagte Tomás. »Er war wie mein Schatten, bis ich in den Bus nach Andahuaylas stieg. Er hatte Angst, ich würde mich umbringen, glaube ich. Ihm zufolge heilt man Liebeskummer durch Essen, er lebt fürs Fressen, das hab ich Ihnen ja schon erzählt.«

»Maispasteten, gebratene Rindsleber, Speckgrieben mit Kartoffelmus, marinierter Meerrabe, gefüllte Pfefferschoten, gratinierte Muscheln, Kartoffelbrei mit Beilage *a la limeña* und polarkaltes Bier«, zählte der dicke Iscariote mit weit ausholender Gebärde auf. »Das ist der Anfang. Danach scharfer Hühnereintopf mit weißem Reis und mariniertes Ziegenlamm. Und als krönender Abschluß süßer Maisbrei mit Früchten und Nougat von Doña Pepa. Freu dich, Carreñito.«

»Wenn wir die Hälfte davon essen, krepieren wir, Dikker.«

»Du krepierst vielleicht«, sagte Iscariote. »Mich verjüngt so ein Gelage. Das ist Leben. Bevor du beim marinierten Ziegenlamm anlangst, hast du Mercedes für immer vergessen.«

»Ich werde sie nie vergessen«, erklärte der Junge. »Besser gesagt, ich will sie nicht vergessen. Nie hab ich gedacht, daß man so glücklich sein kann, Herr Korporal. Vielleicht ist es besser, daß es so gekommen ist. Daß unsere Geschichte so kurz gedauert hat. Wenn wir geheiratet hätten und zusammengeblieben wären, hätte sich auch zwischen uns die Atmosphäre vergiftet, wie bei allen Paaren. Jetzt dagegen habe ich nur gute Erinnerungen an sie.«

»Sie ist mit deinen viertausend Dollars durchgebrannt, nachdem du einen Typen wegen ihr umgelegt und ihr einen neuen Ausweis verschafft hast, und du sprichst nur mit der größten Bewunderung von ihr«, ereiferte sich Lituma. »Du bist ein Masochist, Tomasito.«

»Ich weiß, daß du nicht im Traum daran denken wirst, auf mich zu hören«, sagte plötzlich der dicke Iscariote: er schwitzte und keuchte, und seine ganze große Fleischmasse pulsierte gierig; er hielt eine reisgefüllte Gabel in der Luft und wiegte sie im Rhythmus seiner Worte hin und her. »Aber erlaube mir, daß ich dir einen freundschaftlichen Rat gebe. Weißt du, was ich tun würde, wenn ich in deiner Haut stecken würde?«

»Was denn?«

»Mich rächen.« Iscariote führte die Gabel zum Mund, kaute mit halb geschlossenen Augen, wie in Ekstase, schluckte, trank Bier, fuhr sich mit der Zunge über die dicken Lippen und fügte hinzu: »Diese Gemeinheit müßte sie bezahlen.«

»Und wie?« fragte der Junge. »Ich bin zwar todtraurig und hab einen verdorbenen Magen, aber du bringst mich zum Lachen, Dicker.«

»Indem du sie triffst, wo es ihr am meisten wehtut«, sagte Iscariote keuchend. Er hatte ein großes weißes, blauliniertes Taschentuch aus der Tasche gezogen und wischte sich mit beiden Händen den Schweiß ab. »Indem du sie als Komplizin des Chancho ins Gefängnis bringst. Es ist leicht, du brauchst nur eine Anzeige gegen sie zu erstatten. Und während die Untersuchung gegen sie läuft und während der ganzen Formalitäten mit dem Untersuchungsrichter, ab mit ihr nach Chorillos. Hatte sie nicht panische Angst davor, im Frauengefängnis zu landen? Da würde sie dann ein Weilchen schmoren, als Buße für ihre Undankbarkeit.«

»Ich könnte sie nachts mit einer Leiter und Stricken herausholen. Deine Geschichte interessiert mich, Dicker.«

»In Chorillos richte ich es so ein, daß man sie in der Abteilung der Zambas unterbringt, die es mit Weibern treiben«, erklärte Iscariote, ohne abzusetzen, als hätte er den Plan vollständig durchdacht. »Bei denen wird sie die Engel im Himmel und die Teufel in der Hölle singen hören, Carreñito. Sie haben fast alle die Syphilis, die würden sie ihr also auch anhängen.«

»Das gefällt mir schon weniger, Dicker. Meine Liebste, die Syphilis? Ich würde jedes einzelne dieser Weiber eigenhändig in Stücke reißen.«

»Es gibt eine andere Möglichkeit. Wir suchen sie, wir finden sie, wir bringen sie auf das Revier in Tacora, wo ich einen Kumpel habe. Sie soll die Nacht in der Zelle der Messerstecher, Junkies und Perversen verbringen. Am nächsten Morgen würde sie nicht einmal mehr wissen, wie sie heißt.«

»Ich würde zu ihr in die Zelle gehen und mich niederknien, um sie anzubeten«, sagte der Junge lachend. »Sie ist meine heilige Rosa von Lima.«

»Deshalb hat sie dich verlassen.« Der dicke Iscariote hatte begonnen, sich über den Nachtisch herzumachen, und redete mit vollem Mund, sich verschluckend. »Soviel Hochachtung mögen die Frauen nicht, Carreñito. Sie langweilen sich. Hättest du sie wie der Chancho behandelt, dann hättest du sie hübsch zahm an deiner Seite.«

»Sie gefällt mir so, wie sie ist«, sagte der Junge. »Frech, berechnend und gerieben. Sie gefällt mir mit dem Scheißcharakter, den sie hat. Alles, was sie ist und tut, gefällt mir. Auch wenn Sie es mir nicht glauben, Herr Korporal.«

»Warum soll ich nicht glauben, daß auch du deine fixe Idee hast?« sagte Lituma. »Haben denn nicht alle hier ihre fixe Idee? Sind die Terroristen nicht wahnsinnig? Dionisio, die Hexe, sind sie nicht rettungslos verrückt? War dieser Leutnant Pancorvo, der einen Stummen versengt hat, um ihn zum Reden zu bringen, nicht durchgeknallt? Gibt es größere Spinner als diese Indios, die sich vor *mukis* und Schlächtern fürchten? Fehlen denen, die Leute verschwinden lassen, um die *apus* der Berge zu beschwichtigen, nicht ein paar Schrauben?

Dein Liebeswahn schadet wenigstens keinem außer dir selbst.«

»Sie dagegen bewahren einen kühlen Kopf in diesem Irrenhaus, Herr Korporal«, sagte sein Amtshelfer.

»Das wird es sein, warum ich mich in Naccos so fehl am Platz fühle, Tomasito.«

»Schön, ich gebe mich geschlagen, wir rächen uns nicht, und Mercedes soll ruhig weiter die Welt mit toten Liebhabern und verwundeten Geliebten bevölkern«, sagte der dicke Iscariote. »Wenigstens hab ich deine Laune gehoben. Ich werde dich vermissen, Carreñito, ich hatte mich schon an unsere Zusammenarbeit gewöhnt. Ich hoffe, es ergeht dir gut da oben im Notstandsgebiet. Laß dir von den Terroristen keine reinwürgen. Paß auf dich auf und schreib mir.«

»Das wird es sein, warum ich es nicht abwarten kann, daß man mich hier rausholt«, fügte Lituma hinzu. »Komm, schlafen wir endlich, es wird bestimmt schon hell. Weißt du was, Tomasito? Du hast mir dein ganzes Leben erzählt. Den Rest kenn ich schon. Du bist nach Andahuaylas gegangen, warst bei Pancorvo, man hat dich hierher versetzt, du hast Pedrito Tinoco mitgebracht, wir haben uns kennengelernt. Worüber werden wir uns verdammt nochmal in den Nächten unterhalten, die wir noch vor uns haben?«

»Über Mercedes, worüber sonst«, entschied sein Amtshelfer kategorisch. »Ich werde Ihnen meine Liebesgeschichte noch einmal erzählen, von Anfang an.«

»Du lieber Himmel«, sagte Lituma gähnend, während er seine Pritsche zum Quietschen brachte. »Noch einmal von Anfang an?«

Epilog

X

Die Gestalt tauchte plötzlich zwischen den Eukalyptusbäumen am gegenüberliegenden Berghang auf, als Lituma die Wäsche abnahm, die er auf einer Schnur zwischen der Tür der Hütte und der zum Schutz des Postens errichteten Palisade aus Sandsäcken und Felssteinen zum Trocknen aufgehängt hatte. Er sah sie im Profil, er sah sie von vorne, vor der roten Kugel, die zwischen den Bergen langsam versank: die untergehende Sonne löste sie auf, verschluckte sie. Aber trotz des grellen Widerscheins, der ihm Tränen in die Augen trieb, trotz der Entfernung wußte er sofort, daß es eine Frau war.

›Es ist so weit, sie sind gekommen‹, dachte er. Wie gelähmt fühlte er, daß seine Finger im Kontakt mit der halbtrockenen Unterhose steif wurden. Doch nein, das konnten nicht die Terroristen sein, es war eine einzelne Frau, sie trug keinerlei Waffe, und außerdem wirkte sie verwirrt, als wüßte sie nicht, welche Richtung sie einschlagen sollte. Sie schaute suchend nach rechts und nach links, ging zögernd zwischen den Eukalyptusbäumen hin und her, entschied sich für eine Richtung, um sich dann wieder anders zu besinnen. Bis sie, als wäre es das Ziel, das sie finden wollte, Lituma erblickte. Sie blieb stehen, und obwohl sie zu weit entfernt war, als daß er ihr Gesicht hätte sehen können, war der Korporal sicher, daß es sich aufgehellt hatte, als sie ihn hier, ihr gegenüber, vor der Tür dieser Hütte zwischen der aufgehängten Wäsche erblickte: mit seinen Gamaschen und seiner Hose aus grünem Drillich und seiner aufgeknöpften Uniformjacke, seinem Käppi und seiner Smith and Wesson im Halfter. Denn jetzt winkte sie ihm mit beiden hoch erhobenen Händen zu, als würden sie sich kennen, als wären sie die besten Freunde und hätten eine Verabredung. Wer war sie? Woher kam sie? Wohin wollte sie? Was konnte auf der Höhe dieses Berges, inmitten der Puna, eine weiße Frau verloren haben? Denn auch das erfaßte Lituma sofort: Sie war keine Indiofrau, sie trug keine Zöpfe, keine dicken Röcke, keinen Hut, keinen Umhang, sondern Hosen, einen Pullover und darüber etwas, das eine Jacke oder ein Sakko sein konnte, und was sie in der rechten Hand hielt, war kein Bündel, sondern eine Aktentasche oder ein kleiner Reisekoffer. Sie winkte ihm noch immer fast wütend zu, als sei sie empört über seine fehlende Reaktion. Da hob der Korporal die Hand und winkte zurück.

Während der halben oder dreiviertel Stunde, die die Frau brauchte, um den Berghang mit den Eukalyptusbäumen herunter- und den Abhang des Postens hinaufzusteigen, konzentrierte Lituma seine Sinne auf die Operation und wies ihr den Weg. Er zeigte ihr mit energischen Armbewegungen, welchem Pfad sie folgen sollte, wo der Weg am besten befestigt, am wenigsten rutschig war, wo sie am wenigsten Gefahr lief, zu fallen und abzustürzen, denn er fürchtete, sie könnte bei einem der Ausrutscher, Stolperschritte und Stürze, die jeden ihrer Schritte in einen Balanceakt verwandelten, in der Tiefe der Schlucht landen. Die war wirklich noch nie in den Bergen unterwegs gewesen. Die war genauso fremd in Naccos wie er noch vor einigen Monaten, als er auf seinen Wegen zwischen dem Posten und dem Lager genau wie sie jetzt gestrauchelt, umgeknickt, gestürzt und wieder aufgestanden war.

Als sie den Hang zum Posten hinaufzusteigen begann und ihn schon hören konnte, gab der Korporal ihr laut rufend Anweisungen: »Da lang, zwischen den großen Steinen durch«, »Halten Sie sich ruhig fest, das Gras reißt nicht«, »Da nicht lang, das ist der reinste Morast.«. Als sie fünfzig Meter vom Posten entfernt war, ging der Korporal ihr entgegen. Er half ihr, faßte sie am Arm und nahm ihr den Lederkoffer ab.

»Von dort oben hab ich geglaubt, daß Sie der Gendarm Tomás Carreño sind«, sagte sie, während sie ausrutschte, das Gleichgewicht verlor, den Händen Litumas entglitt. »Deshalb hab ich Sie so vertraulich gegrüßt.«

»Nein, ich bin nicht Tomás«, sagte er und fühlte sich dumm wegen dieser Worte und gleichzeitig plötzlich überglücklich. »Sie können sich nicht vorstellen, wie ich mich freue, wieder Piuranisch zu hören!«

»Und wie haben Sie gemerkt, daß ich aus Piura bin?« fragte sie verwundert.

»Weil ich es auch bin«, sagte Lituma und streckte ihr die Hand entgegen. »Ein waschechter Piuraner, ja. Korporal Lituma, zu Diensten. Ich bin der Kommandant des Postens hier. Ist es nicht unglaublich, daß sich zwei Piuraner in dieser Hochebene treffen, so weit von ihrer Heimat entfernt?«

»Tomás Carreño ist hier bei Ihnen, nicht wahr?«

»Er ist einen Augenblick ins Dorf runtergegangen, er wird bald zurückkommen.«

Die Frau seufzte erleichtert, und ihr Gesicht heiterte sich auf. Sie waren vor die Hütte gelangt, und sie ließ sich auf einen der Sandsäcke fallen, die der Korporal und sein Amtshelfer mit Hilfe von Pedrito Tinoco zwischen den Felssteinen verkeilt hatten.

»Ein Glück«, sagte sie. Ihre Brust hob und senkte sich, als wollte ihr das Herz aus dem Mund springen. »Wenn ich diesen Fußmarsch umsonst gemacht hätte ... Der Bus aus Huancayo hat mich sehr weit weg von hier abgesetzt. Man sagte mir, es wäre eine Stunde bis Naccos. Aber ich hab länger als drei gebraucht. Ist das das Dörfchen, da unten? Soll dort die Straße durchführen?«

»Dort sollte sie durchführen«, sagte Lituma. »Sie haben die Arbeiten eingestellt, es wird keine Straße geben. Vor ein paar Tagen ist ein *huayco* runtergekommen und hat Verheerungen angerichtet.«

Aber das Thema interessierte sie nicht. Sie beobachtete unruhig den Aufgang zum Berg.

»Sehen wir ihn von hier aus kommen?« Nicht nur ihre Stimme, auch ihre Person, ihre Bewegungen besaßen etwas Vertrautes. ›Die Frauen aus Piura riechen sogar besser‹, dachte Lituma.

»Wenn es nicht vorher dunkel wird«, gab er zu bedenken. »Die Sonne geht zu dieser Jahreszeit früh unter, sehen Sie, es ist nur noch ihr Abglanz zu sehen. Sie werden todmüde von der Reise sein. Möchten Sie einen Sprudel?«

»Irgendwas, ich sterbe vor Durst«, nickte sie. Ihre Augen beobachteten die Wellblechdächer der Baracken, die Steine und den wild von Grasbüscheln bewachsenen Berghang. »Von hier sieht es hübsch aus.«

»Von weitem ist es besser als aus der Nähe«, bemerkte der Korporal. »Ich bringe Ihnen sofort den Sprudel.«
Er ging zur Hütte, und während er die Flasche aus dem Eimer nahm, in dem sie die Getränke unter freiem Himmel kühlten, konnte er die soeben Angekommene in aller Ruhe mustern. Sie war über und über mit Schlamm bespritzt und ihr Haar wild zerzaust, und dennoch war sie wunderschön. Wie lange hatte er nicht mehr so eine Frau gesehen? Die Farbe ihrer Wangen, ihres Halses, ihrer Hände ließ in seinem Kopf eine Flut von Bildern aus seiner Jugend, aus seiner Heimat durcheinanderstürzen. Und was für Augen, Herr im Himmel. Halbgrün, halbgrau, halbichweißnichtwas. Und dieser Mund mit den ausgeprägten Lippen. Warum hatte er das Gefühl, sie zu kennen oder zumindest gesehen zu haben? Wie wäre sie wohl, wenn sie sich zurechtgemacht hätte, mit Rock, hohen Schuhen, Ohrringen, die Lippen feuerrot geschminkt? Was man nicht alles versäumte, wenn man eingesperrt in Naccos lebte. Es war nicht undenkbar, daß er ihr einmal begegnet war, irgendwo, als er in der Zivilisation und in der Wärme lebte. Sein Herz schlug schneller. War es Mechita? War sie es?
Er brachte ihr den Sprudel, sich entschuldigend:
»Tut mir leid, wir haben keine Gläser. Sie werden aus der Flasche trinken müssen.«
»Geht es ihm gut?« fragte ihn die Frau zwischen kleinen Schlucken; ein Wasserfaden lief ihr den Hals herunter. »Ist er nicht krank gewesen?«
»Tomasito ist ein Felsen, wie soll der krank werden«, beruhigte Lituma sie. »Er wußte nicht, daß Sie kommen würden, nicht wahr?«

»Ich hab ihm nicht Bescheid gesagt, ich wollte ihn überraschen«, sagte die Frau mit einem verschmitzten Lächeln. »Außerdem kommen hier wahrscheinlich keine Briefe an.«

»Dann sind Sie also Mercedes.«

»Hat Carreñito Ihnen von mir erzählt?« fragte sie, während sie einen beunruhigten Blick auf ihn richtete.

»Na ja, ein bißchen«, sagte Lituma verlegen. »Besser gesagt, wie ein Papagei. Jede Nacht erzählt er mir von Ihnen. Was kann man in dieser Einöde, in der es nichts zu tun gibt, schon anderes machen, als sich vertrauliche Dinge zu erzählen.«

»Ist er sehr böse auf mich?«

»Das glaub ich nicht«, sagte Lituma. »Und wenn wir schon von Vertraulichkeiten reden: Ich weiß, daß er in manchen Nächten im Schlaf mit Ihnen spricht.«

Sofort schämte er sich, daß er das gesagt hatte, und suchte hastig in seiner Uniformjacke nach den Zigaretten. Er zündete ungeschickt eine an, nahm ein paar Züge und begann, Rauch durch Mund und Nase auszustoßen. Ja, es war dieselbe, die Josefino für eine Nacht an die Chunga ausgeliehen hatte, dieselbe, die danach verschwunden war. Mechita. Als er sie anzuschauen wagte, war sie sehr ernst und hielt den Blick prüfend auf den Berghang gerichtet. In ihren Augen lag Unruhe. ›Mit Recht hast du so um sie geweint, Tomasito‹, dachte Lituma. Was für Zufälle gab es doch im Leben, Teufel nochmal.

»Sind nur Sie beide hier?« fragte Mercedes, auf den Posten weisend.

Lituma nickte, während er Rauch ausstieß.

»Und wir gehen bald, Gott und dem *huayco* sei Dank. Wir hätten das hier nicht viel länger ausgehalten.« Er nahm einen tiefen Zug aus der Zigarette. »Der Posten wird geschlossen. Das Lager auch. Sie haben schon angefangen, das wenige abzubauen, das noch übrig ist. Naccos wird verschwinden. Stand das mit dem *huayco* in Lima nicht in den Zeitungen? Er hat Maschinen zerstört, eine Planierraupe begraben, die Arbeit von sechs Monaten zunichte gemacht. Aber zum Glück ist niemand dabei umgekommen. Tomás wird es Ihnen erzählen, er hat von hier aus gesehen, wie die Steine runterkamen. Das sind unsere letzten Tage hier in Naccos. Mich hat der *huayco* dort oben erwischt, fast hätte er mich auf seiner Sturzfahrt mitgerissen.«

Aber Mercedes hatte nur einen Gedanken im Kopf.

»Wenn er von mir träumt, dann wird er mich nicht mehr so hassen für das, was ich ihm angetan habe.«

»Im Gegenteil, Tomás liebt Sie sehr. Ich habe noch nie jemanden erlebt, der so verliebt gewesen wäre wie er in Sie. Das schwör ich Ihnen.«

»Hat er das Ihnen so gesagt?«

»Er hat es mir zu verstehen gegeben«, erwiderte der Korporal vorsichtig. Er warf ihr einen Blick aus dem Augenwinkel zu. Sie war noch immer sehr ernst und forschte mit ihren grüngrauen Augen den Berghang von einem Ende zum anderen aus. ›Was für wunderbare Dinge mag Tomasito in diesen Augen gesehen haben, wenn er ihnen ganz nah war‹, dachte er.

»Ich liebe ihn auch sehr«, murmelte Mercedes, ohne Lituma anzusehen. »Aber er weiß es noch nicht. Ich bin gekommen, um es ihm zu sagen.«

»Sie werden ihm die größte Freude seines Lebens bereiten. Tomás empfindet für Sie mehr als Liebe, fast schon etwas Krankhaftes, das schwör ich Ihnen.«

»Er ist der einzige anständige Mann, dem ich begegnet bin«, sagte Mercedes leise. »Er wird doch bestimmt zurückkommen, nicht?«

Sie verharrten stumm und beobachteten beide den Grund der Schlucht, auf der Suche nach Tomás. Es dunkelte dort unten, sie würden ihn erst auftauchen sehen, wenn er schon den halben Berg erklommen hätte. Es begann auch kalt zu werden. Lituma sah, daß Mercedes das Sakko zuknöpfte, das Revers hochschlug und sich ein wenig zusammenkauerte. Wie gut es sein Amtshelfer hatte, ein simpler Gendarm – und eine phantastische Frau machte sich die Mühe, bis hierher ans Ende der Welt zu kommen, um ihm zu sagen, daß sie ihn liebte. Du hast es also bereut, daß du ihn verlassen hast. Ob sie wohl die viertausend Dollar bei sich hatte? Du wirst vor Glück in Ohnmacht fallen, Tomasito.

»Es war sehr mutig von Ihnen, ganz allein von der Piste hierherzulaufen, mitten in der Puna«, sagte der Korporal. »Der Weg ist nicht markiert, Sie hätten sich verlaufen können.«

»Ich hab mich verlaufen«, sagte sie lachend. »Ein paar Indios haben mir geholfen. Sie sprachen kein Spanisch, wir mußten uns wie Taubstumme verständigen. Naccos! Naccos! Sie schauten mich an wie jemanden von einem anderen Stern, bis sie schließlich kapierten.«

»Sie hätten auch eine unangenehme Begegnung haben

können.« Lituma warf die Kippe den Abhang hinunter. »Hat man Ihnen nicht gesagt, daß hier in der Gegend Terroristen sind?«

»Ich hatte Glück«, räumte sie ein. Und sie fügte ohne Übergang hinzu: »Seltsam, daß Sie meinen piuranischen Akzent erkannt haben. Ich hab geglaubt, ich hätte ihn abgelegt. Ich habe Piura vor langer Zeit verlassen, als ich noch ein Kind war.«

»Den piuranischen Singsang verliert man nie«, sagte Lituma. »Er ist der schönste, den ich kenne. Vor allem bei den Frauen.«

»Könnte ich mich vielleicht ein wenig waschen und kämmen? Ich möchte nicht, daß Carreñito mich in diesem Aufzug sieht.«

Lituma hätte ihr beinahe geantwortet, ›Aber Sie sehen doch toll aus!‹ Er hielt sich jedoch zurück, leicht eingeschüchtert.

»Ja, wie dumm von mir, daß ich nicht selbst darauf gekommen bin«, sagte er und stand auf. »Wir haben eine Waschschüssel, Wasser, Seife und einen kleinen Spiegel. Sie dürfen kein Bad erwarten, hier ist alles sehr primitiv.«

Er führte sie ins Innere der Hütte und spürte leichtes Unbehagen, als er die Enttäuschung, das Mitleid oder das Mißfallen bemerkte, mit dem Mercedes die beiden Pritschen mit ihren zerwühlten Decken, die als Sitze dienenden Koffer und die Waschecke betrachtete: ein schartiges Waschbecken auf einem mit Wasser gefüllten Faß und ein kleiner Spiegel, der am Waffenschrank hing. Er füllte ihr die Schüssel mit sauberem Wasser, reichte ihr ein neues Stück Seife und ging hinaus, um von der Schnur draußen ein trockenes Handtuch zu holen. Als er danach die Hütte verließ, schloß er die Tür hinter sich, damit sie sich wohler fühlte. Er kehrte an die gleiche Stelle zurück, an der er sich mit Mercedes unterhalten hatte. Einige Minuten später tauchte aus den am Berghang hochsteigenden Schatten die Gestalt seines Amtshelfers auf. Er kam mit dem Gewehr in der Hand, nach vorn geneigt, den Berg mit großen Schritten erklimmend. Eine Mordsüberraschung erwartet dich, Junge. Das wird der glücklichste Tag deines Lebens. Als er nur noch wenige Schritte entfernt war, bemerkte er, daß der Gendarm lächelte, während er ihm ein Papier zeigte. ›Der Funkspruch aus Huancayo‹, dachte er, während er aufstand. Die Instruktionen der Kommandatur. Und nach dem Gesicht Tomasitos zu urteilen, waren es gute Nachrichten.

»Wetten, Sie raten nicht, wohin man Sie schickt, Herr Korporal. Besser gesagt, Herr Unteroffizier.«

»Wie? Hat man mich befördert?«

Der Junge reichte ihm das Papier mit dem Firmenzeichen des Bauunternehmens.

»Es sei denn, man spielt Ihnen einen Streich. Nach Santa María de Nieva, als Kommandant des Postens. Meinen Glückwunsch, Herr Unteroffizier.«

Es war nicht mehr hell genug, um das Funktelegramm zu lesen, so daß Litumas Augen nur kurz über die kleinen schwarzen Spinnen auf weißem Grund hinwegglitten.

»Santa María de Nieva? Wo liegt denn das?«

»Im Urwald, in der Gegend des Oberen Marañón«, sagte der Junge lachend. »Aber am komischsten ist, wohin sie mich versetzen. Raten Sie, raten Sie, Sie werden vor Neid sterben.«

Er wirkte sehr vergnügt, und Lituma empfand Neid und Respekt für ihn.

»Sag nicht, nach Piura, sag nicht, sie schicken dich in meine Heimat.«

»Genau dorthin, in das Revier im Castilla-Viertel. Mein Pate hat sein Wort gehalten, er hat mich noch früher als versprochen hier rausgeholt.«

»Heute ist dein Tag, Tomasito.« Lituma klopfte ihm auf die Schulter. »Heute hast du das große Los gezogen, heute hat sich dein Schicksal gewendet. Ich werde dich meinen Freunden empfehlen, den Unbezwingbaren. Aber laß dich ja nicht verderben von diesen Strolchen.«

»Was sind das für Geräusche?« sagte der Gendarm überrascht, auf den Posten weisend. »Wer ist da drin?«

»Auch wenn du es nicht glaubst, aber wir haben Besuch bekommen. Jemand, den du kennst, glaub ich. Sieh mal nach, Tomasito. Mach dir wegen mir keine Sorgen. Ich geh ins Lager runter und werde mit Dionisio und der Hexe ein paar Gläser Anis trinken, zum Abschied. Und weißt du was? Ich werde mir einen ordentlichen Rausch ansaufen. Ich glaub also nicht, daß ich heute abend zurückkomme. Ich werde schlafen, wo es mich überkommt, in der Kantine oder in einer Baracke. Mit dem ganzen Schnaps im Körper wird mir alles wie ein Himmelbett erscheinen. Wir sehen uns morgen. Komm, begrüß deinen Besuch, Tomasito.«

»Was für eine Überraschung, mein Herr Korporal«, sagte Dionisio, als er ihn hereinkommen sah. »Sie haben Naccos noch nicht verlassen?«
»Ich bin geblieben, um mich von Ihnen und Doña Adriana zu verabschieden«, sagte Lituma spöttisch. »Gibt es etwas zu essen?«
»Trockene Kekse mit Mortadella«, erwiderte der Wirt. »Schnaps gibt's dagegen en gros. Ich bin dabei, die Vorräte zu liquidieren.«
»Um so besser«, antwortete Lituma. »Ich werde den ganzen Abend mit Ihnen verbringen und mich bis an den Rand vollaufen lassen.«
»Na, na«, sagte Dionisio lächelnd von der Theke her, überrascht und zufrieden, während er ihn mit seinen kleinen wäßrigen Augen durchbohrte. »Ich hab Sie schon mal beschwipst gesehen, neulich abend, aber das war wegen des Schreckens mit dem *huayco*. Und jetzt kommen Sie, um sich richtig mit Vorsatz zu betrinken. Es ist nie zu spät, um mit dem Leben zu beginnen.«
Er füllte ihm ein Glas mit Pisco und stellte es auf die Theke, neben einen kleinen Blechteller mit löchrigen Cräckern und Mortadellascheiben.
Señora Adriana war näher gekommen, lehnte sich gegen die dicken Bretter und schaute den Korporal mit der üblichen Ungeniertheit und Kälte aus nächster Nähe an. In dem kleinen halbleeren Lokal befanden sich nur drei Gäste, die aus derselben Flasche Bier tranken; sie unterhielten sich stehend an der hinteren Wand. Lituma murmelte »Prost«, hob das Glas an die Lippen und trank es in einem Zug aus. Die Feuerzunge, die seine Eingeweide leckte, ließ ihn erschauern.

»Guter Pisco, was?« prahlte Dionisio und beeilte sich, ihm das Glas erneut zu füllen. »Riechen Sie, nehmen Sie den Duft in sich auf. Ein reines Träubchen, mein Herr Korporal.«

Lituma atmete ein. In der Tat, in dem scharfen Aroma war so etwas wie ein Anflug frischer Trauben zu erkennen, von gerade geschnittenen und in den Keller gebrachten Weinbeeren, die gleich von den erfahrenen Füßen der Weinleser aus Ica gestampft werden würden.

»Ich werde immer an diese Spelunke denken«, murmelte Lituma vor sich hin. »Auch in der Selva werde ich mir dauernd vorzustellen versuchen, was hier passiert ist, als es schon tiefe Nacht war und das Besäufnis seinen Höhepunkt erreicht hatte.«

»Kommen Sie schon wieder mit dem Thema der Verschwundenen?« unterbrach ihn Doña Adriana. »Lassen Sie das doch endlich, Korporal. Die meisten Arbeiter sind schon fort aus Naccos. Und nach dem *huayco* und der Einstellung der Arbeiten haben die wenigen Leute, die noch da sind, andere Sachen im Kopf. Niemand denkt an sie. Sie sollten auch vergessen und sich ein bißchen freuen, auch wenn's nur dieses eine Mal ist.«

»Es ist traurig, allein zu trinken, Doña Adriana«, sagte der Korporal. »Wollen Sie beide mir nicht Gesellschaft leisten?«

»Aber ja doch«, antwortete Dionisio.

Er schenkte sich ein Glas ein und stieß mit dem Korporal an.

»Man hat Sie hier immer nur mit finsterem Gesicht gesehen«, erklärte Señora Adriana. »Und kaum waren Sie da, sind Sie auch schon wieder davongeeilt, als wär Ihnen der Teufel auf den Fersen.«

»Als hätten Sie Angst vor uns gehabt«, schloß sich Dionisio an und klopfte ihm auf den Arm.

»Hatte ich auch«, gab Lituma zu. »Hab ich immer noch. Weil Sie irgendwie mysteriös sind und ich Sie nicht verstehe. Mir sagen eher Leute zu, die durchschaubar sind. Apropos, Doña Adriana, warum haben Sie mir nie diese Geschichten mit den *pishtacos* erzählt, die Sie allen erzählen?«

»Wenn Sie öfter in die Kantine gekommen wären, hätten Sie sie gehört. Sie wissen nicht, was Sie versäumt haben durch Ihre förmliche Art!« Und die Frau brach in lautes Lachen aus.

»Ich ärgere mich nicht, denn ich weiß ja, daß Sie uns nicht beleidigen wollen, wenn Sie solche Dinge über uns sagen«, sagte Dionisio schulterzuckend. »Ein bißchen Musik, bringen wir etwas Fröhlichkeit in diesen Friedhof hier.«

»Friedhof ist das Wort«, nickte Lituma. »Naccos! Bei diesem Namen werden mir jedesmal die Haare zu Berge stehen, Himmelarsch! Pardon, Señora.«

»Sie können alles sagen, was Sie wollen, wenn das Ihre Laune hebt«, sagte die Frau des Wirts. »Ich laß alles durchgehen, wenn die Leute nur zufrieden sind.«

Sie gab erneut ein unverschämtes Kichern von sich, aber die Musik von Radio Junín, die in ebendiesem Augenblick in voller Lautstärke explodierte, übertönte sie. Lituma schaute Doña Adriana an: Trotz ihres Hexenhaares und ihrer Schlampigkeit gab es an ihr bisweilen so etwas wie die Spur einer vergangenen Schönheit. Vielleicht stimmte es, vielleicht war sie in ihrer Jugend ein Prachtweib gewesen. Aber wie Mercedes konnte sie nicht gewesen sein, nicht wie diese Piuranerin, mit der sein Amtshelfer in diesem Augenblick vermutlich gerade im siebten Himmel schwebte. War sie Meche, oder war sie es nicht? Diese maliziösen, graugrün funkelnden Augen mußten ihre Augen sein. Bei einer solchen Frau konnte man Tomasitos Liebeswahn verstehen.

»Wo ist der Gendarm Carreño?« fragte Señora Adriana.

»Der badet gerade in herrlichen Gewässern«, antwortete er. »Sein Mädchen ist gekommen, aus Lima, und ich hab ihnen den Posten für ihre Flitterwochen überlassen.«

»Sie ist allein nach Naccos gekommen? Dann ist sie aber eine sehr mutige Frau«, bemerkte Doña Adriana.

»Und Sie, Sie sterben vor Neid, mein Herr Korporal«, sagte Dionisio.

»Natürlich«, gab Lituma zu. »Denn obendrein ist sie auch noch eine Schönheitskönigin.«

Der Wirt füllte die Gläser und schenkte ein weiteres seiner Frau ein. Einer der drei biertrinkenden Männer hatte begonnen, mit lauter Stimme zu dem *huaynito* zu singen, der aus dem Radio tönte: »Ach Taube, mein Täubchen ...«

»Eine Piuranerin.« Lituma fühlte eine angenehme innere Wärme, es war, als wäre jetzt alles weniger schlimm und wichtig als vorher. »Eine würdige Vertreterin der piuranischen Frau. Was für ein Schwein, daß sie dich ins Castilla-Viertel schicken, Tomasito! Prost, meine Herren!«

Er trank einen Schluck und sah, daß Dionisio und Señora Adriana sich die Lippen befeuchteten. Sie wirkten vergnügt und zufrieden, daß der Korporal sich betrank, etwas, das er in all den Monaten, die er sich in Naccos befand, tatsächlich nicht getan hatte. Denn wie der Wirt sagte, der Abend des *huayco* zählte nicht.

»Wie viele Leute sind noch im Lager?«

»Nur zwei, die sich um die Maschinen kümmern. Und der eine oder andere Nachzügler«, sagte Dionisio.

»Und Sie beide?«

»Was sollen wir noch hier, wenn alle fortgehen«, erklärte der Kantinenwirt. »Ich bin zwar alt, aber ein geborener Globetrotter, ich kann überall arbeiten.«

»Da auf der ganzen Welt getrunken wird, werden Sie immer einen Job finden.«

»Und wenn sie nicht trinken können, bringen wir's ihnen bei«, sagte Doña Adriana.

»Vielleicht beschaffe ich mir einen Bären und richte ihn ab und geh wieder auf die Märkte, um meine Nummer vorzuführen.« Dionisio begann herumzuhüpfen und zu brummen. »Ich hatte einen, in jungen Jahren, der legte die Karten, fegte und hob den jungen Dingern die Röcke hoch.«

»Hoffentlich treffen Sie nicht auf die Terroristen bei Ihren Wanderungen.«

»Das wünschen wir Ihnen auch, mein Herr Korporal.«

»Tanzen wir, Alte?«

Einer der drei Männer hatte sich leicht schwankend genähert und Doña Adriana über die Theke hinweg die Hand entgegengestreckt. Sie kam, ohne etwas zu sagen, hervor, um mit ihm zu tanzen. Die beiden anderen Männer waren ebenfalls näher getreten und begleiteten den *huayno* mit Händeklatschen.

»Sie nehmen also Ihre Geheimnisse mit auf den Weg.« Lituma suchte Dionisios Blick. »Wenn wir gleich schön voll sind, werden Sie mir dann sagen, was mit den dreien passiert ist?«

»Das wär vergeblich.« Dionisio war noch immer dabei, einen schweren, tänzelnden Sohlengänger zu imitieren. »Durch den Rausch würden Sie später alles vergessen haben. Lernen Sie von diesen Freunden, und seien Sie fröhlich. Prost, mein Herr Korporal!«

Er hob sein Glas, um ihn zu ermuntern, und Lituma trank mit ihm. Fröhlich sein war schwierig angesichts der Ereignisse. Aber obwohl die Besäufnisse der Indios ihm immer düster und schweigsam erschienen waren, beneidete der Korporal den Wirt, seine Frau und die drei biertrinkenden Arbeiter: kaum waren sie ein bißchen beschwipst, vergaßen sie all ihr Unglück. Er wandte sich zu dem tanzenden Paar um. Sie rührten sich kaum vom Fleck, der Mann war so betrunken, daß er sich nicht darum scherte, der Musik zu folgen. Mit dem Glas in der Hand, trat Lituma zu den beiden anderen.

»Ihr seid wohl geblieben, um das Licht im Lager auszumachen«, sprach er sie an. »Kümmert ihr euch um die Maschinen?«

»Ich bin Mechaniker, und die anderen sind Bohrarbeiter«, sagte der Älteste, ein kleiner Mann mit unverhältnismäßig großem Gesicht, dessen Furchen wie Narben wirkten. »Wir gehen morgen und suchen uns einen Job in Huancayo. Das hier ist unser Abschied von Naccos.«

»Selbst als es voll war, wirkte das Lager düster«, sagte Lituma. »Jetzt, wo es leer ist, wirkt es da nicht unheimlich mit den Steinbrocken des *huayco* und den zerstörten Baracken?«

Er hörte ein mineralisches Lachen und einen halblauten Kommentar des anderen – ein jüngerer Mann mit einem knallblauen Hemd, das unter seinem grauen Pullover phosphoreszierte –, aber er wurde abgelenkt, denn der, der mit Doña Adriana tanzte, war über irgend etwas verärgert.

»Warum läßt du mich nicht ran, Alte«, protestierte er mit quengelnder Stimme und versuchte, sich an die Frau zu pressen. »Oder wirst du mir jetzt sagen, daß dir das nicht gefällt? Was hast du bloß, alte Vettel.«

Er war ein Mann von mittlerer Statur, mit einer sehr ausgeprägten Nase und ruhelosen, tiefliegenden Augen, die der Alkohol oder die Erregung zum Glühen brachten. Über dem ausgebleichten Overall trug er einen jener Alpaka-Pullover, wie ihn die Indiofrauen der Gemeinschaften anfertigen und auf den Märkten verkaufen, und darüber ein enges Sakko. Er wirkte wie gefangen in seiner Kleidung.

»Schön ruhig, behalt die Hände bei dir, oder ich tanze nicht«, sagte Señora Adriana schließlich, ohne wütend zu werden, während sie ihn halb von sich wegdrückte und aus dem Augenwinkel Lituma beobachtete. »Eine Sache ist tanzen und eine andere das, was du willst, unverschämter Kerl.«

Sie lachte, und die Biertrinker lachten ebenfalls. Lituma hörte das rauhe Lachen Dionisios hinter der Theke. Aber dem Mann, der tanzte, war nicht nach Lachen zumute. Er blieb schwankend stehen und drehte sich mit vor Wut glänzendem Gesicht zum Wirt um:

»Los, Dionisio«, rief er laut, und Lituma sah in seinem ungestalten Mund einen grünlichen Schaumfleck, als würde er Koka kauen. »Sag ihr, sie soll tanzen! Frag die hier mal, warum sie nicht mit mir tanzen will!«

»Sie will ja tanzen, aber du willst sie befummeln.« Dionisio lachte abermals, während er weiter mit Händen und Füßen tat, als wäre er ein Bär. »Das sind verschiedene Dinge, kapierst du das nicht?«

Doña Adriana hatte sich wieder hinter die Theke gestellt, neben ihren Mann. Von dort aus, die Ellbogen auf die Bretter gestützt, das Gesicht in die Hände gelegt, verfolgte sie die Diskussion mit einem halben, festgefrorenen Lächeln, als hätte sie mit dem Ganzen nichts zu tun.

Der Mann schien plötzlich das Interesse an seinem eigenen Zorn zu verlieren. Er stolperte auf seine Kollegen zu, die ihn festhielten, damit er nicht zu Boden fiel. Sie reichten ihm das Bier. Er nahm einen langen Schluck aus der Flasche. Lituma bemerkte, daß seine schmalen Augen funkelten und daß der Adamsapfel sich beim Trinken an seinem Hals von oben nach unten bewegte, wie ein kleines gefangenes Tier. Der Korporal stützte sich ebenfalls auf die Theke, gegenüber dem Wirt und seiner Frau. ›Ich bin schon betrunken‹, dachte er. Aber es war ein freudloser, seelenloser Rausch, ganz anders als seine Räusche in Piura mit seinen Kumpels, den Unbezwingbaren, in der kleinen Bar der Chunga. Und in diesem Augenblick war er sicher, daß sie es war. ›Sie ist es, sie ist es.‹ Dasselbe kleine Mädchen, das Josefino erobert hatte, das er verpfändet hatte, um weiter würfeln zu können, das man nie wieder gesehen hatte. Wieviel Wasser war seither den Fluß hinuntergeflossen, verdammt. Er war so auf seine Erinnerungen konzentriert, daß er nicht gemerkt hatte, in welchem Augenblick der Typ, der Doña Adriana zu nahe treten wollte, sich neben ihn gestellt hatte. Wie wütend er aussah! Er forderte Dionisio in Boxerpose heraus:

»Und warum ist es verboten, sie zu befummeln, wenn man mit ihr tanzt?« sagte er, auf die Bretter schlagend. »Warum? Auf, erklär mir das mal, Dionisio.«

»Na, weil die Staatsgewalt hier ist«, erwiderte der Wirt, auf Lituma weisend. »Und vor der Staatsgewalt muß man sich benehmen.«

Es sollte ein Scherz sein, aber Lituma bemerkte, wie immer, wenn Dionisio sprach, einen spöttischen und böswilligen Unterton in seinen Worten. Der Wirt schaute abwechselnd den Betrunkenen und ihn an, schmunzelnd.

»Was heißt hier Staatsgewalt, komm mir doch nicht mit solchem Quatsch«, rief der Betrunkene, ohne Lituma einen Blick zu gönnen. »Hier sind wir alle gleich, und wenn jemand was hermachen will, dann scheiß ich drauf. Sagst du nicht immer, der Schnaps macht uns alle gleich? Was denn nun, also.«

Dionisio suchte Litumas Blick, als wollte er sagen: ›Und was machen Sie jetzt, das geht eher gegen Sie als gegen mich.‹ Auch Doña Adriana wartete auf seine Reaktion.

Lituma konnte spüren, wie der Blick der beiden anderen Männer auf ihn gerichtet war.

»Ich bin nicht als Polizist hier, sondern als ein Gast wie jeder andere«, sagte er. »Das Lager ist geschlossen, also keine Streitereien. Stoßen wir lieber an.«

Er hob sein Glas, und der kleine Betrunkene tat es ihm gefügig nach, indem er seine leere Hand hob, sehr ernst: »Prost, Korporal.«

»Die Frau, die jetzt mit Tomasito zusammen ist, die hab ich gekannt, als sie noch ein Kind war«, sagte Lituma verdattert vor sich hin. »Sie ist noch besser, als sie schon als Mädchen war, in Piura. Wenn Josefino oder die Chunga sie sehen könnten, die würden sich wundern, wie hübsch sie ist.«

»Ihr beide seid verdammte Lügenmäuler«, sagte der Betrunkene, abermals wütend, während er auf die Theke schlug und dem Wirt herausfordernd den Kopf näherte. »Das sage ich euch ins Gesicht. Ihr könnt allen den Kopf vernebeln, aber mir nicht.«

Dionisio war nicht im mindesten beleidigt. Sein halb erregter, halb friedlicher Gesichtsausdruck veränderte sich nicht, aber er hörte auf, den Bären zu spielen. Er hielt eine Flasche Pisco in der Hand, aus der er von Zeit zu Zeit Litumas Glas nachfüllte. Mit der größten Ruhe füllte er ein weiteres Glas und reichte es freundschaftlich dem Betrunkenen:

»Was dir fehlt, ist guter Schnaps, Bruderherz. Bier ist für Leute, die nicht wissen, was gut ist, die sich gern betäuben und rülpsen. Auf, probier mal und riech die Traube.«

›Es kann nicht sein, daß diese Mercedes Meche ist‹,

dachte Lituma. Er hatte sich geirrt, das war die Verwirrung des Alkohols. Zwischen Nebeln sah er, daß der Betrunkene gehorchte: Er nahm das Glas, das Dionisio ihm reichte, atmete sein Aroma ein und trank es schlückchenweise, mit Pausen, die Augen halb geschlossen. Er schien friedlich geworden zu sein, aber kaum hatte er es geleert, wurde er wieder wütend.

»Lügenmäuler, um nicht was Schlimmeres zu sagen«, knurrte er, wobei er erneut sein Gesicht drohend dem des gelassenen Wirts näherte. »Es würde nichts passieren, was? Und es ist alles passiert! Der *huayco* ist runtergekommen, die Straßenarbeiten wurden eingestellt, und man hat uns entlassen. Trotz der furchtbaren Sachen sind wir schlimmer dran als vorher. Man kann die Leute nicht für dumm verkaufen und dann in aller Ruhe zusehen, was passiert.«

Er stand keuchend da; sein Gesichtsausdruck hatte sich verändert. Er blinzelte mit den Augen und warf mißtrauische Blicke in die Runde – beunruhigt über die Worte, die er gesagt hatte? Lituma beobachtete den Wirt. Dionisio war ungerührt und füllte erneut die Gläser. Señora Adriana kam hinter der Theke hervor und nahm den Betrunkenen bei der Hand:

»Komm, tanzen wir, damit deine Wut verraucht. Weißt du nicht, daß Wut schlecht für die Gesundheit ist?«

Die Musik, die gerade gespielt wurde, war kaum zu hören, der Akustik wegen und durch die ständigen atmosphärischen Störungen. Der Mann begann, einen Bolero zu tanzen, wie ein Affe an Doña Adriana geklammert. Immer noch wie im Nebel sah Lituma, daß der kleine Betrunkene sich an sie preßte und ihr gleichzeitig

die Hinterbacken streichelte und seinen Mund und seine Nase an ihrem Hals rieb.
»Wo sind die anderen?« fragte er. »Die eben noch hier Bier getrunken haben?«
»Sie sind vor etwa zehn Minuten gegangen«, informierte ihn Dionisio. »Haben Sie nicht die Tür schlagen hören?«
»Macht es Ihnen nichts aus, wenn man vor Ihrer Nase Ihre Frau befummelt?«
Dionisio zuckte die Schultern.
»Betrunkene wissen nicht, was sie tun.« Er lachte, während er gierig den Duft des Glases einatmete, das er in der Hand hielt. »Und außerdem, was macht das schon. Schenken wir ihm zehn Minuten Glück. Sehen Sie nur, wie er's genießt. Sind Sie nicht neidisch?«
Der kleine Mann war Señora Adriana fast auf den Leib geklettert und hatte zu tanzen aufgehört. Er rührte sich nicht von der Stelle, und seine Hände wanderten über die Arme, die Schultern, den Rücken und die Brüste der Frau, während seine Lippen ihren Mund suchten. Sie ließ ihn gewähren, mit einem gelangweilten, leicht angewiderten Gesichtsausdruck.
»Er ist wie ein Tier.« Lituma spuckte auf den Boden. »So ein Tier kann ich nicht beneiden.«
»Die Tiere sind glücklicher als Sie und ich, mein Herr Korporal«, sagte Dionisio lachend und wurde wieder zu einem Bär. »Sie leben, um zu fressen, zu schlafen und es miteinander zu treiben. Sie denken nicht, sie haben keine Sorgen. Im Gegensatz zu uns, und wir sind unglücklich. Der da ist jetzt bei seinem Tier, sehen Sie nur, wie glücklich er ist.«

Der Korporal näherte sich dem Wirt etwas mehr und faßte ihn am Arm.

»Was waren das für furchtbare Sachen?« sagte er, jede Silbe betonend. »Die Sie gemacht haben, damit nichts passierte, damit all das nicht geschehen sollte, was geschehen ist. Was waren das für Sachen?«

»Fragen Sie ihn, mein Herr Korporal«, antwortete Dionisio, während er ein paar betont ungeschickte, langsame Bewegungen ausführte, als folgte er den Befehlen eines Dompteurs. »Wenn Sie glauben, was ein Betrunkener sagt, dann lassen Sie sich das von ihm erzählen. Befriedigen Sie endlich Ihre Neugier. Bringen Sie ihn zum Reden, setzen Sie ihm die Pistole auf die Brust.«

Lituma schloß die Augen. Alles in ihm drehte sich, und in solchem Taumel würden auch Tomasito und Mechita untergehen, in dem Augenblick, da sie sich, ineinander verschlungen, am meisten liebten.

»Es interessiert mich nicht mehr«, stammelte er. Ich hab schon den Rolladen runtergelassen, ich hab schon zugesperrt. Meine neue Ernennung ist da. Ich werde an den Oberen Marañón gehen und das Hochland vergessen. Ich freue mich, daß die *apus* den *huayco* nach Naccos geschickt haben. Und daß die Straßenarbeiten eingestellt wurden. Dank der *apus* kann ich abhauen. Nie in meinem Leben bin ich so unglücklich gewesen wie hier.«

»So was, durch den Pisco kommen die Wahrheiten hoch«, sagte der Wirt beifällig. »Wie bei allen, mein Herr Korporal. Wenn Sie so weitermachen, werden Sie am Ende ebenfalls Ihr Tier kennenlernen. Was ist es wohl? Die Eidechse? Das Schweinchen?«

Der Betrunkene war laut geworden, und Lituma wandte sich zu ihm um. Was er sah, erfüllte ihn mit Ekel. Das in sein Sakko-Gefängnis gezwängte Männchen hatte seinen Hosenschlitz aufgeknöpft und hielt sein Geschlecht in beiden Händen. Er zeigte es, schwärzlich und steil aufgerichtet, Doña Adriana, während er mit schwerer Zunge brüllte:

»Bet ihn an, Alte. Knie nieder und sag mit gefalteten Händen zu ihm: ›Du bist mein Gott.‹ Spiel nicht die Zimperliese.«

Lituma wurde von einem Lachanfall geschüttelt. Aber ihm war danach, sich zu übergeben, und in seinem Kopf schwirrten wie wild die Zweifel um Mercedes. War sie die aus Piura, oder war sie es nicht? Ein solcher Zufall war nicht möglich, verdammt noch mal. Furchtbare Sachen, hatte dieser widerliche Tropf gesagt?

Señora Adriana drehte sich um und kehrte hinter die Theke zurück. Da war sie wieder, die Ellbogen auf das dicke Brett gestützt, und schaute mit der größten Gleichgültigkeit auf den Betrunkenen mit dem offenen Hosenschlitz. Der betrachtete sein Geschlecht mit betrübter Miene, inmitten des leeren Raums.

»Sie sprachen von furchtbaren Sachen, mein Herr Korporal«, sagte Dionisio. »Da haben Sie eine. Haben Sie etwas Furchtbareres gesehen als dieses rußfarbene Schwänzchen?«

Er lachte schallend, und Señora Adriana lachte ebenfalls. Lituma tat es ihnen nach, aus Höflichkeit, denn ihm war nicht nach Lachen zumute. Jeden Augenblick würde er zu würgen beginnen und sich übergeben müssen.

»Ich werde diesen Trottel mitnehmen«, sagte er zu ihnen. »Er nervt nur und wird Sie die ganze Nacht nicht zur Ruhe kommen lassen.«

»Wegen mir brauchen Sie sich keine Sorgen zu machen, ich bin daran gewöhnt«, sagte Dionisio. »Diese Spektakel gehören zu meiner Arbeit.«

»Was schulde ich Ihnen?« fragte der Korporal, während er nach seiner Brieftasche griff.

»Heute abend geht es auf Rechnung des Hauses.« Dionisio reichte ihm die Hand. »Hab ich Ihnen nicht gesagt, daß ich die Vorräte liquidiere?«

»Na, dann vielen Dank.«

Lituma ging auf den Betrunkenen zu. Er packte ihn am Arm und stieß ihn, ohne Gewalt, in Richtung Tür:

»Du und ich, wir werden da draußen ein bißchen frische Luft schnappen, Bruderherz.«

Der Mann leistete nicht den geringsten Widerstand. Er knöpfte sich hastig den Hosenschlitz zu.

»Natürlich, Herr Korporal«, brabbelte er, sich verschluckend. »Ein rechtes Wort, und man versteht sich.«

Draußen erwartete sie eisige Dunkelheit. Es regnete nicht, und es blies auch nicht der Wind wie sonst in den Nächten, aber die Temperatur war seit dem Nachmittag stark gesunken, und Lituma hörte, daß dem Bohrarbeiter die Zähne klapperten. Er sah, wie er in seiner Zwangsjacke zitterte und die Schultern hochzog.

»Ich nehme an, du schläfst in der Baracke, die der *huayco* verschont hat«, sagte er, ihn am Ellenbogen fassend. »Ich begleite dich, Bruderherz. Gib mir deinen Arm, in dieser Finsternis und bei den vielen Löchern könnten wir uns die Birne anschlagen.«

Sie bewegten sich langsam, schwankend und stolpernd durch die Dunkelheit, die die Myriaden von Sternen und das schwache Licht des Halbmondes nicht aufzuhellen vermochten. Nach wenigen Schritten merkte Lituma, daß der kleine Mann zusammenknickte und sich den Magen hielt.

»Hast du Krämpfe? Übergib dich, das wird dir guttun. Komm, versuch's, bis das Dreckzeug rauskommt. Ich helfe dir.«

Der kleine Mann beugte sich nach vorne, und bei jedem Würgen lief ein Zittern durch seinen Körper. Lituma stand hinter ihm und hielt beide Hände auf seinen Magen gepreßt, wie er es oft bei den Unbezwingbaren in Piura getan hatte, wenn sie sturzbetrunken aus der kleinen Bar der Chunga gekommen waren.

»Sie wollen ihn mir reindrücken«, protestierte der Arbeiter plötzlich mit lallender Zunge.

»Das hättest du wohl gern«, sagte Lituma lachend. »Ich hab nichts für Männer übrig, du Trottel.«

»Ich auch nicht«, schnaufte der andere, von Würgen unterbrochen. »Aber in Naccos wird man schwul und sogar Schlimmeres.«

Lituma spürte heftiges Herzklopfen. Diesem Typ lag irgendwas schwer auf der Seele, und das wollte er auch ausspucken. Er wollte sich Luft machen, es jemandem erzählen.

Schließlich richtete der Arbeiter sich auf, mit einem Seufzer der Erleichterung.

»Mir geht's schon besser.« Er breitete die Arme aus und spuckte auf den Boden. »Scheißkalt ist es hier.«

»Sogar das Gehirn friert einem ein«, nickte Lituma. »Besser, wir bewegen uns.«

Sie hakten sich wieder unter und gingen weiter, jedesmal fluchend, wenn sie über einen Stein stolperten oder ihre Füße im Morast versanken. Schließlich erschien die massige Form der Baracke vor ihnen, kompakter als die Schatten in ihrer Umgebung. Man hörte den Wind auf den Berghöhen pfeifen, aber hier war alles still und ruhig. Bei Lituma hatte der Alkohol zu wirken aufgehört. Er fühlte sich klar und hellsichtig. Er hatte sogar Mercedes und Tomasito vergessen, die sich dort oben im Posten aussöhnten, und Meche, wie sie vor vielen Jahren gewesen war, in der kleinen Bar in den Sanddünen, die an das Fußballstadion von Piura grenzten. In seinem Kopf hämmerte eine Entscheidung: ›Ich muß es aus ihm rauskriegen.‹

»Schön, rauchen wir eine Zigarette, Bruderherz«, sagte er. »Vor dem Schlafen.«

»Bleiben Sie hier?« Auch der Rausch des Bohrarbeiters schien verflogen zu sein.

»Ich bin zu faul, jetzt dort raufzusteigen. Außerdem möchte ich nicht das fünfte Rad am Wagen sein und das Pärchen stören. Ich nehme an, hier wird ein Bett übrig sein.«

»Sie meinen Pritsche. Die Matratzen haben sie schon alle mitgenommen.«

Lituma hörte Schnarchen im hinteren Teil der Baracke. Der kleine Mann ließ sich auf die erste Pritsche an der rechten Seite fallen, gleich neben der Tür. Mit Hilfe eines

Streichholzes fand sich der Korporal zurecht: Es gab zwei Stockbetten neben dem, auf dem der Arbeiter lag. Er setzte sich auf das nächste. Er holte seine Schachtel heraus und zündete zwei Zigaretten an. Eine reichte er dem Arbeiter, während er mit freundlicher Stimme sagte:

»Nichts Schöneres als eine letzte Zigarette im Bett, wenn man auf den Schlaf wartet.«

»Ich bin vielleicht besoffen, aber ich bin nicht blöd«, sagte der Mann. Der Korporal sah, wie im Dunkeln die Glut der Zigarette aufleuchtete und empfing einen Mundvoll Rauch mitten ins Gesicht. »Warum sind Sie hiergeblieben? Was wollen Sie von mir?«

»Erfahren, was mit den dreien passiert ist«, sagte Lituma sehr leise, überrascht über seine Kühnheit – verdarb er damit nicht alles? »Nicht, um irgend jemanden festzunehmen. Nicht, um irgendeinen Bericht an die Kommandantur in Huancayo zu schicken. Nicht aus dienstlichen Gründen. Nur aus Neugier, Bruderherz. Das schwör ich dir. Was ist mit Casimiro Huarcaya, Pedrito Tinoco und Medardo Llantac alias Demetrio Chanca passiert? Erzähl's mir, während wir die letzte Zigarette rauchen.«

»Nicht im Traum«, sagte der Mann mit heiserer Stimme und atmete heftig. Er bewegte sich auf der Pritsche, und Lituma kam der Gedanke, daß er sofort aufstehen und aus der Baracke rennen würde, um sich zu Dionisio und Doña Adriana zu flüchten. »Nicht mal, wenn Sie mich totschlagen. Nicht mal, wenn Sie mich mit Benzin übergießen und anzünden. Sie können mit diesen Folterungen anfangen, die Sie und Ihre Leute bei den Terroristen anwenden, wenn Sie wollen. Nicht mal dann werde ich reden.«

»Ich werde dir kein Haar krümmen, Bruderherz«, sagte Lituma langsam und betont freundlich. »Du erzählst es mir, und ich gehe. Morgen verläßt du Naccos und ich auch. Jeder geht seiner Wege. Wir werden uns nie wiedersehen. Wir beide werden uns besser fühlen, nachdem du es mir erzählt hast. Du, weil du den Stein losgeworden bist, der dir auf's Herz drückt. Und ich auch, weil ich den losgeworden bin, der die ganze Zeit hier auf mir gelastet hat. Ich weiß nicht, wie du heißt, und ich will auch nicht, daß du es mir sagst. Nur, daß du mir erzählst, was passiert ist. Damit wir beide ruhig schlafen können, Bruderherz.«

Es folgte ein langes Schweigen, unterbrochen von den sporadischen Schnarchlauten aus der Tiefe der Baracke. Lituma sah ab und zu die aufleuchtende Glut der Zigarette des Arbeiters und eine kleine emporschwebende Rauchwolke, die ihm manchmal in die Nase stieg und ihn kitzelte. Er fühlte sich ruhig. Er war sich absolut sicher, daß der Typ reden würde.

»Ihr habt sie den *apus* geopfert, nicht wahr?«

»Den *apus*?« fragte der Mann, während er sich auf der Pritsche bewegte. Seine Unruhe übertrug sich auf den Korporal, der zuweilen heftiges Jucken an verschiedenen Körperteilen spürte.

»Den Geistern der Berge«, erklärte Lituma ihm. »Den *amarus*, den *mukis*, den Göttern, den Teufeln, wie sie auch immer heißen. Denen, die in den Bergen leben und die Katastrophen auslösen. Habt ihr sie geopfert, um den *huayco* zu verhindern? Damit die Terroristen niemanden umbrachten und keine Leute mitnahmen? Damit die *pishtacos* nicht irgendeinen Arbeiter ausdörrten? War es deshalb?«

»Ich kann kein Quechua«, sagte der Mann heiser. »Dieses Wort hab ich noch nie gehört. *Apu*?«

»Stimmt es nicht, daß es deshalb war, Bruderherz?« beharrte Lituma.

»Medardo war mein Landsmann, ich komme auch aus Andamarca«, sagte der Mann. »Er war Bürgermeister dort. Das hat Medardo reingeritten.«

»Der Vorarbeiter tut dir am meisten leid?« fragte Lituma. »Die anderen werden dir weniger am Herzen liegen als dein Landsmann, stell ich mir vor. Wer mir am meisten leidtut, ist der kleine Stumme. Pedrito Tinoco. Wart ihr gute Freunde, du und Demetrio, ich meine Medardo Llantac?«

»Wir waren Bekannte. Er lebte mit seiner Frau oben am Berghang. In ständiger Angst davor, daß die Terroristen erfahren könnten, daß er da wohnte. Er war ihnen knapp entwischt, damals in Andamarca. Wissen Sie, wie? Er ist in ein Grab gestiegen. Manchmal haben wir uns unterhalten. Sie machten ihn fertig, die Leute aus Ayacucho, aus Abancay, aus Huancavelica. Dauernd sagten sie zu ihm: ›Früher oder später werden sie dich kriegen.‹ Sie sagten: ›Du bringst uns alle in Gefahr, wenn du in Naccos lebst. Hau ab, geh weg von hier.‹«

»Deshalb habt ihr den Vorarbeiter geopfert? Um euch gut mit den Terroristen zu stellen?«

»Nicht nur deshalb«, protestierte der Arbeiter erregt. Er rauchte und blies pausenlos Rauch aus, es war, als mache sich sein Rausch wieder bemerkbar. »Nicht nur deshalb, verdammt.«

»Und warum noch?«

»Diese Hundsfotte haben gesagt, daß er ohnehin verurteilt ist, daß sie früher oder später kommen würden, um ihn hinzurichten. Und da jemand gebraucht wurde, besser einer, der auf ihrer Liste stand und der früher oder später sterben würde.«

»Da Menschenblut gebraucht wurde, willst du sagen, nicht?«

»Aber das war großer Schwindel, sie haben uns nach Lust und Laune verarscht«, sagte der Mann empört. »Haben wir nicht unsere Arbeit verloren? Und wissen Sie, was sie immer noch behaupten?«

»Was denn?«

»Daß wir ihnen nicht die gebührende Anerkennung gezollt haben und daß sie deshalb beleidigt waren. Diesen Hundsfotten zufolge hätten wir noch mehr tun müssen. Verstehen Sie?«

»Natürlich versteh ich«, flüsterte Lituma. »Nichts Furchtbareres, als diesen Albino, diesen Vorarbeiter und diesen kleinen Stummen wegen irgendwelcher *apus* umzubringen, die nie jemand gesehen hat und von denen keiner weiß, ob es sie gibt.«

»Wenn es nur das wäre«, grunzte der Mann im Liegen, und Lituma dachte, daß der oder die, die im hinteren Teil der Baracke schliefen, aufwachen und sie zum Schweigen bringen würden. Oder sie würden auf den Zehenspitzen herbeikommen und dem Bohrarbeiter den Mund zuhalten. Und ihn würden sie zu dem verlassenen Bergwerk bringen und in den Schacht werfen, weil er gehört hatte, was er gehört hatte. »Gibt es nicht überall Tote? Töten ist das wenigste. Ist es nicht so stinknormal geworden wie pinkeln oder scheißen? Das ist es nicht, was die Leute fertigmacht. Nicht nur mich, auch viele von denen, die schon weg sind. Es ist das andere.«

»Das andere?« Lituma fror plötzlich.

»Der Geschmack im Mund«, flüsterte der Arbeiter kaum hörbar. »Er geht nicht weg, sooft man ihn auch ausspült. Jetzt in diesem Augenblick spüre ich ihn. Auf meiner Zunge, an meinen Zähnen. Auch im Hals. Sogar im Bauch spür ich ihn. Als hätte ich gerade noch gekaut.«

Lituma fühlte, wie die Zigarettenkippe ihm die Fingerkuppen versengte, und ließ sie fallen. Er trat auf die Funken. Er verstand, was der Mann sagte, und wollte nicht mehr wissen.

»Also das auch noch«, murmelte er. Er keuchte mit offenem Mund.

»Nicht mal, wenn ich schlafe, geht er weg«, erklärte der Arbeiter. »Nur, wenn ich trinke. Deshalb bin ich zum Säufer geworden. Aber das bekommt mir nicht, meine Magengeschwüre brechen auf. Ich scheiße schon wieder Blut.«

Lituma versuchte, eine neue Zigarette aus der Schachtel zu nehmen, aber seine Hände zitterten so stark, daß sie zu Boden fiel. Er suchte sie tastend auf dem feuchten, mit kleinen Steinen und Streichhölzern übersäten Boden.

»Alle haben wir davon genommen, und ich hab auch davon genommen, obwohl ich nicht wollte«, sagte der

Arbeiter hastig. »Das macht mich fertig. Die Stücke, die ich runtergeschluckt habe.«

Endlich gelang es Lituma, der Schachtel habhaft zu werden. Er nahm zwei Zigaretten heraus. Er steckte sie in den Mund und mußte eine ganze Weile warten, bis seine Hand das Streichholz halten konnte, um sie anzuzünden. Er reichte eine dem liegenden Mann, ohne etwas zu sagen. Er sah, wie er rauchte, empfing noch einmal einen lästigen Mundvoll Rauch im Gesicht und spürte das Kitzeln in der Nase.

»Obendrein hab ich jetzt auch Angst zu schlafen«, sagte der Bohrarbeiter. »Ich bin feige geworden, was ich nie gewesen bin. Aber kann man sich vielleicht mit dem Schlaf anlegen? Wenn ich nicht trinke, hab ich Alpträume.«

»Siehst du dich, wie du deinen Landsmann ißt? Träumst du davon?«

»Ich komm selten vor in meinen Träumen«, erklärte der Arbeiter bereitwillig. »Nur sie. Wie sie ihnen die Eier abschneiden, sie ihnen abtrennen und ein festliches Gelage mit ihnen veranstalten, als wären sie ein Leckerbissen.« Er mußte würgen, und Lituma merkte, wie er sich zusammenkrümmte. »Wenn ich auch im Traum vorkomme, ist es noch schlimmer. Die beiden kommen und reißen sie mir mit ihren Händen ab. Sie essen sie vor meinen Augen. Ich sauf lieber, als daß ich das träume. Und das Magengeschwür? Sagen Sie mir, ist das vielleicht ein Leben? Verdammte Scheiße.«

Lituma stand plötzlich auf.

»Ich hoffe, du kommst drüber hinweg, Bruderherz«, sagte er. Ihm war schwindlig. Er mußte sich einen Augenblick auf das Bettgestell stützen. »Hoffentlich findest du eine Arbeit, dort, wo du hingehst. Das wird nicht leicht sein, stell ich mir vor. Ich glaub nicht, daß du das so leicht vergessen wirst. Weißt du was?«

»Was?«

»Ich bereue es, daß ich mich so darauf versteift habe, zu erfahren, was mit denen passiert ist. Besser, ich hätte es nur geahnt. Ich geh jetzt und laß dich schlafen. Auch wenn ich die Nacht im Freien verbringen muß, um Tomasito nicht zu stören. Ich will nicht neben dir schlafen, auch nicht in der Nähe von denen, die da schnarchen. Ich will morgen nicht aufwachen und dein Gesicht sehen, und dann normal mit dir reden. Ich werde ein wenig Luft schöpfen, Herrgottscheißenochmal.«

Er stolperte zur Tür der Baracke und ging hinaus. Ein eisiger Windstoß traf ihn, und trotz seiner Betäubung gewahrte er den prachtvollen Halbmond und die Sterne, die an einem wolkenlosen Himmel standen, und in ihrem Licht, noch immer deutlich, die gezackten Gipfel der Anden.

